本书为国家社会科学基金项目(13BWW051)结项成果

本书受河南师范大学学术著作出版基金重点资助

姜士昌　姜承希　著

英国田园诗的
空 间 维 度

中国社会科学出版社

图书在版编目（CIP）数据

英国田园诗的空间维度／姜士昌，姜承希著 . —北京：中国社会科学出版社，2023.3

ISBN 978 - 7 - 5227 - 1766 - 1

Ⅰ.①英…　Ⅱ.①姜…②姜…　Ⅲ.①田园诗—诗歌研究—英国　Ⅳ.①I561.072

中国国家版本馆 CIP 数据核字（2023）第 059260 号

出 版 人　赵剑英
责任编辑　夏　侠
责任校对　陈肇雍
责任印制　王　超

出　　版　中国社会科学出版社
社　　址　北京鼓楼西大街甲 158 号
邮　　编　100720
网　　址　http://www.csspw.cn
发 行 部　010 - 84083685
门 市 部　010 - 84029450
经　　销　新华书店及其他书店

印刷装订　三河市华骏印务包装有限公司
版　　次　2023 年 3 月第 1 版
印　　次　2023 年 3 月第 1 次印刷

开　　本　710 × 1000　1/16
印　　张　18.75
字　　数　298 千字
定　　价　98.00 元

序　言

得知姜士昌教授和他女儿合著的新书《英国田园诗的空间维度》即将付梓的消息，我感到由衷的高兴，便欣然作序。作为士昌的导师，我对这部新作的任何褒扬性评论都有可能被认为是溢美之词。我想还是不落窠臼，免去通常序言中作为装点的赞美之词，客观地介绍一下士昌随我研究英美文学的经历以及他对英国田园诗歌产生学术兴趣的来龙去脉。也许这样更为妥当，也比较实在。

记得我是在 2005 年 12 月认识士昌的。当时我的博士生梁晓冬教授邀请我到河南师范大学讲学。那时的士昌刚从一位中学英语教师转型为大学教师，担任本科生的英国文学课程。我的讲座结束后，他拿着我的一本书请我签名留念。当时他言谈和眼神中流露出的对文学研究的热切渴望令我印象深刻。后来，我们又在其他场合有过几次接触，逐渐熟络起来。在此过程中，我也对他的人品和学术兴趣有了一定的了解，知道他很早就对英国田园诗歌感兴趣，学士、硕士及已经完成的几个科研项目都与此密切相关，还发表了一些关于英国田园诗歌、自然诗歌的文章。2010 年，也就是他开始在上外攻读博士学位那年，他想要试试申报高级别项目，却因为自己从事的这个研究领域在国内过于冷清而没有足够信心，便征询我的意见。我鼓励他不要怕冷清，要有前瞻眼光。我觉得当时国内外生态批评的势头正盛，国策层面的生态文明建设蓝图也已在勾画中，作为生态思想丰富载体的田园书写、自然书写没有理由继续处于被学界冷落的状态。况且，我认为士昌还有他个人的优势：一是他性格沉稳而又勤奋好学，这使他能够耐得住寂寞，坐得住冷板凳；二是他对此领域兴趣浓厚，内在动力充足，不至于半途而废；第三，也是他更大的优势，他已经有了较为丰硕的前期积累，文献掌握也已相当充分，这是当时其他人所不具备的。不过，为稳妥起见，我还是建议他不要贪大，可以先申报一个教育部项目。就研究内容而言，依我个人的经验，我不主张他一开始就做田园诗歌文本研究，而是建议他先从田园诗歌的历史梳理做起。我以为，理清了田园诗歌发展的脉络，再进行文本研究就有了明确目标，诗人诗作的主次取舍也就有了依据。士昌接受了我的建议，以《英国田园诗歌发展史研究》为题申报了 2011 年度教育部社科基金项目并顺利中标。我真的替他高兴，也从这位宁静淡泊的年轻人身上看到了使他行且致远的其他优秀品质，比如虚心好学，执行力强，不急功近利等。这些品质也充分体现在他撰写博士论文和申报后续项目的过程中。

2012 年底，在准备博士论文开题时，也许是因为当时士昌还不甚了解博士论文的学理，仅凭自己获得教育部项目的底气，便雄心勃勃地提交了一个宏大选题——"英国田园诗歌研究"——而且还洋洋洒洒写了不少内容。尽管我非常理解他将博士论文与教育部项目合并研究是为了节省时间和精力，但还是否定了他的博士论文选题。我不认可这个选题主要有以下三个原因：首先，作为欧洲田园诗歌重要组成部分的英国田园诗歌源远流长，典籍浩瀚，将其作为一个整体研究，选题显然过大，过于宽泛。这也许适合作为一个高级别项目的选题，却不是一篇博士学位论文能把控得了的。其次，作为博士论文的题目，要能够明确体现研究的主旨和问题意识，但士昌的题目不仅过于笼统，而且看不出要探讨什么问题，也未表明从何角度、以何思路与方法展开研究。我虽否定了他的论文题目，但并没有否定他的研究方向。为了让他能够兼顾教育部项目，我同意他还在田园诗歌领域选题。接下来，应他的请求，我又分别从博士论文选题和项目论证两个方面给他做了详细的分析指导。

在博士论文方面，我针对他开题报告中书写的内容提出了三种层次的选题建议。一是断代研究，即选择田园诗歌成就最高或最具特征的某个时代展开研究。比如文艺复兴时期的田园诗歌，新古典主义时期的田园诗歌，18 世纪田园诗歌和乡村书写等。这可能好做点，却是最一般的思路，很可能流于浅层次梳理，属于下策。二是主题、流派研究。田园诗中的人文思想、生态意识、隐逸情结、性别与情爱主题，甚至乡村书写、自然书写等，都可归于主题研究；田园诗歌艺术中的"古今之争"（古典主义尚古，理性主义重今，从而引发了西方诗学史上的"古今之争"）属于诗学研究；玄学派、骑士派、浪漫派田园诗歌等可归于流派研究；田园挽歌、村舍诗（庄园诗）、城市牧歌等应该属于题材研究，如此等等。我的看法，上述内容任选一方面认真去做，就足够支撑一篇博士论文了。这种选题思路又上升了一个层次，是为中策。三是个体研究，就是具体的诗人诗作研究。选择田园诗发展史中某一位具有代表性的田园诗人进行研究，这样的研究主旨集中，更能深入，不容易流于泛泛而谈。我认为这才是上策。根据我的建议，士昌选择了第三种方案，确定研究 20 世纪威尔士诗坛泰斗、自然诗人、田园诗人和宗教诗人 R. S. 托马斯及其诗歌；因为 2013 年恰逢托马斯诞辰一百周年，这也算是他对自己崇敬的诗人的一种缅怀吧。我同意该选题后，士昌在很短时间便拿出了一份开题报告，并顺利通过了开题。我记得他的论文撰写效率也是比较高的，不到一年的时间就完成了博士论文并顺利通过答辩。

在项目申报方面，我给士昌的建议也顺利地付诸实施。如果说他申报教育部项目时我还只是建议他关注历史梳理和文本研究这两个研究板块，他开题报告初稿中提到的田园诗学的"古今之争"则提醒我，应该还有第三个研究空间等待着这个青年学人去探索，那就是田园诗歌理论研究。尽管我很清楚，在研的教育部项目和即将开始的博士论文撰写已经使士昌备受压力，但又实在不忍心他错失后面更好的机会，因为他教育部项目的立项很可能使其他学者得到某种启示。如果他不趁热打铁，国家社科层面很有可能被他人抢占先机。再说，以他当时拿出的那个研究框架和论证来看，他的确是下了不少功夫的，还有教育部项目为他加分，不试试申报国家级课题确实有点可惜。我总觉得，好活儿不怕多，先拿下来再说，总有完成的时候。所以，我当时几乎是要求他，务必要尽快申报国家社科，而且就以《英国田园诗歌研究》为题进行申报，做纯粹的田园诗歌文本研究；当然也可以加一个相对宽泛的视角。至于诗学研究，不能跟文本研究搅合在一起，完全可以作为下一阶段的项目选题。思路既然清晰了，士昌的执行力是毋容置疑的。我们花费了大量时间和精力把申报书反复打磨修改，尽量做到申报环节不出纰漏。于是，2013 年注定成为士昌踏入学术之门后最值得庆贺的一年：9月份，他以《空间理论视阈下英国田园诗歌研究》为题的国家社科项目获批立项；12月份，他的博士论文得到答辩专家一致好评，顺利通过答辩且答辩成绩为优秀。

经过了多年的努力，士昌和他的团队先后拿出了两份扎实的研究成果：一是2016年出版的《英国田园诗歌发展史》，二是这本即将付梓的著作。随后，他们又一鼓作气，把此前规划中的第三个领域"英国田园诗歌理论研究"纳入日程，申报了2020年度国家社科基金，并再次顺利中标。这使他们有幸继续依托国家社科的资助深耕在英国田园诗歌这片沃土之上。如今，第三领域的研究正在扎实推进，士昌团队初步实现了英国田园诗歌研究"三部曲"，即《英国田园诗歌发展史》《英国田园诗的空间维度》和《英国田园诗歌理论研究》三部颇具独创见地的学术成果。他们无疑为这一研究领域的发展做出了积极贡献。

我认为，本书基于广义田园诗概念，全面、系统地论述了包括英译古典牧歌在内的英国历代田园诗的多维空间特征，为读者呈现出一个诗意的、融理想与现实为一体的矛盾空间——田园乌托邦，即一个有别于其他纯粹乌托邦形式的全新乌托邦，并且揭示了田园诗以矛盾空间纾解人类社会心理矛盾的内在机制。在作者看来，纯粹乌托邦追求至高至美之境，恰似海市蜃楼，无迹可觅；田园乌托邦则撷和谐宁静之气，如闻鸡鸣犬吠，有踪可寻。换言之，田园乌托邦不是一张纯粹理想国的平面蓝图，而是一个多元融合的、立体的矛盾空间；它因诗意而令人向往，又因世俗而更具魅力。显然，作者的这种独到且中肯的学术见解是值得称道的。

李维屏

2023年3月

于上海外国语大学

目　　录

绪　论

　　赫西俄德的黄金时代和现代人的黑铁时代构成人类历史的两极，这两极之间的人类不断陷入缅怀过去与展望未来的冲突纠结之中。田园诗和英雄史诗便是这两种心态的文学反映。史诗英雄们是一个具有前瞻性的群体，他们的雄才伟略注定了他们有建立更大功业的心理欲求，受此欲求驱使，人类势必由豪强逐鹿的英雄时代快速滑向人性崩溃的黑铁时代的深渊。而田园诗的诞生恰恰是为了阻遏人类向黑铁深渊堕落。作为怀旧文学的代表，田园诗倡导人类回归原始生境——田园与荒野，欲以文学想象的方式拯救人性的堕落，呼唤黄金时代的回归。

一

　　托马斯·霍布斯（Thomas Hobbes，1588—1679）[①] 把田园诗（pastoral）与英雄史诗（heroic）并列，认为它们代表着欧洲古典诗歌的两种最伟大的传统。不过，他同时指出，田园诗与英雄史诗并非古典诗歌的全部。《答冈底伯特序》（The Answer to the Preface to Gondibert）中，他在史诗与田园诗之间引入另一种诗歌类型：市井诗（scommatic 或译作"城市诗歌"）[②]。他认为，英雄史诗、市井诗和田园诗这三种诗歌较为完整地代表

　　[①]　托马斯·霍布斯，17 世纪英国政治家、哲学家。他在文学研究与文学翻译方面也颇有成就，曾先后将修昔底德的《伯罗奔尼撒战争史》、荷马史诗《奥德赛》和《伊利亚特》译为英文。

　　[②]　Scommatic 一词基本意思应为"城市诗歌"，笔者认为将其译为"市井诗"更为恰当。因为，据霍布斯的进一步解释，该词暗含对都市人的批评，译作"市井诗"可取其"粗俗鄙陋"之意，契合了该词的讽刺内涵。

了人类生活的空间形态：首先因为它们分别是对宫廷生活、城市生活与乡村生活的模仿；二则因为，它们对应的三种人居空间又在某种程度上与天国（celestial）、天空（aerial）和大地（terrestrial）这三大空间领域相对应。霍布斯对此的解释是：在王子①与那些能力强大的人（即古人心目中的英雄）身上有一种来自天国的荣光，照耀着其他世人；那些居住在人口稠密的城市里的人，常表现出虚伪、反复无常和令人厌恶的习气，这正如不停流动的空气在风云汹涌中永难实现洁净一样；乡下人朴实无华，生活虽然平淡，却能滋养心性，他们的纯朴性情堪与他们耕作之上的大地相媲美。② 显而易见，霍布斯认为，在英雄时代一去不返的背景下，田园诗是市井诗永远无法企及的更高层次的诗歌。

在这里无须关注霍布斯的三分法是否足够严谨，我们更感兴趣的是，他的三类诗歌所涉及的三种空间形态恰恰是对欧洲古典牧歌三个最主要空间特征的间接注解：

第一，古典牧歌是对英雄史诗的模拟或戏仿。我们知道，不少神话英雄（如英雄王子赫拉克勒斯）或宗教人物（如雅各布、以撒、摩西、约瑟，还有大卫等）都曾是牧人。这个简单的事实说明，田园诗和英雄史诗从题材到人物都有着共同的基础。而且，就文本内容来看，忒奥克里托斯的确是在模仿史诗的基础上创造出牧歌这种文学形式的。他的《勒达的儿子们》（The Sons of Leda）、《戮狮者赫拉克勒斯》（Heracles the Lion-Slayer）等牧歌将史诗中英雄历险之类的神话空间移植到牧歌之中，这是将英雄史诗与田园诗相结合的典范，是缩微版史诗，也是忒氏对史诗模仿的直接证据。但忒氏牧歌更多的是对史诗的戏仿。他笔下诸如达夫尼斯、波吕斐摩斯等多位牧歌人物与史诗英雄之间有巨大反差，又在某些品质上明显地展现出与史诗英雄之间的同质性。比如，史诗英雄们大都有着崇高的人生目标，致力于开创宏图伟业和追求精神生命的极致；忒氏牧歌中的主要人物也有执着的人生追求，只不过他们追求的是世俗生活的美好。可以说，这

---

① 王子（princes）常为英雄史诗的主人公或英雄群体的成员。

② 转引自 Congleton, J. E. *Theories of Pastoral Poetry in England* 1684—1798. Gainesville：University of Florida Press, 1952. pp. 49–50. 原文见 Hobbes, Thomas. "The Answer to the Preface to Gondibert"（1650）. *English Works*（17 vols）. Ed. Sir William Molesworth. London, 1839–45.

些牧歌人物是一群具有与史诗英雄类似气质的反英雄（anti-heroes）。对反英雄形象的塑造是忒氏对英雄史诗戏仿的一大明证。另外，忒氏牧歌中的反英雄形象也承袭了史诗英雄的悲剧特质。所以，我们不妨称忒氏牧歌为类史诗（quasi-epic），其部分牧歌也有反史诗（anti-epic）特征。就空间形态来看，忒奥克里托斯的牧歌是欧洲诗歌从史诗般庄严神圣的神话空间向世俗的现实空间转向的标志。是忒奥克里托斯首先将史诗英雄拉下神坛，开辟了世俗诗歌的新领域。牧歌的史诗特征经由维吉尔的传递，一直延续到马维尔甚至更晚的时代。欧洲古典牧歌的成就及其悠久传统表明，它虽然未能在短时期内终结英雄史诗的历史，却至少可以称得上对史诗霸主地位最强大的挑战者。17 世纪田园诗歌理论家拉宾（Rene Rapin，1621—1687）把田园看作"纯真状态和黄金时代的完美意象，"① 并进而认为，"鉴于黄金时代在史诗之前就备受推崇，田园诗势必优越于英雄史诗。"②

第二，与市井诗一样，田园诗也是都市社会的产物。前者是城里人为城里人书写城里人，后者是城里人为城里人书写乡下人。前者重在反映城市生活，尤其是都市空间的喧嚣、龌龊和城里人的虚伪、浮躁、庸俗等市井习气；后者则反映城里人逃离喧嚣、龌龊、压抑的都市空间，寻求宁静、祥和、自由的人间乐园的强烈愿望。用燕卜荪的话说就是，田园诗人是在为其所处群体书写另一群体的生活与故事。③ 所以，田园诗通常被界定为都市文化的产物，它源自乡村与城市两种生活模式的对立。④ 正如当代田园诗歌理论家特里·吉福德（Terry Gifford）所说，"拥有悠久历史的田园诗从一开始就是为城市读者而写，所以，它致力于发掘和表现海滨城镇居民与山野牧人，宫廷生活与牧人生活，人与自然，出世与入世之间的

---

① Rapin, Rene. "A Treatise de Carmine Pastorali." *Idylliums of Theocritus*. Trans. Thomas Creech. Oxford, 1684. p. 5.

② Rapin, Rene. "A Treatise de Carmine Pastorali." *Idylliums of Theocritus*. Trans. Thomas Creech. Oxford, 1684. p. 6.

③ Empson, William. *Some Versions of Pastoral*. New York: New Directions Publishing Corp., 1974. p. 6.

④ Kermode, Frank. *English Pastoral Poetry: From the Beginnings to Marvell*. London: George G. Harrap & Co. Ltd., 1952. p. 4.

张力。"① 由此可见，市井诗和牧歌是城里人创造的两种对立的文学空间：作为物质世界象征的都市空间和作为精神世界象征的乡村空间。两类诗歌是都市人物质追求和精神追求之间不可调和的尖锐矛盾在文学中的清晰投射。因此，田园诗本质上是都市人为自己寻求到的一个解决精神困顿的途径。

第三，田园诗是对乡村生活的模仿与再现，这是田园诗最典型的特征。正如霍布斯所说，对乡村生活的模仿是田园诗最重要的价值所在。② 实际上，田园诗理论中的乡村模仿说并非霍布斯首倡。最先提出模仿说的应该是英国文艺复兴时期诗歌理论家乔治·帕特纳姆（George Puttenham, 1529—1590），他在《英国诗歌艺术》（*The Arte of English Poesie*）中形象地描绘了牧歌的形成过程：将牛群或羊群赶往野外的公用田地和树林里，让它们自由觅食，而牧人们则和那些护林人或护篱人聚在一起以聊天消磨时光，这成就了田园诗里最早的对话形式；树丛里或树荫下，他们或闲聊家长里短，或阔论身外之事，此则成就了最早的论辩；出于肉体与安逸的需求，便有了求爱与寻欢；他们唱给配偶或情人的歌便成为最早的爱情乐章。有时他们也未免边唱边配以管弦，大家来比试一番，看谁最优秀，最迷人。帕特纳姆坚信，田园诗就是在这浪漫、惬意的生产劳动中诞生的。③

霍布斯诗歌理论告诉我们，诗歌是关于空间的文学，不同类型的诗歌是对不同空间形式的模仿与再现。相较于英雄史诗和市井诗，田园诗发展出了更为多元的题材类型，也正是因此，田园诗的界定一直是一个复杂而持久的问题。

二

自文艺复兴以来，欧洲田园诗歌理论界就如何界定田园诗一直争论不

---

① Gifford, Terry. *Pastoral*. Abingdon; New York: Routledge, 1999. p. 15.

② 转引自 Congleton, J. E. *Theories of Pastoral Poetry in England* 1684—1798. Gainesville: University of Florida Press, 1952. pp. 49-50. 原文见 Hobbes, Thomas. "The Answer to the Preface to Gondibert" (1650). *English Works* (17 vols). Ed. Sir William Molesworth. London, 1839—1845.

③ 参见 Puttenham, George. *Arte of English Poesie*. Printed by Richard Field, dwelling in the black-Friers, neere Ludgate, 1589. Chap. 18.

休。总体来看，有狭义和广义之分。狭义的田园诗仅指始于忒奥克里托斯，终结于浪漫主义时代的牧歌及其变体，亦可称作古典牧歌或古典田园诗——此书以牧歌指称狭义的田园诗。广义的田园诗不但包括古典牧歌，还包括古典农事诗、村舍诗（庄园诗）、新农事诗以及后牧歌时代兴起的乡土诗、自然诗等一切书写乡村题材的诗歌——此书以田园诗称之，以区别于牧歌。

帕特纳姆与霍布斯谈论的显然是狭义的田园诗，即牧歌。自拉宾（Rene Rapin，1621—1687）将田园诗歌明确地定义为"对牧人或具有牧人特质的人的行为的模仿"① 之后，狭义的模仿说便成为对牧歌的基本界定。直到 20 世纪，美国学者列奥·马克斯（Leo Marx，1919—2022）仍然认为，"没有牧人，就没有田园诗。"② 足见狭义论影响之深远。

广义的田园诗界定最初出现在 18 世纪。随着古典牧歌的式微和乡村诗歌、自然诗歌的兴起，学界也开始对田园诗歌的传统界定进行反思。评论家们发现，随着田园诗题材和体裁的拓展，狭义的界定已无法概括田园诗的所有特征。他们开始提出并倡导宽泛的田园诗定义，即广义的田园诗，或者新田园诗。文坛大儒约翰逊（Samuel Johnson，1709—1784）指出，"无论发生在乡间的什么事情都可能成为田园诗歌的素材。"③ 戈德史密斯（Oliver Goldsmith，1728—1774）也认为，田园诗的素材就是出现在乡间田园的任何事物，以及其中介绍的所有人物或对话者，无论是牧羊人还是村夫。④ 他们显然在努力突破牧人题材的局限，要将田园诗题材推广到所有乡村元素。他们的观点得到浪漫主义时代及其后诗歌理论界的普遍响应和进一步发展。

当代田园诗歌理论家特里·吉福德（Terry Gifford）在综合前人观点的基础上，将田园诗的内涵划分为三个层面：第一个层面上的田园诗就是那

---

① 转引自 Congleton, J. E. *Theories of Pastoral Poetry in England 1684—1798*. Gainesville：University of Florida Press, 1952. p. 157.

② 转引自 Gifford, Terry. *Pastoral*. The New Critical Idiom. London；New York：Routledge, 1999. p. 1.

③ Johnson, Samuel. *The Works of Samuel Johnson*（Vol. 2 of 12）. London：Printed by S. and R. Bentley, Dorset Street, 1823. p. 239.

④ Goldsmith, Oliver. *The Art of Poetry on a New Plan*. London, 1762. 1：84.

种可以上溯至古希腊、古罗马时期的以描写乡村生活尤其是牧人生活为主的抒情诗歌，也就是古典牧歌，这是所有田园诗歌理论家们都必须首先认可的一个连续而悠久的传统。同时，与许多理论家一样，吉福德心目中也另有一种田园诗，它超越了传统田园诗形式和内容的羁绊，具有了极为宽泛的含义。第二个层面的田园诗应该包括一切直接或间接将乡村与都市进行对比的文学书写。如此一来，描写乡村生活、湖光山色的诗歌可谓之田园诗，将叙事背景置于乡村的小说可谓之田园诗，描写城市中花鸟鱼虫、竹木草亭的诗歌亦可谓之田园诗。总之，游离于都市生活之外，寄情于田园山水之间，且对所描所绘饱含着热情与真挚，此即所谓田园诗。然而，吉福德又不得不客观地指出，长期以来，如果一个文学作品被农夫或者生态批评学者称为"田园诗"的话，他们也许还暗含着对田园诗歌的第三种看法，那就是虚幻缥缈，脱离现实。他说，如果一部作品仅仅赞美田园风光而忽视赖其生存、挥汗劳作于其上的人的话，农夫会说，这不过是田园诗歌罢了；如果一首诗歌仅仅赞叹于都市翁郁苍翠的树木花草而忽视污染的威胁的话，生态批评家们会说，这不过是田园诗歌罢了。很显然，田园诗的理想主义与过于"纯真"已为它招致了恶名。吉福德由此认为，当人们以怀疑的态度看待田园诗的时候，"田园诗"就变成了一种蔑称，用于影射其对乡村现实生活过分理想化的描写。①

　　吉福德本质上是当代广义田园诗论的代表，他与列奥·马克斯等狭义论者之间的对垒证明，欧洲诗歌理论界直到如今也无法就田园诗的定义形成统一的认识。但是，无论是狭义的理解，还是宽泛的界定，有一点是任何人都无法否定的，那就是，田园诗是对乡村生活的模仿与再现。所谓的狭义说和广义说反映的不过是同一空间的缩小或延展而已。

三

　　上文提到的帕特纳姆关于牧歌形成过程的描述不但为我们展示了一个古典牧歌中常见的阿卡迪亚式乡村空间，还为我们深入理解牧歌提供了两个方面的启示：首先，这段描述涉及牧歌中的大部分空间元素，揭示了牧

---

① 参见 Gifford, Terry. *Pastoral*. London and New York：Routledge，1999. pp. 1-2.

歌空间的多维性——牧人的生产生活空间或栖居空间，牧歌的叙事空间或文学空间，牧歌的精神空间或爱情、艺术空间等。其次，这段描述中还暗示了牧人及其生活被逐步精神化进而理想化的过程，从而抓住了牧歌的本质内涵——它从一开始就承袭了阿卡迪亚（Arcadia）这个地方浓重的乌托邦特征。由此来看，阿卡迪亚是我们解开欧洲田园诗的空间内涵及其精神实质的一把钥匙，也是我们这个研究的切入点。

阿卡迪亚原本是一个真实的地理空间，它在忒奥克里托斯和维吉尔（主要是后者）的笔下成为一个"构想的"文学空间，并最终被符号化。阿卡迪亚的衍变过程正是牧歌空间的乌托邦化过程的体现。从勒斐伏尔和索亚的空间理论角度来看，阿卡迪亚是一个典型的"概念化空间"，是体现"乌托邦思维观念"和诗人、艺术家"创造性思维"① 的艺术空间，它的最终符号化实属必然。由阿卡迪亚催生的牧歌的原初理想就是要构建一个田园乌托邦。得益于阿卡迪亚真实而又陌生的空间特征，牧歌所要构建的这个阿卡迪亚式田园乌托邦从一开始就摆脱了虚幻缥缈的纯粹乌托邦的路子，开辟出一条致力于构建令人向往而又真实可感的理想社会的新道路。

的确，古典牧歌所构建的田园乌托邦并非一个纯净、单调的匀质空间，而是一个具有丰富内涵的多元化空间。这是因为，尽管牧歌诗人都是理想主义者，但他们绝不是空想家，更不是虚无主义者。换句话说，牧歌诗人虽然在竭力构建一个充满理想主义色彩的田园乌托邦，但他们从一开始就没有打算把这个空间纯净化、单一化；他们更愿意让读者感受到，牧歌中表达的社会理想都有着坚实的社会基础。他们知道，匀质、单调构不成理想的、有质感的牧歌空间，和谐、真实才是牧歌的重要标准；他们也知道，即便是消极负面的元素，也是牧歌对理想社会的反面倡导。正如列奥·马克斯所说，"大多数被称为田园文学的作品［……］最终并不希望我们对宜人的田园风光采取完全肯定的态度。无论如何，只要在创作时采用高超的技巧，这些作品就都能够描述、质疑，或讽刺绿色牧场的平静与

---

① ［美］爱德华·索亚：《第三空间：去往洛杉矶和其他真实和想象地方的旅程》，陆扬等译，上海教育出版社 2005 年版，第 85 页。

和谐的幻想。"① 所以，我们在牧歌里看到的是一个雅与俗相衬，善与恶较劲，忠贞与背叛为伍，爱情与肉欲并存……的多元、立体的真实空间架构。从这个意义上说，牧歌所构建的田园乌托邦的确有别于那种匀质的纯粹乌托邦，因为，纯粹乌托邦求至高至美之境，恰似海市蜃楼，无迹可觅；田园乌托邦则撷和谐、宁静之气，如闻鸡鸣犬吠，有踪可寻。

四

格伦·洛夫说过，"田园牧歌始终是一种对生活的严肃批评。"② 的确，牧歌所构建的田园乌托邦及其表达的社会理想是对现实世界的认真反思，表达了改良现实的强烈愿望；只不过，其批评意识是间接的，反观式的。真正直面现实，展开社会批判的是反田园诗（anti-pastoral）。

要界定反田园诗，必需先从梳理田园诗的基本元素开始。如前所述，牧歌是要努力构建一个基于真实社会形态的多元化乌托邦空间；因此，它从一开始就容得下低俗、背叛、色情，甚至罪恶等消极元素的存在。一方面，这是基本的社会逻辑，即一个完全公平、美好的社会空间是不可信也不可想象的；另一方面，这也是文学表现的需要，毕竟，诗人们还可以从反面来证明田园乌托邦的美好。但是，并非任何消极负面的东西都能够被贴上反田园诗元素（anti-pastoral elements）的标签。古典牧歌中确有不少低俗、背叛、色情甚至罪恶等消极元素，但是，假如诗人引入这些元素的主要目的不是进行有意识的社会批判，而是要借助它们与那些积极美好的元素之间的张力来构建世俗而真实的牧歌空间，那么，这些消极元素就不是我们所谓的反田园诗元素。相应地，当那些消极元素被诗人用来展开有意识的社会批判时，它们才可称得上反田园诗元素。基于这种界定，我们发现，忒奥克里托斯牧歌中虽充斥着消极元素，但他的主要目的并非要展开社会批判，而是要构建一个真实的、世俗的文学空间，并以此世俗的文

---

① ［美］列奥·马克斯：《花园里的机器：美国的技术与田园理想》，马海良、雷月梅译，北京大学出版社 2011 年版，第 17 页。
② ［美］格伦·洛夫：《实用生态批评：文学、生物学及环境》，胡志红等译，北京大学出版社 2010 年版，第 76 页。

学空间取代神圣的文学空间。因此，忒氏牧歌不具有反田园诗性质。最先在牧歌中引入反田园诗元素是维吉尔。《牧歌》(*Eclogues*)、《农事诗》(*Georgics*) 显示，维吉尔笔下的许多故事都有其现实基础，而这些以现实为基础创作的田园诗中不乏对丑恶的社会现实的批判与揭露，只不过诗人善于将其批判意识巧妙地掩盖于乐观和宽容的语境之中罢了。

维吉尔这种若隐若现的批判意识被英国田园诗人很好地领会并继承下来。经过巴克莱、斯宾塞等多代诗人的传递，到了 18 世纪，随着古典牧歌的衰微，反田园诗终于摆脱了思想羁绊，开始与刚刚兴起的新田园诗之间展开了激烈的公开对垒。

以新农事诗、自然诗歌为主体的新田园诗倡导爱国精神，以赞美富庶、繁荣、美丽的乡村和自然为己任，倾力展现大农场经济背景下英国乡村生产、生活的美好图景，彰显乡村文化的魅力，构建诗意的英国乡村空间。然而，事实表明，诗意的乡村空间展示的只是其时英国多个层面中的一个，另一个与此对立的、黑暗而苦难的乡村空间也实实在在地存在着。新田园诗实际上成为以一个现实掩盖另一个现实的文学书写的典型代表。为正视听而与其展开激烈抗争的文学书写也必然要兴盛起来，其主要代表就是反田园诗。如果说早期的英国反田园诗因其零星尚无法构建起独立、完整的空间领域的话，18 世纪的反田园诗则以其深刻的现实揭露和强烈的批判精神描绘出另一个层面的英国，构建起一个充满黑暗现实的英国乡村空间。

五

基于上述对英国田园诗空间特征的基本认知，我们把揭示英国田园诗空间的多维性和空间元素的多元性作为主要研究任务。研究内容如下：第一章论述阿卡迪亚的符号化，牧歌的产生及田园乌托邦的形成过程。本章以介绍作为真实地理空间的阿卡迪亚的历史沿革为切入点，从历史与神话空间中的阿卡迪亚、作为文学空间的阿卡迪亚、阿卡迪亚的符号化过程等层面揭示牧歌与田园乌托邦的形成过程。第二章通过论述古典牧歌中几种典型叙事模式（对歌，嵌入式空间，符像诗歌，空间延展与空间措置）的空间特征，揭示牧歌空间与其他文学空间的区别。第三章从情感误置手法入手，揭示古典牧歌中的自然空间与心理空间的关系。本章首先解释情感误置的定义及产生机制，明确其对揭示自然环境与心理空间之间关系的重要意义；接下来，从古希腊牧歌的心理空间、古罗马牧歌的心理空间、英国田园诗的心理空间等三个方面展开详细论述。第四章论述田园情诗中的性爱空间。本章从田园情诗的空间特征、田园情诗的体裁类型与叙事空间、田园情诗中的性别空间等几个方面展开论述，揭示田园诗中性爱空间的社会意义与人性价值。第五章通过探讨英国早期牧歌中的本土元素、新田园诗中的乡村生活、华兹华斯与自然诗歌、维多利亚时期诗歌中的自然与乡村等，揭示英国田园诗的本土化及诗意的英国式乡村空间的建构过程。第六章论述反田园诗对新田园诗语境下诗意的英国乡村空间的解构及其对田园乌托邦的反面倡导。本章论述主要从如下几个方面展开：古典牧歌中的反田园诗元素及其空间特征，早期反田园诗中的英国式乡村空间，新田园诗时代反田园诗中的乡村空间。

在研究方法上，我们既不囿于各种空间理论的"门户之见"，也决不停留在以理论寻文本的"按图索骥"式机械解读，而是以"强化文本分析，淡化理论介入"为主导思想，力图借助文本本身解读田园诗的空间特征及其内涵。就研究对象而言，本研究突破国外田园诗研究领域常用的狭义研究（集中在牧歌）及国别研究的局限，从正本溯源开始，将整个英国田园诗的发展历程作为一个整体展开研究，包括了古典田园诗（源），古典田园诗在英国的传承与发展（流），新田园诗（变）等三个主要阶段。因此，本研究的文本视野覆盖了英国田园诗发展历程中所有翻译与原创田园诗作。在引用、分析忒奥克里托斯、维吉尔等诗人的古典牧歌文本时，我们以自文艺复兴以来多种英文译本作相互参照，以尽量接近原作精神。至于原创英语田园诗作，如有不同版本，亦尽量在新旧版本相互参照的基础上展开研究。

第一章　阿卡迪亚：从地理空间到文化符号

阿卡迪亚原本是希腊的一个地理区域，那里山石嶙峋，不适宜耕作，却是上好的牧场和狩猎之地。被古典时期的诗人们"发现"后，阿卡迪亚开始走进文学，逐步从真实的地理空间转化为文学空间；经由多代诗人的努力，最终抽象化为一个具有普遍意义的空间符号。阿卡迪亚的符号化过程恰恰揭示了牧歌的形成机制以及古典牧歌的空间特征；而卡阿迪亚及类阿卡迪亚（福地、福岛、谭培谷、伊琍兹姆、艾达利亚的小果园、阿布酷歌等）等文化符号又是牧歌诗人社会理想的载体。

第一节　作为地理空间的阿卡迪亚

当布鲁诺·斯奈尔（Bruno Snell）说"阿卡迪亚是公元前41或42年被（维吉尔——引者注）发现的"① 时候，他所谓的"阿卡迪亚"已非百科全书里描述的那个被多道山梁与外界阻隔的伯罗奔尼撒半岛（the Peloponnesus）中部的崎岖山地，而是几乎被维吉尔完全虚幻化了的一个乌托邦世界。也就是说，文学或文化意义上的阿卡迪亚的确是由维吉尔"发现"或"创造"的。但是，第一位以文学形式正面书写地理学意义上的阿卡迪亚的绝非维吉尔，而是他的希腊前辈，如品达和忒奥克利托斯等。品达讲述过有关潘的神话；忒奥克利托斯则在自己的牧歌中多次提到潘的领

---

① Snell, Bruno. "Arcadia: The Discovery of a Spiritual Landscape." *The Discovery of the Mind*. Trans. T. G. Rosenmeyer. Oxford: Blackwell, 1953. p. 281.

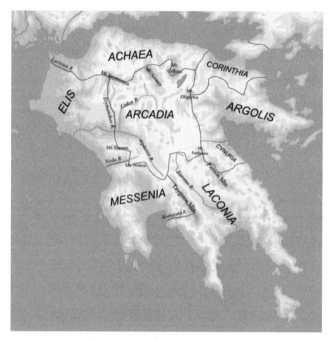

（公元前 4 世纪的阿卡迪亚）

地，说潘住在崎岖不平的山地，这就是阿卡迪亚。

诚然，作为地理空间的阿卡迪亚无需被人"发现"，它一直就在那里，与它的原生居民一道创造了古老的神话与历史。忒奥克利托斯时代及其之前的阿卡迪亚与现在的阿卡迪亚地区略有不同。古阿卡迪亚位于伯罗奔尼撒半岛的中心地带，是一片被多座山脉与外界阻隔开来的内陆山区。① 它的北面以厄瑞曼托斯山（Mount Erymanthos）、阿洛尼亚山（Mount Aroania）和基利尼山（Mount Cyllene）为界与亚加亚地区（Achaea）相邻（阿洛尼亚山大部分都在阿卡迪亚这边）；东面自北向南以基利尼山、奥里格特斯山（Mount Oligyrtos）和帕塞尼乌斯山（Mount Parthenius）为界与阿尔戈利斯（Argolis）和科林西亚（Corinthia）接壤。在南部，帕农山脉（the Parnon Mountains）和泰格托斯山脉（the Taygetos Mountains）把阿卡迪亚与南部拉科尼亚（Laconia）和麦西尼亚（Messenia）二地区两两相

---

① 现代阿卡迪亚地区的东南方已延伸到滨海地区，不再是完全封闭的内陆了。

隔，使得半岛上最长河流阿尔菲厄斯河（Alpheios River）的中上游几乎全处于阿卡迪亚境内。在西南方，诺米亚山（Mount Nomia）和埃拉乌姆山（Mount Elaeum）分别成为阿卡迪亚与麦西尼亚和埃利斯（Elis）两个地区的边界。西部自北向南流向的埃瑞曼索斯河（the Erymanthos River）的一部分成为与埃利斯的边界。除了帖戈雅（Tegea）和麦格罗普利斯（Megalopolis）周边小片平原以及阿尔菲厄斯河和拉顿河（Ladon River）谷地之外，阿卡迪亚的其他地区全是山地。这里夏季炎热干燥、冬季温和多雨，属于典型的地中海式气候。总体上说，阿卡迪亚是个降水丰富、环境宜人的地方。这里的山地不适合农耕，却是天然的牧场，是绝佳的牧羊之地；崎岖的山地适合各种动物栖息，于是它也成为猎人的天堂。阿卡迪亚人是古老的原生民，公元前 12 世纪多利安人开始入侵之前他们就生活在那里，世世代代在这里过着与世隔绝的田园生活。

阿卡迪亚原文 arkadia 中的 ark-原意为"躲避"，后来又有了"方舟"之意；-adia 则指"阎王"；二者结合就是指躲避灾难的意思。由词源可见，阿卡迪亚在其原初时期就有避难之所的意思，这与中国文化中"桃花源"的含义如出一辙。

封闭多山的地理环境造就了阿卡迪亚独特而恒久的生产、生活方式——以畜牧狩猎为主的经济模式，也使其成为希腊历史上最为特殊的一个地区。除了西南部平原及河谷地带人口相对稠密外，山里的居民多分散而居，与世无争，生活悠闲而散漫，以至于当希腊其他地区相继进入并长期维持城邦制社会结构的时候，阿卡迪亚却始终未能形成堪与雅典、斯巴达等媲美的城邦。公元前 4 世纪上半叶，为抗衡南部强大的斯巴达，阿卡迪亚人汇聚几乎所有力量建立了麦格罗普利斯城（Megalopolis）①，但该城

---

① 麦格罗普利斯城（Megalopolis）是阿卡迪亚同盟（the Arcadian League）为抗衡斯巴达（Sparta）于公元前371—368年间聚集20至40个村落而建成的，此后成为联盟的一个成员，直到公元前362年阿卡迪亚联盟解散。公元前331年，麦格罗普利斯城被斯巴达人攻占；约公元前235年成为亚该亚同盟成员（the Achaean League）；公元前222年被斯巴达王克里奥美尼斯三世（Cleomenes Ⅲ）焚毁；若干年后重建。据希罗多德（Herodotus, c. 484—425 BC）记载，古希腊人相信麦格罗普利斯地区就是提坦之战（the Titanomachy）的主战场之一。希罗多德告诉读者，至少从公元前6世纪开始，这地区就不断出土所谓的提坦神的骨骼。

从建立到被斯巴达侵占，统共不过半个世纪。可以想见，一个内陆的多山地区想要实现富强的梦想该有多么困难。不招惹，不抗衡周边强大的城邦，满足于与世无争、悠闲散漫的生活自然成为阿卡迪亚人维持生存的最佳选择。事实上，满足于与世隔绝的状态是包括阿卡迪亚人在内的所有幽闭民族的普遍心理。当然，正如这里世代的人们期望不被外部世界干扰一样，阿卡迪亚也注定成不了外界关注的核心。这种状态一直持续到公元前3世纪忒奥克里托斯开始诗歌创作之前。

第二节　历史与神话空间中的阿卡迪亚

当雅典和亚历山大等地区形成大量与神话主题相关的艺术作品时，人们很容易忽视一个事实：阿卡迪亚才是希腊神话领域中最为古老的地区。不管是出于自卑还是孤傲，阿卡迪亚神话将阿卡迪亚看作世界的中心。当然，这一点也是几乎所有民族神话的共同特征。

一　阿卡迪亚的早期共同体

阿卡迪亚的确一直存在于古希腊的神话记载中。神话里说，阿卡迪亚的民族比月球还要古老；它的第一位统治者珀拉斯戈斯（Pelasgus）[1] 诞生于大地；它的第一批居民同样是土生土长的，就像是橡树子从雌橡树里长出来一样。实际上，橡树子就是他们的食物，狩猎和牧羊是他们的基本生产方式。阿卡迪亚人常常在山顶上祭奠赫耳墨斯（Hermes）[2] 之子潘（Pan）[3]，以求潘神能够显灵。潘神头上长角，是半羊半人形象。清晨，在

---

[1] 因为阿卡迪阿亚人认为他们是世界的起源，所以古希腊人也一度相信珀拉斯戈斯为世间第一个凡人。传说是他奠定了包括宙斯、赫菲斯托斯（火神）、潘（牧神）等在内的诸神崇拜。

[2] 赫耳墨斯是希腊奥林匹斯十二主神之一，罗马名字墨丘利（Mercury）。宙斯与迈亚的儿子。他出生在阿卡迪亚的一个山洞里，因而他最早是阿卡迪亚之神，是强大的自然界的化身。奥林匹斯统一后，他成为畜牧神，宙斯的传旨者和信使，行路者的保护神，商人的庇护神以及雄辩之神。

[3] 在罗马神话中称福努斯（Faunus）或西尔瓦诺斯（Sylvanus）。

米纳鲁斯山（Mt. Maenalus）① 上，潘神教人们吹奏他自己创造的笛子，他的乐曲也由此成为阿卡迪亚人唯一的艺术。这个故事让我们领悟到阿卡迪亚人生活俭朴、知足常乐秉性的缘起。

如果人类确曾有过天人合一的时代，那么阿卡迪亚人对此应该最有发言权。这一点有故事可以佐证。据传说，阿卡迪亚的一位重要族人犯了原罪，这个族人就是阿卡迪亚国王吕凯厄斯（Lycaeus）。关于吕凯厄斯所犯的原罪，向来众说纷纭。有的说吕凯厄斯要把自己的孩子作为贡品祭奉给宙斯；有的说是他请宙斯到家里做客，试图诱使宙斯品尝他儿子的肉；甚至有的还说，他试图诱使宙斯到他家里时，趁黑夜将其杀死。计策失算暴露，便会遭到严厉的惩罚，坦塔罗斯（Tantalus）② 和普罗米修斯的结局就是很好的例证。于是，作为惩罚，宙斯将吕凯厄斯变成了一匹狼。从此，狼就成了原始阿卡迪亚人的图腾。这个具有原始宗教色彩的神话充分体现了阿卡迪阿亚人与自然合而为一的存在关系。

所以，神话与现实世界永远是相互联系、相辅相成的。正如拉斐尔·贝塔佐尼（Raffaele Pettazzoni）所说，"神话是真实的历史，"因为"神话不是纯粹杜撰的产物，他不是虚构的无稽之谈，而是历史，他是'真实'的故事而不是'虚构'的故事。"③ 封闭、多山的地理环境将阿卡迪亚原生居民与外部世界隔绝，形成独特的生产方式和生活习惯，并由此衍生出独特的神话体系；这些神话又反过来影响了世代的阿卡迪亚人，使他们坚信自己生产、生活方式的神圣与不可替代性；而原本属于神话的某些内容也渐渐演变成社会规约，融入阿卡迪亚的日常生活之中。可以说，阿卡迪亚神话已经深深渗透进当地居民的生活，成为其传统文化赖以维持的精神力量。所以，古代阿卡迪亚人长期保持着原始的生产、生活方式，

---

① 米纳鲁斯山（拉丁语 Mænalus，希腊语称 Mainalos 或 Mainalon 或 Menalon）是阿卡迪亚的一座山脉，其主峰亦称米纳鲁斯山，均以阿卡迪亚国王吕卡翁（Lycaon）之子命名。这里植被茂盛，环境秀美，现在是个著名的自然保护区。

② 坦塔罗斯是希腊神话中吕狄亚王，因犯有罪孽被罚站在冥界齐颈的水中，头上有果树，但他却不能喝到水、吃到果子。

③ ［意］拉斐尔·贝塔佐尼："神话的真实性"，《西方神话学读本》，阿兰·邓迪斯编，金泽译，广西师范大学出版社 2006 年版，第 125 页。

主要以牧羊、狩猎为生；他们膳食结构简单，如神话里所说的那样，橡子成为他们的主食之一。根据古希腊史学家忒奥彭普思（Theopompus, c. 380 BC—c. 315 BC）的记载，古代阿卡迪亚人性情质朴，待人宽厚；虽有阶层划分，却更具平等观念。他们准许奴隶和主人在宴会时同席，一起吃自助餐，还可以共享一个调料碗。① 这听起来有点不可思议，像是出自 18 世纪关于美洲土著快乐生活的纪实文学。但是，这些描写的确符合忒奥彭普思的一贯风格，他的作品中其他地方也不时出现类似的具有乌托邦色彩的记载。罗森梅耶尔（T. G. Rosenmeyer）认为，忒奥彭普思刻意选择了阿卡迪亚人这个群体作为彰显纯朴而无欺诈、知足常乐且无阶级障碍的早期共同体的范例。② 尽管忒奥彭普思因为过于喜欢记录浪漫而充满理想主义色彩的故事而常受后人诟病，但既然是史学家，他的记载总是要有点可靠性的。由此看来，后来阿卡迪亚文化内涵的逐步丰富也并非纯粹是神话与文学的功劳，还理应有历史的积淀。

当然，在阿卡迪亚丰富的神话故事中，最能体现和解释阿卡迪亚人与自然合而为一存在关系的当属潘神崇拜。潘神崇拜还因此成就了堪与史诗传统相媲美的伟大的牧歌传统。

二 潘神崇拜与牧歌之起源

在希腊神话中，潘神是牧群、牧人、森林和田野的守护者，是一位纯粹的乡村神祇。一些神话认为，潘神与宙斯同代，甚至比其更早；但多数神话则认为他是信使之神赫尔墨斯（Hermes）的儿子。③ 潘神出生时非常丑陋，虽是人面人身，却长着山羊的角、尾巴和双腿。他自幼遭到了母亲的抛弃，遂终身流浪于荒野，与林间仙女为伴，还创造了乡村音乐。和希

---

① 转引自 Rosenmeyer, T. G. *The Green Cabinet：Theocritus and the European Pastoral Lyric.* Berkeley and Los Angeles：University of California Press, 1969. p. 234. 这种平等的观念与斯巴达军营式社会结构中强制性的男子同餐共作模式有着本质区别。

② Rosenmeyer, T. G. *The Green Cabinet：Theocritus and the European Pastoral Lyric.* Berkeley and Los Angeles：University of California Press, 1969. pp. 234-235.

③ 潘神母亲身份说法不一，或是德律俄珀（Dryope），或是仙女奥伊尼丝（Oeneis），或是树神佩涅罗普（Penelope），抑或是羊神阿玛耳忒亚（Amalthea）。

腊神话中许多神祇一样，潘神也是一个情种；他的情感故事一大箩。潘神还有一种令人讨厌的习惯，就是常藏在树林里，用突然的喊叫或恐怖的笑声惊吓过往的行人，让他们心生恐惧——他的名字也因此具有了"恐慌"（panic）的内涵。他这个令人生厌的习性日后反而助其成就了不朽业绩。一次是在提坦神（Titan）对奥林匹斯山的叛乱和攻击中，潘神声称自己也应享有胜利者的荣耀，因为他在叛乱者中引起了恐慌。另一次是在雅典人反击波斯人的马拉松战役中（the battle of Marathon）。据说，当时潘神站在雅典人的一边，在敌人心中激起了恐慌。① 据希腊历史学家普鲁塔克（Plutarch，c. 46-120）在《神谕的荒废》（On the Failure of the Oracles）一文中记载，潘神是希腊神话记载中唯一一位死亡的神祇。② 也有说潘神不是死亡，而是升天成了星宿摩羯座。③ 在古罗马诗歌中，潘经常与弗恩努斯（Faunus）一起出现，有时甚至被等同起来。④ 但就维吉尔《埃涅阿斯

---

① 根据希腊神话，在雅典与波斯之间爆发的马拉松战争期间，潘遇见了前往斯巴达的信使。他请求信使告诉雅典人：尽管雅典人并不喜欢他，他仍旧愿意在他们困难时期给予帮助。雅典人在马拉松附近与敌人作战时，惊奇地发现波斯士兵突然被一种莫名的恐惧所笼罩，他们混乱地逃离阵地。原来是伟大的潘给波斯士兵的内心注入了一种恐惧。战后雅典人满怀感激之情建了一座神坛献给潘，将祭品和猎物敬献给他以示尊敬。

② 据普鲁塔克记载，在提庇留（Tiberius，14-37）统治期间，一位叫塔姆斯（Thamus）的水手带来潘神死去的消息。他当时正前往意大利，路过一个叫帕克西（Paxi）的小岛时，海面上传来一阵声音："塔姆斯，是你吗？当你到达帕罗德（Palodes）时，请宣布伟大的潘神已经死了。"塔姆斯听从了吩咐。消息在海岸引起一片叹息和恸哭。希腊人罗伯特·格雷福斯（Robert Graves）则认为是塔姆斯听错了。关于潘神之死的争议实属荒诞，但确信不疑的是，潘神崇拜仍在延续。一个世纪之后，当希腊历史学家、地理学家保塞尼亚斯（Pausanias，生活于公元2世纪）游历全希腊时，发现有关潘神的神殿和圣地仍然遍布山林。

③ 相传，有一次宙斯在尼罗河上宴请诸神，刚好遭到怪物堤丰（Typhon）的袭击，众神大惊，纷纷变成各种动物逃窜。潘神由于过度惊慌，跳入水时变化不及，结果就变成了上半身是羊，下半身是鱼的怪模样。就这样，潘神变成了海中的山羊，后被接引进入天国，成为摩羯星座（the Capricornus）。

④ 其实两者略有不同：从词源上看，潘又称作 Nomios，也就是牧神；而弗恩努斯则与 agrestis（即"耕种"）联系紧密。在希腊神话传统中，潘永远不会和农耕联系在一起。弗恩努斯则不然，作为农耕之神，他属于社会模式的一部分，是农业经济的象征，又时常与林、牧相联系。弗恩努斯有预言的天赋；在卡尔普尔尼乌斯（Titus Calpurnius）的《牧歌》（Eclogue）中，弗恩努斯的预言能力体现在他的双重本性之上：他既是经济社会的成员，也是狄奥尼索斯的一名林中随从。潘也是预言家，但他变化无常又不拘礼节的性情使他的预言信度大打折扣。

纪》（*Aeneid*）中的描写来看，弗恩努斯性格相对复杂，是一个集理性与感性为一体的形象。因此，在维吉尔之后的文学传统中，弗恩努斯较少被用作牧歌中闲适和简单的象征；每当诗歌着重于嬉闹和天真时，罗马诗人通常在弗恩努斯之外再加上潘，而不是只用弗恩努斯来表现。

潘神崇拜始于阿卡迪亚，因为这里是他的家乡和最主要的"道场"。作为地位并不崇高的乡村神祇，潘神的祭坛通常散布在远离城市的荒野；即便极个别出现在城市的边界之内，也通常不是人工所建的寺庙，而是象征荒野的洞穴。① 潘神的影响很长时期内仅仅局限于阿卡迪亚地区，是马拉松战役让其声名远播；自此之后，在雅典、阿提卡等许多地区，人们纷纷以山洞为圣坛对潘神虔诚膜拜。

潘神崇拜对西方文化最重要的影响莫过于成就了悠久的牧歌传统。很显然，西方古典牧歌所包含的核心元素均能从潘神及潘神崇拜中寻到原型或踪迹。

首先，潘神所代表的经济模式是古典牧歌赖以形成的社会基础。

潘神一直被认为是荒野、山林与牧场的完美产物，是生于斯长于斯的牧羊人的神圣化身，是典型的乡村畜牧经济和远离都市的田园生活的象征。作为潘神"正规"领地的阿卡迪亚是一个畜牧经济发达的地区，而且狩猎也比在希腊其他地方更重要。② 在潘神的领地，由于这种特定经济模式的主导作用，狩猎自然不会"沦落"到娱乐运动的层次；因此，作为猎人兼猎物的保护者、牧群的守护神的潘犹如万物之主（the Master of Animals）一般受到猎人和牧人的共同敬拜。"正如阿卡迪亚的整个历史和文化所展示的那样，阿卡迪亚的潘神似乎为我们带来了一个与被称为古典的希腊截然不同的世界。"③ 阿卡迪亚由此成为与希腊其他地区相隔离的独特经济体。

---

① 最著名的潘神洞（the Cave of Pan）位于雅典卫城的北坡。人工修建的潘神庙似乎只有位于伯罗奔尼撒半岛西南部奈达河（Neda River）峡谷的潘神庙（它的遗迹保存至今）和古埃及的潘神庙。

② Borgeaud, Philippe. *The Cult of Pan in Ancient Greece*. Chicago：The University of Chicago Press, 1988. p. 5.

③ Borgeaud, Philippe. *The Cult of Pan in Ancient Greece*. Chicago：The University of Chicago Press, 1988. p. 4.

随着牧歌的兴起，阿卡迪亚逐渐由原来的"避难之所"演变成为一个逃离烦恼的隐逸之地，由一个原始质朴的地理空间演变为一个乌托邦式的空间符号；其经济模式自然也化作一种文化符号延传至今。

其次，潘神"创造"的乡村音乐和牧笛是古典牧歌核心元素的原型。

我们说潘神成就了牧歌传统，不仅仅因为他是牧人的守护者，更重要是因为他的音乐才能。牧歌传统很大程度上是从潘神创造的乡村音乐衍生而来的。

关于潘神创造排箫的传说是这样的：河神兰顿（Landon）的女儿绪林克斯（Syrinx）是阿卡迪亚一位美丽的小林仙。有一天，她打猎归来，迎面碰上了潘。美丽的仙女不理会潘神的恭维，匆匆逃离，以免被其纠缠。潘从莱希乌姆山（Mount Lycaeum）一直追到众仙女的驻地，姐妹们迅速把无处藏身的绪林克斯变成了一株芦苇。于是，风（也有说是潘神的叹息）吹进芦苇，便奏出哀伤的乐曲。痴心的潘神不能确认哪一株芦苇是心上人所变，索性砍下 7 株（一说 9 株），将其按递减长度编排在一起，制成一种乐器，并以心上人的名字命名。从此，这种乐器便与潘神形影相随，永不分离。这与太阳神追求达芙妮的故事如出一辙。[①] 两位音乐之神的爱情故事分别为西方文化传统提供了两个典型的符号：前者是牧歌中的牧笛，后者即为桂冠传统。桂冠的文化意蕴之深远自不必说，仅就牧笛（或其变体）而言，它作为欧洲牧歌中牧人的典型装备，也早已超越了其具体的娱乐功能而升华为代表牧人精神特质的符号了。

关于潘神的笛子，另一个比绪林克斯的故事更激进的说法是，潘刚一出生就脚步轻快，抓起笛子就吹奏起来。[②] 这个故事无外乎是要强调，潘神的音乐才能是天生的，从一出生开始，笛子（或鸣管）就伴随着他。在西方文学艺术的悠久传统中，吹笛子的潘是非常突出的母题：潘象征着牧歌式的闲适、放松及性兴奋；他的笛声更是姑娘们乡村舞蹈的最佳伴奏。牧神的生活方式其实就是自古以来牧人生活方式的写照。牧人在孤寂的地

---

① 事实上，早期神话中就有潘神即为阿波罗与树神佩内洛普（Penelope）之子的说法。此说法散见于品达罗斯等人的作品。

② 说法出自中世纪一位喜剧作家阿拉罗斯（Ararus）的戏剧《潘的诞生》。

方照料畜群，他自然需要一种排遣孤独的方法；因为笛子易于制作和携带，他们很自然就以吹奏自制的笛子为乐。

我们当然知道，无论排箫还是笛子，都是人之创造，而非神祇之功；因为，就连潘神也是由人创造出来的。卢克莱修（Titus Lucretius Carus, c. 99B. C. –55B. C.）在《物性论》（*On the Nature of Things*）中曾详细分析过潘神和以芦笛为代表的乡村音乐的缘起。据他推测，是乡下人根据山谷里的回声创造了潘神和他的笛子：

> 在荒僻的地方，山岩会以适当的次序反射我们的声音。当我们在沉郁的群山中寻找迷路的同伴时，我们用响亮的声音呼唤他们。我知道一些地方，你在那里发出一个声音，就会连续听到 6 到 7 次回声：这些声音在山间来回飘荡，仿佛是受过训练一般。
>
> 当地人认为，这些地方是仙女和森林之神的栖息之地，是弗恩努斯的家园；他们喧闹、嬉戏的狂欢常常打破夜晚的宁静。人们会听到丝竹之音在夜空荡漾。他们还说，当地的村民都听到过潘 ［……］ 吹奏的不绝如缕的美妙笛音。［……］ 他们鼓吹这些神迹的动机也许是害怕被认为他们居于荒僻之地，孤独无助，以至于连神都将他们抛弃。①

卢克莱修的确看穿了这些乡下人的心理，也解释了神话产生的部分原因。事实上，人类为自己寻求精神安慰正是神话诞生的原因之一。这种神话创造过程在神话学中被称作"情感投射"，它"不是审美的，而是实用的，即表现为神话创造者的希望。"② 就阿卡迪亚人来说，他们创造与潘神相关的种种神话的重要目的是为自己所坚持的生产生活方式寻求一个牢靠而合理的依据；他们要借此告诉世人，他们不但没被神灵抛弃，而且还沿袭着由神明开创的神圣的生产生活方式。

基于自己对神话本质的揭示，卢克莱修进一步对音乐的诞生、笛子的

① Lucretius Carus, Titus. *On the Nature of Things*. Trans. Martin Ferguson Smith. Indianapolis / Cambridge: Hackett Publishing Company, Inc. , 2001. p. 116.

② 鲁刚：《文化神话学》，社会科学文献出版社 2009 年版，第 79 页。

发明与牧人生活的关系展开了精彩且更为可信的探讨：

> 人们经常用嘴模仿清澈婉转的鸟鸣，最终学会了演唱悦耳动听的歌。风通过芦苇管腔发出的哨音启发乡下人：空心茎秆可以吹出声音。经过不断摸索，人们掌握了用手指击打腔管上面的音孔发出美妙音符的方法。于是，就在那人迹罕至的树林和林间空地，在旷野中休息的孤独的牧羊人发明了笛子。吃饱喝得之后，牧人们就用这种音乐抚慰自己的心灵；因为那是一个随便什么东西都可以带来快乐的时代。因此，牧人们常常会躺在溪边大树下天鹅绒般柔软的草地上，让他们的身体享受简单而惬意的放松，尤其在天气晴好，绿草间缀满鲜花的时候。然后就会有笑话、闲聊和愉快的笑声；那时候，乡村缪斯的状态最佳。接下来，在嬉闹欢乐的驱使下，他们会用花环和树叶来装饰他们的头和肩膀，然后在一场没有节奏的舞蹈中笨拙地扭动他们的四肢，用笨拙的双脚击踏着大地。这些表演令人愉悦，不时引发阵阵笑声，因为这些娱乐活动新颖而美妙，在那个时候会产生更大的影响。[……] 这个古老的传统至今仍被守望者所保留。尽管守望者们早已学会了打节拍，但他们从自己的音乐中获得的乐趣并不比那些林地之人与大地之子们从他们那原始的音乐中获得的更多。①

由此，卢克莱修将潘神、回声、乡村音乐联结成一幅声音同质而意蕴多彩的画面，形成一种充满理性的神话学理念。但是，文学作品的大量描绘暗示我们，笛子并非潘神的唯一乐器。除了笛子，潘还常常携带简单的打击乐器；有时候，打击乐器碰撞的声音会产生一种骇人的音效，使人联想到潘所引起的恐慌。换句话说，潘的音乐不仅仅是美妙的旋律；他的音乐与其性格一样，本质上聚集着更大的能量；而这种能量是通过用简单乐器模仿野外自然的声音实现的。我们再想想神话中潘神和艾科（Echo）②的关系（潘神曾一度追求艾科而不得），就能够理解上述说法的逻辑及其

---

① Lucretius Carus, Titus. *On the Nature of Things*. Trans. Martin Ferguson Smith. Indianapolis / Cambridge: Hackett Publishing Company, Inc., 2001. pp. 174-175.

② 即回声。

可能性了。

再次，潘神是守护者与攻击者的复合体。

潘神既是牧人又是猎人，是守护者与攻击者的复合形象。作为牧人保护神的潘神，他的牧神形象单纯而持久，自其被定义始，这一切就没再发生改变。但是，在西方艺术中，潘神又常被塑造成猎人的形象：除了永不离身的排箫（或牧笛）之外，更为突出的是他携带的那根曲柄手杖（lagobolon 意即 hunter's stick）以及肩上扛着的猎物。这根曲柄手杖是一种攻击性武器，原意就是击杀兔子的工具，当然也用作防守武器——出于防卫目的，这种曲柄手杖后来成为猎人和牧人的标准装备之一。可以肯定地说，潘神原本主要是位猎人。但在牧歌中的职业类型里，狩猎的确又是一个不太好评价的职业。因为，作为人的谋生手段，狩猎却侵害着那些生机勃勃的野生动物的生存权，同时，其潜在侵略本性也打破了林间的宁静，打鱼的生产方式也是如此。[1] 无论狩猎还是打鱼，都说明潘是一个攻击者。就连他好色的本性也成为其攻击性力量的侧面反映。可见潘神性格的突出特征就是其难以控制、随时可能爆发的强大能量。古希腊诗人、批评家卡里马库斯（Callimachus，310/305B. C. - 240B. C.）用灰烬里沉睡的火种来喻指潘和狄奥尼索斯，暗示他们是一种经过一定的潜伏期终将爆发、重获新生的力量。可见，作为一个文化符号，潘神已渗透入古希腊人的灵魂之中。古希腊职业占卜家阿特密多罗士（Artemidorus Daldianus）[2] 在其《梦的解析》（Oneirocritica）中解释道：梦见潘神对于牧人和猎手来说是吉兆，对于演员也是吉兆，因为演员们和潘一样没有固定的步态。但对于其他人来说就可能是凶兆了。这种解析主要是基于潘神形象的特征。可见潘神崇拜在当时社会生活中的普及程度。潘神形象为牧歌提供了诸多人物原型，对这些人物的解读势必要回归其原型。那些仅仅将牧歌中的猎人解读为一种职业形象，而不去发掘其深层内涵的做法势必触及不到猎人形象的本质。

事实上，由于潘神的性格暴躁，受其守护的牧人对他也多有忌惮。他

---

① 最早在文学作品中关注潘神钓鱼活动的是品达。
② 约生活于公元 2 世纪。

会驱逐未经允许闯入他领地的牧人；即便是被允许进入其领地，牧人们也都非常谨慎。忒奥克利托斯在牧歌（一）《达夫尼斯之死》中就描绘过牧人的慎重，因为他们知道潘就在附近且不喜欢别人打扰：

> 不，牧羊人，不，在这炎热的午间
> 我可不敢吹笛；因为狩猎劳累的潘
> 此时正在休息；我害怕惹他老人家
> 发脾气。（17-20）

无论如何暴躁，如何具有攻击性，这一切主要不是针对牧人和牧群。就牧人对他的敬仰程度来看，潘神是一位合格的守护神。大多情况下，他并不是一个暴力形象，而是一位喜欢热闹的角色，会与众仙甚或牧人一同狂欢。

另外，如所有牧人和猎人一样，潘神是一位孤独的漫游者。

我们应该注意到，喜欢热闹的潘神其实是一位孤独的漫游者。发生在潘神身上的众多情感故事证明，他虽有众仙女为伴，却深受情感孤独的困扰，甚至于到了变态的程度。据说潘神形象的一个突出特征就是坚挺的阳物，因为他性欲旺盛，也常被认为是丰饶、生殖力和春天的象征。潘神深谙诱惑之术，据说他曾诱奸过酒神戴奥尼索斯（Dionysus）的所有侍女、征服过月神塞勒涅（Selene），还与艾科（Echo）有染。当性欲得不到满足时，他就以手淫自慰，[1] 甚至与山羊交媾。[2] 当然，这位情场高手也有失败的时候。宁愿化作草木也不愿屈服的仙女绪林克斯（Syrinx）和庇蒂斯（Pitys）似乎激发了潘神的一腔痴情，成为他永恒的眷恋与伤痛。庇蒂斯的故事与绪林克斯的故事很相似：说是潘神爱上了仙女庇蒂斯（Pitys），后者为逃避他而化作了一株松树。于是，潘神便终日流连于林间，松树也成为潘神的圣树。还有故事说，潘曾经追求艾科（Echo）遭拒。因为艾科蔑视除纳西索斯（Narcissus）之外的所有男士。故事证明，潘神的情感大

---

① 犬儒哲学的奠基人狄奥根尼（Diogenes of Sinope，412/404B. C. -323B. C.）曾玩笑似的认为，是潘从父亲赫尔墨斯那里学会了手淫，并把这习惯传给了牧人。

② 据传说，潘神曾与母山羊交媾。关于该故事还有一尊著名的雕像。

多为滥情，仅有的几次倾注真情的爱情却皆以悲剧告终。无论是滥情还是真正的爱情悲剧，均在后来的牧歌中反复上演，前者如色情牧歌中的男欢女爱，后者如忒奥克里托斯的独眼巨人、维吉尔的达蒙等的爱情悲剧。这不禁又让我们联想起希腊神话的悲剧特质对包括史诗、戏剧和牧歌等在内的欧洲文学传统的深远影响。

我们当然还可以对上面提到的潘神与月亮女神及回声女神艾科的故事更进一步展开牧歌式解读。我们很容易解释牧羊人对月亮的爱，因为在月朗之夜，羊群更容易看管；当牧人在山谷或树林中呼唤同伴或者走失的羊只的时候，经常会听到可怕的回声，这不禁让他们想象是潘神在悬崖和沟壑中制造了可怕的噪音，而艾科则将其放大并反复播放。可见，神话创造如文学创作，是生活经验与想象力相结合的产物。卢克莱修关于神话诞生的论述就是先贤们善于总结生活经验的优秀实例。

第三节　作为文学空间的阿卡迪亚

一　牧歌何谓

阿卡迪亚早期共同体为牧歌的兴起奠定了社会基础，而潘神崇拜则为牧歌的诞生准备好了必备的元素。一切显示，阿卡迪亚将注定成为牧歌的故乡，而事实却并非如此。无论是依据神话传说还是历史事实，牧歌都不是由阿卡迪亚人首创；其开创者另有其人——这人来自大希腊的西西里岛。

当那些文明世界的有深厚艺术素养的人们站在他们的角度打量阿卡迪亚的时候，牧歌就诞生了。我们考察阿卡迪亚人的生产生活方式时注意到，他们尚处于较为原始的社会形态，很难出现能够将自己的社会生活付诸艺术实践的文学艺术人才——漫长的阿卡迪亚历史证明了这一点。① 但对于文明开化的希腊诸城邦国家的人们来说，阿卡迪亚人的生产生活方式

---

① 进入近现代社会，阿卡迪亚才诞生了本土诗人。

简朴、散漫而富有诗意，是令人羡慕的。也就是说，阿卡迪亚就是一首牧歌，那里的人们就生活在牧歌里；而发现这首牧歌的却是站在远处凝视着这一切的那个（些）人。正如威廉·燕卜荪（William Empson）所说，牧歌"专写［牧人］，却又不是由他们书写或为他们而写。"[①] 这是传统牧歌的典型特征之一。牧歌诗人是要借助对牧人生活的展示，以间接、含蓄的方式对自身所处的生活形态进行审视、展开批判。所以，牧歌从一开始就是对田园生活充满向往的城市人的专利。城市之所以对田园生活充满情感，是因为对其原始生境的怀恋。而正是作为人类共同原始生境的荒野、溪谷、丛林在守护着人性中最本质的东西。这种原始生境意识以一种文化基因的形式世代相传、恒久阖替。每当走向城镇或其他生活环境的人们突然发现他们失去了宁静与快乐，进入了一个充满焦虑和苦恼的樊笼之时，他们便怀恋起他们原本所在的那个生境来。"久在樊笼里，复得返自然"就是这种心态的写照。田园诗歌这种文学形式正是在人们追求质朴、率真的思想情感以及渴望与都市生活相对应的田园风光和乡村生活的语境下诞生的。作为一种文学形式，田园诗本质上很好地体现了艺术对人类愿望的满足功能，它反映了人类"对纯真与快乐的双重渴望"[②]。田园诗是一种怀旧的、童稚般地看待世界的方法，而牧羊人受到诗人们的尊敬则因为他们是"有闲阶级的理想化身"[③]。所谓的"有闲阶级"就是指城里的王公贵族、文人墨客之流，田园诗人多出自这个群体。他们借助对下层劳动者牧人、牧女的劳动、生活与爱情的理想化描绘，为有闲阶层提供一种可供逃避的精神空间，是有闲者在为有闲者美化劳动者。用燕卜荪的话说就是，田园诗人是在为其所处群体书写另一群体的生活与故事。[④] 所以，田园诗

---

① Empson, William. *Some Versions of Pastoral*. New York: New Directions Publishing Corp., 1974. p. 6.

② Poggioli, Renato. *The Oaten Flute: Essays on Pastoral Poetry and the Pastoral Ideal*. Boston: Harvard University Press, 1975. p. 1.

③ Poggioli, Renato. *The Oaten Flute: Essays on Pastoral Poetry and the Pastoral Ideal*. Boston: Harvard University Press, 1975. p. 6.

④ Empson, William. *Some Versions of Pastoral*. New York: New Directions Publishing Corp., 1974. p. 6.

通常被界定为都市文化的产物，它源自乡村与城市两种生活模式的对立。①

我们曾在"绪论"中谈到乔治·帕特纳姆对牧歌形成过程的生动描绘。在那段描绘中，我们看到了阿卡迪亚人的真实生活图景，因为它符合阿卡迪亚牧人的生活实际。这段描绘也许是迄今关于田园诗歌形成过程的最接地气、最接近现实的解释。更为重要的是，该描述揭示了牧歌主题的升华过程：由物理空间（山林、草地等）到社会空间（与他人交际）再到精神空间（娱乐、爱情等精神需求）。就是说帕特纳姆发现了牧歌逐步将牧人理想化（或虚化）的基本特征，从而抓住了古典牧歌的本质。毋庸置疑，牧歌从一开始就深受关于潘神的古老传说的影响，承袭了阿卡迪亚这个地方的乌托邦特征。因为帕特纳姆的描述，才有了雷内·拉宾关于田园诗是"对牧人或具有牧人特质的人的行为的模仿"②的定义，也才有了20世纪美国学者列奥·马克斯"没有牧人，就没有田园诗"③的固执己见。理论家们之所以坚持上述观点，主要原因是他们在阿卡迪亚牧人身上发现了易于被乌托邦化的品格特质，而这些特质自然又是超越阿卡迪亚而具有普遍性的：

首先，牧人的劳动生活惬意而散漫，是一种精神化的过程。牧人无需像农人那样为生计而辛苦耕耘，"自然为牧人提供了大部分的需要。更令人满意的是，自然干了几乎所有的活儿。"④因此，牧人对自己的前景最自信、最无忧，这为他们创造出比其他任何职业都更为广阔、自由的精神空间。

其次，牧人每天面对的是纯粹自然状态的事物（包括他们的牧群），而不是被社会异化了的人，因而他们保持着纯朴、自然的天性。在自然的熏陶之下，牧人们即便没有文化启蒙，也仍然拥有浪漫的基因。也是因

---

① Kermode, Frank. *English Pastoral Poetry: From the Beginnings to Marvell*. London: George G. Harrap & Co. Ltd. , 1952. p. 14.

② 转引自 Congleton, J. E. *Theories of Pastoral Poetry in England* 1684—1798. Gainesville: University of Florida Press, 1952. p. 157.

③ 转引自 Gifford, Terry. *Pastoral*. The New Critical Idiom. London; New York: Routledge, 1999. p. 1.

④ 列奥·马克斯：《花园里的机器：美国的技术与田园理想》，马海良、雷月梅译，北京大学出版社 2011 年版，第 15 页。

此，与农夫相比，牧人精神更接近天然：农夫通过改造自然而获取生产、生活资料，其实已有被社会异化的迹象；牧人无需改造自然，他们就是自然的一部分。弗里德里克·席勒把田园诗与童年时代及儿童般的质朴联系起来，认为自然当中有我们不可磨灭的童年印记；诗人或因其自然而成就素朴，或因其追求自然而变得感伤。[①] 田园诗人所追求的就是牧人身上那种如儿童般质朴的品质。

再者，牧人的笛声或歌声虽然听众不多——不外乎他们的牧群或三两同伴（或情人）——却宣泄着孤独的情感和对美好生活的向往；这与牧歌诗人的心理十分相近。牧歌中有大量对牧人情感的描写，其实质是反映诗人本人的情感孤独。

最后，牧人是个原始意象，其原型可追溯到农耕开始之前的远古祖先。因此他具有了更深远的象征意义——牧人与文明社会的人们有着两极倾向，通过两相比较而展开对异化人类的批判是牧歌的核心价值。所以，从某种意义上，牧人形象可说是人类原始生境的象征，是诗人们表达返璞归真愿望的最佳选择。换句话说，诗人们书写牧人并非要关注他们的劳动生活，而是要创造一种邈远的效果，让诗人借以暂时退出并远距离审视和评判他们现实所处的社会；因而，牧歌中那种阿卡迪亚共同体式的乡村生活既是一种理想，更是一种艺术手段。这一点在悠久的牧歌传统中不断得到证实。

由是观之，牧歌开辟了一条全新的文学道路。它不但远离了古希腊盛行的史诗传统，从宏大、粗犷的外部世界回归到细腻、敏感的精神空间；也没有追随赫西俄德开辟的以现实的奋斗重归黄金时代的道路。赫西俄德本人就是生活在乡村的自耕农，他有乡村生活的现实根基，这使他很快就能从黄金时代的梦幻回到现实之中，而且相信要重归黄金时代，必须付出现实的奋斗。但在牧歌传统中，诗人们个个都是带着乡下人面具的城里人，他们无有乡村生活基础，所以倾向于符合自身心理需求的表达方式。而田园诗人笔下那些身居社会下层的现实中的牧人无论如何也想象不到他

---

① 席勒："论素朴的诗与感伤的诗"，《西方文艺理论名著选编》，伍蠡甫、胡经之编，北京大学出版社 1985 年版，第 473—496 页。

们的劳动场面怎么会那样的惬意多彩，他们的生活空间怎么会那样的令人向往。现实使他们不可能有创作与欣赏的能力与冲动，也就不可能成为牧歌的作者和读者。既然牧歌的作者和读者不属于劳动阶层，其中所寄托的理想定然会不同程度地反映出诗人们的矛盾心理。牧歌诗人的任务之一就是把这些矛盾对立的元素有意识地统一起来，达到一元和谐。也就是燕卜荪所谓的"把复杂变简单。"① 所以，牧歌诗人的表达方式就是纯粹的文学想象。正是这个想象的翅膀将牧歌带往渺远的方向——一个处处存在却又处处不在的乌托邦。就如阿卡迪亚由一个真实的地理空间上升为一个社会空间并进而虚化为一个精神空间一样，牧歌的主要元素都经历了这么一个虚化过程。这一虚化过程所导致的结果就是：牧歌与现实中的田园渐行渐远，以至于有的诗歌中除了借用某个牧人的名义之外，与田园再也没有任何关系。总体来说，牧歌中所充斥的空想和虚幻的生活不是诗人们自己所熟悉的，他们不过是要拿那种生存方式作为对现实生活的逃避或反叛，是寄托一种社会理想，也是对现实社会的侧面批判。

了解了牧歌的形成过程之后，我们自然会得出一个结论，阿卡迪亚最终没有成为牧歌的故乡，这完全符合牧歌生产的艺术规律：城里的有闲人为有闲人描述乡下的劳动者。按照希腊神话的说法，牧歌的创始人的确不是潘神或其他阿卡迪亚人或神祗，而是西西里岛的达夫尼斯（Daphnis）②。据说，达夫尼斯因酒后犯下对婚姻不忠的行为而被女神弄瞎双眼，成为盲人歌者。该故事在忒奥克里托斯笔下有所变化：达夫尼斯是一个纯真的牧羊人，因吹嘘自己能够战胜性爱的诱惑而激怒了爱与美女神阿弗洛狄忒（Aphrodite）。达夫尼斯终被爱情征服且濒临死亡。他嘲笑阿弗洛狄忒，向

---

① Empson, William. *Some Versions of Pastoral*. New York：New Directions Publishing Corp., 1974. p. 22.

② 在古希腊神话中，达夫尼斯（Daphnis）是西西里的一位牧羊人，牧歌的创造者。一种说法是，达夫尼斯是赫尔墨斯与一位林间仙女所生的一位凡人。据说他的母亲把他抛在一颗月桂树下，后被牧羊人收养并取月桂树为名。另一说法是，他是赫尔墨斯的宠儿与情人，而非其儿子。一位水中仙女爱上了他，发誓永远钟情于他；但达夫尼斯却被一位国王的女儿用酒色诱惑。出于报复，仙女使达夫尼斯双目失明（一说化作石头）。还有故事说是潘神也爱上了达夫尼斯，还教他演奏牧笛（the pan pipes）。

河流、森林、牲畜一一道别并把他的笛子遗赠给了潘神，之后便死去了。①
这个小插曲给了我们几点暗示：一、在牧歌形成之前，潘神崇拜早已超越
阿卡迪亚而远播他乡（包括希腊殖民地），并成为希腊诸地区的共同文化；
二、牧歌诞生与潘神崇拜关系密切；三、西西里的达夫尼斯就是西西里的
忒奥克里托斯，他才是牧歌的真正创始人。

二　进入文学的阿卡迪亚

我们在前文曾经提到，最早以文学形式表现潘神崇拜的并不是忒奥克
里托斯，而是古希腊诗人品达（Pindar 亦简作 Pindaros，c. 522B. C. -
c. 438B. C. ）。他在《皮提亚颂》（*Pythian Ode*）中提到潘的母亲是大地女
神，还讲述了少女们夜晚在他家门前歌唱自然女神（Cybele）② 和潘神的
情景（*Pythian Ode* Ⅲ：78-79）③。品达还在另一首诗歌残篇中将众神之母
（the Mother Goddess）④ 与潘神联系起来："噢，潘［……］大母神的同
伴"（残篇95：1-3）⑤。为什么品达单单把这两位神祇联系在一起尚不得
而知。但我们可以猜测，瑞亚是一位救世主，是她拯救了希腊主神的第三
代；潘神作为荒野洞穴之神，自然让人联想起喀戎（Chiron）⑥，一位博学
多智的半人半马形象的神祇。品达的目的很明确，不外乎要将潘神崇高
化。由此可见，品达关注的是作为神祇的潘，突出的是其神性，他所描绘
的是一个纯粹的神话空间。从品达、欧里庇得斯、阿里斯托芬，直到近代
文学，潘的本质几乎没有改变，他一直保持着原本的样子——唐突而单纯

---

① 见忒奥克里托斯牧歌《达夫尼斯之死》。

② 西布莉（Cybele）是小亚细亚中部古国佛里吉亚（Phrygia）的自然女神，所有生命
的母亲，阿提斯（Attis）的伴侣；相当于希腊神话中的大地女神瑞亚（Rhea）或德墨忒尔
（Demeter）。

③ Pindar. *The Complete Odes*. Trans. Anthony Verity. New York：Oxford University Press
Inc. , 2007. p. 52.

④ 也许指宙斯之母瑞亚。

⑤ 转引自 Pindar. *The Complete Odes*. Trans. Anthony Verity. New York：Oxford University
Press Inc. , 2007. p. 158.

⑥ 希腊神话中，喀戎是博学多智而又慈善的半人半马怪物，曾经是包括阿喀琉斯、阿
克泰翁和伊阿宋等在内的很多伟大人物年轻时代的老师。

的牧人守护者。作为神祇，他的确缺乏足够的威严，也不是很有教养，但他足够淳朴、善良，也足以配得上人们对他的敬仰。

只有将潘神从纯粹的神话空间拉回人间，将其融入牧人和猎人的生产生活中进行书写时，古典牧歌才算真正诞生。最早将潘神作为充满人性的猎人和牧人形象来描绘的是忒奥克里托斯，他在自己的诗歌中把潘神描绘成牧人当中的一员，或者是畜牧文化的一部分。忒奥克里托斯牧歌的最主要特征就是将虚幻的故事融入真实的地理空间之中。

遗憾的是，我们对忒奥克里托斯的了解不多，只能在其作品中寻找他的人生轨迹。他很有可能出生在西西里岛（Sicily）的锡拉龟兹（Syracuse）；在到亚历山大城游学之前，他曾在克斯岛（Cos）生活过一段时间。克斯岛是安纳托利亚（Anatolia）西南沿海的一个岛屿，是文人最喜爱的聚集地。忒氏在创作中惯用多利安乡村方言（Doric）。这种方言流行于伯罗奔尼撒半岛、西西里、伊庇鲁斯、克里特、罗德岛等地区，[①] 诗人一生的游历也主要是在这个方言区范围内。从游学轨迹看，忒奥克里托斯从西西里前往科斯岛的途中应该曾经到过或路过伯罗奔尼撒半岛，甚至还在阿卡迪亚停留过。

忒奥克里托斯名下的 30 首牧歌涵盖了各种不同的形式、主题和题材。这些诗歌大多数以田园为背景，以牧人为主要人物，其意图就是要将牧人形象及与其相关的文化因素纳入文学想象之中。这些人物及文化现象时刻暗示着阿卡迪亚的存在。忒奥克里托斯的牧歌证明，他熟知并仰慕阿卡迪亚人的生活，他诗歌中的阿卡迪亚是真实的、地理学意义上的阿卡迪亚。

奥克利托斯曾多次直接提到阿卡迪亚，而更多情况下是假借潘神或其领地加以暗示。在牧歌（二）《女巫》（The Sorceress）中，忒奥克里托斯假借为爱疯狂的女巫希梅亚塔之口第一次提到阿卡迪亚，

　　款冬是生长在阿卡迪亚的仙草，

---

① 作为西方文明的第一种伟大语言，希腊语在其发展过程中相继分化出四种方言：伊奥利亚（Aeolic）、爱奥尼亚（Ionic）、阿卡迪亚-塞浦路斯（Acado-Cyprian）、多利安（Doric）。约在公元前 9 世纪出现的荷马史诗《伊利亚特》和《奥德赛》就是用爱奥尼亚方言写成的。忒奥克利托斯在创作中惯用多利安乡村方言。

能使山驹和母马发狂奔跑。(51-52)

　　这里并没有关于阿卡迪亚的空间描述，也没有我们期望的空间暗示，但这种看似漫不经心的提及恰恰表明阿卡迪亚已融入诗人的生活与内心，以至于他随时都会想到这个地方。后来诗歌中关于阿卡迪亚的描述进一步证明，忒奥克里托斯对阿卡迪亚的熟悉程度非同一般。

　　在牧歌（七）《颗粒归仓》（Harvest-Home）中，阿卡迪亚的空间方位是通过故事讲述暗示出来的。我们需借助空间想象来实现对阿卡迪亚地理坐标的建构。诗中嵌入了歌者斯密奇达斯（Simichidas）的一首关于他朋友阿拉图斯（Aratus）爱情故事的歌（85-116），内容是阿拉图斯向一个名叫菲利努斯（Philinus）的男孩求爱遭拒，陷入痛苦之中。在此嵌入的歌中，忒奥克利托斯用一个乡村风俗来展示阿卡迪亚人与潘神之间的关系。斯密奇达斯以歌唱的形式祈求潘神让男孩满足阿瑞图斯的心愿，歌中唱道：

　　　　潘啊，如果你照做，瘦肉宴上的阿卡迪亚小伙们
　　　　绝不会再用海葱抽打你的肋骨与肩胛；
　　　　倘若不听我的话，定让你体无完肤，
　　　　皮肉开花，做你床铺的唯有带刺的荨麻！
　　　　严寒季节让你住在结冰的厄多尼斯山①，
　　　　面朝着流经冻原的赫布鲁斯河②；
　　　　夏季里让你牧羊在遥远的埃塞俄比亚，
　　　　远离尼罗河水的布莱梅山岩之下。(93-100)

　　阿卡迪亚山民因为封闭而发展出有别于希腊其他地区的独特文化。他们有个风俗，猎人们常常因狩猎失败甚至情感挫折而迁怒于他们的守护

---

① 厄多尼斯山脉（Edonians）位于古希腊东北边远殖民地色雷斯（Thrake），属于罗多彼山脉（Mount Rhodope）。
② 赫布鲁斯河（River Hebrus）发源于罗多彼山脉，在希腊殖民地阿伊诺斯（Aenus）附近注入爱琴海（the Aegean Sea），其入海口对面是萨摩色雷斯岛（island of Samothrake）。

神，他们会象征性地鞭笞神像，甚至向其发出诅咒。类似的风俗不但彰显了潘神在阿卡迪亚人日常生活中不可取代的地位，更催生了独特的阿卡迪亚文化传统。对潘神的"诅咒"中提到冬季酷寒的北方和四季炎热的赤道地区，并有具体地理与气候的描绘。通过这些惩罚潘神的严酷环境，诗人一方面是要反衬阿瑞图斯的性爱困境；另一方面，也是呼应诗歌前文中另一歌者利西达斯（Lycidas）在其歌中对阿托斯（Athos）、哈依莫斯（Haemus）、罗多彼（Rhodope）、高加索（Caucasus）等圣山的指涉（88-89），因为厄多尼斯山和赫布鲁斯河都位于罗多彼山区。如此翔实而专业的地理描绘实际上已将阿卡迪亚置于一个宏大的地理空间的中心，实现了对其地理坐标的勾画。诗人恰是要假借处于中心地带的阿卡迪亚优越的地理环境与世界边缘的恶劣环境的对比来强化所谓的针对潘神的"流放"性惩罚。

忒奥克里托斯对阿卡迪亚及其周边地区的地理描绘在牧歌（二十二）《勒达的儿子们》（The Sons of Leda）中呈现得更加直接，也更加专业：

> 看哪，辽阔的斯巴达平原，辽阔的伊利斯
>
> 狩猎场；辽阔的阿卡迪亚，满山如云的白羊，
>
> 阿耳戈斯、迈锡尼，亚该亚人的城邦
>
> 科林斯海岸线曲折又漫长。（《勒达的儿子们》Ⅱ：20-23）

《勒达的儿子们》讲述的是勒达的两个儿子卡斯托尔（Castor）和波吕丢刻斯（Polydeuces 或 Pollux）① 跟随伊阿宋寻找金羊毛的故事。这首诗歌是忒奥克利托斯将英雄史诗与田园诗相结合的典范。与其他神话题材的作品中刻意虚化故事空间的叙事模式不同的是，忒奥克利托斯是把一个悲凉

---

① 勒达（Leda）是斯巴达国王廷达瑞俄斯（Tyndareus）的王后。宙斯醉心于她的容貌，趁她在河中洗澡时，化作天鹅与她亲近。她因此怀孕，生下美人海伦（Helen）。另说：波吕丢刻斯和海伦都是宙斯和勒达的儿女。不过荷马认为卡斯托尔（Castor）也是宙斯和勒达的儿子，并与波吕丢刻斯合称狄俄斯库里（the Dioscuri），意为"宙斯之子"。有的神话里说勒达生下的是两个金鹅蛋，一个孵出了绝世美女海伦，一个孵出了狄俄斯库里。狄俄斯库里兄弟后来都参加了寻找金羊毛的阿耳戈英雄船，并多次立功。其中波鲁克斯是全希腊最好的拳手，卡斯托尔则是驯马者。狄俄斯库里兄弟因为无论生死均不愿相离，后来便成为了双子座。

的英雄传说置于真实的地理空间讲述。上面引述的几行诗歌简直是对伯罗奔尼撒半岛专业的经济地理描绘：寥寥数行便准确而全面地勾勒出半岛的地理区划乃至经济模式。不但如此，详细统计还显示，阿卡迪亚及其周边的山脉乃至河流几乎都在忒奥克利托斯的牧歌中出现过。

可以这样说，忒奥克里托斯压根就没有把神话中的阿卡迪亚与现实中的阿卡迪亚加以区分，而是将神话题材融入真实的地理空间中来，这是在有意排斥神话的虚幻与神秘色彩，拉近神话与现实的距离。他的诗歌里的神话俨然成为现实生活的一部分，或者至少是诗人意欲将其看作生活的一部分。诗歌显示，忒奥克利托斯虽然时常以潘神的领地指称阿卡迪亚，但基本上是将其作为一个真实的地理空间来描写的。也就是说，他虽然受到了神话与历史记载的双重影响，却似乎更愿意将神话融入历史之中——这也是古希腊人神合一观念的侧面反映。他诗歌的自然、亲切应该是源于此。

尽管阿卡迪亚在忒奥克利托斯的牧歌中反复出现，而且显得如此真实，但却从未成为忒氏牧歌的直接背景。直接将阿卡迪亚作为牧歌背景的是维吉尔，是他以文学想象将阿卡迪亚虚化，又在这个虚化的空间中讲述着真实的故事。维吉尔用阿卡迪亚代替了忒奥克里托斯的西西里和克斯岛，没想到这么一点点改变却对后来欧洲田园诗歌的发展产生了深远影响。劳伦斯·大卫·勒纳（Laurence David Lerner）认为，虽然阿卡迪亚的确是希腊的一个真实的地理区域，但是"作为牧歌背景的阿卡迪亚则全然是一个想象的空间。"[①] 勒纳所指无疑就是维吉尔笔下的阿卡迪亚。

公元前41或42年，维吉尔以文学想象创建了他的阿卡迪亚，这与忒奥克里托斯的阿卡迪亚截然不同。这个阿卡迪亚有时像是维吉尔自己的曼图亚，[②] 有时又是依稀可见的阿卡迪亚。在维吉尔笔下，阿卡迪亚成为美好世界的象征，那里牧羊人的简单生活正是每个与复杂生活进行抗争的人所希冀的理想生活。虽然维吉尔直到《牧歌·其四》才真正直接提及阿卡

---

① Lerner, Laurence David. *The Uses of Nostalgia : Studies in Pastoral Poetry*. London: Chatto & Windus, 1972. p. 65.

② 意大利北部城市，维吉尔的故乡。

迪亚，但《牧歌集》中的每一首诗歌从一开篇就能够感受到阿卡迪亚的存在。所以，只有体验到这些诗歌中所描绘的独特的乡村生活与阿卡迪亚之间的密切联系时，读者才会深切感受到诗中所描绘的生产、生活方式的独特魅力———一种影响至今，历久弥新的魅力。

《牧歌·其一》的背景是一片祥和、宁静的土地。这里栽满了各类果树，有山毛榉、苹果树、梨树、葡萄藤，还有榛子林；这里牛羊成群，蜜蜂嘤嘤，鸽子欢唱；傍晚山丘长长的斜影笼罩着炊烟袅袅的茅草屋。诗中暗示这里是维吉尔父亲的农场，但毫无疑问，这不纯粹是诗人故乡的风貌，甚或说大部分不是，因为它处处弥漫着阿卡迪亚式的异域风情。从随后的牧歌来看，似乎是受到诗人创作思想的主导，这种异域风情的介入成为常态。《牧歌·其二》的故事发生在风光绮丽的西西里，但时不时闪烁着阿卡迪亚的光芒。诗人这样描绘道：随着太阳的再次升起并照耀大地，另一处更广阔的乡村及大片等待收割的田地映入眼帘。到了中午，牛儿到树荫下乘凉，蜥蜴钻回灌木丛，就连蝉只都躲回果园里。农场对面是更高的山岭，山上森林密布。在那里，你可以打只小鹿，在山谷里还可能碰见两三只全身白点的羚羊。在那里，你甚至会碰到潘神，但一定要小心，不要让他看到自己。这里究竟是西西里、曼图亚还是阿卡迪亚？我们尚未分辨明白之时，太阳已拖着长长的影子落下山去。就这样，诗人以流畅的行文不露声色地将虽有共性但差异明显的不同地理空间——西西里、曼图亚与阿卡迪亚——融为了一体。接着，在《牧歌·其三》中，跟随在山上吃草的羊群，我们来到了位于十字路口的神殿里，道路两旁田地里尽是草莓和花朵，想必这是缪斯的神殿了。可是，我们能依此确定这里就是曼图亚吗？因为在《牧歌·其四》里，至少在想象中，我们离开了西西里的柽柳林，预见到黄金时代的回归。接着，在《牧歌·其五》里，我们再一次置身于曼图亚的榛子林和榆树林中，后来又进入了一个挂满葡萄的山洞，而这里很可能又是西西里，因为这个山洞就代表着西西里的牧神达夫尼斯。在《牧歌·其六》中，我们见识了另一个洞穴，那里是农牧神和山林仙女们常去的地方，它面朝山谷，四周被橡树环绕，难道是阿卡迪亚？我们尚未辨出，夜色便已降临，星星缀满天空。在《牧歌·其七》中，我们在清晨再次看到曼图亚的缪斯，两个牧羊人站在曼图亚的敏吉河（Mincius）岸边展开唱歌比赛。他们描绘着一些西西里的景物，却都被称为阿卡迪亚人。然而，在《牧歌·其八》中，场景突然变成了一处原始森林：在这里，小母牛和野猪被美妙的歌声所倾倒；在这里，有人们熟知的位于阿卡迪亚的米纳鲁斯山和西西里海，因为曾有人从悬崖上跳进西西里海为爱殉情；在这里，一位牧人为与世隔绝的伊甸园而歌唱，为这片处女般的天真无邪之地而歌唱；另一位牧人则唱道，在一个小村庄里，一个失恋的牧女施起巫术，把她的爱人召唤回家。在《牧歌·其九》中，人们对雨的恐惧笼罩着这片土地；夜幕再次降临，我们可以远远地看到一座坟墓。这好像是忒奥克利托斯的科斯岛，但是说话人是曼图亚人，坟墓也是曼图亚人的。再往远处（如《牧歌·其十》所述），曼图亚北面矗立着的阿尔卑斯山的峭壁令人目眩，那里常年覆盖着白雪；更远之外，还有那冰冻的莱茵河（Rhine）。还有那些山坡，它们真的是在阿卡迪亚吗？还是仍在为世上第一宗原罪而哭泣的吕开俄斯山（Mt. Lycaeus）的山坡？还是米那努斯（Maenalus）这座狂躁之山的山坡？或者说，那些山坡也可能位于西西里的埃特纳火山（Etna）？因为正是西西里的山林仙女阿瑞图萨（Arethusa）帮助我们记住这最后一首诗。诗歌结尾，随着山羊重回羊圈，星辰重现天空，夜幕又一次也是最后一次在我们尚未弄清端之时笼罩了一切。

维吉尔在其四卷本《农事诗》（Georgics）里援引了阿瑞斯泰俄斯（Aristaeus）① 离开喀俄斯岛（Ceos）到阿卡迪亚学习养蜂技术的传说。就历史事实而言，阿瑞斯泰俄斯传说中的阿卡迪亚的确不如马其顿（Macedonia）、塞萨利（Thessaly）或其他地方出名。维吉尔之所以选择阿卡迪亚，是期望把简单的美德同阿瑞斯泰俄斯联系在一起，而阿瑞斯泰俄斯所代表的简单膳食也同传说中崎岖多岩的人间乐园阿卡迪亚相得益彰。

通过细读维吉尔的《牧歌》和《农事诗》，读者不难发现，维吉尔一

---

① 阿瑞斯泰俄斯（Aristaeus）是希腊神话中一位次等神祇，据说是女猎人西瑞尼（Cyrene）和太阳神阿波罗的儿子。他出现在包括品达在内的众多古典作家的作品中，被塑造成一位文化英雄，是包括养蜂在内的众多实用技术的创始人。阿瑞斯泰俄斯在比奥夏（Boeotia）、阿卡迪亚、喀俄斯（Ceos）、西西里（Sicily）、撒丁岛（Sardinia）、塞萨利（Thessaly）、马其顿（Macedonia）等许多地区都受到狂热的崇拜。"阿瑞斯泰俄斯"意为"最好的"，所以，与其说这是其名字，倒不如说是其诨号更好。

直试图在自己的诗中营造清晰、真实的时空感。最重要的依据是，他诗歌中具象的田园元素，比如山野、树林、农牧人的生产生活场景等，要比忒奥克里托斯的诗歌中多得多。但是，就更高层次的空间概念来讲（比如地理图志、地理坐标等），比起忒奥克里托斯的牧歌，维吉尔的地理空间不但没有内在连贯性，反而因为大量来自不同地域的田园景色的引入而显得更加虚化而难以确定。之所以结果如此，是因为维吉尔引入田园景色的目的与忒奥克里托斯的目的大不相同：忒氏通常是将田园景色作为单纯的故事背景，而维吉尔不仅将其作为故事背景，更将其作为故事中人物心境和情感的象征。换句话说，维吉尔更多考虑的是这些田园景色中蕴含的精神特质并努力将其内化为精神符号。就是在这种创作理念主导下，维吉尔将曼图亚、西西里和阿卡迪亚的特征融合到一起，构建出一个符号化了的、全新的阿卡迪亚，亦即此后无数牧歌诗人用以表征理想之地的阿卡迪亚。

正如维吉尔对地名和景观虚实相掩的描写使得我们无从确定他所描写的究竟是西西里岛还是曼图亚还是阿卡迪亚一样，我们也同样无法确定出现在这块土地上的众多人物的身份。这些人物中有代表政治家的诗人，如波利奥（Gaius Asinius Pollio）、瓦鲁斯（Publius Alfenus Varus）、伽鲁斯（Gaius Cornelius Callus）——依据斯维托尼乌斯（Suetonius）《维吉尔传》（*Vita Vergili*），此三人均为真实的历史人物，他们是屋大维的亲信将领或官吏，也是维吉尔的朋友；三人在主持为屋大维的老兵分配土地时帮了维吉尔，使其土地失而复得。[①]《牧歌·其一》就以此事件为背景。《牧歌·其三》中讽刺的巴维（Bavius）和梅维（Mevius）是与维吉尔同时代的两位诗人，维吉尔非常讨厌他们，说他们"用狐狸耕地，用公羊挤奶"（91），言外之意是说他们狗屁不通。诗集中更多的人物是歌唱比赛的参赛者，他们有可能代表的是维吉尔的同时代人物或他的前辈们，甚或就是维吉尔本人；这些人物可能代表当时一些不问政治的诗人。还有一些神话英雄，他们显然是当时罗马政治军事领域杰出人物的化身，但我们很难判断其确切所指，比如，《牧歌·其五》中那位忧伤的牧神达夫尼斯（Daphnis）究竟是尤利乌斯·恺撒，还是作为继任者的罗马新神屋大维?

---

① 转引自维吉尔：《牧歌》，杨宪益译，上海人民出版社2009年版，第96页。

另外，《牧歌·其四》中郑重提到一位初生婴儿，他又是何方神圣？这个颇费揣测。就维吉尔本人而言，他时而像此方的一位牧人，时而又像是他方来客，时而又两者都不是像。诗中人物给读者的感觉是动态的，似乎维吉尔刻意不让我们寻求到固定的答案。唯其如此，它才总是吸引着我们去探究到底谁人是谁。

虽已至此，我们还会继续疑问，除了上述虚虚实实的地理空间和人物激发出的探究欲望外，阿卡迪亚对我们来说究竟还意味着什么？既然维吉尔并不打算将阿卡迪亚作为自己诗歌的背景，甚至不欲将其作为一个真实的地理空间，那他为什么还要引进阿卡迪亚的概念？况且，他的这个"发现"虽然影响远及文艺复兴乃至当今，但显然并没能让紧随其后的拉丁语牧歌作者踊跃采用阿卡迪亚作为他们自己牧歌的背景。导致这种有趣现象的可能原因也许是这些拉丁语诗人基于他们对维吉尔更深层次的了解因而慎重地放弃了阿卡迪亚。那时的拉丁诗人——比如凯普尔尼乌斯（Calpurnius）和尼莫西亚努斯（Nemesianus）等——可能已经认识到，维吉尔选择阿卡迪亚事实上是一种对具体地点的捐弃。因此，这些诗人在自己的作品中对地点的处理也是虚实相加，这种做法也许可被看做是对维吉尔的致敬与延续。

就维吉尔个人而言，他显然是要借助阿卡迪亚创造一个属于自己的精神家园。这个精神家园融合了传统意象（忒奥克里托斯的西西里岛）、个人经历（维吉尔的曼图亚）和阿卡迪亚原始宗教中质朴而神秘的记忆。为实现对其生活空间的精神化，这个阿卡迪亚式空间内的所有事物都被赋予了象征意义：如果牧羊人是诗人，那么羊群就是他们的诗歌；牛、山羊、鸟儿和蜜蜂则代表着不同的诗歌体裁；需要修剪的葡萄藤以及将要采摘的苹果则是灵感，只是尚未成型或尚未收获；溪流、泉水可以说是灵感之源；洞穴是发出神谕之口，而森林则因其黑暗而成为无意识的象征；高山阻隔意味着艺术活动的局限性；连续成片的土地和诗中所描绘的小片段相映衬，反映其中不同人物的同悲伤共欢喜之情；白昼的太阳预示着黄金时代的记忆，它使得诗歌里描述的美好时光成为可能；生命标志着诗歌的创作，而死亡则意味着诗歌的结束；尊奉神灵，则意味着诗歌以某种更崇高的形式再现或再创造。可以说，所有这一切，以及那些一度被遗忘但却以各种方式留存下来的各类象征，都值得我们进行更深入的阐释。所以，阿卡迪亚本身就是一个隐喻，这一点也许是维吉尔更看重的。在他的努力下，作为现实中地理空间的阿卡迪亚已然通过诗歌逐步内化为一个精神空间和文化符号。在这样一块令人出神的土地上，任何世俗的价值观也会染上梦幻般的理想主义色彩。换句话说，是维吉尔将阿卡迪亚乌托邦化了。而阿卡迪亚的乌托邦化又最终促使其抽象化为一个普适性文化符号，以至于我们可以脱离具体语境而自由地运用这个符号。

事实上，真正打动后世诗人的正是维吉尔对阿卡迪亚的乌托邦式虚化。人们普遍认为，维吉尔选择阿卡迪亚事实上是希望创造一种渺远的效果，借以反观现实世界。维吉尔对阿卡迪亚的引入明显是过滤性的，且采用了"提纯"加文学想象的手法。比如，他笔下的阿卡迪亚人膳食简单（正面事实），具有单纯的力量和美德（提纯与想象）；阿卡迪亚人历史悠久到几乎无法追溯（基本事实），使他们可从黄金时代直接汲取智慧（提纯与想象）。在维吉尔笔下，潘与森林之神弗恩努斯身份重合，因此他的牧歌景象比忒奥克里托斯更具森林气息。自然中的回声在森林中传播得更远也更响亮。忒奥克里托斯的作品中也有树丛，且每一棵树都有其各自的音乐，但没有回声的概念，自然中没有反射物来传递牧人们悦耳的歌声。因此，处在高地的植被茂密的阿卡迪亚符合维吉尔的构想，位于南意大利的西西里和克斯岛则不符合。维吉尔用阿卡迪亚代替忒奥克里托斯的西西里和大希腊（Magna Graecia）具有重大意义，这是希腊题材的拉丁化或者是拉丁题材的异域化。阿卡迪亚就是显而易见的意大利，就是精神的罗马，就是原初意义上的蒙福之地。它遥远而具有异域风情，因此可以调节维吉尔牧歌视域里的冲突、不和谐并将之化解。维吉尔很好地利用了阿卡迪亚所特有的品质。

所以，如果将既已属于过去的黄金时代和伊甸园置于未来，实际上就是将其乌托邦化。这应该是维吉尔的真正创作动机。他看重阿卡迪亚是因为他比他的希腊前辈们对黄金时代更感兴趣，他要借助阿卡迪亚将黄金时代移植到现在或未来。维吉尔在《牧歌》中虽没有把黄金时代和阿卡迪亚并置在一起，但这两个概念显然是一枚硬币的两面。事实证明，诗人通过想象来实现黄金时代回归的手法其实是把阿卡迪亚的牧人生活乌托邦化了。以同样的方法，维吉尔又在《农事诗》（*Georgics*）中完成了将农耕社会乌托邦化的过程。

维吉尔在四卷《农事诗》中分别描写了种植谷物、橄榄、葡萄以及畜牧、养蜂等农事，表达了对劳动者的同情与肯定，体现了诗人对各种自然现象的敏感和对意大利传统农耕生活及其丰饶自然资源的热爱与赞美。诗人认为，劳动战胜了一切，从而赋予生产劳动以诗意。诗人拿和平、宁静的乡村生活与战乱社会做比照，歌颂意大利丰饶的自然资源，表达了奴隶主阶层的爱国情怀。他描写一年四季的自然景色和动植物的习性（如蜂群的劳动与争斗场面），记录保存了当时的一些农业知识。

《农事诗》的突出风格在于诗人对自然现象与社会生活的敏锐观察与积极态度，是奴隶制时代独立小农生活情趣的真实写照。诗人站在自由民的立场书写乡村，具有明显的美化乡村生活的倾向：

> 哦，幸福的农民，但愿他们知道自己的幸运
>
> 他们远离了刀枪剑戟
>
> 大地供给他们一切生活所需
>
> [……]
>
> 这里生活安定，童叟无欺
>
> 富裕之神也毫不吝惜：
>
> 给了他们这广阔的牧场安居。（458—460，467—468）

诗歌营造的节日氛围让忒奥克里托斯第七首牧歌中收获节的情景再次浮现在我们的脑海。对于维吉尔来说，"黄金时代"的美好时光依然存在于这些意大利普通农民的生活中，特别是与那些市民、朝臣和士兵的生活相比，这种美好显得更为突出。《农事诗》里勾勒了一幅勇敢善良而又生活节俭的"快乐农夫"的画面，这就把农夫的生活理想化了，无异于《牧歌》里牧人的理想化的生活。牧人的安逸与农夫的劳作相互映衬，贯穿于两部作品的始终。在《牧歌》里，大多数的牧人同时也是耕者。例如，《牧歌·其一》里的泰特鲁斯就拥有一个功能齐备的复合型农场；而《牧歌·其二》里描写的景色也是一个农场：午间，忙于收割的农民暂时从劳

作中脱身得以小憩；傍晚，忙碌一天的农夫回到了家里。与《农事诗》一样，《牧歌》展现了一幅由人们的辛勤劳作灌溉出的美丽富饶的大自然景象。同时，两部作品都表明，自然是反映人们情感和想象力的一面镜子。

从维吉尔的创作理念来看，他显然是越过忒奥克里托斯而直接继承了赫西俄德的借助文学想象回归黄金时代的路子。作为欧洲乡村文学的开端，赫西俄德（Hesiod）是欧洲最早正面、直接地赞美田园生活的诗人，也是他开启了用文学想象复兴黄金时代的先河。赫西俄德在《工作与时日》（*Works and Days*）中写道，是缪斯"将充满灵感的声音吹入［他］心中，／使［他］可以赞美那些过去和未来的事情"（31-32）。[①] 可见，当作为诗人而非史学家的赫西俄德充满深情地描写古典神话中的黄金时代的时候，他打起的定然是缪斯赋予的想象的旗帜，而不是延续了记忆的基因。他以文学想象重现了黄金时代。但重现显然不是赫西俄德的目标，复兴才是其真正追求。诗人总要回到他所生活的现实世界去寻求复兴黄金时代的途径。赫西俄德对黄金时代的向往缘于他对自己所处的黑铁时代人性的复杂、堕落以及生活的艰辛的深切体验。他的《工作与时日》是在"可怕的贫穷"（638）和兄弟间家产纷争的背景下写成的，既为了训诫兄弟，也用以劝谕世人。诗歌记录了一位成功自耕农家庭和谐、惬意的日常事务。尽管诗中不时夹杂着对贫穷、困苦生活的抱怨，但小康社会的生活图景给人的感受比起诗人自己所描绘的黄金时代更具质感，也更亲切。也许这才是诗人追求的真正意义上的黄金时代的生活。赫西俄德在诗中有不少劝勉农耕、鼓励人们积极向善的正面训导。很显然，诗人试图通过对农耕实践的训导构建一个他自认为合乎那个时代的乡村社会形态。雷蒙·威廉斯（Raymond William，1921—1988）指出，"正是［赫西俄德］所处的铁器时代的特点，决定了他会提出有关实用农业、社会正义以及和睦邻里关系的建议。"[②] 从这个意义上说，赫西俄德又是欧洲最早用文学想象的方式表达与构建自己社会理想的诗人。他的理想植根于当时的社会现实，不弄

---

① Hesiod. *Theogony and Works and Days*. Trans. and intro. Catherine M. Schlegel and Henry Weinfield. Ann Arbor: The University of Michigan Press, 2006. pp. 60-61.

② 雷蒙·威廉斯：《乡村与城市》，韩子满等译，商务印书馆 2013 年版，第 18 页。

乌托邦式的玄虚。他以发生在自己身边的朴素事实劝谕世人：只要辛勤劳作、一心向善，人人都会回到自己心目中的黄金时代。也就是说，赫西俄德从最初对黄金时代带有乌托邦色彩的幻想中走了出来，并在现实生活中寻求到了黄金时代的真正根基。

事实表明，无论从题材、创作主体还是读者群体上来考量，《工作与时日》都不可能是牧歌的源头，① 但毋庸置疑，它是维吉尔《农事诗》及其用文学想象实现黄金时代的理念的蓝本。维吉尔将这个理念继承并发扬光大，使乌托邦主义成为古典牧歌最为典型的特征。到了文艺复兴时期，这种理念发展到了极致。

新拉丁语田园诗的代表人物、文艺复兴时期方言田园诗的早期开创者桑纳扎罗（Jacopo Sannazaro，1456—1530）用意大利语创作的散文诗式田园传奇《阿卡迪亚》（Arcadia）由一条隐含的叙事线索将 12 个散文章节和 12 首田园诗交织贯穿在一起。诗人效仿维吉尔《牧歌·其七》中描绘的夸张的热恋场面——心爱的人出现时，万物繁茂；心爱的人离去时，万物枯凋——将维吉尔那个关于柯瑞东（Corydon）和瑟尔西斯（Thyrsis）这两位"情趣相投之人"（Arcades ambo）（《牧歌·其七》：4）的故事极大地延展开来，营造出一个精神化了的故事空间。在《阿卡迪亚》开篇描述中，原生态的自然美景与神话元素有机结合，让诗人感受到质朴与纯真之中透露着更高层次的精神内涵：

> 诵读刻在山毛榉树皮上的歌曲带给人的享受，丝毫不亚于从镀金般光滑的书页中学习诗句的快乐。在布满鲜花的山谷中，牧羊人用芦笛吹出的声音比音乐家在精致的练声房里用光亮昂贵的黄杨木乐器弹奏出来的更为动听悦耳。难道还有谁会怀疑，从布满绿色植物的岩隙里流出的泉水远比用白玉和黄金堆砌的艺术品对人的心灵更为相宜？我想，谁也不会怀疑。因此，基于以上所言，我将在这片荒芜之地重新找寻那会聆听的树木，还有那些居住于斯的牧羊人；他们从自然的叶脉中吹出的天然的牧歌，这来自阿卡迪亚的牧羊人在怡人的树荫

---

① 关于牧歌起源和性质的详细论述参见笔者《英国田园诗歌发展史》的绪论部分。

下，在晶莹喷泉的细语里唱出的牧歌，我都将原封保存，不加任何修饰。这动听的乐音不仅使山神千百次地侧耳倾听，就连优雅的山间女神，也忘记了追逐闲逛的野兽，而在米纳鲁斯山和吕开俄斯山高耸的松树下附耳聆听。(《阿卡迪亚》序言)①

　　这是西方文学中一段经典的正面描绘阿卡迪亚的文字，也应该是对阿卡迪亚最早的文化地理学描述。但是，无论作者如何试图证明阿卡迪亚的真实性，这个阿卡迪亚都给人以如入仙境的虚幻感觉。所以，我们认为，这段文字反映了阿卡迪亚的文化因子已渗入西方文化的内核，植入文人的心底；桑纳扎罗所要证实的正是文化意义上的阿卡迪亚，而非地理学意义上的阿卡迪亚。他的阿卡迪亚至少有两层内涵：一，阿卡迪亚是一个从真实的自然空间被逐步虚化、升华了的具有很强精神特质的乌托邦；二，正如古典牧歌中频繁出现的隐喻所揭示的那样，阿卡迪亚这片神话般的土地也象征着艺术的完美。正是基于上述两重内涵，阿卡迪亚才被普遍看作逃避世间纷扰的绝佳之地。

　　桑纳扎罗的《阿卡迪亚》中虽然几乎没有任何有序的叙事，但仍旧充分传递了应该来自阿卡迪亚的各种讯息。它与其说是要讲述一个故事，倒不如说是借故事来框定一种思想，所以，故事本身显得并不多么重要。作者好像只是邀请读者在一个脆弱的、充满神秘色彩的美景中逗留徘徊，但松散之中又不乏内在逻辑。归隐的朝臣辛瑟罗（Sincero）为了忘却冷酷的情人，从那不勒斯逃离出来。但是，当他漫步在阿卡迪亚，却总是不由得想起情人。故事似在说明，阿卡迪亚虽然美好，却也并非包治百病之方。因而，以逃避作为解脱烦恼之法是不可取的。

第四节　阿卡迪亚的符号化

受桑纳扎罗《阿卡迪亚》的影响，菲利普·西德尼（Philip Sidney,

---

① Sannazaro, Jacopo. *Arcadia and Piscatorial Eclogues.* Trans. Ralph Nash. Detroit: Wayne State University Press, 1966. pp. 29-30.

1554—1586）写成了史诗般宏大的传奇故事《阿卡迪亚》（*Arcadia*）。该作品有两个版本。第一个版本完成于 1581 年，被称为《旧〈阿卡迪亚〉》（Old Arcadia），大部分写于威尔顿（Wilton），直到 1907 年它才被作为一部独立作品发掘出来。第二个版本，现称为《新〈阿卡迪亚〉》（New Arcadia），于 1583—1584 年间经过了作者的大幅修改，但最终修改工作并没有完成。而仅只修改到原作的五分之三时（原作共五卷），新作就已达原作的两倍长了。这个修订版于 1590 年先行刊印，有人还给它分了章节并加了总结。1593 年以后，有人把旧作的后三部附加上，从而形成了看似完整，实为新旧混合的作品。但在 20 世纪初伯特伦·多贝尔（Bertram Dobell）发现旧作之前，读者所能看到的就只是这个混合本。

西德尼《阿卡迪亚》的故事主线是阿卡迪亚的统治者、愚蠢的老公爵巴西里乌斯（Basilius）带着妻子吉尼西娅（Gynecia）和两个女儿帕美拉（Pamela）和费洛克丽（Philoclea）隐遁到乡村，企图以此来阻止一个预言的实现。故事的核心人物是退隐到乡村的两位王子摩西多罗斯（Musidorus）和皮洛克勒斯（Pyrocles），他们分别乔装成牧童和女战士，得以接近这个隐遁的朝臣之家。于是，一系列复杂的情节相继发生，老公爵和他的妻子同时爱上了乔装打扮的皮洛克勒斯。而同时，摩西多罗斯则被德莫塔斯（Dametas）一家所困。德莫塔斯是个粗野的牧人，是公爵女儿帕美拉的扈从，他有一个泼妇一样的妻子，名叫米所（Miso），还有一个傻女儿，名叫莫泼洒（Mopsa）。皮洛克勒斯成功地勾引了公爵女儿费洛克丽；摩西多罗斯则想与帕美拉私奔，但他们的计划因为老公爵的病危而失败（公爵夫人怀疑公爵付多了壮阳药）。与此同时，皮洛克勒斯和费洛克丽在床上被德莫塔斯逮了个正着。故事的高潮是由马其顿王国英明的统治者尤阿切斯（Euarchus）主持的审判。公爵夫人吉尼西娅被判处活埋，皮洛克勒斯和摩西多罗斯被判斩首。两位王子的乔装和假名使得尤阿切斯本人也没能认出他们就是自己的儿子和侄子，但是，即便是他们的身份公开后，尤阿切斯还是声明，既然他已公正地做出了判决，他也得公正地判决自己的孩子。所幸在执刑那天，老公爵的突然苏醒挽救了一切，他原来并非服春药过量，而只是服了安眠药。

西德尼的《阿卡迪亚》中共有四组牧歌。这些牧歌将散文叙事部分分割成所谓的五"幕"（actes）。这四组总长度有 2,500 行之多的系列牧歌具有很强的寓言特征。每组牧歌松散地围绕某个单一的主题形成一个诗歌或寓言系列，而且这些主题组合呈现出一个自然发展的趋势。第一组诗歌讲述了没有得到回报的悲伤爱情；第二组诗歌描述了情人心灵中理智与情感的斗争；第三组诗歌呈现了婚姻中（或夫妇间）的爱情，其中还包括英语诗歌中第一首正式的婚礼颂歌；第四组记载了死亡，其中有对《悼比翁》（*The Lament for Bion*）的改编。西德尼可能是通过桑纳扎罗的《阿卡迪亚》中第十一首牧歌间接受到了《悼比翁》的影响。至于这几组牧歌的内在逻辑，从形式上说就如影视剧插曲一样，是为贯穿故事主线，烘托故事主题服务。就内涵而言，是为了完整展示诗人从诗中众多人物（包括诗人自身）那里总结得出的人世间具有普遍意义的情感经验。

这些穿插在故事间的短歌多半是由扮演成牧羊人的朝臣们演唱的，这一点更增强了整个作品的寓言色彩。在旧版的次要人物中，忧郁诗人菲利西德（Philisides）正是西德尼本人的翻版。他是这些短歌的主唱者之一，共演唱了七首牧歌。菲利西德这个名字由西德尼姓名简写组合而成，因为这个名字意为"追星者"（star-lover），它同时又与西德尼的《阿斯托洛菲尔与斯特拉》（*Astrophil and Stella* 又译《爱星者与星星》）中阿斯托洛菲尔这个角色相对应。

在《阿卡迪亚》里，忧郁的菲利西德四处漂泊，悲叹着自己爱情的不幸。最后，在第四组牧歌中，他被人说服，开始用散文与诗歌交错的形式讲述他的故事；他的故事在许多方面反映的是西德尼早年的生活经历。菲利西德这个人物事实上是诗人本人为自己虚构出来的自画像。① 另两位牧歌演唱者是扮成牧羊人的朝臣斯特拉封（Strephon）和克拉乌斯（Klaius）。他们演唱了两首精美的情诗，其中第一首就是著名的叠韵六行诗（double sestina）《尔等牧羊之神，爱那翠绿的山林》（Ye Goat-herd gods, that love the grassy mountains）。旧版中其他较具代表性的牧歌还有赞美费洛克丽美

---

① 西德尼后来可能对这种寓意式的自传并不十分满意。在他去世后出版的修订版《阿卡迪亚》（1590）中，尽管菲利西德这个名字依然被保留了下来，却将他所唱之歌或省略不录，或重新分派给一位伊比利亚骑士。这位骑士在作品中仅仅出现过一次，而他却成了星星斯特拉的情人。

貌的诗歌《什么语言能描绘她的完美》（What tongue can her perfections tell），六音步附和诗《漂亮的岩石，绮丽的河流，甜美的树林啊，我何时得见宁静？》（Fair rocks, goodly rivers, sweet woods, when shall I see peace?），散文诗《啊甜美的树林，那孤寂的快乐》（O Sweet woods, the delight of solitariness），针对暴君的动物寓言《埃斯特岸边那一小群羊》（As I my little flock on Ister bank），还有一首十四行诗《我的爱人拥有我的心》（My true love hath my heart, and I have his）。所有这些诗歌都置于清新雅致的田园背景之中，令读者仿佛目睹了山河的壮美，闻到了花草的芬芳，听到了流水的歌唱。这些牧歌通过对美丽自然风光的描写给读者带来感官的愉悦，又以各自明确的寓意烘托且丰富了整个作品严肃的道德主题。相比而言，第二组牧歌对思想主题的反映更为直接。该组牧歌以理性与情感的冲突为基本主题。第一首是阿卡迪亚人的交互轮唱，诗歌的寓意就蕴含在它们的载歌载舞中：伴着他们的歌声，人们跳起一种被他们称为"理性与情感冲突"的舞蹈。舞蹈中，七位牧羊人参与其中：其中四位组成一个正方形；另两位远远地站在两侧，就像主战场的两个侧翼一样；第七位牧羊人在最前方，他像敢死队一样挑起冲突。七个毫无激情的牧羊人按照这样的顺序走出来，各自手中握着不同的乐器，随着歌声踏出一致步调。该组牧歌的最后一首呼应第一首的主题，理性与情感在宁静、祥和的阿卡迪亚实现了和谐统一。这首牧歌是由摩西多罗斯王子扮演成牧羊人吟唱的。歌中唱道：

> 哦，甜美的树林，独处的欢乐！
> 哦，我多么喜欢这样的清净生活！
> 在那里，人们的思想自由翱翔，
> 接受慈善的亲切指导；
> 在那里，直觉让人们感受到上天的恩赐，
> 聪慧的思想让人们理解造物主的伟大；
> 在那里，沉思占据它独有的位置，
> 毫无约束地张开希望的翅膀
> 飞向天际的星辰；大自然就在它下方。（1-9）

在宁静的思想状态下，摩西多罗斯盛赞乡村的清净将人们的思想带到了天国。好似为情感扎上了理性的翅膀，让二者一起在广袤的天际翱翔，俯瞰那人世沧桑。到此为止，理性与情感的斗争结束了。

《新〈阿卡迪亚〉》中没有加进新的诗歌，但是，无论从文体上还是从主题上讲，其叙事方法要复杂得多。所增加的几个新的角色包括老公爵邪恶的小姨子塞克洛皮娅（Cecropia）和她的善良但不幸的儿子安菲厄勒斯（Amphialus）。安菲厄勒斯爱上了费洛克丽。由于补充了马上比武大会和宏大的宫廷表演场面，以及对皮洛克勒斯和摩西多罗斯两人在来到阿卡迪亚之前的英雄业绩的评述，书的前两部大大地扩充了。修改后的第三部中，在两位阿卡迪亚公主和乔装打扮的皮洛克勒斯被塞克洛皮娅囚禁之后，戏仿的战斗便开始让位于真正的战斗。书中大量描写几位年轻人（尤其是坚韧高贵的帕美拉）在监狱中所遭受的种种折磨。

无论我们现代读者如何理解《阿卡迪亚》，大家都会承认一点，那就是《阿卡迪亚》想要告诉读者的是：希望通过隐遁世外桃源来逃避政治或者社会责任，是行不通的。老公爵携家带口逃往阿卡迪亚时，仍不可避免地带去一系列问题。这里，田园诗这种文学手段的作用恰在于强调了社会现实的不可逃避性。西德尼意识到田园诗不过是一种幻想或游戏，而《阿卡迪亚》那远非纯真的情节设计（反串的角色、不正当的性关系和社交行为等等）不无幽默地承认了这一点。①

强烈的寓言特征表明，西德尼的阿卡迪亚实际上已经是一个纯粹的、抽象的精神空间。它虽然在叙事模式上沿袭了桑纳扎罗的基本路子，也在讲述一个试图通过逃避来阻止预言实现的故事，但是，与桑纳扎罗刻意求证阿卡迪亚真实性的努力不同的是，西德尼的《阿卡迪亚》无论从题材、主题还是表现手法上说，都在努力寻求一种对阿卡迪亚的寓言式再现，是对阿卡迪亚的乌托邦式重构。西德尼不像桑纳扎罗那样不惜笔墨描摹那些足可证明阿卡迪亚真实性的空间元素，而是沿袭了维吉尔的虚化笔法。与维吉尔一样，西德尼的阿卡迪亚与其说是一个具体的处所或地点，倒不如

---

① Goodridge, John. *Rural Life in Eighteenth-Century English Poetry*. Cambridge：Cambridge University Press, 1995. p. 3.

说是一个抽象的空间符号更为恰当。

本质上说，无论是古希腊神话还是圣经，都在讲述一个失乐园和复乐园的故事。这个失去的乐园，若从时间上考量，就是黄金时代；若从空间上讲，就是阿卡迪亚；若从时空双重角度来讲，就是亚当与夏娃失去的那个伊甸园。黄金时代虚化了空间，阿卡迪亚凝固了时间，而伊甸园则兼顾了空间的构建（世界东方、四条大河等）和时间的流淌（被造、短暂的快乐、失去）。我们从中可得出两点结论：一、伊甸园是更高层次的、完美的乐园的象征；二、黄金时代和伊甸园都属于过去，只留存于人们的记忆之中；唯有阿卡迪亚这个似乎被时间遗忘的角落更有可能成为人们回归乐园的通道。

我们说阿卡迪亚是人类回归乐园的通道，并不是说它是人们实现复乐园梦想的必由之路，而是说它给人们提供了一个最为方便的选择类型。我们如果把阿卡迪亚当做一个隐喻来剖析的话，那么它肯定有不止一种意思：

首先，它是介于那个"过去"（the past）的天真无邪的黄金时代与多事之秋的"现在"（the present）之间的某个"地方"（place），是连接两个时间终端的那个点。牧歌诗人们之所以试图借阿卡迪亚唤起的那个久远之前的记忆，是因为它最接近那个失去乐园。牧歌理论家拉宾认为，田园诗歌是黄金时代的象征，它因而超越了代表英雄时代的英雄史诗而成为最古老的诗歌形式，承载着人类最古老的记忆。[①] 这一点虽然已经在忒奥克里托斯的牧歌中就已凸显，但维吉尔的阿卡迪亚第一次让人们感受到黄金时代似乎就在眼前。

其次，作为一个存在于想象世界的中间国度，阿卡迪亚是现代人摆脱现世烦恼的避难之所。在这里，"现世"（this world）的烦恼被移除出去，置于一定距离之外，因而尚能被有效地应对与克服。这一点在西德尼的《阿卡迪亚》中得到明确反映。

再次，阿卡迪亚还可能是发现自我的地方。诗人可以在这里检验自

---

① 转引自 Congleton, J. E. *Theories of Pastoral Poetry in England 1684—1798*. Gainesville: University of Florida Press, 1952. p. 55.

己，让自己置身于爱情、生活、痛苦和死亡的多重空间之中，把自己分裂成两三个或更多想象中的人物；或者将自己从幻想中抽离出来，进行现身说法。这最后一层含义影响到了几乎所有牧歌诗人。当诗人把自身或者自身的某些方面投射到一片想象中的山水之间时，对希望、怀疑、恐惧和欲望有着敏锐感知的他就可以将所有这些感情具体化，把自己的目的清晰化。

可见，如果说黄金时代是时间意义上的乐园，阿卡迪亚则是空间意义上的乐园。阿卡迪亚既可以勾起我们的怀旧情结，激发我们复归乐园的强烈愿望，又能够抚慰我们现实的烦恼，让我们对未来充满希望。两者殊途同归，都是向上、向前看。

黄金时代和伊甸园当然是再也回不去了，但基督徒们至少今世还有新耶路撒冷（New Jerusalem），来世还有天堂（Heaven）——基督徒将另一世界的乐园称为天国，将今世的乐园称为新耶路撒冷。从俗世眼光看，信徒心目中的新耶路撒冷就如同阿卡迪亚，他们的天国就像是世俗之人心目中的理想国度——乌托邦。

第二章　古典牧歌的几种典型叙事空间

说起古典牧歌的典型题材，读者的第一感觉肯定是田园和自然风光；也就是说，人们通常会倾向于认为，田园风光是牧歌着力建构的叙事空间。事实上，古典牧歌的确给人以这样的错觉。既然牧歌是书写牧人生产生活的，其故事空间必然会包含丰富的田园风景元素，因此，牧歌诗人们常常被误称为风景诗人或自然诗人。但事实却是，牧歌并非简单意义上的风景诗或自然诗，牧歌诗人也绝不等同于自然诗人或风景诗人。这是因为，古典牧歌的言说目的从来都不是描绘自然景观，而是要借助或简单或复杂的故事情节和人物情感，表现多元而复杂的主题；其中的自然元素（无论多么丰富）只是因故事背景而设。就拿忒奥克里托斯来说，他的牧歌中确实有着丰富的自然元素，你尽可以想象绿荫下潺潺的溪流、花草、鸟虫、嗡嗡的蜂鸣以及鸟儿啁哳的歌唱。据统计，单就植物而言，忒氏诗歌中提到的就有 87 个品类，是整个荷马史诗中植物种类的两倍之多。[1] 但是，我们却不能因此就将忒氏界定为浪漫主义意义上的"自然诗人"，因为忒氏诗歌中很少有纯粹的自然描写。在他的牧歌 1、3、4、5、6、7 中，自然元素充其量是用来建构牧人歌唱时的背景。即便这些诗歌中有大量自然元素的指涉，它们却只是被简单地勾勒在一起，相互之间几乎没有清晰明确的空间逻辑关系。即便是少数几处具有一定空间逻辑性的风景描写，也为服务于特定的目的而被程式化或理想化，如牧歌 1、5、7：它们要么出现在人物塑造情节中以帮助塑造人物，要么如在神话题材的牧歌 11、13、22 中那样，田园背景与故事中宏大的史诗元素以主题对撞的形式产生

---

① Lindsell, A. "Was Theocritus a Botanist?" *G & R* 6 (1936—1937)：78-93.

强烈张力，以达到更高层次的表现效果。

忒奥克里托斯的例子表明，自然书写从来都不是牧歌叙事空间的典型特征。只有那些能将牧歌与自然诗（或风景诗）区分开来的叙事空间才能被认为是牧歌的典型特征。由于牧歌的叙事空间较为复杂，我们将其中大部分内容分解到后续章节之中——第三章详细探讨田园挽歌中的情感误置手法的运用，第四章则聚焦于田园情诗中的门畔哀歌、牧女恋歌、色情牧歌等性爱空间——本章则专门聚焦于牧歌的空间叙事策略，具体就是对歌，嵌入式空间，符像诗歌以及空间的延展与措置等。

本章的目的就是要通过对一些典型的牧歌叙事空间的介绍，纠正普通读者对牧歌的上述误解，以期在更确切的意义上展开对牧歌的深层论述。

第一节　对歌

对歌（或称对唱，赛歌）是牧歌最典型的空间叙事模式，在古典牧歌中占据很大比重。就叙事空间来讲，对歌一般分为两种：一种是对歌者共同建构同一个空间，我们称之为"共享式空间"；另一种是对歌者各自建构相对独立的空间，我们称其为"分列式空间"。下文将针对这两种主要类型举例介绍。

共享式空间叙事是对歌体牧歌空间建构的主要形式。也就是说，在大多数对歌体牧歌中，对歌的双方是在共同构建同一个故事空间。

忒奥克里托斯的第六首牧歌《平局》（The Drawn Battle）是发生在一对情人——牧人达夫尼斯和达摩埃塔（Damoetas）之间一场对歌比赛。诗歌的背景设置在夏日午后的一条小溪边，此种和谐宁静的氛围奠定了两位牧人对歌的情感基调。这是一场类似于辩论赛的对歌比赛，但又有别于一般辩论比赛唇枪舌剑般的激烈角逐；因为两人在探讨同一主题，构建同一故事空间。他们探讨的是波吕斐摩斯（Polyphemus）和伽拉忒亚（Galatea）之间的情感纠葛。达夫尼斯批评波吕斐摩斯对伽拉忒亚的性爱挑逗持漠然的态度；而作为回复，达摩埃塔站在波吕斐摩斯的角度解释说，这种漠视是假装的，是恋爱策略的一部分。两人的对歌语气平和，内容互为补充；虽如辩论一样各持己见，却没有辩论赛那样浓重的火药味。两人之间的和平和欢乐借助他们的歌声表达了出来。随着他们的歌声，小牛在欢跳；自然界仿佛也在分享两人的喜悦心情，似乎在对他们的杰出艺术作出回应。对歌最终没有决出胜负，而是在亲密的氛围中结束：

> 达摩埃塔亲吻达夫尼斯，
>
> 两人还互赠排箫和长笛。
>
> 和着排箫和长笛的演奏，
>
> 小牛在柔和的草地上欢跳。
>
> 没有胜负，因为两人都无懈可击。（45-49）

诗人借助这种和谐、亲密的情感表达方式将两位牧人之间完美、平等的爱情与波吕斐摩斯和伽拉忒亚不幸、曲折的爱情形成对比，意在告诫读者，爱情不是情感的自由释放，更不是一厢情愿，它需要平等与包容，更需要像达夫尼斯和达摩埃塔这对情人一样的理性。波吕斐摩斯和伽拉忒亚两人之间不但缺乏平等与包容，更缺乏的是理性，因此，忒奥克里托斯无论如何都不会将两人结合在一起，只能让他们交替扮演追求者和被追求者的角色。在这首诗歌里，伽拉忒亚虽是求爱者，但过于自我，其行为带有很强的挑逗性，这本质上仍是优越感在作怪。到了第十一首牧歌《巨人的求爱》（The Giant's Wooing）中，求爱者换成了波吕斐摩斯：波吕斐摩斯因相貌丑陋而非常自卑，他试图用丰富的聘礼打动伽拉忒亚，后者不为所动；这位独眼巨人只能从自己的歌中寻求医治爱情创伤的灵丹妙药。波吕斐摩斯和伽拉忒亚之间缺乏平等，因此造成伽拉忒亚的优越感和波吕斐摩斯的自卑；同时，两人均被情感主宰，缺乏必要的理性引领，不能用理性来看待对方的缺陷，发现对方的优点；因此，他们的爱情走向悲剧是必然的。

显然，《平局》同时构建了两个故事空间：一个是达夫尼斯和达摩埃塔之间平等、和谐、幸福的爱情空间；另一个是相互间存在巨大差异的波吕斐摩斯和伽拉忒亚的纠结痛苦的爱情空间。两个空间均为达夫尼斯和达摩埃塔合力建构，它们交叉并置于同一首牧歌之中，这是古典牧歌的一种常见手法。其目的就是要通过空间对比来揭示并深化诗歌所要表现的主题。

维吉尔的《牧歌·其七》也是一场歌唱比赛。其主题也是爱情，不过，两位歌者不是在一分高下，而是要合力构建一个美妙的爱情空间。很显然，这首诗的背景正是维吉尔的家乡曼图亚："在这里敏吉河用柔软的芦苇将绿岸围绕，／圣洁的榉树上也回响着蜂群的喧嚣"（12-13）。参加歌唱比赛的两位牧羊人柯瑞东和瑟尔西斯都是阿卡迪亚人，他们的歌互为补充，精心勾画了一个夸张的热恋场面：心爱的人出现时，万物繁茂；心爱的人离去时，万物枯凋。这种奇妙的空间幻想被文艺复兴及随后时期的文学作品普遍效仿。

维吉尔《牧歌·其三》的空间表现手法类似于忒氏的《平局》：其主体也是一场对歌比赛，比赛也是缘于一场争论，比赛的结果也是双方打成了平局。但是，与《平局》不同的是，该诗的主题是政治，而非爱情。诗中提到了不少人物，一部分是虚构的，另一部分则是真实的历史人物。歌者梅那伽（Menalcas）提到同时代的几位历史人物时明显表现出不同的态度：他一面高声赞扬维吉尔的一位赞助人、诗人政治家波利奥（Gaius Asinius Pollio, B. C. 75–A. D. 4）[①]，感激他的大行高德；一面又谩骂另两位蹩脚诗人梅维（Maevius）和巴维（Bavius）。诗中触及当时罗马的社会政治问题，有赞美，而更多的是批判。

事实上，政治主题是维吉尔牧歌中的重要主题之一，在他的多首牧歌中都有涉及。维吉尔心中对世态有着强烈不满，但鉴于其本人与当时的政治核心多有瓜葛——既有挚友，也有仇敌，他自然不能够也不愿意公开而直接地展开政治批判，而只能借助牧歌来表现那个时代的政治生态。他的几首以政治为主题的牧歌通过人物对话或对歌等形式构建了一个既虚幻又真实的玄妙的社会空间，巧妙地将其社会批判意识隐藏其中。我们说维吉尔是反田园诗歌的鼻祖，原因就在这里。

"分列式空间"构建在牧歌中虽然并不多见，但因其典型的喜剧性特

---

① 波利奥是古罗马战士、政治家、演说家、诗人、剧作家、文学批评家、史学家，维吉尔的赞助人和朋友。波利奥是维吉尔、贺拉斯共同的朋友，两人均有诗作献给他。

征而更值得关注。忒奥克里托斯第五首牧歌《诗人的交锋》（The Battle of the Bards）中就含有这样的空间表现手法。这首诗歌以生活化的语言，诙谐地讲述了一个牧人爱上一位小男孩却最终被其抛弃的故事。诗歌主体是两位牧羊人克玛塔斯（Comatas）和拉肯（Lacon）——分别为西博塔斯（Sibyrtas）和尤麦尔斯（Eumares）牧羊——之间的对话和对歌。诗歌一开始，两人互相责骂，都说对方是窃贼。两人在谁是真正小偷的问题上你来我往，纠缠不休。双方还指天发誓，没偷对方的东西。两人之所以相互仇视，原来是因为年长的克玛塔斯曾是拉肯的情人，但如今成年后的拉肯抛弃了他，自己开始引诱其他男孩子。克玛塔斯为此非常伤心，拉肯非但一点也不同情，还表达了对克玛塔斯的厌恶与诅咒。争执得无法开交时，两人决定以对歌来一决高下。这场对歌中，两人各自竭力自我吹嘘：克玛塔斯说缪斯们（the Muses）最青睐他（90-94），拉肯说他是在为太阳神阿波罗牧羊（95-98）；接下来，两人又迫不及待地炫耀各自的新情人：

> 克玛塔斯：
> 我养的山羊尽生双胞胎，
> 只有两只例外；
> 我的情人看见我就问，
> "郎啊，为何一人养这么多羊？"
> 拉肯：
> 啊哈！拉肯将十二个篮子
> 装满美味的干酪，
> 在繁花点缀的绿茵上
> 将他那童稚的爱情欢快地拥抱。
> 克玛塔斯：
> 每当他赶着羊群路过
> 克丽瑞丝就向母羊投掷苹果；
> 她双唇微微噘起
> 透出性感的魅力。

拉肯：

去幽会美貌的克拉迪达斯

那位面庞光滑柔润，

秀发飘逸垂肩

让我发疯的好小伙。(98—113)

科玛塔斯在歌中暗示，有位叫克丽瑞丝的女孩钟情于他，每当他经过她身旁时，克丽瑞丝总是向他献殷勤。拉肯也毫不犹豫地提到了自己的新情人，他要装满十二篮子的奶酪去幽会他的美貌男孩克拉迪达斯。两人就这样各顾各地交替轮唱，都在努力构建自己的故事空间，而弃对方于不顾。这种"分列式空间"建构模式强化了两位人物间的冲突，戏剧性地表现了两位人物之间矛盾的不可调和。

上述例析显示，在对歌体牧歌中，"共享式空间"和"分列式空间"都是为了表现人物和主题服务而设。前者常用来揭示对歌主体之间和谐的关系；同时，因为属于合力建构的空间，也有利于集中表达同一主题，使其更为深刻。后者则向相反方向发展，常用来表现不和、冲突性人物关系，空间的分列并不必然导致主题的分裂，也就是说，两个空间可能仍在同一主题框架下，但显现出的是相对独立甚至相互矛盾的空间态势。当然，分列的空间也可能表现的是主题的分裂，亦即对歌主体之间所讨论的主题甚至也可能不在一个层面之上。后一种分列式空间更富喜剧性，更能用来强化反讽效果。

第二节　嵌入式空间

如前文所述，牧歌之所以被称为牧歌的一个必要前提是其受述者不是乡下人而是城里人，而且主要是城里的精英阶层或社会名流。一方面，先决条件是诗歌的叙述者本人要同时熟悉城乡两种环境；另一方面，它要营造出一种介于诗中天真质朴的人物与复杂世故的城市受述者（通常诗歌中都有暗示）之间的心理距离，从而常常产生微妙的反讽效果。然而，矛盾的是，这种心理距离同时又因诗中的牧人常被类比为都市受述者而削弱。[①]
诗歌中这些天真人物通常会以喜剧的形式反映都市受述者的心理关切，比
如，未果的爱情，追寻精神的宁静等。这种类比通过歌曲（这些歌曲通常
是田园歌唱竞赛的变体）的嵌入得以实现，我们称其为嵌入式空间（即空
间内的空间）。这种嵌入手法当然也影响到空间的再现，尤其是揭示叙事
空间（space of the narrator）与故事空间（story space）之间的区别。下面
以忒氏第六首牧歌《平局》（The Drawn Battle）为例来加以分析[②]，A 表示
叙事空间，B 代表嵌入空间（不完全等同于故事空间）：

A1：（1-5）：在一个不明确的背景中，外部叙事者给他的听众讲
述关于两位牧人达摩埃塔（Damoetas）和达夫尼斯（Daphnis）的故
事，两位牧人准备进行演唱比赛。诗歌中对故事空间有暗示：两人
“把牛群赶到同一个地方，”然后“在泉边坐下”（1-2），这同时也表
明了两人的亲密关系。尽管叙事者的空间位置并不明确，但完全可以
想见，它与故事发生地是两个不同的空间。

B1：达夫尼斯之歌（6-19）以哲人的口吻评论波吕斐摩斯（Pol-
yphemus）与伽拉忒亚（Galatea[③]）的爱情，指责前者对后者的性爱挑
逗持漠然态度。达夫尼斯在歌中对故事发生的背景有速写式勾勒：波
吕斐摩斯和他的狗就在海边（11-14），伽拉忒亚朝着他的羊群投掷苹
果。这无疑是一个由神话意象构成的背景：这是在独眼巨人的岛上，
也就是说，这绝不是达夫尼斯自身所处的空间位置。

A2：（20）：外部叙事者插话进来，诗中的讲话人发生转变。

[①] Gutzwiller, K. J. *Theocritus' Pastoral Analogies : The Formation of a Genre*. London：Mad-ison WI, 1991.

[②] 引文参考 Calverley, C. S. *Theocritus Translated into English Verse* (2nd edition) . Lon-don：George Bell and Sons, 1883. 和 Hallard, James Henry, ed. *The Idylls of Theocritus：Translated into English Verse*. London：Longmans, Green and Co. , 1894. 等英译本译出。英译本译者大多给各首牧歌加了题目，笔者引用时取其一种。另外，英译本中部分诗歌的译本与原作在行数上有出入，引用时注明的行数均依据所选英文版本。下同。

[③] 伽拉忒亚在希腊语中意为“奶白肤色的女孩”。

　　B2：达摩埃塔开始演唱（21-40）。她站在波吕斐摩斯的角度辩解说，这种漠视是假装的，是恋爱策略的一部分。她的歌唱仍然基于先前达夫尼斯描绘的空间，加上了山洞意象（28），并详细描绘了如镜的海水（35-38）。

　　A3：（41-46）：外部叙事者的结语。诗中两位人物歌唱之后，两人亲吻并互赠排箫和长笛；和着他们的演奏，小牛们在绵软的草地上欢跳。（45-48）诗歌最终并没有回归外部叙事者的空间。

　　这个例子向我们揭示，嵌入式情节会生成不同层面的想象空间，这种空间显然有别于外部叙述者（external narrator）① 所处的空间。我们可以称这种空间为"嵌入式空间"（embedding space）。

　　在牧歌（一）《达夫尼斯之死》中，嵌入空间进一步强化了神话空间与现实空间的对比。在这首拟仿诗歌中，瑟尔西斯（Thyrsis）和另一位牧人所处的空间在他们的开篇对话中就交代清楚了（1-23）：故事发生在午后，西西里诗人兼牧牛人瑟尔西斯与另一位牧人在一个缓坡上的柳荫下惬意而卧，他请那位牧羊人为其吹奏笛子，但牧羊人拒绝了，反而请求瑟尔西斯吟唱他那首关于达夫尼斯苦难记的歌谣，并答应送他一个木雕的碗或杯子予以回报。于是，瑟尔西斯演唱了那首关于达夫尼斯罹难与死亡的极具田园色彩的歌曲，并得到了牧羊人的礼物和赞美。在这首诗中，杯子的描写占去五分之一的篇幅，达夫尼斯哀歌则超过了一半。因此，诗中的对话和简要的环境铺陈似乎只是在为歌曲以及关于杯子的描写提供一个框架而已。

　　这个开篇尽管有明显的程式化倾向，且顺便提及了潘神和各色小仙，但它整体上仍属于现实空间；因为，这时所提及的各种神话人物并没有真正出现。然而，嵌入的瑟尔西斯的演唱则明显将读者带进一个神话空间。他歌唱的是神话中的牧牛人达夫尼斯的命运。据说，达夫尼斯因酒后犯下对婚姻不忠的行为而被一个仙女弄瞎双眼，但忒奥克里托斯却运用间接的

　　① 牧歌中外部叙述者的讲述一般基于叙事学中所谓的第三人称全知视角，也就是外视角；个别时候采用有限第三人称视角，即选择性全知视角。下面论述过程中有所涉及时再加以区分。

手法展现了一个明显不同的版本。他笔下的达夫尼斯是一个纯真的牧羊人，因吹嘘自己能够战胜性爱的诱惑而激怒了爱与美女神阿弗洛狄忒；达夫尼斯终被爱情征服且濒临死亡。他嘲笑阿弗洛狄忒，向河流、森林、牲畜一一道别并把他的笛子遗赠给了牧神潘，之后便死去了。诗中一个片段告诉我们，当地的仙女们并未到场拯救达夫尼斯：

> 你们身在何处？达夫尼斯日渐憔悴之际，仙女们，你们身在何处？
>
> 若不在你们的阿纳帕斯河畔，不在埃特纳山，也不在阿吉斯的圣河边，
>
> 难道是躲在珀纽斯可爱的溪畔，或是品都斯的山谷？
>
> （《达夫尼斯之死》：67-70）

仙女的缺席不一定是出于冷漠，多半是慑于爱神的淫威；因为下文中瑟尔西斯特意唱到达夫尼斯被缪斯和仙女们深深爱着（145）。尽管仙女们没有到场，她们已然引领读者进入纯粹的神话世界了。更奇妙的是，歌中的自然界被赋予了明显的超自然特征，而且它们显然是站在了达夫尼斯一边：动物们（不但是奶牛，就连虎豹、豺狼，甚至还有异国他乡的狮子）都来悼念达夫尼斯："豺狼为他的死而嗥叫，／狮子也在灌木丛中哀悼"（72-73）；植物的生长秩序也陷入混乱：

> 紫罗兰在灌木和荆棘丛中绽放，
>
> 美丽的水仙花爬满杜松的枝条；
>
> 松树结出了无花果，这世界变得一团糟。
>
> 因为达夫尼斯的死，牡鹿追捕猎狗，
>
> 山间仓鸮的歌声比夜莺还要动听。（《达夫尼斯之死》：135-139）

这位可以直接与神明对垒的凡间牧人达夫尼斯与自然之间似乎有一种特殊而神秘的关系。这里，自然界对人类死亡的反应象征着人与外部自然界的两种联系：一者自然界为达夫尼斯哀悼表明它感受到了这个田园歌者

的不幸；二者让一切陷入"怪异的"混乱之中是要把诗人的愤慨之情以客观的形式表现出来。上述两个片段开创了田园挽歌最常用的一些传统手法，即自然界被神奇地与人类的境遇及情感联系起来。这就是"情感错置"（pathetic fallacy）①，也就是将人的情感与力量赋予外部世界的事物之上；它常以上述最惯用的两种文学形式出现在田园诗歌的开头部分。② 达夫尼斯悼词将听者带入了一个纯洁而悲伤的传奇故事中，

> 他的生命之线已然纺尽。达夫尼斯
> 走向了死亡的湍流；漩涡慢慢没过
> 这个缪斯和仙女们所深爱之人的头顶。（《达夫尼斯之死》：143-
> 145）

然而，这首诗的最后七行以牧羊人的话语结尾，又很自然地回归到了表现普通乡村生活场景的现实空间之中：

> 瑟尔西斯，你的嘴巴像是含满了蜂蜜
> 还有埃吉勒斯的无花果：
> 你的歌声比蛐蛐的吟唱还要动听。
> 送你这个杯子，闻一闻吧朋友，它有多么芳香。
> 它曾在时序女神的井泉里舀过水，你可能会这样猜想。
> 过来，希赛撒！去挤它的奶吧，孩子！
> 稳着点啊，别因胡闹把公羊惊醒。（《达夫尼斯之死》：150-156）

这是一种甜蜜的生活图景。牧羊人最后话语中的甜美构想呼应了诗歌开头的对话里描绘的景象：

---

① 该术语由英国艺术理论家约翰·拉斯金（John Ruskin）在其《现代画家》（第三部，1856）中提出，意指原本属于人类的情感却转移或体现在无生命或非人类的自然物之上。我们将在第三章对此展开详细探讨。

② Dick, B. F. "Ancient Pastoral and the Pathetic Fallacy." *Comparative Literature* 20 (1968)：27-44.

瑟尔西斯：

远处松树沙沙作响，就像歌声

飘荡在溪流之上，羊倌啊，还有你

那动听的笛声在奏响［……］

牧羊人：

噢，牧羊人，你的歌声比巉岩上一泻千尺的瀑布

还要悦耳动听。（《达夫尼斯之死》：1-3，7-8）

　　这里用到了情感误置的一种形式，即人与自然的和谐；表现的是人与自然共享一种宁静的氛围。动听的音乐起着抚慰作用，因为它可以帮助构建一种安稳、平静、愉悦的心境，即后来所谓的"阿卡迪亚式心境"（Arcadian Mood）。这种相似的开篇和结尾与篇中嵌入的达夫尼斯哀歌形成鲜明对比，旨在将神秘、纠结而又令人动容的达夫尼斯悲剧依照原本的样子（即瑟尔西斯的原始素材）呈现出来，以增强悲剧效果。

　　自此以后，在一个空间（通常是现实空间）中嵌入另一个空间（通常是想象空间或神话空间）成为后来田园诗歌中常用的程式化艺术手法。牧歌（七）《颗粒归仓》（Harvest-Home）中就出现了更为复杂的嵌入式空间。诗歌的背景是在克斯岛上。诗歌中的叙事者表面上为斯密奇达斯（Simichidas），实际上可以看成是忒奥克里托斯本人。诗歌内容是斯密奇达斯的回忆，有一天他与两个朋友一起步行从城里出发奔向黑尔斯河畔（2），去参加一个王室家族在其庄园中举办的丰收节庆活动。诗歌一开始就是城镇与乡村之间的空间转换，而就在这个空间转换过程中，又嵌入了其他空间模式。

　　斯密奇达斯一行在途中遇到一个名叫利西达斯（Lycidas）的神秘牧羊人，此人在当地被尊称为诗人。为了消磨旅途时光，利西达斯和斯密奇达斯轮流唱歌，这就开始了空间嵌入；两人的歌中穿插描述了大量的地理空间。利西达斯歌唱的是他对即将远航到米提利尼（Mitylene）的阿吉奈科斯（Ageanax）的爱恋之情（52-89）。利西达斯告诉斯密奇达斯，他演唱的是他"不久前在山坡上"牧羊时"谱就的曲子"（45）。歌曲的背景是冬天，利西达斯开篇就呼唤大海平静下来，希望阿吉奈科斯安全到达米提

利尼。接下来，他细节描绘阿吉奈科斯离开后自己将要参加的乡村集会：

> 我额头将戴上芳香的莳萝花环，
> 或者玫瑰或者甜美的紫罗兰，
> 普特里阿斯酒斟满杯子或大海碗，
> 我惬意地躺在炉边，把我的爱人思念；
> 酒尽曲散，欧芹与百里香铺就厚厚的地毯，
> 醉卧在水仙丛中，把一粒粒豆子投向灰烬。（56—61）

接下来，这个嵌入空间中又被嵌入了另一个空间——诗人泰特鲁斯的演唱：

> 两位牧人演奏着牧笛，泰特鲁斯一旁伫立
> 歌唱那为爱情而死的达夫尼斯。
> 希梅拉河畔，山岭在哀怨，橡树在悲叹，
> 这可怜的牧人啊，憔悴形容日显，
> 终如西亚摩斯、罗多彼、阿托斯
> 抑或高加索山巅的雪一样消融不见。（62—67）

泰特鲁斯的歌唱中提及多个山河之名，意在营造一个广大、邈远、荒凉的世界来象征达夫尼斯悲惨遭遇的不断延展。这里对几座名山的罗列绝不是随意而为，因为大山是利西达斯叙事的空间基点，也是他心胸高远的象征。的确，在其他牧歌中，牧人大都依泉水而坐或逐树荫而憩；尽管他们可能也在山畔，却极少明确地提及，更没有像该诗中一样的大量罗列与描绘。泰特鲁斯接下来还唱到科莫塔斯（Comatas）的传奇故事：科莫塔斯被残忍的主人活生生地关进一个大箱子内，却依靠蜜蜂送来的花和蜜露奇迹般地得以存活（68–79）。这个歌中之歌——嵌入空间中的嵌入空间——一方面用一个遭遇同样悲苦结局却令人释然的人物故事来反衬达夫尼斯的悲剧命运；另一方面，在叙事层面，这个嵌入也起到了渲染作用，强化了诗歌着力营造的想象空间的神秘、奇妙氛围。通过空间嵌入和大量

的地理空间指涉，利西达斯的歌稳步踏入一个想象的王国，或者说走进了牧歌的核心地带，也同时向着更宁静的精神世界进发。利西达斯在歌唱开篇时渴望深深的大海平静下来，这在字面上是对具体空间的描写，而在修辞层面，我们完全可以将其理解为利西达斯渴望获得的心理宁静；米提利尼很可能暗指古希腊勒斯波斯（Lesbos）女诗人萨福（Sappho）及其开创的抒情诗歌传统。通过科莫塔斯这个因音乐的救赎力量而奇迹般得救的绝佳例子，利西达斯终于进入一个真正的安乐乡（locus amoenus），从而彻底摆脱了内心燃烧的欲望。随着现实背景让位于诗歌王国和内在的宁静，具体的地理参照消失了，因为，利西达斯精神动力主要源自那些具有传奇色彩的祖先。

另一位歌者斯密奇达斯以一首关于他朋友阿拉图斯（Aratus）爱情故事的歌作为对利西达斯的回应（85–116）。斯密奇达斯声称他的歌也是一首牧歌，同样是自己在山上牧羊时谱就（81–82），也试图展示一系列想象中的地方，但是，曲调及引用的典故与利西达斯的大有不同。斯密奇达斯唱道，他的朋友阿拉图斯向一个名叫菲利努斯（Philinus）男孩求爱遭拒。斯密奇达斯请求潘神——歌中说潘神拥有美丽的 Homole 平原的一部分（可能暗示那里有他的祭坛）（90）——让男孩满足阿瑞图斯的心愿。斯密奇达斯在歌中承诺：

> 潘，如果你照做，瘦肉宴上的阿卡迪亚小伙们
> 绝不会再用海葱抽打你的肋骨与肩胛；
> 倘若不听我的话，定让你体无完肤，
> 皮肉开花，做你床铺的唯有带刺的荨麻！
> 严寒季节让你住在结冰的厄多尼斯山，
> 面朝着流经冻原的赫布鲁斯河岸；
> 夏季里让你牧羊在遥远的埃塞俄比亚，
> 远离尼罗河水的布莱梅山岩之下。（93–100）

对潘神的诅咒中提到冬季酷寒的北方和四季炎热的赤道地区，并有具体地理与气候的描绘，足见诗人的丰富阅历与博学。这些惩罚潘神的严酷

环境一方面反衬了阿瑞图斯的性爱困境；另一方面，也呼应了利西达斯歌中对山脉的指涉，因为厄多尼斯山和赫布鲁斯河都位于利西达斯提到的罗多彼山区。为了说服菲利努斯，也被请来了：

> ［……］面如红苹果的爱神们啊，
> 离开惬意的贝布利斯、海厄迪斯河
> 还有俄伊科乌斯，金发狄俄涅的宝座；
> 把你们的金箭射向漂亮的菲利努斯。（101-104）

贝布利斯（Byblis）和海厄迪斯河（Hyetis）是米利提（Milete）附近的两个山泉，俄伊科乌斯（Oikeus）是临近米利提的一座城市，传说由贝布利斯的父亲所建——贝布利斯是因与其兄弟考努斯（Caunus）媾和而被变形为山泉的。其实斯密奇达斯知道，上面这一切祈祷都是自我安慰，起不了真正的作用；无计可施的斯密奇达斯只得返回来劝解阿瑞图斯：

> 阿瑞图斯，咱们别再疲于奔波
> 在他的门外耗着；愿雄鸡的啼鸣唤来莫伦，
> 独自在凄厉的寒风中将喉咙喊破！
> 我们不是来伤害，我们热爱和平，
> 即便亚婆投掷给我们啐人的冲动。（108-112）

尽管对潘神的祈祷总令人联想到田园，但"在他的门外耗着"却暗示阿瑞图斯与菲利努斯的爱情故事其实是发生在城里。首先，斯密奇达斯本人是城里人，这是他在乡下向人回忆自己亲身经历的故事。当阿瑞图斯在菲利努斯门外日夜逡巡时，作为好朋友的斯密奇达斯一直陪伴着他，直到最后失去了耐心，不想再疲于奔波，整宿地陪着阿瑞图斯苦等。其次，这其实是一个典型的城市题材"门畔哀歌"的同性恋版本。而且，这个故事并没有任何移植到乡村的迹象及可能。

通过斯密奇达斯对牧神崇拜、神秘的米利都神话典故以及都市题材的"门畔哀歌"等的援引，我们感受到诗人所生活的希腊化时期的典型诗歌风尚。利西达斯从"当代"回溯到遥远的过去：他的歌似乎越过那些古代的抒情诗人，直达传说中的牧歌传统。利西达斯也许是当时某位名人的假面伪装：在第40-42行，他严厉斥责他同时代的那些新潮的长诗作家，其中就可能包括阿波罗尼奥斯（Apollonius Rhodius）。有人据此认为，整首牧歌也许是一篇文学寓言或"假面舞会"，但未能够举出确凿的论据来证明这一点。

　　这场深入的交流终于要结束了。利西达斯把他的野生橄榄牧杖送给斯密奇达斯以示缪斯的馈赠，也作为两人道别的方式。这个礼物似乎也标志着作为城市诗人的斯密奇达斯也加入了乡村诗人的行列。斯密奇达斯和他的同伴们继续前往农场的征程。在那里，他们尽情地享受丰收庆典带来的富足和喜悦：

> 我们惬意地躺在柔软草铺之上，
> 灯芯草和新摘的藤叶散发着清香。
> 白杨和榆树枝条摇曳在脑袋上方，
> 仙女洞涌出的圣水也在身旁流淌。
> 遮阴的绿叶间蝉虫在不停地吟唱；
> 荆棘丛中树蛙的叫声长笛般悠扬。
> 百灵鸟展开歌喉，海龟也开始亮嗓；
> 黄褐色的蜜蜂追逐着潺潺的溪流。
> 万物都在吮吸丰收的果实的营养。
> 梨子熟透而落，枝头苹果闪亮；
> 李树娇嫩的枝条被果实压弯了腰；
> 用树脂密封四年的罐口首次开敞。
> 游荡在陡峭的帕尔那斯山上的仙女们，
> 请问在弗洛斯的岩洞里年老的喀戎
> 可曾用这大杯子盛满盛宴的琼浆？
> 这样的豪饮可曾诱使阿纳珀斯山旁
> 用岩石击掷帆船的粗野的牧羊人，
> 波吕斐摩斯在他的羊群旁雀跃欢畅？——

> 仙女们在德墨忒耳的圣坛汲取
>
> 一口之量，便可汇成河水汤汤，
>
> 德墨忒耳的谷堆又将被狂热膜拜，
>
> 她手持穗束和罂粟以微笑将我们褒扬。（136-157）

诗歌在斯密奇达斯对富饶的安乐乡的歌颂中结束。在这段颂词中，五种感官都参与进来，对丰收的景象及其带给人的喜悦与满足极尽褒扬。这个最后的安乐乡在结构层面似乎暗指斯密奇达斯和利西达斯诗学的融合：古代诗歌、当代诗歌与直接的田园灵感的相互融合，产出丰饶的诗歌硕果。由此可以假定，斯密奇达斯和利西达斯分别代表忒奥克里托斯和另外一位诗人，诗中的丰收节可以被理解为诗歌创作的象征；节庆中的酒水代表诗人灵感的源泉，收获的果实则是诗人丰富想象力的产物。这样的酒就像济慈在《夜莺颂》（Ode to a Nightingale）中的酒，把诗人带入一个神秘的世界，在这个世界里，他可以自由行走于圣人之间，超越时间和世俗变幻的规约。所以说，这首诗歌颇具浪漫主义特征。它真正的意义并不在于虚构出来的牧人之乐，而是在于把"牧人"隐喻为"诗人"的做法对后世田园诗歌的发展产生过举足轻重的影响。

牧歌中的嵌入空间是一个典型的忒奥克里托斯手法，用来创造"田园类比"（pastoral analogies）。这种类比通常是将事件和人物置于想象的、神话的或者至少是辽远的世界之中，通过与诗歌另一层次中现实的比照或者通过受述者的经验联想而得以实现。在牧歌（一）《达夫尼斯之死》中，嵌入的那关于达夫尼斯的歌本身构建了一个神话空间，这个空间明显有别于瑟尔西斯和山羊倌对话中描述的世界。但是，仅就歌曲和自然景观之间的有效融合来看，即便是这两位牧人之间的对话，也完全称得上艺术作品了。真正的情感误置只能发生在诸如达夫尼斯和科莫塔斯这样具有神话色彩的人物身上；同时，我们也可以说，《达夫尼斯之死》中音乐和大自然之间的和谐是这一概念的翻版，意味着人类可以像达夫尼斯和科莫塔斯一样，借助诗歌和音乐实现与自然之间神秘的和谐。

第三节　符像诗歌

符像化（Ekphrasis 又译"造型描述"）原是一个古希腊修辞学术语，其本意是指在文本或演讲中以语言获得栩栩如生的画面感，即图像化再现；通俗地讲就是"读图"。这一术语在数千年的历史演化中，其外延逐渐抽空而内涵日渐丰富。Ekphrasis 的原初意涵扩展为跨媒介、跨渠道的符号修辞抽象理念——符像化。通常情况下，修辞学意义上的符像化是指对某个情境或者艺术作品的语言描绘，其根本目的是唤起文化规约下的共通"心像"而非基于视觉感知的"图像"再现。

荷马笔下阿喀琉斯的盾牌和阿波罗尼奥斯笔下伊阿宋的斗篷都是典型的符像，但其描述者均是外部叙事者。与此不同的是，在忒奥克里托斯牧歌（一）《达夫尼斯之死》中，最重要的符像——山羊倌的杯子——是由诗中人物山羊倌（goatherd）描绘出来的。诗歌一开始，西西里诗人兼牧羊人瑟尔西斯（Thyrsis）请另一位牧羊人为其吹奏笛子，但这个牧羊人拒绝了，反而请求瑟尔西斯吟唱他那首关于达夫尼斯苦难记的歌谣，并答应送他一个木雕的碗或杯子予以回报。于是，瑟尔西斯演唱了那首关于达夫尼斯罹难与死亡的极具田园色彩的歌曲，并得到了牧羊人的礼物和赞美。在这首诗中，杯子的描写占去五分之一的篇幅，达夫尼斯哀歌则超过了一半。让我们见识一下这只杯子：

> 还有一只用蜜蜡精浸润过的双柄杯子，
> 杯体上新雕的纹饰散发着凿子的香气。
> 永不凋谢的花朵点缀在杯沿的常春藤上；
> 杯子下部的藤蔓挂满金色的果实。中间站着
> 一位亭亭少女，长袍衣带，高挽发髻；
> 左右两位男孩金发飘逸，又似在相互斗气，
> 纯粹是无奈之举，进入不了女孩心里：
> 她对一位微笑一下，又转头向另一位致意；

两位可怜的小伙儿只能在徒劳中自讨没趣。

杯子上还雕着一位头发花白的老渔夫，站在

巉岩之上将渔网拖拽，迫切希望再一次投掷。

他奋力撒网，脖子上青筋暴涨，

每块肌肉都参与进来，他与年轻人一样强壮。

这饱经风浪的壮汉附近，一座园子

匍匐在挂满晶莹果实的葡萄架下。

守望园子的男孩坐在干砌石墙之上，

两只狐狸在附近贼溜溜地转悠；

一只沿畦潜行，欲盗采成熟的葡萄；

另一只意欲偷袭男孩的袋子，誓将

他的早餐毁掉。此刻的男孩

忙碌着用水仙叶编织漂亮的

蟋蟀笼，并把它在芦苇上固定好；

这专注的男孩全然忘却了袋子和葡萄。

瞧这纤柔的枝叶环绕的杯体，简直是

伊奥利亚的艺术奇迹。为了它

我给了卡吕冬渡船夫一只母羊

还有一大块白色的奶酪。

这杯子从没碰过我的嘴唇，

它干净的就像处女。（28-56）

　　这个关于杯子的符像的详尽程度一下子就让人想起荷马对阿喀琉斯盾牌的描写——事实上，它的确与阿喀琉斯的盾牌（Achilles' Shield）和伊阿宋的斗篷（Jason's cloak）发挥着同样的作用。它与该诗歌本身乃至整部牧歌集之间保持着许多含蓄的主题关系。这个符像将受述者的注意力聚焦在作者的创造性活动上：他创造了一个人物并让该人物描述一件工艺品。这个描述过程就是符像化过程，它象征着诗歌创作，而描述者本身又是被创作的一个部分。

　　整首诗歌的两个核心是瑟尔西斯的歌谣和对杯子的描述。诗中人物间的对话和简要的环境铺陈——比如两人午后在一个缓坡上的柳荫下惬意而卧——似乎只是为了提供一个叙事框架而已。从结构上看，杯子符像起到了一首歌谣的作用，它与瑟尔西斯的歌唱之间形成"等价交换"，保证了诗歌的内在平衡。因此，这首诗歌依然没有脱离牧歌的对歌传统。

希腊文学中的几乎所有重要符像通常都被认为是荷马笔下符像的变体；而符像的变化取决于作品的叙事目的。在《阿尔戈英雄纪》（*Argonau-tica*）①里，斗篷之所以被选中，目的是要暗示其佩戴者伊阿宋（Jason）并非一位好斗之士；同样，在《达夫尼斯之死》中，这只木质（质地暗示着价值）的杯子则象征着田园诗的谦逊和质朴。尽管杯子的材质微贱，它本身的确称得上一项艺术的杰作：杯体上的精美雕饰表明做工的精细繁琐，"干净得如处女"象征着诗歌的新颖，"用蜜蜡浸润"和散发的香气则暗示诗歌创作的目的，如此等等，我们当然还能够从此符像分析出更多象征意义。

就像瑟尔西斯的歌唱一样，这个精工制作的杯子把流行艺术提升到了一个新高度。杯子上刻画的三个日常生活场景并非都是严格意义上的田园题材，因此可以被解读为三个不同类型的空间位置（城市、乡村、海滨）以及三种不同的劳动类型（手工业、种植业、渔业）。因为杯子上没有刻画牧人生活，有人据此认为，这只杯子表达了作为牧人的达夫尼斯对自己生活空间的摒弃。这也许是忒奥克里托斯对阿喀琉斯盾牌的再阐释，也许是诗歌中主人公对生活的选择。无论如何，如果说达夫尼斯是牧歌中的阿喀琉斯的话，忒奥克里托斯就是牧歌界的荷马。

杯子符像中所表现的爱情、老年、童年、淳朴的乡下人以及勤劳之后的收获等绘画主题在希腊艺术中十分常见。令人感兴趣的是，尽管作者试图重构画面，但各场景之间的确切搭配关系并不明朗（也许是有意为之?）。杯口边缘环绕着开满花朵的常春藤，底部则缠绕着挂满果实的藤蔓；一位少女婷婷立在中间。接下来的文字描述将静态画面动态化：两位男孩争相取悦女孩，女孩则左顾右盼；还加上了山羊倌的心理分析：男孩们爱着女孩，女孩却不爱她们；故事的结果已经暗示：男孩在徒劳地争

---

① 讲述的是随伊阿宋乘阿尔戈号快船去科尔喀斯觅取金羊毛的英雄们的故事。

斗。一个相对完整的叙事结构（故事）就这样被创建出来，虽然细节并不明朗。他们的故事显然并非个例，这种"爱的徒劳"（love's labour's lost）式主题在忒奥克里托斯牧歌中俯拾皆是（参见牧歌 1，2，3，6，10，11，13 等）。诗中对那位卖力撒网的老渔夫的描述也有类似的典型特征。① 对渔夫的描述重在强调体力劳动以及它所需要的力量。从描述中受述者可以感受到，渔夫显然是使出了浑身的力气。这个描述也有动态化特征（渔网即将被抛出）和心理特征（渔夫"迫切希望再一次投掷"），但并没有形成真正的叙事结构：它只是一个人的工作"快照"，颇有现代绘画的印象派色彩；而且此类劳动场景的描述在牧歌世界中并不常见。② 我们可以想当然地认为，杯子上的雕饰绝对不是彩色的，所以将男人的头发描绘成"花白"多半是山羊倌本人的臆想，因为这渔夫被他描绘成"老人"；我们还可以想见，老人的劳动定然是有收获的。这幅画面中老人及其体力劳动与前幅画面中的青年们的徒劳之爱又形成双重对比：也许是以老人的实干反衬青年的虚浮，也许是暗示年龄与心态之间的关系，也许暗示情感追求与物质追求之间的差异，当然还有很多"也许"。第三幅画面表现了另一种"劳动"——守望果园。这是后来出现的农事诗（Georgic）中的常见主题：如渔夫描写成为后来出现的"渔歌"的先驱一样，此处的果园描写则是农事诗的早期典范。画面中的男孩沉浸在快乐的工作中，对身边出现的麻烦毫无觉察。他的一举一动与那三位年轻人之间的感情纠葛以及老渔夫的奋力劳作一样被永恒定格。正如女孩两侧分立两位男孩一样，小男孩两侧出现两只狐狸；这两个由三位人物构成的画面又显然在由一个人物构成的捕鱼画面两侧。再考虑到杯口和杯底的藤蔓，整个杯子上的雕饰包含着多重对称美。如果说第一幅画面表现的主题是爱的徒劳，第二幅画面表现的是勤劳与收获，那么，这最后一个画面中表现的就是无忧无虑与精神的满足。与孩子的天性相契合，画面中小孩的劳动基本属于玩乐范畴：为自

---

① 渔夫并非忒奥克里托斯牧歌中的常规形象。牧歌（二十一）《渔夫》（The Fisherman）通常被认为是假托之作，但从该诗中对渔夫形象的描述来看，说它是忒氏真作也并非没有说服力，至少它直接受到了该诗的影响。

② 农耕题材的牧歌（十）《两位农人》（The Two Workmen）是另一个例外，其中的劳动场面描写与相思病主题形成鲜明对比。

已编了一个蟋蟀笼。这是一个富有诗意的活动：蟋蟀（更常见的是蝉）、编织和玩耍的孩子常常以隐喻的方式出现在希腊化时期的诗歌中。因此，类似于小男孩怡然自乐的意象成为忒氏牧歌中一些牧人的追求（牧歌1，7，11）。正是通过这种嵌套式结构（mise en abyme），诗歌对杯子的制作工艺进行了隐喻性的描绘。

第四节　空间延展与空间措置

在忒奥克里托斯的诗歌中，人物、叙事者以及受述者三者之间的相互距离显得极其重要，我们应该区别评价诗中人物指涉的空间元素与那些外部叙事者所展示（通常是被聚焦）的空间元素，因为不同空间元素的作用机制不尽相同。

牧歌（五）《诗人的交锋》（The Battle of the Bards）主体是两位同性恋牧羊人克玛塔斯（Comatas）和拉肯（Lacon）之间的对话。诗歌一开始，两人互相责骂对方是窃贼；为一决高低，两人决定展开唱歌比赛。该诗中出现了大量的景物描写，比如，

> 拉肯：
> 在这野生的橄榄林下，你会唱出更动听的歌。
> 细细的山溪冰冷滴落，青草的叶片向上昂着，
> 落叶厚厚地覆盖大地，蝗虫在其中窸窸窣窣。（30-33）
> 科玛塔斯：
> 这里有橡树与高莎草，还有家蜂筑起的巢，
> 这地方真的舒适宜人，鸟儿在树间喳喳鸣叫。
> 两条小溪蜿蜒流淌；树荫更密，投影更长；
> 看呐，是什么果子从挺拔的松树落到地上。（44-47）
> 拉肯：
> 我这儿的赛巴里斯泉水就是蜂蜜：
> 你每早都可以拿水罐来提。

> 科玛塔斯：
> 我的羊吃的是三叶草，脚下踩踏着
> 乳香叶，躺卧时，头边就是成熟的草莓。
> 拉肯：
> 我的羊采食金银花，周围是繁茂的
> 茉莉，浓艳得赛过任何玫瑰。（124-129）

令人惊奇的是，这些景物描写居然出现在两位牧人咄咄逼人、近乎喊叫的演唱比赛中。正如其中反复出现的指示性副词（"这儿"、"这里"等）及第一人称物主形容词（"我的"）等所暗示的那样，这些景物描写的目的就是要胜过对手，使对方黯然失色，进而强化自己所描绘的安乐乡之优越性。而在牧歌（一）《达夫尼斯之死》和牧歌（六）《平局》（The Drawn Battle）中，参加比赛的牧人决定在同一地点歌唱，这样的和谐并没有出现在《诗人的交锋》中。二人描绘的景色如此美妙，与火药味十足的巧言争辩形成鲜明对比：这些描写不是为了创建和谐，而是为了胜过对方，因而只能进一步加大两人间的裂隙，不欢而散是注定的结局。

牧歌（二）《女巫》（The Sorceress）其实是核心人物希梅亚塔（Simaetha）的戏剧独白。她被自己的爱人德耳菲思（Delphis）抛弃，现在试图通过魔法重获对方的爱。为了与其一贯的牧歌风格保持一致，忒奥克里托斯选择表现一个低微平民的激情。希梅亚塔就是一位普通妇女，她平素的活动圈子不外乎与邻居闲扯，待在自己家里或者到她的情人常去之地"提玛格图斯摔跤学校"（9，53，83，98）。但是，为爱驱使的她超脱了自己的生活空间，将自己的内心呼求播向广袤的宇宙："听啊，风平浪静，四周一片静谧；／我绝望的内心却无法片刻将息"（42-43）；一阵咒语之后，她向上苍祈祷："告诉我，月亮女神，何处走来我的爱人"（73）。这些对宇宙空间的祈诉情节极大地拓展了希梅亚塔自己生活空间的疆界。但上苍似乎也帮不了她多少，诗歌结尾对月亮、星星的道别更强化了女主人公内心的绝望："别了，天空美丽的月亮女神！／别了，追随夜神车轮的繁星们"（167-168）。被情人抛弃的天真的希梅亚塔试图将她小巧的都市剧置于宏大的宇宙框架之中，祈求月亮女神来见证她的自白。可见，无论何人、何身份，一旦激情被点燃，都会焕发异常的光彩。这个为爱疯狂的女人在悲痛和对性的渴求中所表现出来的壮烈而狂热的情感放纵堪比阿波罗尼奥斯笔下的美狄亚（Medea），更是超越《诗经·摽有梅》中那位望着成熟而落的梅子而苦苦企盼情人的女孩；即便将希梅亚塔和玛莎·雷（Martha Ray）① 相比较，也不会显得太过牵强。

希梅亚塔的思维方式确有点超乎常理，而牧歌（十一）《巨人的求爱》（The Giant's Wooing）中的情种独眼巨人波吕斐摩斯的求爱则是另一种盲目。这位独眼巨人坐在海边，就像当年的阿喀琉斯（《伊利亚特》1：350）或奥德修斯（《奥德赛》5：101）那样眺望着远方的海浪。像两位英雄一样，波吕斐摩斯也属于传统的史诗领域：他在田园诗歌里出现虽然有点不可思议，甚至给人以滑稽的感觉，但也不无道理，因为他毕竟是史诗中出现过的著名的牧羊人——这是忒奥克里托斯戏仿史诗的证据之一。波吕斐摩斯明白，伽拉忒亚拼命逃避他是因为他长得有点可怕：

> 美丽的少女，我知道你为何将我回避。
>
> 因为我两耳之间贯穿额头的浓眉之下，
>
> 只长着一只眼睛，还有唇上宽阔的大鼻。（30-32）

然而，正如他所宣称的那样，他有足够的能力弥补这一缺陷。他表示，如果伽拉忒亚接受他的爱，他愿给予她巨大的财富和欢乐：

> 尽管我相貌如此出奇，却养羊千只有余，
>
> 它们有上好的奶乳供我享用，供人索取。
>
> 夏秋时节乃至隆冬仓廪殷实，乳酪丰裕。
>
> 我擅长吹笛，尽管没人愿与我一比高低，
>
> 无数沉寂之夜，我为你也为我用歌求祈。
>
> 我为你饲养了十一只小山羊和四只熊仔。

---

① 玛莎·雷（Martha Ray, 1742—1779）是英国汉诺威王朝乔治时代（Georgian era）著名歌唱家。据说她十七岁就成为三维治伯爵四世约翰·蒙塔古（John Montagu, 4th Earl of Sandwich）的情妇，并育有五个子女。

来吧，一切都是你的，绝不会亏待于你。(33–39)

接下来，他还为情人描绘了一个广阔富庶的生活空间：

让海洋蔚蓝的浪花朝着陆地大口地呼吸。
在我的山洞里，良辰美景中你依我而憩。
月桂树、纤柏、常春藤还有甜美的葡萄；
清凉的雪山泉水恰是神仙们的琼浆玉液。
有如此的欢愉，谁还会选择逐海浪而居？(44–48)

巨人描绘的这幅背景图显然有点凌乱而模糊，缺乏清晰的空间层次感。毕竟，如若能用美妙的语言来描绘出一个美丽的空间，他便不是愚鲁的巨人了。但是，假如读者调动自己的经验对此空间进行重构，一定会感受到（如果这里不是居住着一位丑陋可怕的居民的话），这样的生活空间还是相当美好的，至少完全可以接受。然而，伽拉忒亚无论如何不为巨人的殷勤所动，绝望的他只得反返归自己的歌中寻求安慰。他仿佛从自己所唱的关于缪斯的灵丹的歌中寻到了缓解了自己悲伤"灵丹"：除了让自己轻松愉快之外，并没有什么能够医治爱情创伤的灵丹妙药。于是，他不再照料自己的羊群，而是在音乐创作中守望自己的爱情，并发现了更多用金钱买不到的慰藉。苦难产生诗歌，诗歌反过来又抚慰人心。尽管这首诗的主题带些神话色彩，但它也属于忒奥克里托斯的田园牧诗之一。比起第3首中的牧羊人，波吕斐摩斯则是一个更为怪诞的乡村求爱者。第十一首牧歌在古典时期被大量模仿，尤以奥维德（Ovid）的《变形记》(*Metamorphoses*, bk. 13) 为著。波吕斐摩斯对伽拉忒亚的付出成为田园诗另一个常规体裁的基础，即"爱的邀约"（invitation to love）。在这一点上，克里斯托弗·马娄（Marlowe）是英国诗人中最有名的例子。但在之后的效仿中，引诱者波吕斐摩斯的丑陋特征全都消失了。

波吕斐摩斯的悲剧几乎是注定的，他有两个层面的问题难以解决：一是他自身的丑陋与安乐乡般的生活空间的不协调。这是空间元素间的不和谐，不和谐便无法产生美感，所以，这个貌似安乐乡般的生活空间对普通人尚无诱惑之力，何况对一位来自另一世界的水中仙女。另一个是伽拉忒亚是海洋生物：无论海洋对独眼巨人来说多么奇怪而没有诱惑力，可那毕竟是伽拉忒亚的栖息之地。难怪他们的观念无法达到一致：伽拉忒亚既不属于陆地，也不食用奶酪；同样，独眼巨人也不属于海洋，过不得水中生活。海洋和陆地是两个对立的、无法相互穿越的空间，这从一开始就注定了波吕斐摩斯求爱的失败结局。绝望的巨人发出这样的感叹："唉，多希望母亲给我生出双鳃，／让我能潜到水里将你亲吻"（54-55），并宣布自己无论如何要学游泳（61）。难道学会游泳就能走进伽拉忒亚的生活吗？巨人的愿望听起来着实有点令人心酸。然而，更令人心酸的是他的身世。他的母亲实际上就是水中仙女托俄萨（Thoosa），而他的父亲就是海神波塞冬（Poseidon）：他的生命却朝着相反方向发展，完全没有继承父母的一点品质。而且，可怜的巨人的独眼也显然并不明亮：他看不清周围的环境，也看不清大海，甚至也看不清自己——巨人这种观察判断能力的缺失在牧歌（六）《平局》中已然有所描述，《巨人的求爱》则将其更加拓展深化。

所以，即便是在类似于巨人这样天真人物的语境下，空间结构仍可能会更为模糊、复杂而难以判断。这一点在牧歌（十五）《阿多尼斯节》(The Festival of Adonis) 中有着更好体现。该诗讲述的故事发生在亚历山大城。诗中，忒奥克里托斯站在两位庸俗的家庭妇女布拉克西诺亚（Praxinoa）和格耳戈（Gorgo）的视角观察都市的喧嚣与繁华。某天，她们上街时在热闹的人群中被挤搡着参加了阿尔西诺（Arsinoe）皇后在王宫中举办的庆祝阿多尼斯节的活动。从空间结构上看，《阿多尼斯节》颇像一部三幕田园短剧。诗歌中呈现了三个场景：一是在布拉克西诺亚家中（1-43），二是在去王宫的路上（44-73），三是在王宫内（74-149）。先看故事的开始：

> 格耳戈：布拉克西诺亚在家吗？
> 布拉克西诺亚：在。亲爱的格耳戈，终于又见面了！
> 这时你能来真是个奇迹！搬把椅子，
> 尤诺亚，记着放上个垫子。
> 格：别客气。

布：来啊，请坐。

格：让我喘口气！这一趟差点

把我累懵。布拉克西诺亚，大街上摩肩接踵，

车水马龙。着军装、穿皮靴的士兵

到处走动。——你家离得真远啊，

路好像没有尽头。(1-11)

在街上，布拉克西诺亚的一段近乎发狂的怒喊进一步强化了亚历山大城喧闹与拥挤的感觉：

格耳戈，亲爱的，看我们被挤成啥样了？

国王的马队来了。——亲爱的先生，

你踩我脚了！——那匹花马在狂跳——啊

它可真暴躁！噢，尤诺亚，木头疙瘩，

快跑啊！它要把骑手撂下。真庆幸

把小孩儿留在了家！(74-79)

布拉克西诺亚的滔滔不绝和西西里方言遭到人群中一位男士的讥笑，并引发了一场争吵；这场争吵因一位妇女上前颂唱阿多尼斯赞歌而被打断：

陌生人：倒霉蛋，停止你那愚蠢的鸽子叫！

他们的土腔简直要命！每个字都拖得老长！

格耳戈：他从哪里冒出来的？我们的闲聊

干你何事，先生？向自己的奴隶指手画脚吧！

知不知道我们是叙拉古的贵妇人？

[……]

格耳戈：嘘，亲爱的。阿格福斯的女儿要唱

《阿多尼斯颂》了：她是有名的歌唱家

把《水手的坟墓》简直唱绝了。好了，好了，

咱看她的尽情表演吧。(105-119)

　　整首诗歌的主体空间建构到此基本完工。在这约三分之二的篇幅中，诗人为读者呈现了一部现实主义喜剧小品，也为 18 世纪"城市牧歌"(Town Eclogue) 呈现出的多样性提供了一个古典模板。

　　《阿多尼斯节》之所以喜剧效果那么明显，首先应该得益于人物与空间的微妙关系。两位主妇是典型的暴发户式的中产阶级妇女形象，言谈举止给人以庸俗、愚昧的感觉。她们的世界狭隘至极，不是为衣着而烦恼，就是絮絮叨叨地掰扯丈夫和仆人们的种种缺点。这样狭隘、庸俗的人物跻身于盛大的皇家庆典之中，自然有点刘姥姥进大观园的感觉；更可怕的是，她们还缺乏刘姥姥那样的见识与阅历；所以，除了抱怨喧闹的人群，惊讶于那匹烈马之外，她们就只能与人发生冲突了。可见，喜剧的诞生是空间措置的结果：两位主妇原本只属于他们的家庭，她们应该算是"误入"了一个完全不同的世界，而这个"误入"就是喜剧的契机。

　　这种空间措置的感觉在接下来嵌入的颂歌与格耳戈无聊的结束语的对比中得到进一步强化。诗歌最后大约三分之一篇幅的主体是嵌入的《阿多尼斯颂》，演唱者在歌中豪奢而隐喻性地讲述了阿多尼斯与阿芙洛狄忒之间的爱情故事：

　　　　女王啊，格尔戈伊、艾达里翁和厄瑞克斯山的情人，
　　　　视黄金如玩物的阿芙洛狄忒女神，瞧
　　　　在一年的第十二个月里，从阿诗伦轻轻走过的
　　　　时光女神又将阿多尼斯从深渊拉回到自己身边。
　　　　时光女神缓慢行走，慷慨而又爱抚，
　　　　她们来了，给人类带来了快乐和痛苦。
　　　　塞普利斯，狄俄涅的孩子，人们说是你让
　　　　凡人贝蕾妮丝不朽，用琼浆充满她的胸腔。
　　　　啊，你在各地的神殿中受人膜拜，
　　　　这一天，贝蕾妮丝的女儿，阿尔西诺伊的王后，
　　　　海伦一样美的阿西诺，因为你的恩泽

把一切可爱的品质赋予阿多尼斯，世界都震惊了。

他右边堆满从果树上落下的成熟的果实，

左边是一个装满香草的银质匣子。

叙利亚的金盒子，美味佳肴

用雪白的麦面烤制的蜂蜜和奶油

面包；状如鸟兽的花儿

簇簇开放；年轻人的爱情渴望飞翔

就像巢中的夜莺雏一样努力扑闪翅膀，

每个绿色的拱亭上都盖满雅致的茴香。

噢，镶金的乌木，噢，象牙一样白的雄鹰

为宙斯带来他钟爱的男孩侍者

去斟满神圣的酒杯！啊，紫色的挂毯在头顶闪耀！

"比梦乡更柔和，"米勒图斯和萨摩斯牧羊人如是说。

在他的身边，沙发为美丽的塞浦路斯王后铺开，

在另一边，粉面如桃花的阿多尼斯惬意躺卧。

双唇软嫩，他的吻定然温柔而芳香，

看这位不到二十岁的少年新郎。

再见了，亲爱的！享受你的爱。明天

踏着黎明的露水，我们将聚集到此，把他带向

海滩上泡沫似的波浪；蓬乱着头发，

长袍在脚踝处搭落，袒胸露乳，我们唱那悲伤的歌。

英雄的阿多尼斯独受这神的恩赐，

从阿诗伦走向永恒；阿伽门农也未得此殊荣

更别说阿贾克斯、赫克托耳、帕特洛克里斯、

特洛伊胜利归来的奥德修斯，

还有拉比泰人、丢卡利翁的儿子、

佩罗普的孩子和阿尔格斯的王冠皮拉斯基人。

阿多尼斯啊，请你发发仁慈，明年再展露笑容；

亲爱的，归来吧，愿年年有今朝。（120-159）

　　这个嵌入的奢华、高雅、纯洁而神圣的神话空间就是要与诗歌主体所力图营造的喧闹、庸俗甚至混乱的俗世空间形成鲜明对比，以反衬诗歌中的人物与主题。颂歌部分不但在语言上与该诗歌主体部分的口语风格形成鲜明对比，而且也有别于忒奥克里托斯的整体描写风格——对包容、完整与丰富的基本风格的强调后来又出现在牧歌（十七）《托勒密礼赞》（The Praise of Ptolemy）中，暗示了这首《阿多尼斯颂》对皇家颂词（royal encomium）风格的借用或者模仿。这位歌手一开始就列举了围绕着阿多尼斯的各种礼品，重点强调礼品的丰富与豪奢，甚至不惜笔墨地加以精确描绘：每一种水果，女人精工制作的各种蛋糕，各种色调，还有大地与空中的一切生物；异常多的形容词（漂亮、银色、精致、金色、甜美、光滑、绿色、深红色、玫瑰色等等）——这些都不是典型的忒奥克里托斯风格，嵌入空间与现实空间之间的对比因风格的差异而更加鲜明。除此之外，忒奥克里托斯还采用了其他表现手法。比如，在颂歌中所有制作礼物的人都被突出地列举出来，这使得描述更具表现力：不但强调了整个节日的包容性特征（所有女性都在为阿多尼斯烘面包），也暗示了托勒密王国的疆域包括米勒图斯和萨摩斯在内。诗中其他较具特征的描述性元素还包括语言中暗示出的雄鹰和爱神的行为举止，以及对阿多尼斯之吻的性感描写等。

　　那么，两位主妇对这一段阳春白雪式的演唱有什么样的反应呢？看看格耳戈这个不了了之的结束语就明白了：

　　　　格耳戈：
　　　　这女的真有才华，布拉克西诺亚；
　　　　她这么博学该多么幸福；
　　　　甜美的嗓音更令人羡慕！
　　　　咱们回家吧！男人还饿着肚子。
　　　　他一饿起来就成了一坛醋，
　　　　不敢靠近他一步。再见吧阿多尼斯！
　　　　愿你的归来带给我们幸福！（160-166）

　　颂歌中令人眼花缭乱的描写着实给读者以深刻印象，也感动了诗歌内如两位主妇一样的二级听众,这才有格耳戈的赞赏与羡慕。所以,我们不能因两位主妇的庸俗与愚昧就断定他们对颂歌所讲的故事毫无了解。事实上,从言辞中可以判断,他们了解这个故事,甚至知道阿多尼斯的隐喻含义。但是,格耳戈的结束语对颂歌昂扬的激情及高雅的内容既不关注,也无评说,反而又匆匆转向居家俗务,谈论起粗陋的丈夫,完全暴露了她的低俗品味。这种突降法①的引入有力地突出了人物性格和诗歌主题,增强了整首诗歌的反讽效果,促成了一场庸俗与高雅之间滑稽碰撞的喜剧。纵观整首诗歌,忒奥克里托斯把自己从故事中超脱出来,而让评论性的语言从精心设计的人物(两位主妇)之口讲出,其目的也就在于此吧。或者,我们也可以反向思考一下:也许诗人是要借助平民的观察视角和她们的评论来批评这种华丽辉煌背后的荒唐与滑稽。或许后者更具有深意吧。

总之,在忒氏的拟仿牧歌中,人物的空间关系可以帮助刻画他们的性格,或者提供他们心理状态的线索。既然这些诗歌大多缺乏叙事者的评论,也就给受述者留下积极参与的空间,看他们是否可能推断出对正在描述的事物的"客观"评价,或者解释其叙事结构的意义。另外,忒奥克里托斯的空间建构与他对时间的处理方法之间存在着共同特征:两者都是一方面给读者传递一种模糊的印象,另一方面又都具有明确的结构性目的,尤其是揭示人的心理特征。

如开篇所述,本章的主要目的是要揭示牧歌有别于其他诗歌的典型特征。为达此目的,我们以忒奥克里托斯牧歌为例,简析了牧歌中的几种典型空间类型,即共享式空间、分列式空间、嵌入式空间、符像化空间等,也探讨了空间延展与空间措置对牧歌中人物塑造、故事发展、主题揭示的重要意义。总体上看,上述各类空间多是通过牧歌中说话人(speaker)的语言描述构建起来的。这可能会引发一些有趣的质疑。首先,这些诗歌的内在意图是否就是要表现严格的"视觉"空间?我们认为,至少在一些牧歌中,答案是肯定的,比如忒氏牧歌第2、3、15首;视觉空间展示显然是这些诗歌的重要意图。然而,并非所有忒氏诗牧歌都是这样,比如第1、7首中的音乐性(或听觉)似乎凌驾于视觉之上。也就是说,除了视觉空

---

① 突降法(bathos)指作品内容突然由美好、严肃转向平庸可笑。

间，忒奥克里托斯也善于听觉空间的建构。其次，既然忒奥克里托斯的人物常常是那么天真、幼稚，就给受述者留下了一个比较大的阐释空间。那么，该怎样通过这些人物评价诗中的空间指涉？这些人物有什么样的性格或心理特征？通常情况下，我们可以依托诗歌中的一些描述片段来解读人物精神状态乃至诗歌主题，如希梅亚塔狭小的生活空间与其吁求的宇宙空间之间的不对称，波吕斐摩斯的丑陋与其生活的美丽的安乐乡之间的滑稽对比等。再次，对空间指涉的评价本身也可能成为一个主题，如《阿多尼斯节》中格耳戈在结尾时对嵌入歌曲《阿多尼斯颂》的赞扬表明阿多尼斯的故事早已深入人心，并进而暗示了该歌曲主题的普遍意义。最后，诸如"杯子"那样的符像则直接将牧歌与史诗传统联结起来，为牧歌的起源提供了另一种参照：牧歌是对史诗形式上的模仿。

第三章　牧歌中的自然空间与心理空间

上章谈到，自然或风景描写从来都不是牧歌的典型叙事特征，也就是说自然不是牧歌空间建构的主体，但这并不意味着要否定自然描写对于牧歌的重要意义。事实上，自然描写无论对牧歌的故事建构、人物塑造，还是主题表达都有着不可替代的作用。牧歌中，自然描写多是作为牧歌背景而设，其目的是为了表现某种主题服务。尤其是在关涉人物精神与心理活动时，大自然的种种奇妙的反应与变化便会产生显著的烘托效果。这种借景抒情、借景表意的叙事手法虽然不为牧歌所独有，却在牧歌中体现得更为充分。

本章将借助一种典型的牧歌式借景抒情手法——情感误置——来探讨牧歌中人物心理空间与自然空间的紧密联系，进而揭示人与自然关系的深层内涵。

第一节　情感误置释义

情感误置（pathetic fallacy）这个概念是由英国艺术理论家约翰·拉斯金（John Ruskin）在其《现代画家》（第3卷）（*Modern Painters* Ⅲ，1856）中提出的，意指将原本属于人类的思想情感转移或体现在无生命或非人类的自然物之上，仿佛它们真的具有这些品性似的。用另一个术语来说，这就是一种"不可能隐喻"（adynaton 或 impossiblia）。一般说来，情感误置意味着这样一种人类倾向，它将我们由外物引起的主观感情又投射到了外物本身之上。拉斯金认为，艺术家在强烈的情感作用下，会某种程度地处于非理性状态，从而对外界事物产生一种暂时的虚妄的感受，而且"所有强烈的情感都有同样的效果。它们会使我们在对外界事物的所有印象中产生一种错觉。"① 拉斯金称这种错觉效果为"情感误置"。在人们对艺术的已有观念中，不真实的事物既不可能美好，也不可能有用，最终也不可能带给人们快乐，拉斯金却对此观点持不同看法。他发现诗歌创作是个例外，因为在诗歌"失真"的描写中的确有一些令人愉悦的东西。他说，"如果我们仔细回味我们最喜欢的诗歌，就会发现其中充满了这种'谬误'，而我们却因此更喜欢它。"②

拉斯金只认可两个等次的诗人：第一等次是如莎士比亚、荷马、但丁等创造性（Creative）诗人，第二等次是如华兹华斯、济慈、丁尼生等"沉思式"（Reflective）或"感悟式"（Perceptive）诗人；这两类诗人在各自领域都是一流的（first-rate）。至于那些品质二流（second-rate）的诗歌，他认为根本不应该拿出来骚扰人类（trouble mankind）。拉斯金发现，在两类一流诗人中，创造性诗人不太认可和运用"情感误置"这种"失真"（false）的表现手法。比如，《神曲》中但丁把鬼魂从冥河岸上跌入河中的景象描绘成"从树干上飘落的枯叶，"这个意象完美地表现了鬼魂极度的轻飘、虚弱、无助，释放出强烈的绝望感；但是，诗人的感知始终是清晰的，"鬼魂"与"枯叶"始终是相对独立的意象，并未混为一谈。用现在的修辞理论来讲，但丁其实就是在运用比喻的修辞手法。试比较柯勒律治《克丽丝特贝尔》（Christabel）中的诗句：

> 那片红叶，族类的最后一员
> 倾尽所能，曼舞翩跹。（49-50）

拉斯金分析指出，柯勒律治对这片叶子有一种病态的或者错误的看法：他幻想红叶中有生命和意志，其实并没有；他将"无能为力"混淆为一种"主动选择"，将红叶的凋零混淆为欢乐，将摇落红叶的风混淆为美妙的音乐。然而，即便在这种病态的描写里也蕴含着某种美，因为它是强

---

① Ruskin, John. *Modern Painters*（Vol. Ⅲ）. Orpington：George Ellen, 1888. p. 160.
② Ruskin, John. *Modern Painters*（Vol. Ⅲ）. Orpington：George Ellen, 1888. p. 160.

烈情感作用的结果，给人一种内在的真实感。①

在深入探讨情感误置之前，拉斯金分析了艺术作品中常见的两种扭曲或失真现象。第一种他称之为"肆意幻想"（wilful fancy）。他以奥利弗·温德尔·霍姆斯（Oliver Wendell Holmes）的《阿丝忒蕾》（Astrea）中的诗行为例对此种失真现象进行了分析：

> 挥霍无度的番红花破土而出
> 赤裸裸摇动他的金色杯子。（13-14）

拉斯金认为，这些诗行虽美，却有失真之处。因为，番红花不是"挥霍无度"（spendthrift），而是"吃苦耐劳"（hardy）；不是金色，而是橘黄。这样有悖客观事实的描绘实难令人信服。另一种扭曲或失真就如上述柯勒律治曼舞的红叶一样，虽有悖客观事实，但表现出一种情感性真实。拉斯金认为，在强烈情感作用下，人的思想会容许某些"谬误"（error）存在。对此，他以金斯利（Charles Kingsley，1819—1875）小说《埃尔顿·洛克》（Alton Locke）中的两行诗为例加以说明：

> 他们摇船穿过那翻卷的泡沫——
> 那残忍的蠕动爬行的泡沫。

拉斯金分析道，"泡沫并不残忍，它也不会爬行。把生物的特征赋予[泡沫]之上，这是一种因悲伤而理智错乱的精神状态。"② 悲伤深深影响了叙述者的思想，扭曲了他对世界的看法，以至于他从泡沫中感受到人的品性。如此一来，他告诉我们更多的是他的精神状态和他的内心世界，而不是存在于他精神之外的世界。正是这种心理真实打动了读者，使他们感到愉悦。扭曲的现实本身并不会让我们满意，但我们可以忽略它，

只要我们明白这种感觉是真实的，我们就会原谅这种公然的视觉

---

① Ruskin, John. *Modern Painters*（Vol. Ⅲ）. Orpington：George Ellen, 1888. pp. 160-161.
② Ruskin, John. *Modern Painters*（Vol. Ⅲ）. Orpington：George Ellen, 1888. p. 160.

错误，甚至会为此而兴奋［……］比如，我们对上面引用的诗句感到愉悦［……］不是因为它们错误地描述了泡沫，而是因为他们忠实地描述了悲伤。①

虽然拉斯金认为上述两种扭曲或失真均可笼统地称为"情感误置"，但其进一步分析告诉我们，只有后者才是真正意义上的情感误置，因为在前者中，读者从关于番红花的描述中感受不到强烈情感驱使下的"理智错乱"，因而它既没有客观的真实，也没有情感的真实。我们再比较一下丁尼生（Alfred Tennyson）的《到花园来，默德》（Come into the Garden, Maud）中的诗句：

> 门口的激情之花
>
> 落下了灿烂的泪珠。
>
> 她来了，我的鸽子，我的宝贝；
>
> 她来了，我的生命，我的命运。
>
> 红玫瑰叫喊："她走近了，她走近了。"
>
> 白玫瑰哭泣："她迟到了。"
>
> 云雀聆听，"我听到了，我听到了。"
>
> 百合轻语："我期待着。"（59—66）②

这些诗句不由令人联想起朱自清的散文诗《春》来，两者都是借自然物如人一样的情感来表现人物迫切的期待之情，是情感误置手法的绝佳体现。

情感误置道出了叙述者真实的内心状态。因为，通过展示一个人在强大情感影响下所体验到的世界，这种手法可以帮助我们进入到另一个人的内心世界。据此观点来看，我们一旦正确理解了情感扭曲的作用，就不会再认为情感误置说是唯我论③或孤立论了。相反，通过操纵叙述者和听话

---

① Ruskin, John. *Modern Painters*（Vol. Ⅲ）. Orpington：George Ellen, 1888. p.165.

② 节选自丁尼生长篇独白诗剧《默德》第 1 部。

③ 唯我论认为除"我"或"我"的精神之外没有任何其他东西存在，整个世界及其他人都是"我"的感觉、经验和意识。它是主观唯心主义走向极端的必然结果，如孟子的"万物皆备于我"（《孟子·尽心上》），王守仁的"心外无物"（《与王纯甫书二》）等。

者共享的一部分现实，情感谬误能够让一个人感受到另一个人意识中的激情。既然我们知道泡沫不会爬行，既然我们知道它不可能是残酷的，当有人这样描述海洋时，我们就会明白他（或她）定然是在遭受着悲伤之苦。在情感误置中，扭曲的作用就如同叙述者在运用与听话者共享的语言时发生的变音、变调一样；这些变音、变调能使一些难以"直接"表述的东西得以传达。因此，情感误置可以让诗人的表达更富戏剧化，比单纯的陈述更加有效地表现叙述者遭受的悲伤或感受到的快乐。

毫无疑问，拉斯金认为情感误置手法能够帮助叙述者有效传达真实的内心世界，这契合了他对艺术作用的见解。拉斯金认为，艺术再现事物时是要呈现人类所认为的事物的样态，而不是呈现事物本身；因为后者是自然科学的任务。自然科学关注的是事物之间的关系，而艺术只探究事物与人的关系，比如，那事物在人的心目中是什么样的，它会对人"说"些什么，能对人产生什么影响等。

所以说，情感误置传达的是现象学意义上的真相，即经验真相（the truth of experience），是经验主体感受到的那个真相。这些对外部现实的情感扭曲与画家对风景的想象式描绘非常相似。的确，更高层次的景观模式并不是如实展示一个场景的地形地貌，而是要表现树木、岩石、天空、水等给富有想象力的画家留下的印象。这应该是古今中外艺术家们的共同观点。也许对于没有受过教育或缺乏艺术鉴赏力的观众或读者来说，艺术家们对风景充满感性和想象的解读可能仅仅是对事实的扭曲，但这种描述的确揭示了一种通过其他方法无法获得的艺术真实。因此，拉斯金认为，富有想象力的风景画比我们亲临现场的观察更具优势，因为它表现了"一个友善灵魂的力量和智慧，"给了我们以自身有限能力所无法提供的"敏锐的洞察力。"①

但拉斯金又认为，情感误置尚不属于高层次的艺术手法。因为，情感误置扭曲了外部现实，而仅仅再现了内在真实，也就是叙述者的感受；富有想象力的艺术则既要再现真实的场景，还要传达作者的心理状态。他认为，运用了情感误置手法的诗歌常常显得视角单一，这种局限虽不影响对

---

① Ruskin, John. *Modern Painters*（Vol. Ⅲ）. Orpington：George Ellen，1888. p. 144.

真实情感和内心世界的表现，却难免流于狭隘或片面。这类诗歌中最常见的情景是：当诗歌的叙述者感到快乐时，一切都显得完美，一切都充满喜悦；当他经历悲伤时，所有的一切都被他的悲伤所浸染。比如前文《埃尔顿·洛克》中的波涛，它要么是在应和人物的悲伤，要么是在残酷地嘲弄它。因此，虽然这首诗对读者的人生富有启发价值，但它永远也不可能呈现出一种平衡、完整的自然观和人生观。相比之下，最伟大的诗歌则会呈现出生命的整体。例如，荷马宣布卡斯托尔（Castor）和波吕丢刻斯（Polydeuces）兄弟①的死亡时说："赐予生命的大地重又拥有了他们。"拉斯金对此评论道，"诗人不得不在悲伤中谈论大地，但他不会让悲伤影响或改变他对大地的看法。决不。虽然卡斯托尔和波吕丢刻斯死了，但大地仍是我们的母亲，生养众多，赐予生命。这就是事实。"②同样，但丁的人生观也不会允许他同情被扭曲的现实；当他描绘冥河的鬼魂像枯叶一样从岸上飘落河中时，他虽然用了最可表现极轻、极虚弱、极无助的完美意象，释放出强烈的绝望感，却时刻没有丧失对枯叶和鬼魂清醒的认知。拉斯金认为，但丁时刻对事物保持着清晰的认知，这体现出最伟大的诗人能够超越意识的不断变化；在强烈情感的驱使下，他们仍然会选择性地展示他们感受和观察到的现实和人类生活，而不是不加选择地和盘托出。

　　虽然拉斯金区分了两个不同的艺术层次，并且认为，单纯的情感误置手法无法成就最伟大的艺术，但他从整体上肯定了情感误置在表现人类情感时的作用。他认为，情感因素在艺术中具有举足轻重的作用；作为艺术的显性特征，情感强度如何，是评价艺术家是否伟大的标尺，没有激情就没有优秀的艺术家；艺术家基于这种"误置"的情感所产生的艺术作品能够凭借其强烈的激情感染、打动欣赏者；欣赏者在特定的情感氛围中，不仅认可了艺术家对现实的变形和"误置"，而且还能获得在寻常状态所得不到的一种心理满足和认识。拉斯金基于对艺术家"失真"的心理感受的剖析，揭示了艺术的情感特征，有利于帮助理解艺术中的许多修辞手法如拟人、象征、夸张等。

---

① 古希腊罗马神话中的孪生神灵。
② Ruskin, John. *Modern Painters*（Vol. Ⅲ）. Orpington：George Ellen，1888. p.167.

谈到情感误置，我们不得不提到一个更为流行的文学术语——移情作用（empathy）①。就情感误置的基本内涵来看，它与同样于19世纪后半叶在西方开始盛行的移情作用之说异曲同工。所谓移情作用，也是指情感的外射作用，亦即"把在我的知觉或情感外射到物的身上去，使它变为在物的。"②

前文已经讲过，拉斯金认为那些第一等次的诗人是不会陷入情感误置之境地的，他们能够看清事物的本来面目，所以物我分离，对于何者为我，何者为物，时刻非常清晰；只有第二等次的诗人才可能陷入情感误置，他们常常因情感困惑而看不清事物的本来面目，从而化入物我两忘之境，这才有了情感误置。拉斯金其实在这里谈到了外射作用的不同类型：知觉的外射与情感的外射。情感的外射即为移情作用。关于外射作用的区分，朱光潜先生有过专门论述。他认为，并非所有外射作用都是移情作用，移情作用仅是外射作用的一种；两者最重要的分别在于：

> 第一，在外射作用中物我不必同一，在移情作用中物我必须同一。我觉得花红，红虽然是我的知觉，我虽然把我的知觉外射为花的属性，却未尝把我和花的分别忘去［这仅只是外射作用——引者注］；反之，突然之间我觉得花在凝愁带恨，愁恨是我外射过去的，如果我真有凝神观照，我绝无暇回想花和我是两回事［这便是移情作用的效果——引者注］。第二，外射作用由我及物，是单方面的；移情作用不但由我及物，有时也由物及我，是双方面的。我看见花凝愁带恨，不免也陪着花愁恨；我看见山耸然独立，不免自己也挺起腰来。概括地说，知觉的外射大半纯是外射作用，情感的外射大半容易变为移情作用。③

---

① 移情作用（或称移情说、审美的移情说等）是盛行于19世纪后半叶西方美学界一种美学主张。其先驱是德国美学家弗里德里希·费肖尔（F. Vischer）、劳伯特·费肖尔（R. Vischer）父子，主要代表人物有德国美学家利普斯（Theodor Lipps）、古鲁斯（K. Groos），英国美学家浮龙·李（Vernon Lee）以及法国美学家巴希（Victor Basch）等。
② 朱光潜：《文艺心理学》，漓江出版社2011年版，第31页。
③ 朱光潜：《文艺心理学》，漓江出版社2011年版，第32页。

朱光潜先生还引用了波德莱尔（Charles Pierre Baudelaire）对移情作用的生动描述：

> 你聚精会神地观赏外物，便浑忘自己存在，不久你就和外物混成一体了。你注视一棵身材婷匀的树在微风中荡漾摇曳，不过顷刻，在诗人心中只是一个很自然的比喻，在你心中就变成了一件实事：你开始把你的情感欲望和哀怨一齐假借给树，它的荡漾摇曳也就变成你的荡漾摇曳，你自己也就变成一棵树了。同理，你看到在蔚蓝天空中回旋的飞鸟，你觉得它表现"超凡脱俗"，是一个终古不磨的希望，你自己也就变成一个飞鸟了。①

如果说朱先生的文字是对移情作用的理论探讨，波德莱尔的这些生动有趣的文字则是对移情作用产生机制的形象描述，是作家创作心理的直观体现。

若以移情说反观拉斯金的例子，但丁关于鬼魂的诗句便仅蕴含知觉的外射，诗人为知觉所左右，物我不忘，鬼魂和枯叶里并没有多少情感移入，因此不属于移情作用，更不是情感误置。柯勒律治则不然；他为情感所驱使，物我两忘，以至于不知何者为我，何者为物矣。用现在眼光来看，拉斯金认为的第一层次的诗歌不过是未倾注多少情感的比喻手法而已，他所谓的第二层次反而是艺术创作中最为普遍的心理现象，也是中国古典诗论中所认可的最高境界之一。因此，就其例子来看，拉斯金对"第一等次诗人"的界定确实有失偏颇；况且有趣的是，在他列举的第一等次的创造性诗人的作品中，实在不乏物我两忘，情感误置的例子，拉斯金却"宁肯"视而不见。话又说回来，撇开其偏颇之处不谈，拉斯金关于情感误置的论述又不失中肯，它的主要观点跟其时流行的移情说不谋而合，因此，朱光潜先生认为，情感误置就是移情作用的别名。②

按照拉斯金的论述，情感误置似乎可以分为三个层次。第一层次即所谓的"肆意幻想"，这是一种表面上的"情感误置"。这种误置可能看上去

---

① 转引自朱光潜：《文艺心理学》，漓江出版社 2011 年版，第 36—37 页。
② 朱光潜：《文艺心理学》，漓江出版社 2011 年版，第 46 页。

富有美感，但往往经不住深入推敲：对事物的扭曲性描述使其丧失客观真实，缺乏强烈情感的驱又使其丧失心理真实；也就是说，它既不符合外在逻辑，也不符合内在逻辑。如霍姆斯笔下的番红花，其情状和色彩违反生活常识，同时也感受不出诗人强烈的情感投射，所以严格说来，它的失真并非拉斯金所定义的情感误置的结果，只能称得上"肆意幻想"。第二层次我们可称为"修辞性误置"，即作者在强烈情感驱使下对外部事物的有意"扭曲"，属于修辞范畴。诚然，拉斯金本人并没有把这种误置与其他层次区分开来，但这一类型却最为普遍。当诗人主动把情感误置作为诗歌表现手段时，它的修辞功能就凸显出来，占据了主导地位，从而让读者感受到一种有意识的，通常也是愉快的情感转移，这便是拟人的修辞手法。上面列举的丁尼生及朱自清的例子即属此类。第三层次可称为"癫狂性误置"，是强烈情感作用下理智错乱的结果。这是拉斯金最为认可的一种情感误置，其论述重点也在此。文艺心理学认为，在艺术创作中，有一种非常普遍的精神现象：当情感达到一种极致状态时，便会出现一种奇异的创作想象——癫狂。这种奇异的创作想象在艺术创作中是很突出的，可以说是情感最充分、最强烈的一种表现。中外古今这样的例子不胜枚举。许多艺术家的创作经验表明，一旦进入癫狂状态，其笔下的艺术形象仿佛受到另一种力量的支配：

> 若阆苑琼花，天孙雾绡，目睫空艳，不知何生；若桂月光浮，梅雪暗动，鼻端妙香，不知何自；若云中绿绮，天半紫箫，耳根幽籁，不知何来。①

在西方，癫狂论有着更为悠久的传统。德谟克利特认为，诗人只有处于一种情感极度狂热或激动的特殊精神状态下，才会有成功的作品。② 他所谓的特殊精神状态其实就是一种癫狂。柏拉图则直接把诗人的灵感与癫

---

① 文出明末贺贻孙《激书》卷二《涤习》。此处转引自童庆炳，程正民主编《文艺心理学教程》，高等教育出版社 2001 年版，第 151 页。

② 转引自童庆炳，程正民主编《文艺心理学教程》，高等教育出版社 2001 年版，第 155 页。

狂等同起来，他说：

> 诗人是一种轻飘的长着羽翼的神明的东西，不得到灵感，不失去平常理智而陷入迷狂，就没有能力创作，就不能作诗或代神说话。[……] 若是没有这种诗神的迷狂，无论谁去敲诗歌的门，他和他的作品都永远站在诗歌的门外，尽管他自己妄想单凭诗的艺术就可以成为一个诗人。①

柏拉图的观点对西方近现代文艺思想产生了很大影响，例如尼采就接受了柏拉图的观点，认为迷狂这种状态表明了艺术创作与酒神祭祀的某种统一性，而且是人以感受和体验的方式来达到复归的唯一途径。叔本华也认为艺术与癫狂这两者有必然的联系。拉斯金显然也深受这种传统观念的影响。

相比之下，伯纳德·迪克（Bernard F. Dick）对情感误置的划分更符合人类心理。迪克也把情感误置划分为三种类型：和谐的自然（nature concordant）、失和的自然（nature at variance）和混乱的自然（nature confused）。他的划分依据是诗人对自然状态的不同展现。他认为，诗人如何表现自然，与创作时诗人所处的心境密切相关：诗歌中和谐的自然反映了诗人宁静（tranquility）的心态，失和的自然（以自然与人类的失和）表现诗人内心的冲突（opposition），混乱的自然则表明了诗人内心的困扰（confusion）。② 迪克的分类显然符合文艺心理学的传统观念，也更接近现代读者普遍的接受心理。

无论是拉斯金本人还是迪克的划分，不同层次的情感误置也就是不同类型的移情作用；而无论是情感误置还是移情作用，表现的都是人与自然之间的关系，再具体些就是人类的心理空间与外部自然空间的关系。它们既反映了人类对外部世界的认知，更将外部世界内化为一种心理感受；常常又将这种心理感受投射到外部世界，使得外部世界也具有了人的情感。

---

① ［古希腊］柏拉图：《文艺对话录》，人民文学出版社 1979 年版，第 7—8 页。

② Dick, B. F. "Ancient Pastoral and the Pathetic Fallacy." *Comparative Literature* 20 (1968)：27-44.

这就是文学艺术所独有的功能，而美就是经过这个认知–内化–外射的过程酿造出来的。

由于田园诗（尤其是田园挽歌）中的情感外射作用更多地表现为自然的不和谐甚至混乱，这正是拉斯金论述情感误置时的立足点，我们下文对田园诗心理空间的探讨便主要沿用情感误置说，必要时才会提及移情作用。

第二节　古希腊牧歌的心理空间

从忒奥克里托斯开始，田园诗人们都在努力完成一件看似不可能的事：创作出任何文盲牧羊人都不可能吟诵出的诗篇，并再现原生态自然的纯朴与美。他们面临的主要困难在于，如何把城市的复杂与世故和乡村的纯真与质朴结合起来。但是，除了纯朴与世故之间的张力以及城乡之间的若即若离之外，还有一个更深层次的问题直接影响着我们对诗歌中自然世界的探究，那就是自然在诗歌中充当的角色，或者说诗人对待自然的态度。维吉尔在构想他的牧歌时，从第一首到第十首就有一个明确的思路。因此，其自然主题也显现出一个清晰的发展脉络，尤其是对情感误置的运用。但是，忒奥克里托斯的牧歌却不然。有人认为，并非所有忒奥克里托斯的 30 首 Idylls 都是真正意义上的田园诗（pastoral），而且其中有几首很可能不是忒氏所作，不过是假托其名而已。① 其中的前七首（一般称为"克斯田园诗"［Coan Pastorals］）中所体现的田园诗特征并没有延续到忒氏的整个集子。虽然忒奥克里托斯在表现自然时并不像维吉尔那样有一个清晰的思想脉络，但其中自然的作用却显得更为明了。在忒氏田园诗中，自然的运用颇具戏剧特征，它通常是背景的一部分，就像舞台道具一样，

---

① 古人在一篇对忒奥克里托斯的诗评中曾经提及，有 30 首诗歌收录在他的名下；但可以肯定地说，这些诗歌并非全由忒氏所作。这些诗歌在希腊语中被称作 *eidullia*，意即牧歌（idylls）。这个词语此前未曾在其他地方出现过；它大概和 *eidullon* 有关，意思是"娇小的形态或外观"。在拉丁语里，*idyllium* 一词常被运用于各种题材的短诗中。现代英语里 idyll 一词的意思即源于与其相关的忒奥克里托斯的诗作，尤其是那些以乡村为主题的诗歌。

烘托文本中所表现的情感；可以说，没有自然，诗歌就没有色彩，也形不成氛围。

按照伯纳德·迪克的划分，忒奥克里托斯的第一首牧歌《达夫尼斯之死》（The Death of Daphnis）运用了两种类型的情感误置：和谐的自然和混乱的自然。像许多牧歌一样，《达夫尼斯之死》一开始就展现了一个戏剧性的偶遇：绵羊倌（shepherd）瑟尔西斯和一个不知名的山羊倌（goatherd）相遇了。时间是正午，地点是宁静和谐的山水之间，林泉之畔：

> 瑟尔西斯：
> 泉边的松树甜美地低声吟唱；
> 羊倌啊，你的笛声同样甜美
> 悠扬。［……］
> 山羊倌：
> 噢，牧羊人，你的歌声比巉岩上
> 一泻千尺的瀑布还要悦耳动听。（《达夫尼斯之死》：1-3，7-8）

这是第一种类型的情感误置，它展现的是和谐的自然，人与自然共享一种宁静的氛围：松树的音律和牧羊人的歌声相得益彰，瑟尔西斯的歌声比飞瀑的声音还要动听响亮。我们在前文曾经谈到，音乐能够营造出一种安稳、平静、愉悦的"阿卡迪亚式心境"。也就是在这种心境之下，达夫尼斯的遭遇被瑟尔西斯作为唱词演唱出来，令听者的情绪很快由愉悦而转为悲凉，完成了一种情感上的突转。

瑟尔西斯接下来演唱的《达夫尼斯之歌》是一首嵌入式挽歌，它对达夫尼斯悲剧遭遇的摹写堪称经典，也因此开创了西方田园挽歌的悠久传统。达夫尼斯因吹嘘自己能够战胜性爱的诱惑而激怒了爱神阿弗洛狄忒，终被爱情征服。濒死的达夫尼斯一边嘲笑着爱神，一边向河流、森林、牲畜依依道别，还把自己心爱的笛子遗赠给牧神潘①，然后便死去了。与达

---

① 达夫尼斯的故事提供了牧笛与牧歌起源的一种版本。另一个版本是潘神创造了牧笛和牧歌（参见本书前文）。

夫尼斯朝夕相伴的动植物们异常悲痛，它们以种种异常行为表达对达夫尼斯命运的同情："豺狼为他的死而嗥叫，狮子也在灌木丛中哀悼"（72-73）；自然界秩序也陷入混乱：

> 紫罗兰在灌木和荆棘丛中绽放，
> 美丽的水仙花爬满杜松的枝条；
> 松树结出了无花果，这世界变得一团糟。
> 因为达夫尼斯的死，牡鹿追捕猎狗，
> 山间仓鸦的歌声比夜莺还要动听。（《达夫尼斯之死》：135-139）

这里，诗人展现了另一种情感误置：混乱的自然。自然界对人类死亡的异常反应揭示了人与自然的两层关系：首先，大自然有与人一样的精神与情感——为达夫尼斯哀悼表明它感受到了这个田园歌者的不幸；其次，大自然有与人类一样的情感表达方式，所以会以自身"怪异的"混乱来呼应人物因过度悲伤而迷乱的人物内心。第一层关系反映的是人与自然的精神统一，是自然神话、自然宗教以及某些唯心主义哲学思想（如浪漫主义的思想基础泛神论，谢林的自然与精神统一论等）的基本观点。上述思想认为自然是有灵的，进而想象自然也是与人一样有情感的，人的情感与自然的情感密切相关。针对第二层关系，伯纳德·迪克给出了一种解释。他认为，大自然不仅会拥有人类的情感，而且会用人类行为的所有变化来表现它们；大自然既可能与人类分享骨肉情谊，也可能与人类的情绪格格不入；有时，大自然还会为人类世界所困扰，以至于模糊了幻想和现实之间的界限，导致异常的后果；于是，在一团不可思议的混乱中，自然也陷入了困惑。① 这里，诗人的情感已然超越有意识的修辞性误置，进入了癫狂状态，表现出一种宗教般狂热的情感，属于拉斯金最认可的癫狂性情感误置。也就是说，这里大自然的混乱状态实质上是人类心理和内心愿望的真实体现，也就是拉斯金所说的心理真实。

正是基于对心理真实的追求，《达夫尼斯之歌》营造了一个纯洁而令

---

① Dick, B. F. "Ancient Pastoral and the Pathetic Fallacy." *Comparative Literature* 20 (1968)：27-44.

人悲伤的自然与精神相结合的独特心理空间，

> 他的生命之线已然纺尽。达夫尼斯
> 走向了死亡的湍流：漩涡慢慢没过
> 这个为缪斯和仙女们所深爱的人的头顶。（《达夫尼斯之死》：
> 143-145）

达夫尼斯的"生命之线"代表着必然的今生，总有"纺尽"之时；终于，达夫尼斯"走向了死亡的湍流。"但是，无论达夫尼斯是融入了自然还是化作深爱他的缪斯与众仙女的永久记忆，其实都是以肉体的消亡换取精神的永恒。这也是时间的空间化，因为在永恒的世界里再没有必然会"纺尽"的"生命之线"，一切存在的时间属性均被销蚀，只留存空间特征。

又是在对达夫尼斯走向永恒的期盼中，诗歌的结尾迎来了另一个"阿卡迪亚式"心境。挽歌结束，诗歌重又跳出悲凉氛围，回归到了普通乡村生活的宁静祥和之中：

> 瑟尔西斯，你的嘴巴像是含满了蜂蜜
> 还有埃吉勒斯的无花果：
> 你的歌声比蛐蛐的吟唱还要动听。
> 送你这个杯子，闻一闻啊朋友，它有多么芳香。
> 它曾在时序女神的井泉里舀过水，你可能会这样猜想。
> 过来，希赛撒！去挤它的奶吧，孩子！
> 稳着点啊，别因胡闹把公羊惊醒。（《达夫尼斯之死》：150-156）

这种甜蜜的生活图景表明，嵌入的挽歌所表现的神秘而又强烈的悲剧感已然消失。伟大的达夫尼斯纵然可能已化作永恒，成为缪斯和仙女们永恒的、痛楚的回忆，却不过仅存于神话空间；对俗世的人们来说，他的故事则成为日常消遣，至多被用作对情感困扰者的警醒。

就诗歌的整体结构来看，《达夫尼斯之死》开篇和结尾展现的是牧羊人们生活的现实空间，人与自然和谐相处，充满喜剧色彩；篇中嵌入的达夫尼斯挽歌描绘的则是一个神秘的、具有强烈悲剧色彩的神话空间。两种空间形成鲜明对比，将神秘、纠结而又令人动容的达夫尼斯悲剧突出呈现出来，以强烈的张力增强悲剧效果。

忒奥克里托斯的第二首牧歌《女巫》（The Sorceress）表现的是失和的自然。整首诗歌是女主人公希梅亚塔（Simaetha）的戏剧独白：她被自己深爱的德耳菲思（Delphis）抛弃，试图通过魔法重获对方的爱。故事的背景是夜晚。这是一个寂静的夜晚，除了希梅亚塔那颗焦虑的心，一切都静止了一般：

> 看哪，风与大海在沉睡，
> 我内心却悲痛欲绝。（38-39）

具有讽刺意味的是，自然的宁静并没有平复希梅亚塔内心的波澜，反而以其"冷漠"将希梅亚塔推向更深的悲伤之中。她在德耳菲思的门前摆出道具，口中念念有词，诵出由一连串精妙的四行诗组成的咒语：

> 现在我凭借神力把这蜡熔化，
> 德耳菲思也将即刻为爱而熔。
> 如这青铜轮子因神力而旋转，
> 爱神也会将他转到我的门外。
> 飞转啊神奇的轮子，请带回我的爱人。
> [……]
> 款冬是生长在阿卡迪亚的仙草，
> 能使山驹和母马发狂地奔跑。
> 但愿德耳菲思离开同胞兄弟
> 一路狂奔来到我的家里。
> 飞转啊神奇的轮子，请带回我的爱人。（32-55）

咒语出现了魔法、神明，还有各种神奇的自然力量，表明希梅亚塔欲极尽一切手段来唤回自己爱人，思念之迫切，内心之痛苦跃然纸上。当魔法即将完成时，希梅亚塔又回想起了她的恋爱历程，不禁吟出一个叠句："告诉我，月亮女神，何处走来我的爱人？"这个叠句的反复出现一步步将女主人公推向绝望之境，强化了其爱情的悲剧色彩。

整首诗中，为爱疯狂的希梅亚塔因悲痛和对性的渴求而表现出狂热的情感放纵。希梅亚塔与《诗经·摽有梅》中那位望着成熟而落的梅子而苦苦企盼情人的女孩虽不属于同一类型，其爱情结局也不相同，但至少有一点共性：他们都试图借助自然物来寄托渴望或抚慰创伤。《摽有梅》中的女孩结果如何不得而知（尽管仍可想象），希梅亚塔的结局却是注定的：咒语没有换回她的爱人，大自然也没有这个能量。一个普通女孩的爱情在无力的咒语声中，在自然的冷漠之下落幕了。也许这正是忒奥克里托斯的选择。我们前文说过，忒氏更愿意关注的不是那些王公贵族以及上流社会的奢华生活，而是乡村牧人、城市平民以及他们的清苦、快乐、激情、压抑、卑微乃至庸俗。忒奥克里托斯正是凭借其高超的戏剧技巧，以独白或者对话的形式创造出一系反英雄式人物（小人物）形象。这些独白或对话有时出现在诗人自己的描述或反省的框架内，而更多时候是处于一个完全客观的叙事结构中。忒奥克里托斯和华兹华斯一样，都是在真实而非虚夸地探索平凡生活中所蕴藏的人性的基本规律，从而在兴奋状态下以交汇思想的方式使日常琐事变得妙趣横生。[1]

忒奥克里托斯的情感误置还有一个重要作用，那就是以此为表现手段来呼唤人与自然和谐相处的伊甸园般的美好往昔（黄金时代）或理想化的世界。由于他善于以理想化的景观作为基本前提，其主题已经成为公式化表述，因而没有明显发展。与维吉尔不同的是，忒奥克里托斯并没有把情感误置作为彰显诗歌本身的一个原则，而是要利用自然来适应人类的情绪。比如，他在第八首田园诗《达夫尼斯的胜利》（The Triumph of Daphnis）如此表现人与自然的关系：牧羊人失去爱情时，大地一片焦枯；当其重获爱情时，春天复又降临。但是，给人的感觉是，诗人只是为了修辞而操纵自然；这片干旱的土地并非是失恋的象征，而是在强化失恋的感

---

[1]　观点参见华兹华斯为他和柯勒律治创作的《抒情歌谣集》所撰写的长篇序言。

受。既然忒奥克里托斯接受了一个既已设定背景——这与维吉尔不同，维吉尔构建他自己的背景——他便可以利用自然作为背景幕布来反映牧羊人的情绪。忒奥克里托斯的田园诗之美就在于其声音、色彩和情绪的完美融合；背景从一开始就已精心布置，读者却看不到作品中哪些独立的片段参与了背景创建。它们以整体的形式出现，因为它们在创作之前就了然于诗人内心，此即所谓成竹在胸吧。

忒奥克里托斯在第七首牧歌《颗粒归仓》（Harvest-Home）中使用了类似的技巧。诗歌的背景是在克斯岛上，其结构围绕着利西达斯和叙述者斯密奇达斯的对歌展开。诗中的叙述者斯密奇达斯实际上就是忒奥克里托斯本人，他与两位朋友，加上半途加入的当地牧人–诗人利西达斯结伴去参加一个王室家族举办的丰收节庆典。斯密奇达斯与利西达斯的对歌就是在旅途中展开的。关于对歌的内容及其空间叙事特征我们在第二章已有过较详细的介绍，此处我们将重点放在诗中描绘的自然与人物心境之间的关系上。

首先来看利西达斯歌中的自然。这位牧人–诗人在自己的歌中唱到了悲伤的山岭、哀婉的橡树（74）等自然奇观，仅此一例足以证明其诗人头衔的名副其实：一则这种情感色彩强化、丰富了自然之美，二则借助自然的反应衬托了人物的哀伤心境。尽管这里表现的并非宁静的自然和宁静的人物心境之间的和谐，而是大自然悲伤着诗中人物的悲伤，但就自然和人物情感保持一致而言，这也是伯纳德·迪克所谓的"和谐的自然"的一个版本。

类似的表现手法还体现在丰收庆典与人们富足、喜悦心境的相互映照之上。为了加深印象，让我们再把斯密奇达斯丰收颂词的片段欣赏一遍：

> 我们惬意地躺在柔软草铺之上，
> 灯芯草和新摘的藤叶散发着清香。
> 白杨和榆树枝条摇曳在脑袋上方，
> 仙女洞涌出的圣水也在身旁流淌。
> 遮阴的绿叶间蝉虫在不停地吟唱；
> 荆棘丛中树蛙的叫声长笛般悠扬。
> 百灵鸟展开歌喉，海龟也开始亮嗓；
> 黄褐色的蜜蜂追逐着潺潺的溪流。

万物都在吮吸丰收的果实的营养。

梨子熟透而落，枝头苹果闪亮；

李树娇嫩的枝条被果实压弯了腰；

用树脂密封四年的罐口首次开敞。

游荡在陡峭的帕尔那斯山上的仙女们，

请问在弗洛斯的岩洞里年老的喀戎

可曾用这大杯子盛满盛宴的琼浆？

这样的豪饮可曾诱使阿纳珀斯山旁

用岩石击掷帆船的粗野的牧羊人，

波吕菲漠在他的羊群旁雀跃欢畅？——

仙女们在得墨忒耳的圣坛汲取

一口之量，便可汇成河水汤汤，

得墨忒耳的谷堆又将被狂热膜拜，

她手持穗束和罂粟以微笑将我们褒扬。（136-157）

　　斯密奇达斯对丰收庆典的描绘可说是调动了一切可以调动的力量，包括人类的各种感官。载歌载舞庆祝丰收的各色飞鸟、走兽、花草、树木，与累累果实以及助兴的众神祇一起营造出万物欢腾的场面，汇合成一曲宏大和谐的交响乐。热烈喜庆的氛围与人们的喜悦心情相互映衬，勾画出一幅黄金时代般的美好生活图景。这当然是"和谐的自然"的又一个版本。

　　忒奥克里托斯对自然的最佳利用体现在第六首牧歌《平局》（The Drawn Battle）中。诗歌表现的是发生在一对情人——牧人达夫尼斯和牧女达摩埃塔（Damoetas）之间的一场对歌比赛。诗歌的背景设置在夏日午后的一条小溪边，这种和谐宁静的氛围与第一首《达夫尼斯之死》中的场景相似。达夫尼斯和达摩埃塔以对歌的形式对波吕斐摩斯与伽拉忒亚之间的爱情进行评论。两人既各持己见，又互为补充。从诗歌开篇到结尾，和谐宁静的自然始终充当着调节氛围的作用，最终使这场辩论式对歌在平静的氛围中以和局而终。两人的歌声表达了和平与欢乐，他们之间的美好情谊也传递给了身边的小牛，小牛便以欢跳来应和（48）。一切表明，自然界也在分享人类的喜悦和他们的美妙音乐。两个牧人之间的爱情与周围的环境相得益彰，显得那么完美、平等、幸福。与此形成鲜明比照的是，他们对歌中讨论的波吕斐摩斯和伽拉忒亚之间的爱情却是如此不幸与曲折：这两位神祇注定不能结合在一起，只能交替扮演追求者和被追求者的角色；在这首诗里，伽拉忒亚是求爱者，而在忒氏的第十一首牧歌《巨人的求爱》（The Giant's Wooing）中，求爱者则换成了波吕斐摩斯。诗歌以发生在现实世界和神话世界的两个爱情故事为载体，表达爱情的美好、珍贵，警醒人们珍惜得之不易爱情，这是该诗的重要主题。

比翁（Bion of Smyrna）① 的《悼阿多尼斯》（Lament for Adonis）与忒奥克里托斯第八首田园诗《达夫尼斯的胜利》表现人与自然关系的方式极为相似：都是以自然的变化应和人的情感变化。所不同的是，比翁借用的是现成的阿多尼斯神话，直接引入了阿多尼斯神话本身的寓意：一年的周而复始。所以，他的诗歌中自然要展现这样的情景：随着春天的回归，阿多尼斯重新出现，再次与阿弗洛狄忒相聚在一起，而大自然也又一次开始繁殖生命。忒奥克里托斯则是亲自构建了人与自然的关系：以大地的焦枯和重焕生机来喻示牧羊人爱情的失而复得。

《悼阿多尼斯》的主题充满了强烈的宗教色彩；诗歌中展现出一种强烈的情欲，反映了比翁的家乡安那托利亚对阿多尼斯的狂热崇拜。比翁描述了阿多尼斯在狩猎时被野猪顶伤致死后，其遗体被放置在阿弗洛狄忒床上的情景。山上的仙女们和阿多尼斯的猎犬，还有山川、森林、河流和泉水，都与阿弗洛狄忒一起哀悼。原本被悼念的那些在新旧交替中死去的自然植被，现在也加入进来，成了悼念者。很明显，这种情形正是崇尚阿多尼斯神话的原始宗教信仰在文学上的相应体现。《悼阿多尼斯》的最后诗节写道：

---

① 士麦那的比翁是古希腊田园诗人，大约生活在公元前 100 年前后。他的大部分作品已散失，仅存 17 个诗歌片段和《悼阿多尼斯》（Lament for Adonis；英文又译作 Epitaph of A-donis）。后者是一首关于阿多尼斯之死和阿佛洛狄忒表达哀悼的神话诗。比翁的一些诗歌片段表现的是典型的古希腊田园主题，而另一些片段则证明了希腊化后期盛行的对田园诗这种文学形式更为宽泛的主题解释。比翁的诗歌关注爱情，尤其是同性态。包括维吉尔和奥维德在内的许多古希腊、古罗马诗人都受到过比翁的影响；自文艺复兴以来，比翁对阿多尼斯神话的表现方式甚至影响了整个欧美文学。

停止你今天的哀悼吧，赛希莉娅；

停止哀歌，因为新的哀悼在后面等着，

来年的现在，你还要悲痛泪落。（127-129）

这种在哀婉中对未来怀抱希望的一瞥成为这首田园挽歌的突出特征，对后世诗歌，尤其是挽歌产生了深远影响。比如，弥尔顿的《利西达斯》（Lycidas）也在结尾表达了对未来的希望："明天要去寻找新的树林、新的草场"（193）。

古希腊田园诗中，唯一将情感误置用作象征目的的是假莫修斯（Moschus）之名的挽歌《悼比翁》（Lament for Bion）。《悼比翁》显然是对忒奥克里托斯《达夫尼斯之死》的模仿。挽歌以召唤所有的自然现象来哀悼比翁的死亡开始，整个大自然、包括相关神祇们都被召来为死去的比翁哀泣：林间空地、河流、鲜花、夜莺；太阳神阿波罗、牧神潘、森林之神萨梯、酒神的信徒们、伽拉忒亚及其他仙女们；就连叙述者（莫修斯）自己也加入哀悼的行列中来。诗人的哀悼与自然的哀悼融为一体；通过加入哀悼行列，诗人本人也俨然成为大自然的一部分。这位伟大诗人曾经居住过的每一个城市也都为之悲恸。

《悼比翁》哀悼的对象不是一个像达夫尼斯或阿多尼斯那样的神话人物，而是一个历史人物比翁，他在诗中被塑造成一位"牧牛人"（neatherd）。比忒奥克里托斯诗歌中表达得更为明确的是，这里的"牧人"已成为"诗人"的隐喻。诗中写道，是比翁把自己的诗歌天赋传给了这首挽歌的作者（93-97），就像达夫尼斯把牧笛和牧歌遗赠给潘神，利西达斯把他的牧杖移交给斯密奇达斯一样。田园挽歌常常以这种形式来表现牧歌传统的传承。

《悼比翁》不仅仅是运用了情感误置，它本身就是一种拓展版的情感误置。诗人（乃至于全人类）会以不同于自然的方式悼念逝去的生命。大自然的哀悼是虚构的，它是人类情感向无情感空间（nonsentient sphere）诗意延伸的结果。诗人赋予自然以人性时，他是在告诉她，当一个人死去时她应该做什么。也就是说，自然也需要指导，因为她不能独立表演。然而，大自然的哀悼必然是短暂的，因为她本身就能够再生；人类的哀悼则会更加持久、强烈，因为自我更新对凡人来说是不可能的。因此，《悼比翁》以激昂的情感误置开始，以平静的常识性陈述结束：

> 唉！花园里的锦葵，绿色的芹菜
>
> 繁茂的卷叶茴香终将枯黄，
>
> 可是，它们来年又会生长，
>
> 我们人呢，聪慧，强大，有力量，
>
> 死后便埋进深坑，听不到一点声响；
>
> 在那里永世长眠，绝无苏醒的希望。(99-104)

整首挽歌穿越了各种生命形式——植物、动物、人，一切都被束缚在苦难的世界；然而，除了人类，其他所有生物都有从苦难中解脱出来的方法。诗歌结尾揭示了一个虽老生常谈却总会引人感伤的人生哲理：如果人类也像植物那样有再生能力，就不会为一个生命的逝去而陷入长久的悲伤之中了。所以，让生命如植物一般周而复始，这是人类的梦想。诗人也许希望自己能成为另一个俄耳甫斯（Orpheus）[①] 来拯救比翁，但是，常识告诉我们，在真实的死亡世界里，灵魂也随着肉体湮灭；所谓的堕入地狱只能发生在神话中。所以，《悼比翁》是一首宇宙挽歌，它以反讽的语气强调了自然界自我更新的能力和人类对生命逝去的无奈。

第三节　古罗马牧歌的心理空间

从形式上看，维吉尔的《牧歌·其一》很像是一个微型剧。故事围绕曼图亚地区的土地掠夺而展开。梅利伯（Meliboeus）的农场已经被强征了，他带着剩余家当逃离曼图亚，去寻找安身之处。他在旅途中碰见了牧人泰特鲁斯（Tityrus）。梅利伯得知，泰特鲁斯因去罗马向一位天神一样的年轻人求情而保住了自己的农场（6，44-45）。也就是说，同样的一股政治军事势力摧毁了梅利伯的家园却保留了泰特鲁斯的一切，尽管这两位牧

---

① 俄耳甫斯是希腊神话中一位伟大的音乐家。他的妻子尤丽黛丝（Eurydice）死后，他去冥府去救她，但失败了。

人似乎根本没意识到其中的矛盾。鉴于戏剧形式更倾向于人物的多样性，在这部只有两个人物的短剧中，对比就显得更为重要。因此，这首诗便假借两位牧羊人对话的形式来表达不同的情感。诗歌开始时，时间是正午。泰特鲁斯正悠闲地躺在草地上看着他的羊群吃草，梅利伯走向前来跟他攀谈。梅利伯悲叹乡村的混乱，泰特鲁斯则为其新近获得的自由而自豪。富有戏剧性的是，在这场牧人之间的对话中，读者会很容易感受到另一个角色的存在，那就是自然，它从一开始就参与了表演：

> 泰特鲁斯啊，你在榉树的亭盖下高卧，
>
> 用那纤纤芦管吹奏着山野的清歌，
>
> 而我就要离开故乡和可爱的田园。
>
> 我逃亡他国，你却悠闲地躺在树荫之下
>
> 教山林回响对阿玛瑞梨美貌的赞歌。（1—5）。

　　第4行中的"树荫"一词拉丁原文是 umbra（暗影），维吉尔借助该词巧妙地暗示，自然是诗中第三个无形却又无所不在的"人物"。"山林回响"意味着大自然会像人一样重复她所听到的内容。"回响"本身就是一个自然现象，在这里，是诗人的艺术创造赋予它以人性。① 这样的描述本身虽不足以阐明人与自然的亲密关系，但的确能帮助我们了解像泰特鲁斯这样的阿卡迪亚式牧人所普遍具有的技艺：他可以像俄耳甫斯一样，"教"自然"回响"人的内心世界，诱导自然与自己结成一个紧密联盟。

　　维吉尔善用景色的变化暗示时间的流逝。泰特鲁斯和梅利伯聊着聊着，不觉间，一天即将结束了。尽管维吉尔并没有暗示这两个人物的相遇已经持续了多半天，但读者总能够根据情景变化感受到时间的流逝：它在过去与现在，和平世界与对和平世界的祈盼之间往来穿梭，从正午的树荫到傍晚的山影。整首诗歌最后定格于这么一个画面：孤寂的天空衬托着两个人的身影。读者常会疑问，田园诗中的太阳怎么总是早早落山？它似乎不遵循什么周期，或悬或落，全看诗人的心情。诚然，如果基于自然环境

---

① 关于回声与牧歌产生的关系，参见本书第一章中的有关论述。

考量的话，太阳早早落山并不全是诗人的个人意志，其实更符合田园生活的实际；因为山林沟壑之地是田园牧歌的常见背景，这种环境中的太阳总是会"早早落山"的。但无论如何，一天的将逝总会伴随各种不同的心境。当《牧歌·其一》以"高山上已经落下更长的影子"（83）结束时，它注定不是一个令人释然的结尾。这个巨大的阴影似乎投向了我们读者的内心。泰特鲁斯的好运带来的些许安慰无论如何也抵消不了人们对艰难与多变的时势以及梅利伯人生前景的忧虑。

分析显示，维吉尔笔下的 umbra 有两层内涵：一是暗指自然这个隐形人物的参与，二是用来烘托人物心境。前者富有积极色彩，后者带有消极意义。维吉尔对阴影的这种矛盾运用全然超越了他的先师忒奥克里托斯——忒俄克里托斯很少用 umbra 这样的词来表示树荫（shade）或阴影（shadow），即便用了，也不过是用它的实际含义而已。更重要的是，维吉尔的暗影反映了人类的情感。《牧歌·其一》以一种欢乐的音符和宁静的画面开始：泰特鲁斯悠闲地躺在树荫下。但是，当两位牧羊人开始他们的戏剧时，树荫变成了阴影——从开头的树荫，到结尾的山影，诗人用了同一个词 umbra；但是，两者都是同一自然现象的真实显现，都是宇宙力量的一部分，可以变换形态以适应人的心境：当它以树荫形态出现时，应和的是惬意与和平；当它变成了阴影时，则反映了人物内心的压抑与忧郁。

如果说《牧歌·其一》中的"暗影"（umbra）具有双重象征意义的话，他在《牧歌·其二》中也起到类似的作用。《牧歌·其二》讲述了牧人柯瑞东（Corydon）暗恋少年阿荔吉（Alexis）的同性恋故事。诗歌第一行"牧人柯瑞东热恋着漂亮的阿荔吉"开门见山地表达了牧人对爱的渴望，但是，阿荔吉"是主人的宠幸，所以他是白费心力"（2）。于是，柯瑞东"只能经常到那浓荫的榉树林里，／在那儿一个人空怀着单相思"（3-4）。诗歌的背景时间也是正午，所有动物都在寻求清凉——牛羊、蜥蜴，还有"酷暑中疲倦的收割人塞斯提丽"（10）。柯瑞东自然更不例外。但是对他来说，身外的炎热倒在其次，对少年阿荔吉的热恋之火更令他难耐。在抚慰得不到回报的爱时，田园诗似乎只用一种方式，那就是让失恋之人将挫折感尽情释放。所以，诗歌的大部分都是郁郁寡欢的柯瑞东吟唱的情歌。

诗歌开始的时候，柯瑞东的情绪和自然环境完美契合。令牛羊、蜥蜴难耐的酷热恰到好处地映射了令柯瑞东精疲力竭的激情之火。树荫可以给动物们些许清凉，却不能让柯瑞东的内心之火得到任何释放。所以，柯瑞东寻找树荫表面上是为了躲避炎热，其内涵所指既不是字面上的树荫，也不是字面上的炎热。随着柯瑞东情绪的发展，同一个词（umbra）的意思从"树荫"逐步转向了暗示人物心理的"影子"（67）；"炎热"也一样，既指天气的炎热，又暗含柯瑞东此刻欲火中烧的心境。到了诗歌末尾，"暗影"发生了微妙的变化，变成了长长的"影子"，几乎被阴影笼罩的柯瑞东并没有感到清爽，他内心的爱情之火仍在燃烧：

> 看，耕牛已开始回家，牛轭把犁悬起，
>
> 将落的夕阳已经加长了它们的影子。
>
> 但爱恋还燃烧着我，有谁能使相思停止？（66-68）

这个结尾给人以这样的强烈感觉：阴影笼罩的好像不是柯瑞东的身体，而是他的内心。与梅利伯一样，柯瑞东面临的世界也是朦胧的，他们周围的阴影是他们困境中固有的感伤色彩的绝佳注释。大自然似乎非常清楚，人类无法承受太多的现实；然而，也许她唯一能用来减轻人类负担的方法就是将他们笼罩在阴影中暂时保护起来。从这个意义上说，朦胧的世界对感伤中的人们未尝不是件好事，至少他们会少看到一些加深他们痛苦的情景。

《牧歌·其三》是一场对歌（amoebean）比赛。对歌的双方是年轻的牧人达摩埃塔（Damoetas）和梅那伽（Menalcas），另一位年长的牧人帕勒蒙（Palaemon）充当裁判。比起前两首，这首诗中洋溢着较为乐观的情绪。在接下来的几首牧歌中，维吉尔暂时抛弃了"暗影"（umbra）意象。① 因为，无论"暗影"体现为树荫还是阴影，过多运用会因单调而削弱诗歌的表现力；而那些阿卡迪亚人牧羊人都是真正的诗人，他们自然也懂得这个道理。太阳是必须的。《牧歌·其三》中的牧羊人终于走出阴影，沐浴于阳光之中。这可能是维吉尔的牧歌中最具忒奥克里托斯风格的一

---

① 作为维吉尔诗歌中的一个突出意象，"暗影"将在诗集的尾声也就是《牧歌·其十》的结尾处重新出现。

首。就形式与内容而言，该诗与忒氏第五首牧歌《诗人的交锋》（The Battle of the Bards）一样，唱歌比赛缘于一场争论；比赛的奖品中有一对雕花奖杯，而忒奥克里托斯第一首牧歌《达夫尼斯之死》中也曾出现过一只类似的奖杯；比赛的结果是双方打成了平局，这又如忒氏牧歌第六首《平局》。就表现手法来看，该诗也如忒氏牧歌一样，不再寻求自然的象征意义；相反，维吉尔让我们看到了一个忒奥克里托斯式的大背景，或明或暗，均由诗人自由裁量。大自然只是提供了一个理想的环境，牧人可以从中获取创作歌曲的灵感：

> 你们唱吧，我们都坐在柔软的草地上，
> 现在整个田野，所有树木都在成长结实，
> 现在林叶成荫，这真是良辰吉日。
> 达摩埃塔从你开始，梅那伽你是第二，
> 两人轮流，司歌女神喜欢对唱。（《牧歌·其三》：55-59）

在自然的恩泽之下，这场对歌——如忒氏的《平局》一样——注定不是一场一决胜负的比赛。失败与祥和的氛围不相称，比赛必须以平局结束。最后，帕勒蒙不得不宣布：

> 我无法决定你们孰劣孰优，
> 你们俩都应该得一头牛；
> 尝过爱的甜蜜或深受其苦的都该得奖，
> 孩子们请关闸吧，草地已经喝够了琼浆。（108-111）

牧人们的歌喉如闸门，歌声如喷涌的琼浆，那聆听的草地似已醉入梦乡。一场对歌不以人的评判而以大自然的心满意足结束，简直是一个绝妙的安排。

《牧歌·其四》以一位孩童的出生与成长以及大自然的神奇反应为基本叙事框架。这是维吉尔献给自己的好朋友波利奥（Pollio）的一首称颂诗。公元前 40 年，波利奥是罗马执政官。同一年，他在屋大维与安东尼的

布林迪西（Brundisium）停战和解中起到重要作用，这成为维吉尔所预言的一个"和平时代"的历史背景。维吉尔将诗歌亲献给他，以歌颂他的丰功伟绩：

> 西西里的女神，让我们唱雄壮些的歌调，
> 荆榛和低微的柽柳并不能感动所有的人，
> 要是还歌唱山林，也让它和都护名号相称。
> 现在到了库玛巖语里所谓最后的日子，
> 伟大世纪的运行又要重新开始，
> 处女星已经回来，又回到沙屯的统治，
> 从高高的天上新的一代已经降临。（1-7）

"黑铁时代"已彻底终结（8），新的"黄金时代"悄然开始（9）。就在这个伟大的新时代，一个神童也成长起来——这个孩子可能是波利奥的，也可能是屋大维或安东尼的，因为后两位在这首诗创作的时候都已经娶妻生子。然而，诗歌的主旨显然并非要讨论该孩童的真实身份，人们（也许包括作者在内）似乎更愿意将其内涵上升到宗教层面。基督教读者，比如君士坦丁大帝、圣·奥古斯丁以及但丁等，认为这个神童指的就是基督。中世纪时期，兰斯大教堂（Rheims Cathedral）的一些祈祷文中称维吉尔为"异教徒先知"（Prophet of the Gentiles）。在 20 世纪，甚至有些评论家称维吉尔的预言呼应的就是以赛亚的救世主预言。

中世纪的贤哲和现代的评论家们之所以会将《牧歌·其四》理解为救世主预言，主要是因为诗中描绘的因这位孩童的降临自然界发生的奇异景象。诗中把孩童的成长模糊地划分为三个阶段，每一个阶段都伴随着不可思议的田园景象：

成长阶段	大自然的反应
一、出生与童年	花草、庄稼无须人力管理，自发生长（18-20）；牛羊能够判断何时归家，就连巨狮也不害怕（21-22）；摇篮也会盛开花朵（23）；有毒的植物都消失了（24）；东方的香料遍地生长（25）。

成长阶段	大自然的反应
二、青年	万物继续自发生长，但更渐进：当他能够读书，了解道德的意义时，田野慢慢呈现金黄的丰收景象，荆棘上长出鲜美的葡萄，栎树也流出甘美琼浆（26-30）；因为残余的罪恶仍然存在，他要乘风破浪，征战四方，消灭人间罪恶（31-36）。
三、成年	当他长大成人，世间一切都变得安详，人类不再为生计奔忙：土地将供应一切，一切将自然生长，自然收获（37-45）。

　　自然界的奇异景象是忒奥克里托斯牧歌《达夫尼斯之死》中癫狂性情感误置的延续。不同的是，在《达夫尼斯之死》中，大自然因悲伤而完全颠倒了基本秩序；而在维吉尔这里，大自然却只是因欢乐而反应过激，即便有偶有秩序颠倒，也是朝着美好的方向。但是，维吉尔笔下的这些奇异景象虽然纯粹是牧歌式的，却超越了忒奥克里托斯，彰显了一种更为深刻的世界观：用一系列自然奇观预示政治和精神的重生。这首诗的深刻之处在于，维吉尔能够完整地看待生命；尤其是，他认为和平的实现需要一个渐进的过程，社会需要持续的净化，直到消解所有的罪恶。

　　《牧歌·其五》让我们真正看到维吉尔如何超越了他的先师忒奥克里托斯。这首诗仍然是典型的维吉尔式表现手法：社会主题与自然主题交相辉映。诗歌是纪念尤利乌斯·恺撒（Julius Caesar, B. C. 100-B. C. 44）的，诗中把他奉若神明。鉴于刺杀恺撒的主谋布鲁特斯（Marcus Junius Brutus, B. C. 85-B. C. 42）以及卡西乌斯（Gaius Cassius Longinus, ? -B. C. 42）等人仍然掌握着相当数量的军队，整个共和国还在内乱之中，维吉尔谨慎地将自己心目中的英雄化身为一位西西里牧人——达夫尼斯。这首诗的主体内容是两支对仗齐整的歌谣。歌谣的背景是一个洞口挂满串串野葡萄的洞穴：这是一个膜拜神明和吟诗的圣地。在这里，莫勃苏（Mopsus）哀悼死去的达夫尼斯，梅那伽则庆祝达夫尼斯的复活与升入天堂。

　　如忒奥克里托斯的《达夫尼斯之死》一样，维吉尔的《牧歌·其五》也描绘了达夫尼斯死时大自然的混乱景象：

　　　　我们在田里种下了丰满的大麦，

却长出没用的莠草和不结果实的萧艾；

只有荒蓟和带刺的荆棘到处丛生

代替了深紫的水仙和柔美的地丁。（36—39）

细心的读者会发现，比起《达夫尼斯之死》中自然的混乱无序，维吉尔的自然更加奇异，是乱中有序——好像主人公的死亡让一切美好的事物都停止了生长，世界瞬间杂芜丛生。这种景象暗合了诗歌的主题：恺撒遇刺后的罗马，不再有美好生活，有的只是混乱与邪恶。这种善恶分明，乱中有序的自然奇观不仅仅出现在这首诗歌里，还见于多首诗歌，比如《牧歌·其四》，成为维吉尔式情感误置的突出特征。这是维吉尔超越先师的第一个方面。

维吉尔对先师更重要的超越在于把达夫尼斯这位理想化的牧人-诗人死亡的意义更向前推进了一步。他把阿多尼斯死而复生的神话移稼到了达夫尼斯的传说里，又创造了一个凡人神化升天的故事。弥尔顿在《利西达斯》（Lycidas）中看到更多的是王政的垂死，而非生命的终止；同样，维吉尔在达夫尼斯神话中发现的绝不仅仅是一位牧人在单相思中憔悴而殁。如果大自然在达夫尼斯死后表现出强烈的反应，那么，当达夫尼斯神化升天的时候，大自然也会做出同样的反应。死亡的必然性使它成为诗歌中的一个共同主题，然而，想要在死亡和化形再生之间穿梭，没有超越有限时空的能力是绝不可能的；在这方面，维吉尔超越了忒俄克里托斯。让忒奥克里托斯接受一个死而复活的生命，这显然是无法做到的；他笔下自然的怪异行为是强化痛苦感受的和弦，是悼亡的插曲，而维吉尔则将这些和弦提升为主旋律。在《牧歌·其五》的化形升天部分，情感误置增加了一个在古代牧歌中未曾出现的维度：如果死亡可以终结自然界的美好事物，复活或神化升天则会产生完全相反的效果。于是，读者看到了一幅美妙的双联画（diptych）：达夫尼斯的死与复活分别对应着大自然的不同反应：

死亡（20—44）	神化升天（56—80）
仙女们在哀悼（20—21） 牛羊停止活动（24—16） 狮子、荒野、山峰、林木也在回应（27—28）	山林、原野、牧人与众神一片欢腾（58—59） 豺狼不再伏击羊群，也不再有人张网捕鹿（60—61） 青山快乐地昂首高歌，岩石、丛林随声应和（62—64）

死亡之挽歌和复活之欢歌浑然一体，完成了一个饱含宗教热情的神化（apotheosis）过程——确切地讲是预言性的基督教化过程。这种表现形式影响深远，成为文艺复兴时期田园挽歌传统的特有基调。

在对牧人与诗人之间身份关系的处理上，维吉尔也更为明确。《牧歌·其五》的最后，维吉尔让梅那伽重新提及他在第二和第三首牧歌中所唱之歌，从而将三首诗歌联系起来。梅那伽分别唱出了那两首歌的第一句：

> 我要先送给你这支纤细的芦笛，
> 它曾教我唱了"牧人柯瑞东热恋着美丽的阿荔吉"
> 和"这是谁的羊？是否梅利伯所有？"（85-87）

如果说忒奥克里托斯第七首牧歌《颗粒归仓》里只是暗示牧羊人与诗人之间的身份认同的话，维吉尔则是明确表达了两者身份的等同。在文艺复兴时期的田园诗里，这种等同关系更是成为常态。

上述分析可见，《牧歌·其五》从多个层面解释了维吉尔比忒奥克里托斯对西方牧歌传统影响更加深远的根本原因。

从《牧歌·其六》开始，我们进入了阿卡迪亚的另一个空间维度——一个怪异、变形的世界。在这个世界里，对歌比赛必须分出胜负；自杀成为失恋者的高贵选择。笼罩梅利伯和柯瑞东的阴影已经扩展为一个巨大的天篷（canopy）。

《牧歌·其六》以其强烈的文学特征吸引了众多批评家的注意。这是维吉尔第一次尝试用一种新的叙事方式——以诗歌形式论诗歌创作（元诗歌）——来整合亚历山大诗歌（Alexandrian poetry）的主题。整首诗歌像一个纯粹的幻想曲：两个男孩和一个水中仙女（Naiad）把沉睡中的西阑奴斯（Silenus）捆绑起来并威胁他，不为他们唱歌的话就不释放他。西阑奴斯被迫开始唱歌。他的歌讲述了世界的起源，其中援引了伊壁鸠鲁派（Epicurean）哲学家卢克莱修（Titus Lucretius Carus, c. B. C. 99-B. C. 55）的观点和古代神话关于丢卡利翁（Deucalion）逃避洪灾的典故。他在歌里还提到了沙屯（Saturn）的统治、高加索山上普罗米修斯的痛苦、帕西淮（Pasiphae）扭曲的性欲，还有很多其他的传说，大多数讲述的是不幸的爱情故事。他唱到海中仙女思齐那（Scylla）、色雷斯王蒂留斯（Therus）、雅典公主菲洛梅拉（Philomela）的变形，他唱到了所有由阿波罗创作并教给攸洛塔斯河（Eurotas）边月桂树演唱的歌。就这样，在吟唱阿波罗歌曲的过程中，西阑奴斯断言，从世界起源到人类的内心活动，万物皆可入诗，成为诗的细节，激发诗人的想象。

西阑奴斯的歌构建了一个整体化的神话世界，其中的人物痴迷于大自然，试图与自然共融，成为自然的一部分。维吉尔借此表达了一种全新的自然观：人类因寻求恋母情结式回归（Oedipal return）而导致的悲剧——这里的母体指自然。类似的悲剧俯拾皆是：海拉斯（Hylas）的溺水，帕西法厄（Pasiphae）与牛交媾，阿忒兰塔（Atalanta）被熊收养，美女锡拉（Scylla）的变形为妖，菲洛梅拉（Philomela）的化身为夜莺。① 在这些故

---

① 海拉斯是希腊神话中的一个俊美青年，大力神赫拉克勒斯的密友。赫拉克勒斯喜爱这个男孩，像父亲教儿子一样教他各种技艺。后来赫拉克勒斯带着海拉斯一起加入阿尔戈英雄的队伍去夺取金羊毛，在途中，海拉斯到林中取水时溺水——水中的仙女迷恋于他的美貌，强行留下了他。这个故事是西方艺术中常见的母题。帕西法厄是太阳神赫利俄斯之女，克里特国王弥诺斯之妻。当弥诺斯背弃了诺言，拒绝将波塞冬赐予的漂亮的神牛向波塞冬献祭时，出于报复，波塞冬就让帕西法厄对牛产生了反常的爱情。据另一传说，帕西法厄对牛的爱情是在阿佛罗狄忒的作用下产生的。她以此来向赫利俄斯报复，因赫利俄斯向她丈夫赫淮斯托斯揭露了她与阿瑞斯的通奸行为。帕西法厄与牛相爱的结果生下了牛头怪物弥诺陶罗斯。弥诺斯把它关进了迷宫中。帕西法厄与牛相爱反映了最古老的图腾信仰。那时人们相信动物是部落的祖先。阿忒兰塔是阿卡迪亚伊阿索斯国王的女儿，希腊女英雄。伊阿索斯想要一个儿子，所以当阿忒兰塔出生后，他就把她抛弃到山上。传说是一只母熊负责照顾阿忒兰塔，直到有一群猎人找到并养育她。她因此学会像熊一样打猎和战斗。虽然长成了一个大美女，却对男人十分厌恶，除了父辈她几乎拒绝一切靠近她的男人。她在之后又和她的父亲重聚。锡拉（一译斯库拉）原先是一个水中仙女，是海神福耳库斯的众多子女之一。锡拉在水边漫步时被一位英俊的渔夫格劳科斯爱上。然而锡拉并不喜欢他，并且躲避着他的追求。于是格劳克斯便向女巫师喀耳刻陈述了自己的爱慕并请求帮助。不料喀耳刻却因为这些爱情故事爱上了这位渔夫，但格劳克斯没有接受她的爱。因爱成恨的喀耳刻把怨恨都归结到锡拉身上，并在锡拉洗澡的水中投下药水，使得她的下半身变成恐怖的六头十二足妖兽模样。最后锡拉和她所蛰伏的石壁一起石化成一座峭壁。忒柔斯（Tereus）和菲洛梅拉（Philomela）的故事是这样的：菲洛梅拉的姐夫色雷斯国王忒柔斯凶暴好色，企图霸占菲洛梅拉，遂将自己的妻子普罗克涅藏于密林中，谎称其已死，要其父潘狄翁把另一个女儿菲洛梅拉送来。菲洛梅拉到达后即遭忒柔斯强奸，又被割掉了舌头。普罗克涅得知后气极，为报复竟杀死自己与忒柔斯的孩子，并将孩子的肉做成饭给忒柔斯吃，然后带菲洛梅拉逃跑。忒柔斯发觉真相后暴怒，拼命追赶两人。两姐妹在绝望中向神祈祷，天神把他们三人都变成了鸟：普罗克涅变成夜莺，菲洛梅拉变成燕子，忒柔斯变成戴胜。晚期的罗马作家不知出于什么原因改动了神话，把无舌的菲洛梅拉说成是夜莺，普罗克涅则说成燕子。

事中，虽然大自然参与了人类的事务，她却不能卷入其中，因为她对自己与人类之间的差别有着清醒的认识。与自然相反的是，上述所列神话人物都有一种潜在的回归自然怀抱的欲望，他们试图超越与环境之间的差异，徒劳地寻求融入自然，却在这个过程中遭到毁灭。然而，正如奥维德的《变形记》所证明的那样，怪诞中也有某种美。尽管西阑奴斯的歌唤起了人们对兽性、变形和溺水故事的回忆，它其中也有美。大自然也意识到这首歌内在的艺术价值：

> 这一切就是幸运的攸罗塔斯河
> 听见太阳神演唱并教月桂树学会的歌，
> 他全都唱了。歌声冲出山谷，直达星霄，
> 直到牧羊娃赶羊回家，把数目数好，
> 怅恨的天空上那黄昏星开始照耀。（《牧歌·其六》：82-86）

山谷回响着歌词，仿佛大自然不想让这首歌结束。

在《牧歌·其六》中，维吉尔描绘了人与自然的冲突，而不是自然与人的不和。这种挫折主题延伸到另一首以对歌形式创作的微型戏剧《牧歌·其七》中。虽然对歌形式缓解了挫折感，但其仍然存在，因为这首诗里的阿卡迪亚已不再是《牧歌·其三》中那样有平等比赛的阿卡迪亚，这里的比赛必须有胜有负。维吉尔借此让没有平局（暗指公平）的现实世界给理想之国阿卡迪亚蒙上了一层阴影。《牧歌·其七》模仿忒奥克里托斯的第八首牧歌《达夫尼斯的胜利》（The Triumph of Daphnis）写成。参加歌唱比赛的两位牧羊人柯瑞东和瑟尔西斯（Thyrsis）都是阿卡迪亚人，他们的歌以情感误置手法精心勾画了一个热恋场面：心爱的人出现时，万物繁茂；心爱的人离去时，万物枯凋。这种奇妙的幻想被文艺复兴及随后时期的文学作品普遍效仿。

《牧歌·其七》一开始，人们似乎又回到了一个熟悉的地方——安乐乡（locus amoenus）。牧人在树荫下惬意纳凉，牛羊自由自在地饮水，蜂群在橡树上喧闹（10-13）。诗中迥异的人物性格——瑟尔西斯的傲慢，柯瑞东的温和——也反映在他们各自歌中的自然意象之上。瑟尔西斯的语言成

为他个人性格的延伸，普利阿波斯（Priapus）①、牛奶、壁炉等意象表明了他对乡村的偏爱。当他必须表达苦楚时，他会以撒丁岛上的药草和海草为意象（41-2）。然而，柯瑞东的世界却是长满青苔的清泉，柔若梦乡的草地，还有栗子、白杨和榛子。当他拥有阿荔吉时，万物都在欢笑；如果阿荔吉离开，河流就会干涸（55-56）。维吉尔似乎只是在借忒奥克里托斯式情感误置来强化牧羊人的情绪。尤其是瑟尔西斯，他兴高采烈地宣称，当他的菲丽丝不在的时候，田野一片干涸，草渴得要死，山谷也没有了葡萄叶的荫凉（57-58）。忒奥克里托斯的《达夫尼斯的胜利》中也有"干涸的田野"（parched fields），不过只是修辞用法。实际上，田园诗里任何一个牧羊人都会用同样的形象，只是忒奥克利托斯没有像维吉尔一样的人物塑造意识。瑟尔西斯是一位行为单纯的粗人，因此，当他试图超越柯瑞东的雅致歌词时，却未免显得矫揉造作：

> 我的菲丽丝一来，林野回青，
> 就连苍天也要普降甘霖。（59-60）

瑟尔西斯从柯瑞东的"万物欢笑"（omnia nunc rident；英文为 the whole world smiles）（55）中得到启示，并企图胜过瑟尔西斯，无奈其歌词的节奏与内心的想法无法取得一致——第 60 行的拉丁原文"Iuppiter et laeto descendet plurimus imbri"（happy showers will fall in plenty from the sky）显示，瑟尔西斯采用了扬扬格音步，其沉重的节奏无论如何也不会给人以阵雨从天空欢快降落的感觉。

所以，在《牧歌·其七》中，自然的改变与其说是为了迎合人物的情绪，倒不如说是为了反映他们的性格——胜利者柯瑞东的敏锐使他能够将自然视为艺术，并在自由清澈的诗句中捕捉到自然之美；失败者瑟尔西斯却误把柯瑞东的艺术看成矫揉造作，而把自己的粗俗投射到他所描绘的所有事物之上。

《牧歌·其八》延续着挫折主题。虽然该诗表面上是一首对话体牧歌，

---

① 希腊神话中的自然、丰饶、蔬菜、牲畜、水果、养蜂、性、生殖器、阳刚之气和花园之神。

它实际上跟第三首和第七首不属于同一个歌唱比赛的传统。《牧歌·其八》开篇就又呈现了一个变形的背景：

> 达蒙和阿尔费西波两位歌对得好，
> 听见歌声母牛也感动得忘了吃草，
> 就连那野狸也听得发呆，
> 激动的溪水也中途停流。（1-4）

牛羊忘记吃草，动物入迷发呆，河水停滞……这些都是牧羊人歌中惯用的艺术手法。这一切虽源自忒奥克里托斯，却全面超越了忒氏，其中一些部分还成为《伊尼德》（四）（Aeneid Ⅳ）的蓝本。维吉尔确实一开始就写到两位牧羊人在"竞争"，但他随即表示，他将展示达蒙（Damon）和阿尔费西波（Alphesiboeus）的缪斯女神，亦即他们的艺术与诗歌："让我们谈谈达蒙和阿尔费西波的缪斯"（5）。诗歌接下来是由达蒙和阿尔费西波交替演唱的两首歌谣。两首歌谣组成了《牧歌·其八》的主体，但诗中两位失恋者的命运却截然相反：一位失去了爱情，另一位唤回了爱情。

达蒙之歌受到忒奥克里托斯的第十一首牧歌《巨人的求爱》（The Giant's Wooing）的影响。在歌中，达蒙表达他对妮莎（Nysa）的爱恋，而妮莎这一天就要嫁给另外一位牧人。失恋的达蒙陷入深深的痛苦之中。维吉尔最推崇；两首歌不但故事情节相似，连两位主人公波吕斐摩斯和达蒙的相貌、性情也很相近。达蒙的歌词暗示，他也像波吕斐摩斯一样，相貌丑陋（34）；两人都自曝丑陋，好像是在暗示自己恋爱失败的原因。但是，与波吕斐摩斯不一样的是，达蒙并没有在自己歌声里找到丝毫慰藉，也没有在想象的丰饶的大自然中得到些许快乐；相反，他想象的是一个完全扭曲的大自然：

> 让野狼自动从羊群中逃开，坚实的橡树上结出
> 金色的苹果，让水仙花在赤杨树上开放，
> 柽柳的皮上也流下浓浓的松脂。（53-55）

需要注意的是，达蒙试图通过一个想象的颠倒的世界来给自己些许安慰，不过，他用的全是祈愿式的虚拟语气。也就是说，达蒙甚至被剥夺了自发的自我慰抚，因此，只能徒劳地求告于某种沉默的力量。即使他跳进大海，依然大声吁求："让大海淹没一切吧"（59）。这一系列用虚拟式表达的祈愿强化了一种绝望感。另外，我们还需注意，达蒙歌唱的是一首"反祝婚诗"（anti-epithalamium），因为他的爱被剥夺了。试看他歌的开头和结尾：

> 启明星啊，请你升起，并带来吉日良辰；
> 我爱上了尼莎，但她欺骗了我，对我不贞，
> 我将作悲歌，天神虽不为我的盟誓做主，
> 我这将死之人却要最后一刻向你们申诉。（17-20）

一通痛苦的倾诉之后，一切终于要解脱了：

> 让大海淹没一切吧，山林啊，永别了，
> 我将从山顶多风的悬崖投入波涛，
> 这将死的人的最后献礼让她收好。
> 停止吧我的笛子，停止唱迈那鲁的歌。（59-62）

这首歌是达蒙献给情人的婚礼祝词，又是献给自己的挽歌。歌的最后一行是对反复出现的复唱"开始吧我的笛子，和我作迈那鲁的歌"的终结，同时也预示着达蒙生命的终结。与柯瑞东一样，达蒙最终也摆脱了挫败感；不过，他却付出了生命的代价。

阿尔费西波的歌则取材于忒奥克里托斯的第二首牧歌《女巫》（The Sorceress）。像希梅亚塔一样，阿尔费西波也试图用魔法唤回他的爱人；但这首歌将背景从城市移到了乡村，结局也由破灭转为希望。在阿尔费西波之歌的高潮部分，大自然发生了一件惊人的事情，熄灭的灰烬居然又自行燃烧（107）。阿尔费西波认为"一定有好事了"（108），所以便唱出最后一句复唱："停止吧，咒语呀，达夫尼斯从城里回来了"（110）。这是整首

诗歌的结尾，也给整首诗歌增添了最后一点戏剧性：它似乎暗示着情人会回来，但我们又不能完全确定，因为它的前面是歌唱者自己发出的一个疑问"我能相信吗？是否在相思中会胡思乱想？"（109）由此看来，阿尔费西波只是把死灰复燃当成一个好兆头，以寄托情人归来的美好愿望。事实上，就像我们无法确定柯瑞东的命运一样，我们也无法确定阿尔费西波的命运。

对爱情的渐不确定迫使维吉尔把这种感觉投射到自然之中。在自杀之前，达蒙要求自然呈现出不可能呈现的奇迹，阿尔费西波则得到了一个模糊的希望之光，但又不能完全解释。自《牧歌·其六》开始，现实世界已经染指阿卡迪亚，这个现实世界要么保持"沉默"，要么"含糊其辞"，实在欠缺明了的答案。自然的沉默在《牧歌·其九》中表现得更为明显。

《牧歌·其九》可能是十首诗歌中最悲伤的一首。两位牧羊人利西达斯（Lycidas）和莫里斯（Moeris）的相遇引发了一场与《牧歌·其一》中类似的对话。莫里斯是众多失去土地的曼图亚农民之一。他们的家园被"三头政治"（Triumvirate）时期退伍的士兵们占领：这些士兵受唆使参加了菲利比战役（Philippi campaign, B. C. 42），统治者许诺日后给他们一块土地过安定的生活；结果却是，这土地不是来自敌人，而是取自那些原本生活安详的意大利农民。莫里斯的同伴利西达斯（Lycidas）谈到了另外一位农民梅那伽[①]为了他们的土地免遭掠夺而付出的努力："一切田地都被你们梅那伽用诗歌保住了"（10）。事实上，梅那伽虽确曾呈递过一份诗体请愿书，不过最终还是失败了，并没有保住那些田地。因为用诗歌去抵御"战神的刀兵"（12）不啻为"用鸽子对抗进攻的鹰鹑"（13）。尽管如此，两位乡下人仍然十分感激，他们一边赞颂着梅那伽的诗句，一边朝曼图亚慢慢走去。对话的场景就发生在通往曼图亚的路上，并且这两位乡下人就生活在那个真实的、灾难性的历史时期。

《牧歌·其九》让我们联想起忒奥克里托斯第七首牧歌《颗粒归仓》。两首诗歌结构相似，但背景和主题迥异。忒氏笔下的斯密奇达斯和利西达斯相遇在一个美妙的午间，斯密奇达斯从城里而来是要去参加一个丰收

[①] 根据《牧歌·其五》中的描写（85-87），梅那伽很可能代表的就是维吉尔本人。

节——这一切暗示了乡村是一个可以让人远离城市纷扰，放松心情的地方。而维吉尔笔下的莫里斯和利西达斯相遇时已是黄昏，而且天空阴沉，风雨将临，他们却从一个充满威胁的乡村走向一个他们一无所知的城市，此情此景暗示着两位农民可能已陷入走投无路的绝境。

其实，《牧歌·其九》通篇就弥漫着一种绝望情绪，而这种情绪是通过残酷的现实世界与美好往昔之间的鲜明对比烘托出来的。现实中，随着土地被掠夺，农民几乎失去了一切：

> 哎呀，梅那伽呀，是谁这么罪恶滔天？
> 他几乎夺去了你，还有你给我们的安慰。
> 谁再为我们歌颂仙女？谁再让大地铺满繁英？
> 谁又能在清泉之上洒满绿绿的树荫？（17–20）

柯瑞东时期繁茂的橡树林已遭破坏，大地一片贫瘠；田园风光不再，连树荫也成了奢望。两位农民只能通过梅那伽的诗歌片段才能勉强捕捉到一些阿卡迪亚式乡村的影子。他们搜集所有能回忆起来的歌中的自然美景来维持仅剩的一点希望。利西达斯和莫里斯唱到了伽拉忒亚，唱到了清泉、天鹅、白杨，还有洞口上悬挂的青藤。但我们只听到一些短小的片段，因为两人都无法吟诵出一首完整的诗；尤其是莫里斯，他的记忆已经丧失：

> 时光带走一切，还有人的精力；
> [……]
> 现在这么多的歌都已忘记，我的歌喉
> 也已失去。（51–54）

无歌可唱的牧人一时陷入沉默。这时的大自然似乎同情他们的境遇，也以沉默作为回应：

> 看哪，整个湖泊为你平静而缄默；
> 狂暴的风已经停息：不剩一点杂音。（57–58）

这是诗中现实世界里仅有的一点自然参与人类事务的影子，也是大自然对农民悲惨命运的唯一一次正面反应。其他的自然景象大都存在于那些诗歌片段和两位农民的回忆中。很明显，现实世界大自然的参与度低有两个原因：一是昔日美丽的环境遭到破坏，已无法展露容颜；二是出于对农民的同情而集体保持缄默。以此逻辑，为表同情而保持缄默的便不仅仅是湖水与狂风，而是周边尚存的一切自然物。自然的沉默是现实世界人物绝望情绪的绝佳注解。

在《牧歌·其十》中，维吉尔把情感误置手法运用到了极致。这首诗述说了维吉尔的挚友伽鲁斯（曾在《牧歌·其六》中出现过）的失恋之苦。伽鲁斯是当时一位很有才华的青年诗人，也是屋大维旗下一位很有才干、战功卓著的将军。曾任埃及都护，后因得罪屋大维，于公元前 27 年或 26 年愤而自杀。这首诗里说他爱上了一位叫吕柯梨丝（Lycoris）的女人，也是实有其事。不过，现实中这位女子名叫叙赛梨丝（Cytheris），是一位美貌女娼。诗中提到她"去看那阿尔卑斯山的雪，莱茵河的冰"（47），可能也是事实。① 整首诗歌是维吉尔给阿卡迪亚的最后注解：一个由自然与人，宏观世界与微观世界微妙联系构建而成的世外桃源。在他即将告别之时，他要让所有阿卡迪亚式母题汇聚到这最后一曲：牧人–诗人的痛苦与自然的反应，牧人（柯瑞东，达蒙，还有现在的伽鲁斯）为寻求抚慰失恋创伤而展开的自疗性独白（therapeutic monologue）；最终，伽鲁斯的疗伤之法将会比柯瑞东的重返劳动或达蒙的自杀更猛烈，因为它将意味着永远放弃阿卡迪亚。

《牧歌·其十》一开始就告诫读者准备好接受自然对伽鲁斯失恋之苦的反应：

> 阿瑞图沙神女啊，我要做好最后一件事，
> 写给伽鲁斯的一首短歌，要吕柯梨丝自己来念。
> 一定要念的，谁能拒绝伽鲁斯的歌？
> 神女啊，望你的河水在西西里波涛下流过，

---

① 维吉尔：《牧歌》（杨宪益译），上海人民出版社 2009 年版，第 90 页。

却不会与那咸咸的海水相互混合。

开始吧，当那扁鼻母羊开始剪食嫩芽的时候

让我们叙说一下伽鲁斯的爱恋与忧愁。

我们不是唱给聋子听，山林会回响每一个字词。(1-8)

随着伽鲁斯模仿临终前的达夫尼斯，我们似乎又回到了忒奥克里托斯的世界。当伽鲁斯为他的情人憔悴濒死的时候，仙女们显然也不在场：

当伽鲁斯因单相思而憔悴濒死

仙女们啊，你们是在哪个深林，哪个幽谷？(9-10)

这又让我们联想起忒奥克里托斯第一首牧歌《达夫尼斯之死》中的情景：

你们身在何处？达夫尼斯日渐憔悴之际，仙女们，你们身在何处？

若不在你们的阿纳帕斯河畔，不在埃特纳山，也不在阿吉斯的圣河边，

难道是躲在珀纽斯可爱的溪畔或是品都斯的山谷？

(《达夫尼斯之死》：67-70)

达夫尼斯是神话人物，因为自己狂妄，得罪了爱神阿芙洛狄忒才导致悲剧，与达夫尼斯交好的仙女们没来哀悼，定是慑于爱神的淫威。作为一位现实人物，伽鲁斯怎么也会弄得像是开罪了爱神一样？很自然，唯一的解释就是，维吉尔是想借忒奥克里托斯的表现手法来表达自己的爱情观。于是，当又一位达夫尼斯形象为爱凋零时，大自然也只能做出无助的反应，就像希腊古典剧中的合唱队一样，富有同情心却又无能为力。富有戏剧性的是，太阳神阿波罗、林野之神西尔瓦诺斯（Silvanus）① 和阿卡迪亚的牧神潘都来了——需要读者注意的是，这些神祇可都是经历过失败爱情

———————

① 古罗马神话中的森林田野之神。大致相当于希腊神话中潘神。

的，他们的出场颇合逻辑。潘神不仅到场，还阐述了一套近乎自然神论（deism）① 的爱情哲学，他说：

> 够了，够了，这些对爱神都是白讲，
> 残忍的神不管眼泪，就像草地喝不够水浆，
> 蜜蜂采不够丁香，山羊吃不够树叶一样。（28-30）

爱神对失恋者的困境全然无动于衷，无论多少眼泪也无法将其感动。好在，大自然的反应给了痛苦中的主人公足够尊严：

> 为了他独自一人卧倒在岩石下面，
> 月桂树和柽柳都洒下泪珠点点，
> 还有多松的迈那鲁山和冰冷的吕加乌石岩。（13-15）

大自然只能表达同情，从失恋中解脱只能靠人类自己。最终，伽鲁斯也只能无奈地表示："爱情征服一切：我们也只能屈服于爱情"（69）。但这并非整首诗歌的结束。维吉尔接下来又写了八行作为整首诗歌的结尾。他已经完成了歌唱伽鲁斯的任务，而且，像后来的弥尔顿去寻找"新鲜的森林，新的牧场"（弥尔顿《利西达斯》：193）一样，他可能也觉得必须寻找新的艺术空间，转向农事诗（Georgics）了。但是，他突然离开阿卡迪亚还有一个更深层次的原因。像他的牧羊人一样，维吉尔在"阴影"下度过了太多的时间：

> 让我们起来走吧，暮气对歌唱的嗓子不利，
> 杜松的阴影也很坏，对庄稼也毫无裨益。（《牧歌·其十》：75-76）

维吉尔决定离开，是因为阴影伤害了他和他的艺术，而且阿卡迪亚及其两面性的"阴影"均显得那么虚幻。然而，在结尾处，维吉尔再次用了

---

① 自然神论认为上帝创造了世界，但并不刻意干涉自然的运行和人类的生活。

"阴影"（umbra）一词，该"阴影"曾经笼罩过感伤中的梅利伯和柯瑞东，也曾化为"树荫"为对歌比赛提供过惬意的田园背景。但是，作为阿卡迪亚有机元素的"树荫"，此时不但毫无裨益，而且还变得"很坏"。在寻找田园生活的过程中，伽鲁斯也渴望一种虚幻的宁静；而在维吉尔看来，这种宁静不过是一种文学构想。维吉尔决计离开这片树荫，便意味着抛弃世外桃源及其所代表的一切。

然而，维吉尔从未放弃过情感误置。他一以贯之地以情感误置作为缩小宏观世界和微观世界之间差距的手段，哪怕仅仅是权宜之计。在《农事诗》（Georgics）中，在描述动物的激情时，维吉尔写道：

> 无论人类还是野兽，地球上每一个种族，
>
> 海洋生物，家养动物，还有服饰华丽的鸟类，
>
> 全部都一头扎进了狂怒：在爱面前，毫无特殊。（242-244）

诗人用 amor omnibus idem 三个词概括出一道人生哲理：爱对任何造物都一样。他看到了动物交配时的痛苦且快乐，并使用了大多数诗人只愿用在人类身上的意象。在《伊尼德》（Aeneid）中，读者看到的是故事开场时的暴风雨，尤其是出现在黛朵（Dido）[①] 遗体上方的彩虹，这是在以自然现象来表达爱的救赎这一主题。

在忒奥克里托斯的几首真正意义上的田园牧歌中，鲜有明确的情感误置的例子；相反，他的创作是基于一种与生俱来的观念，即人与自然之间存在着直接的联系。所以，在他的诗歌中，自然经常作为人类表达思想情感的隐喻形式。维吉尔则不一样。由于他把他的《牧歌》规划成一个从头至尾有着明显进展脉络的整体，他便把情感误置发展成一种介于禁欲主义式的思虑（Stoic providence）与享乐主义式的恬淡（Epicureanism apathy）之间的宇宙力量的体现形式。当人类的创伤尚可医治的时候（比如梅利伯和柯瑞东），自然会提供任何可能的帮助；而当达夫尼斯死而神化升天的时候，或者当一个神童出生的时候，她的反应更为剧烈，因为这样的事件

---

① 罗马神话中的泰尔公主，迦太基的缔造者和女王。维吉尔讲述了她被埃涅阿斯抛弃时的自杀经历。

不同寻常。

如果人类抛却理性，试图捕捉一个不可能的单一性自然，他们伊甸园式的嬉戏终会变得怪诞起来，大自然也无力阻挡他们必然的毁灭（比如《牧歌·其六》中列举的一系列悲剧人物）。同样，当爱的情感强烈到足以蒙蔽人的幻想时（如达蒙，阿尔费西波，伽鲁斯等），自然开始保持沉默，要不然就硬扯进几个老掉牙的、程式化的"不可能行为"以示关心。

此外，维吉尔从第一首牧歌起就赋予了"阴影"（umbra）这个意象一种令忒奥克里托斯完全不可能理解的奇妙内涵。该意象延续了第二首牧歌，整部诗集又以它结束，俨然已被升华为阿卡迪亚之虚幻性的象征。维吉尔对三种情感误置的运用均非忒奥克里托斯风格，尽管这三种类型在忒氏牧歌中都可以见到。对于维吉尔来说，情感误置并不是因为崇尚理想化风景而逻辑推演出的一个公理，而是一种展示人类与自然力量之间关系的方式。自然的力量有时表现出母性的慈悲，有时又表现出女家长式的严厉。

与维吉尔相比，忒奥克里托斯无疑更接近现实，就连他笔下牧人们随性的淫秽言行也能证明这一点；但是，忒奥克里托斯从未以维吉尔建构阿卡迪亚的方式来建构一个属于自己的完整世界，而是在逐步削弱它，最终导致其不可逆转的塌陷。就维吉尔而言，如果说他的《伊尼德》是一首反史诗（anti-epic），那么《牧歌》就是反田园诗；如果说他的牧羊人都是些冒牌的骗子，那么他们的欺骗性恰恰源自他们与现实之间的过于亲密。隐入幻想的世界可能会缓解悲伤与沮丧，但也只是停留在将痛苦遭遇转化成隐喻的程度上。所以，逃避现实的确妨碍对现实的理解。

第四节　英国田园诗中的情感误置

在英国，虽然从巴克莱（Alexander Barclay, c. 1476—1552）乃至更早的田园诗人就已开始意识到的自然在表现人物心理时的重要作用，但真正有意识地将其运用到创作当中并加以改造或改进，已然是斯宾塞（Edmund Spenser, 1552—1599）时代的事了。

斯宾塞《牧人日历》（*Shepheardes Calender*）的第一首《一月》（Januarie）就是运用自然景色来映衬主人公内心世界的典范。《一月》传承了忒奥克里托斯与维吉尔惯用的失恋主题，以主人公科林·克劳特（Colin Clout）自述的形式讲述了其不幸的爱情：他深深地爱上了村姑罗莎琳达（Rosalinde），带着这份情感，他开始了悲伤的旅程。与两位先师不同的是，斯宾塞在运用自然时，是借力于真实的自然景色，而非纯粹的（甚至肆意的）幻想；换句话说，斯宾塞对自然的运用更富有现实主义特征。故事的背景是冬季，很好地契合了主人公的心境。科林·克劳特把自己的心境比作冬季这个悲伤的季节，比作洒满寒霜的大地，比作冰冻了的树木和他那饱受冬寒之苦的羊群。最后，当发现自己因此感情而失去了先前所有的快乐时，他平静地摔毁笛子，一头躺倒在地上。

《一月》的前两个和最后一个诗节描述的是主人公的劳动情景：他先是把羊群赶到田野里，让它们沐浴短暂的午后阳光，最后再把羊群赶回圈栏。中间是科林·克劳特的抱怨；其间，肃杀的季节性田园背景一直烘托着贯穿全诗的单相思主题。整首牧歌的结构是忒奥克里托斯式的，也运用了情感误置手法，冬季的肃杀景色映射着科林·克劳特内心的绝望：

> 冬的严酷使大地凄凉、荒芜，
> 化作一面镜子，映照我的痛苦：
> 你曾春意盎然，鲜花妖娆，
> 水仙做了酷夏的霓裳。往矣，
> 如今又是风霜雪剑来耍狂，
> 斗篷原可御寒，怎奈破损难挡。（《一月》：19-24）

紧随此绝望心情的是一系列意象写真：

> 树叶凋落，树木光秃，
> 鸟儿喜欢筑巢的地方，
> 如今青苔与白霜撒布。
> 不见花蕾绽放出鲜花，

> 却见你枝头泪如雨珠，
> 顺着悬挂的冰柱滴落。
>
> 我所有的枝叶枯槁、飘零，
> 应时开放的花朵也已凋谢；
> 我青春的枝干绽放的花朵，
> 在冬日的叹息中枯萎飘落，
> 泪花从我的眼眸中落下，
> 宛如树枝上悬着的冰挂。（31-42）

这首诗中，季节性景物的交替喻示着主人公心境的交替。诗中唯一一类积极的意象——鲜花——象征着爱情的美好以及拥有爱情时的主人公明快的心境；与之相对应的是，凄荒的大地、严酷的风霜、凋零的树木，还有那青苔、白霜与冰柱等众多的消极意象则是主人公悲愤痛苦之情的反应与催化剂：她的爱情之花在严酷的环境中显得如此脆弱，如此无助。斯宾塞用真实的自然景色来表现人物的内心世界，实际上已经脱离了古典牧歌中那些物我两忘，甚至有点狂乱的情感轨道，走到物我分离的修辞道路上来了，也就是现代意义上的借景抒情。

《牧人日历》中真正纯熟运用情感误置的是《十一月》（November）。该诗的主体部分（52-202）是一首挽歌，悼念一位名叫黛朵（Dido）的血统高贵却身份不明的女士。[①] 科林·克劳特用灵活、流畅的节奏歌唱，旋律复杂多变。《十一月》的直接模板是马洛[②]的《洛伊姿夫人》（De Madame Loyse），但是马洛和斯宾塞所共同采用的最有效的创作手法则来自莫修斯的《悼比翁》或者维吉尔的《牧歌·其五》。科林·克劳特唱道，黛朵的死亡是"大自然杰作的惨痛损失"（64），又说她的在场令所有人骄傲，她的缺席又令人神伤（65-66），世界也为此改变了模样：

---

① 从诗中的描述来看，该女士是拟托维吉尔在《伊尼德》中曾经悼念过的黛朵形象，但诗人始终没有明确其具体身份。

② 克莱蒙·马洛（Clement Marot, 1496—1544），法国文艺复兴时期诗人。

整个世界的太阳昏暗无光；

大地已失去她往日的明亮，

我们都生活在死寂的晚上。（67-69）

黛朵的逝去改变了神圣的自然秩序：

凋萎的须条从高大的橡树上垂下。

洪水在喘息，它们的源头已枯竭，

必然代之以洪水般的泪水：

被树荫遮蔽的草地在哀伤，

其色彩杂乱无章。

啊，沉痛的葬礼！

苍天也无悔地融入泪的海洋。（125-131）

动物们也都改变了习性：

软弱的羊群拒绝面前的食物，

耷拉着脑袋像是在学习泣哭；

林间野兽哀伤得犹如呆木，

[……]

海龟卧在光秃的树干上

哀挽那死亡引发的创伤。

啊，沉痛的葬礼①！

痛哭的夜莺也提高了她的歌嗓。（133-141）

接下来，水中仙女和缪斯等众神也加入了哀悼行列（143-152）。整个

———————

① 这里的"葬礼"原文 herse，是 hearse（灵柩、灵车）的词源，此处译者将其引申为葬礼。Hearse/herse 原指农具耙子，用作动词时表示用耙子耙地；还可以表示教堂中的一种用来安放蜡烛的灯具。在教堂举行丧礼时，通常会把这种耙形灯具放在灵柩的上方。由于插上蜡烛后形状类似一把耙子，所以这种灯具也被称为 hearse。后来，hearse 一词又衍生出"灵柩、灵车"的含义，原本表示"耙子"、"耙形灯具"等含义反倒被人淡忘了。

世界都陷入悲痛之中，大自然呈现的异象表明了黛朵受到万物的无限敬仰。诗中"光秃的树干"指的是黛朵凋谢的生命；躯干既已枯萎，美丽的花儿又将何处绽放？"夜莺"的特殊身份更加强了悲情色彩。悲痛之时不由使人感叹生命脆弱，人生无常：

> 噢！俗世多变，希望无常，
> 辛苦与汗水难保无恙，
> 偏航的箭无法射在靶上；
> 而今我明白（一个惨痛教训）
> 地球上寻不到任何保障。（153-157）

同一块黄土，埋葬了他人，也埋葬了这具高贵的遗体（159）。到这里，读者似乎又感受到一个与莫修斯的《悼比翁》类似的主题：花有重开之日，人无复活之期。但这并非该诗的主旨所在，因为葬礼并没有到此结束。正在感慨人生无常之际，却传来振奋人心的消息："黛朵没有死，而是进入了天国"（169）。一直在前文多半诗节里出现的复唱"啊，沉痛的葬礼！"也瞬间变成了"啊，欢乐的葬礼！"就像维吉尔的达夫尼斯一样，黛朵也羽化升天了：

> 她幸福地与众神生活在一起，
> 饮的是琼浆玉液，吃的是仙界美食，
> 享受着凡人无法企及的快乐，
> 她已获最高神的荣耀。（194-197）

黛朵的复活解除了世间的危机，"牧人无需再躲避危险"（187）；万物也焕发了生机，"大地常新，草地常绿"（189）。整首挽歌从结构到表现手法都颇得维吉尔的真传。

我们还必须注意到，《十一月》的重要意义不仅仅在于哀悼黛朵的死亡，更在于它是对科林·克劳特本人心境的间接反映：死亡的困扰，对田园世界的怀恋，还有日渐强烈的与田园世界的疏离感。站在科林的角度来看，诗中的黛朵某种意义上是在衬托其恋人罗莎琳达。黛朵被塑造成主人公渴望的形象：

> 她，在她健在之时（用个不该用的词！）
> 她的美丽与快乐无人能比；
> 她文雅地用蛋糕与薄饼
> 招待牧人，洋溢着乡村情趣：
> 她不会蔑视求婚的淳朴牧人，
> 还常常唤他来到家里，
> 送给他凝乳和干酪。
> 啊，沉痛的葬礼！
> 对科林·克劳特她一次也没鄙弃。(93-101)

我们再看看罗莎琳达是怎样对待科林的：

> 她拒绝我的好意，反把我责骂，
> 还冷言挖苦我的乡村音乐。
> 对牧人的装备她恨之如蛇，
> 朗声嘲笑科林演唱的歌。(《一月》：63-66)

两相对比，优劣分明。加之在悼念黛朵的挽歌中，科林多次有意无意地将自己与黛朵联系起来，我们完全可以说，此黛朵的确是科林心中渴望的罗莎琳达形象：他是在以黛朵的优雅、善良来反衬和抱怨罗莎琳达的无情与自私。因此，这首诗歌不但是在哀悼黛朵的逝去，更是在哀怨罗莎琳达的离去。这应该是整首诗歌的主旨之一。当然，该诗还有着更为深刻的主题——那就是对死亡的思索。《十一月》的"寓意"（Emblem）部分如此写道：

> [该诗的寓意] 就是说，死亡不会伤害。尽管按照自然规律我们必然死亡，随着年龄增长走向成熟，适时地迎来硕果，我们必须及时收获，否则我们就会像腐烂的熟果从树上凋落：死亡不算是邪恶，也

不是（如诗人早些时候所说）厄运的荒漠。因为，虽然第一个人的罪过给世界带来了死亡，但却被另一个为所有人而死的人的死亡所征服；［死亡］如今成了（如乔叟所说的）一条通往生命的绿色通道。所以，这与我刚才说的是一致的，死亡不会伤害。①

所以，《十一月》其实是一个有关生命与死亡的寓言。

《十二月》（December）是另一个人生寓言。它的主体是科林的一段感伤的独白。形式上，该诗运用了与《一月》相同的诗节，以示时节更替，首尾相接；其内容则是科林对自己生命轨迹的总结。科林将其生命比喻为四季。他把自己的青少年时代比作充满了动物般快乐时光的春天：

> 想那青春年华，我快乐的春天绽放。
> 像燕子一样四处翱翔。（19-20）

他的青春充满激情和力量，不惧怕危险（22），也不惧怕豺狼（24）。他的生命充满欢乐，冬天也如春天一样富有激情，就仿佛生活在永恒的世界里一样：

> 我常常漫游在迷宫般的丛林，
> 采集坚果，准备圣诞节目；
> 我常常欢快地追逐颤抖的小鹿，
> 或胆小的野兔，直到她被驯服。
> 说什么我在将冬日虚度？——
> 我的春天如时间一样永驻。（25-30）

这又使我们联想起《二月》里牧童库迪（Cuddie）的豪言壮语："我绽放的青春是严寒的仇敌，／我的舰船在风暴中所向披靡"（31-32）。接下来，科林把自己的青年比作夏天。夏天使他的诗歌创作能力有所提高，

---

① Spenser, Edmund. *The Shepherd's Calendar and Other Poems*. Ed. Philip Henderson. London: J. M. Dent & Sons Ltd., 1932. p. 94.

但也给诗人的爱情注入了悲伤。他通过一些天文、历法乃至神话元素将微妙的情感空间延展到宏大的宇宙：

> 夏季在加速展示着
> 阳光燃起的熊熊烈火，
> （爱神正居于天狮星座①）。彗星卷起难耐的热浪，
> 占领了维纳斯②的宝座。（56—60）

　　这里，诗人用了几个读者非常熟悉的意象：诗人想象丘比特（Cupid）在天狮星座有自己的住所，而天狮座恰恰代表仲夏。所以，天狮座的丘比特意味着更为强烈的爱的欲望。另一个意象是爱与美之神维纳斯（Venus），天文学中指金星，此意象意在表明：美是引起科林意乱情迷的根源。另外，阳光燃起的烈火和彗星卷起的热浪代表爱的激情和熬煎——科林的青年就是在这爱的激情与熬煎中"消逝与虚度"（97）过去的。终于，熬到人生成熟的时候了，科林却迎来了过早的"收获"：

> 我的枝干起初开满鲜花，
> 本应该收获累累硕果，
> 而如今只剩下秃枝瘪丫；
> 谄媚的果子提前凋落，
> 未成熟就已经朽烂腐化；
> 收获既已泡汤，希望也被扼杀。
>
> 我园中的鲜花也已凋零，
> 早已被人收集采割；
> 花根因缺露水渐趋干枯，
> 却只能以泪水解渴。（103—112）

————————————

　　①　英文原文 the Lion's house 中将 Lion 大写，指十二星座中的天狮座，对应的时间是7月23日至8月22日，通常是英国最热的时节。

　　②　原文 Venus（金星）又指爱神维纳斯。

秋天这个本该收获的季节却充满了失落：提前凋落的果实象征着事业的半途而废；园中的鲜花指的是他自己就已逝去的爱情。也就是说，到了一生中收获的季节，科林却迎来太多的失败，留下太多未曾实现的愿望。无限失落之中，科林迎来了寒冷的冬天；与自然界的一年一样，科林的生命也即将告终。老朽孤寂的他独坐在黑暗之中：

> 寒冷叮咬着我粗糙的皮肤，
> 在脸上刻下深深的纹路；
> 我发现头上已染满风霜，
> 乌鸦用爪在我眼角写道：
> 欢欣酣然入睡；快乐已成过往；
> 太阳不再照耀；阴云遮蔽四方。（133–138）

科林俨然已经化作了十二月的具象。正如他在《一月》中所说，"冬天的狂怒占据了我的内心，／我的生命被无情的寒冷冻僵"（25–26），他终将被内心的严冬击垮：

> 冬天即将来临，刮着恶意的微风；
> 冬天一到，死亡将接踵而至。（《十二月》：149–150）

当然，科林是到了人生的冬季，确已接近末日，因为他的脸上布满皱纹，头上"已染风霜"；然而，我们完全有理由认为，他的衰老更多是心理层面的。至少，我们可以接受这样一个事实：心理的衰老定会加速身体的衰老。这正是常言所说：哀莫大于心死。

就这样，我们见证了科林渐渐老去的一生。一个漫长的生命被刻意压缩进一首短诗之中：从科林内心的严冬到外部自然的严冬，从非自然的心理衰老到实际的身体衰老，体现了诗人高超的表现技巧。事实上，所有生命不都是如言语之间那样短暂吗？

《牧人日历》的整体主格调是忧郁的。用蒲柏（Alexander Pope，1688—1744）的话说，整个《牧人日历》"将人的生命比作四季，同时向读者展现出一幅伟大而又渺小的世界的多重变化与侧面。"① 斯宾塞塑造了科林·克劳特这个忧郁的情人-诗人，他既是一个与我们的世界明显不同却又切实相关的神秘空间的创造者，同时又是这个空间的居住者。在更高的层次上，这位忧郁的情人-诗人体现的是一种对艺术的自觉意识；就这点而言，斯宾塞的先师维吉尔尚做得不够，忒奥克里托斯则干脆没有尝试过。

在文艺复兴时期，情感误置或者类似的借景抒情的表现手法不仅受到斯宾塞这样的主流牧歌诗人的青睐，在各类民谣中也不乏成功的例子。当时有一首题为《哈尔帕卢斯的抱怨》（Harpalus Complaynt）② 的宫廷歌谣（民间牧歌的一种题材），写了三个人物之间复杂的情感纠葛：哈尔帕卢斯喜欢菲丽达（Phillida），却被她残酷地拒绝；菲丽达喜欢的是科林（Corin），而科林并不喜欢她。于是，哈尔帕卢斯诅咒残酷的菲丽达，并预言自己的死亡；他头上"总是戴着 / 一个柳条编成的花冠"（39-40），以表达自己的忧伤，因为"垂柳"（weeping willow）就是"哀伤之柳"③。实际上，在这类牧歌中，失恋的牧羊人通常会头戴一个柳条编成的帽子而不是桂冠。比如，当时另一首很有名的民谣《牧羊人的哀怨》（The Shepheards Lamentation，1613）唱道："来吧牧羊人，装点你的头，不用桂枝，只需几根绵柳。"④ 需要说明的是，这些诗歌里的柳树（或柳条花冠）只是因其"情绪"与人的哀伤相类而充当了人类寄托哀思的道具，是被动地参与了人类事务；从这个意义上说，这并非典型意义上的情感误置。但

---

① Pope, Alexander. "Discourse on Pastoral Poetry." *Poems of Alexander Pope*. Ed. John Butt. London：Methuen, 1963. p. 122.

② 这首民谣最早出现在《托特尔杂集》（*Tottle's Miscellany*，1557 初版，至 1587 年已经再版 9 次以上）中，后经改编收录进《诗源》（*Englands Helicon*）时归于萨利伯爵（Earl of Surrey）名下，但很可能并非伯爵本人所做。《哈尔帕卢斯的抱怨》受到历代读者的欢迎。

③ 在英语文学中，"柳条花冠"是忧伤、哀悼的象征。英语中 weeping willow（垂柳）一词中的 weeping（垂枝的）原本是"哭泣，悲伤，哀悼"之意；所谓"垂柳"，也就是"哀伤的柳树"；因此，柳条花冠成为英国诗人们表达哀伤时的最方便意象。在英语文学中，我们常会看到头戴柳条花冠的、哀伤的人物形象。中国许多乡村也盛行用柳树枝条表达哀思的风俗，人们在埋葬逝者的时候，坟头总会插一颗柳幡以示哀悼。

④ Walton, Izaac. *The Compleat Angler*. London：Printed by T. Maxey for Rich Marriot, in S Dunstans Church-yard, Fleet Street, 1653. p. 34.

毋庸置疑，单从构词角度来看，"垂柳"意象本身就是人类情感投射的结果；它是自然与人类情感密切关系的又一个象征。

咱们回过头来，继续述说哈尔帕卢斯的哀伤。既然大家都过着和谐的、田园般的生活，一切情感和行为理应与自然规律相契合；哈尔帕卢斯弄不明白菲丽达的行为为何如此反常，还不如身边的动物：

> 雄鹿需要雌鹿喂养，
> 雄兔也有雌兔依傍：
> 对深爱自己的人啊
> 斑鸠都那么慈祥。
> 母牛有公牛来保护，
> 公羊母羊相伴成长。(69-74)①

哈尔帕卢斯多么希望菲丽达的行为能与这些动物的行为一样和谐而符合常理啊！无奈，这些牧人的内心世界似乎丝毫也没被自然界的和谐运行所触动。这显然是在抱怨人与自然之间的一种倒置关系：人（比如菲丽达）既没了动物的情感，也没了动物的理性。这种人牲倒置手法后来逐渐发展成为一种人性批判的模式。

相比人类的无动于衷，大自然倒是常被牧人的悲伤所感染，表现出与人共鸣的情感来。在《诗源》(Englands Helicon) 收录的另一首歌谣《无名牧羊人的抱怨》(The Unknown Shepheards Complaint) 中，情感误置再次降临，大自然也在为牧人的悲伤而动容：

> 泉水不再涌，鸟儿不再鸣，
> 树木也难预卜自己的生命：

---

① 文本引自 Macdonald, Hugh, ed. *Englands Helicon* (Edited from the edition of 1600 with additional poems from the edition of 1614). London: Routledge and Kegan Paul Ltd., 1949. p. 54. 这首佚名情歌最早出现在威尔克斯 (Thomas Weelkes, 1576—1623) 的《情歌集》(*Madrigals*, 1597) 中，后又相继被诗集《热情的朝圣者》(*The Passionate Pilgrim*, 1599) 和《诗源》收录。《诗源》是英国最古老的田园诗歌集之一，初版于 1600 年；诗集以缪斯女神栖居的赫利孔山 (Helicon) 命名，喻指英诗之源，笔者据此将书名译作《诗源》。

绿草站着哭泣，禽鸟沉沉入梦，

回首窥伺的仙女们难掩惊恐。（25-28）①

其姊妹篇《同样境遇的牧羊人》（Another of same Sheepheards）也不示弱，诗中的愉悦难掩忧伤，成就了凄美的篇章：

新的一天开始了，

就在愉悦的五月，

桃金娘树林

撒下惬意的树荫。

群兽蹦跳，鸟儿歌唱，

树木在自由生长，

万物已消除悲伤，

唯有夜莺独守凄凉。

可怜的鸟儿难掩伤痛，

将心儿挂在芒刺之上，

唱着忧伤的曲儿，

让听者满心惆惶。（1-12）②

牧羊人借传说中不幸的夜莺菲洛米拉的故事来抒发自己的悲伤之情。借神话人物的悲剧故事来表达个人的悲伤之情，这是牧歌中最常用的手法之一。

罗伯特·格林（Robert Green，1560—1592）的《牧人尤利马库斯致他美丽的米瑞密达》（The sheepheard Eurymachus to his faire sheepheardesse Mirimida）③ 则采用了一种前辈牧歌诗人很少采用的反衬手法。该诗将传统

---

① 文本引自 Macdonald, Hugh, ed. *Englands Helicon* (Edited from the edition of 1600 with additional poems from the edition of 1614). London: Routledge and Kegan Paul Ltd., 1949. p. 54.

② 文本引自 Macdonald, Hugh, ed. *Englands Helicon* (Edited from the edition of 1600 with additional poems from the edition of 1614). London: Routledge and Kegan Paul Ltd., 1949. p. 55.

③ 出自罗伯特·格林（Robert Green，1560—1592）诗集《弗兰西斯科的财富》（*Francesco's Fortunes*，1590），后亦入选《诗源》。

的神话人物置于明快的田园景色之中，以衬托情人的伤痛：

> 正襟而坐的靓丽快乐的花神
> 身旁有鲜花如云：
> 闪耀着彩虹女神晶莹的甘露，
> 尽情炫耀着
> 她那缀满生命之色的衣裙；
> 唯余
> 我这位
> 兀自神伤之人。(1-8)[①]

周围的一切都那么美好，主人公却在那里"兀自神伤"，诗歌以此方式将主人公孤独、无助的内心世界外在化。这里，外部自然界对人物情感的反应不同于情感误置的任何一个类型：既没有追随主人公的心理而表现出相应程度的悲伤，也没有因无法施助而无奈地保持缄默，而是表现出与主人公恰恰相反的情绪。这也是自然参与人类情感的一种方式，也就是现代文学中常用的反衬手法。

马维尔（Andrew Marvell，1621—1678）对情感误置的运用虽然追随了古典传统，但也体现出一定的创新性。他有一组以刈草人（Mower）为主人公的情诗颇为别致，诗中的忧郁情郎不再是传统牧歌中的牧羊人，而是刈草人。其中，《刈草人致萤火虫》（The Mower to the Glo-Worms）描绘了一个思绪迷茫的求爱者、萤火虫及情人三者紧密相连的组合。诗歌以夸张手法将自然意象与人物情感结合起来：

> 借你这活灯笼可爱的光芒
> 夜莺在彻夜翱翔，
> 探究着夏日的夜晚，
> 充满沉思的歌声绝妙无双。(1-4)

---

① 文本引自 Macdonald, Hugh, ed. *Englands Helicon* (Edited from the edition of 1600 with additional poems from the edition of 1614). London: Routledge and Kegan Paul Ltd., 1949. p. 97.

萤火虫的光也为刈草人指示了回家的道路，

> 萤火虫啊，你用热心的光芒
>
> 为游荡的刈草人指引着方向；
>
> 他们在茫茫夜色中摸索道路，
>
> 愚蠢的激情①过后陷入了迷茫。(9–12)

但这种指引方向的光在他情人耀眼的美貌面前变得微不足道，

> 你白费着彬彬有礼的光亮，
>
> 朱丽安娜已来到我身旁；
>
> 我的思绪为她而混乱紧张，
>
> 以至于找不到回家的方向。(13–16)

这些独白式诗行很好地体现了主人公矛盾、复杂的思绪：内心迷茫，渴望萤火虫的指引，又觉得萤火虫光芒微弱，没有情人的美貌耀眼明亮；然而，情人的美貌带来的不是他的欢欣与自豪，而是混乱、紧张与迷茫。这种复杂的情绪反映了主人公自卑却又不愿轻言放弃的矛盾心理。诗中所谓的"混乱"与"迷茫"不是在暗示主人公思维和意识的混乱，因为从他率真的表达之中，我们明显感受到这位刈草人哲人般复杂的思想和自我意识。所以，所谓的"混乱"与"迷茫"指的应该是主人公因紧张而导致的某种程度的"精神错乱"，而不是思维和意识的混乱。

刈草人组诗中的《刈草人达蒙》（Damon the Mower）抛却了情人幽怨传统中以第一人称为主的叙事策略，改用了第三人称叙事。诗歌从引言诗节开始就尽力将叙事者与诗歌意境分离开来，使他作为一个外部叙事者能够远观绝望的求爱者，并对虚妄的情感误置作出讽刺性的评论。他以一系列比喻来强化自己评论的反讽意味：

> 听啊，刈草人达蒙在歌唱，

---

① 原文 fires 含有激情、热情之意，似乎暗示男女之情。

> 对朱丽安娜的爱情在加强！
> 似乎万物都在描绘
> 最适合他抱怨的情景。
> 时光美丽如她的眼眸，
> 又如他的激情在燃烧。
> 他的痛苦锋利如镰刀，
> 希望凋萎如刀下的草。（1-8）

　　达蒙一边割草一边思念着情人，随着激情的燃烧，他割草的动作也愈加猛烈；周围的景色也似乎在配合他的情感。诗人把达蒙的痛苦比作镰刀，把希望比作锋利镰刀下凋萎的草，绝佳地烘托了主人公内心的痛苦与绝望。

　　在该组诗的第三首《刈草人之歌》（The Mower's Song）中，马维尔对情感误置手法进行了革新。一开始，刈草人回想起他曾经在清新快乐的牧场享受到的和谐，他的思绪从"绿色草地 / 看到它的希望，犹如在镜子里"（3-4）。在镜子意象之后的第二节里，诗人反向运用情感误置手法——刈草人观察到，当他因为失恋而难过时，整个草场却毫无同情心：

> 在我忧伤憔悴之时，
> 草儿却更加繁茂生长；
> 你看那每一片草叶之上，
> 都有花朵绽放。（7-10）

　　于是，为了报复，他挥起了镰刀：

> 花啊草啊，我和周围一切，
> 咱们将统统化为乌有。（21-22）

　　《刈草人之歌》每节后两行是一个复唱：

> 朱莉安娜来了，就像我对待青草一样，

她摧毁了我的精神和我的肉体。

　　这个副歌的韵律好比"镰刀有规律地横扫"①，它的每次重复都将主人公向着毁灭更推进一步。复唱中有意识将"精神"和"肉体"相区分，暗示刈草人的真正问题仍在于像《刈草人致萤火虫》中那样的精神错乱。正如弗里德曼（Donald Friedman）所说，"这些'刈草人'诗歌的伟大主题是人类与他赖以生存的大自然之间不可调和的矛盾。思维可能会反映世界的秩序，但最终把人类和想象领域分离开来的还是想象。"②

　　到了18世纪，在日渐衰微的牧歌传统中又衍生出一类新的牧歌——田园歌谣（Pastoral Ballad），它们延续牧歌传统的同时，也在努力为牧歌注入新的活力。尼古拉斯·罗尔（Nicholas Rowe，1673—1718）的《科林的抱怨》（Colin's Complaint）③ 就是一首非常受欢迎的田园歌谣，曾被谱成流行歌曲。歌中唱道：

　　　　绝望的牧羊人孤寂地躺在
　　　　清澈的小溪旁；
　　　　被错爱的少女牵动着心房，
　　　　他将头倚在柳树之上：
　　　　原野上吹过的清风，
　　　　用叹息回答他的叹息；
　　　　戚戚低语的溪流啊，
　　　　用悲伤回答他的悲伤。（《科林的抱怨》1-8）④

　　① Marvell, Andrew. *Poems and Letters of Andrew Marvell*. Ed. H. M. Margoliouth, 3rd ed. Oxford: Oxford University Press, 1971. 1: 266.

　　② Friedman, Donald M. *Marvell's Pastoral Art*. London: Routledge, 1970. p. 120.

　　③ 于1713年出版，后被相继收录进托马斯·德尔费（Thomas D'Urfey 或 Tom Durfey，1653—1723）编辑的六卷本诗集《智慧与欢乐，或解郁丸》（*Wit and Mirth, or Pills to Purge Melancholy*, 1699—1720）的1720年增补本，拉姆齐（Allan Ramsay, 1686—1758）的《茶余饭后》（*The Tea-Table Miscellany*）及其他许多歌谣集中。

　　④ Durfey, Tom. *Wit and Mirth, or Pills to Purge Melancholy*. London: Printed by W. Pearson, for J. Tonson, at Shakespear's Head, over-against Catherine Street in the Strand, 1720. p. 363.

这首歌谣显然采用的仍旧是传统的牧歌题材和主题：失恋的牧人，清澈的小溪，象征忧伤的柳树构成一个典型的情人幽怨空间；清风的叹息，溪流的忧伤则是典型的情感误置。但是，让自然以应答的形式直接回应人的情感，这在传统的牧歌中还较为少见；加之整首歌谣语言朴素流畅，富有乐感，通俗而不失雅致，的确为已然开始散发出霉味的牧歌传统增添了一丝清新空气。

事实上，在18世纪的田园诗歌中，像《科林的抱怨》那样对传统意义上的情感误置的继承已非常少见了，代之而起的是一种全新的人与自然之间的关系模式。这种新型关系的发现者或缔造者就是华兹华斯。

华兹华斯的《废弃的农舍》（The Ruined Cottage，1814）① 摒弃了传统牧歌中那种肆意的或者幻想型的情感误置模式，开始以现实的眼光打量人与自然的关系。诗歌基于现实故事展开。在一个荒芜的花园和破败的小屋，诗人聆听一位老货郎讲述一个普通女人玛格丽特的故事：她丈夫在1780年代由于经济萧条而被迫入伍，此后便杳无音信；这位独守空房的妻子历经了九年漫长的孤独和贫穷，却从未放弃他会回来的希望。但是，正如老货郎讲述的那样，玛格丽特所遭受的痛苦及最后的死亡就如同那渐渐衰败的花园和小屋。荒芜的花园和破败的小屋展示了故事的最后结局，不过，它们正如歌德史密斯的《荒村》（*The Deserted Village*）中那些破败的村舍一样，更暗示着过去与现在的对比。在这里，就像在破败的奥本（Auburn），映入眼帘的是爬过残垣断壁的长长的杂草。但是，透过这幅荒凉的景象，老货郎却发现

> 这些杂草和高墙上的茅草，
> 在薄雾和静静的雨滴中闪着银光，
> [……]
> 呈现出一个静谧的意象，

---

① 《废弃的农舍》创作于1797年，1814年进行了扩充、修订，成为《远足》（*The Excursion*）的第一卷。下文所引该诗文本均出自《远足》。

如此美妙、宁静而安详。(《远足》第一卷2：943-947)①

相应地，在自然收回对曾经开发的花园的所有权时，诗人却追踪到

> 那个秘密的人文精神
> 在自然平静健忘的趋势中
> 在她的植被、杂草和鲜花
> 悄悄地蔓延中，死里逃生。(927-930)

　　毫无疑问，这个特殊的景观因为与玛格丽特的遭遇有关，被赋予了永恒的意义，为了冥思的心灵，死者玛格丽特以一种令人安慰的方式融入了外界自然的宁静中。《废弃的农舍》是一首反映确切历史的田园挽歌，它比《荒村》中关于当时社会、经济史实的描写更可靠。同时，《废弃的农舍》在心理描写方面也更为真实。诗歌对苦难的普遍意义展开冥想，其中，人与自然之间田园诗式的情感误置起到一种投影式的想象作用，以至于读者感受到的是一种真实的情感，而非情感的"错"置：

> 诗人们在他们的挽歌和颂诗中
> 哀悼逝者，召唤树林，
> 呼吁山丘和溪流一起悼念，
> 无情的岩石也没袖手旁观；
> 他们的祈求声服从于一种
> 人类激情的强大创造力。
> 这是更加宁静的同情，
> 就像是血亲的诞生，
> 窃占了冥想的心灵，
> 伴随着思想成长。(475-484)

---

①　文本引自 Wordsworth, William. *The Complete Poetical Works of Wordsworth* with an Iitroduction by John Morley. London and New York：Macmillan and Co. , 1889. p. 428. 下文所引华兹华斯诗歌文本除特别注明外，均引自此集。

通过这种同情，人们的心灵与这美好的宇宙紧密联结起来。这种同情是华兹华斯大部分诗歌的核心主题，甚至是其独有的主题；因此，在此种意义上讲，他所有的重要作品都是田园诗，尽管这个术语只出现在他的少数诗歌的标题中。更需要说明的是，这节诗歌回顾了传统的情感误置的发生机制，也认可了这一传统的杰出成就；但就华兹华斯的思想及其产生的结果来看，与其说这是对漫长的情感误置传统的总结，倒不如说是在宣告其终结。

第四章　田园情诗中的性爱空间

性爱属于僻静的角落，它与孤独、羞怯与恐惧心理具有同一种表征，即拥有这种情感的人倾向于将身体躲避于尽量狭小的空间当中。针对角落（corner）的心理慰抚作用及空间特征，巴什拉（Gaston Bachelard, 1884—1962）有过如下论述：

> 意识到在自己角落里的安宁，便会产生稳定感，并将此感觉辐射开去。一个想象的房间就会绕着我们的身体构建而成，[躲在角落里的]身体就会以为自己隐藏得很好。于是，阴影变成了围墙，家具成了屏障，帘布成了屋顶。然而，这一切都是过度想象。所以，我们必须以构建存在空间的方式来确定我们稳定的空间。诺埃尔·阿尔诺（Noel Arnaud）在《草稿状态》（*L'etat d'ebauche*）中写道：
>
> 我就是我所在的空间。
>
> 这是伟大的诗行。然而，没有什么地方比在角落里更能令人体会到这一点了。[1]

"我就是我所在的空间"——这正是寻求性爱的人们追求的安全境界，恰如鸟巢、贝壳之于里面的鸟与软体动物；因为，在阴影中才能感觉到不被凝视，在角落里才能感觉不被打扰。换句话说，性爱需要一个私密空间。当性爱表现为人的自然属性时，便与田园和荒野有着天然的和谐；于是，山谷、林丛，荒野中的洞穴起到了与后宅或卧室同样的作用。大而言

---

[1] Bachelard, Gaston. *The Poetics of Space*. Trans. Maria Jolas. New York: The Orion Press, 1964. p. 126.

之，乡间活动也正是情欲发展与释放的绝好时机。

牧歌中发生的爱情分为几种类型：一种是牧神与仙女类型，多类似于美女与野兽的故事；第二种是牧童与牧女的爱情，包括门畔哀歌、牧女恋歌等形式；还有一种属于情感错乱型，包括同性恋，甚至人畜交媾等。

第一节　爱情属于山谷——田园情诗的地理空间特征

丁尼生（Alfred Tennyson，1809—1892）的诗歌《下山吧，姑娘》（Come Down, O Maid）将爱情从高山之巅拉回到清幽山谷，从一种纯粹的、崇高的精神空间拉回到现实的生活空间之中。诗歌道出了爱情与生活之间的辩证关系，强调了爱情是生活的一部分这个颇接地气的观点。诗歌中，一位牧人劝一位姑娘从不胜其寒的山巅下来，到美丽丰饶的山谷寻求爱情的归宿：

> 下山吧姑娘，离开那高山之巅，
> 在壮丽的山巅，除了峻拔与寒冷，
> 还能有何欢乐（牧人唱道）？
> 不要再这样逼近天国，不要
> 再像一缕阳光滑过那枯萎的老松，
> 或如一颗晨星坐在闪光的峰顶；
> 来吧，爱情属于山谷，来吧，
> 爱情属于山谷，你只有下来
> 才能与他接触。（1-9）

牧人之所以劝姑娘下山，是因为"爱情属于山谷"（7）。

从其形态和实际作用来看，田园诗中的山谷其实是一个家园式空间。山谷是神话中林牧之神和众仙女的家园，也是牧人的生产生活空间；它有模糊但实际存在的边界，且由于牧人的参与，山谷从旷野的属性中衍生出家园的特征。山谷既然是牧人的生产生活空间，也定然是他们个人情感发生发展的空间，也因而成为一个具有真实生活内容的社会空间。山谷这个空间具有相互矛盾的双重特征：一方面，它是开放的，作为旷野的山谷不会对任何人设防，是任何人都能进出的地方；另一方面，就与世隔绝的自然环境和恋爱中的牧人的心理期盼而言，它又是封闭的，是一个难得的可以帮助他们逃避凝视的隐秘空间。如果将山谷中的各种空间元素加以归类的话，谷中的树林、清溪、碧潭、草甸等属于开放空间，可视为牧人们的生产、社交场所，而那些洞口挂满青藤的山洞（无论直接出现与否）可视为牧人的私密空间——牧人钟爱的特定的林荫、灌丛、草甸等相对隐蔽的地方也可视为其私密空间——牧人的感情生活主要发生在这些私密性较强的地方。从另一个角度来讲，山谷一方面是一个稳定的空间，在那里人们能够享受到一种宁静与安定；另一方面，它又是一个自由的空间，在这里，人们因为逃避了凝视，免除了打扰而获得了自由感。所以，山谷这个角落是天然的滋养爱情的空间。"爱情属于山谷"这句话与"我就是我所在的空间"一样浪漫而又现实。

既然山谷因为人类的活动而具有了家园和社会空间的特征，那么这里就存在一定的社会关系。不过，因为这里参与社会建构的人类阶层单一，数量有限，其社会关系会显得非常单纯、直接；相应地，人们的思想意识也较为淳朴。这一切在他们的日常情感方面体现得尤为明显。情感淳朴的山谷中牧人的爱情表达也大多较为直接，远不如都市、城镇乃至村落等聚居空间中的人们那样复杂。细心的读者会发现，也许正是牧人情感的单纯才导致了他们的爱情往往走向两极，呈现相反的结局：一方面，山谷作为滋养爱情的角落而成为牧歌中爱情故事的典型背景；另一方面，山谷又是许多爱情的坟墓。

田园诗中最早的爱情故事是忒奥克里托斯第一首牧歌《达夫尼斯之死》（The Death of Daphnis）中讲述的达夫尼斯的爱情悲剧。这个故事就发生在山谷之中。达夫尼斯这位纯真的牧羊人因吹嘘自己能够战胜性爱的诱惑而激怒了爱与美女神阿弗洛狄忒，最终被爱情征服，憔悴而死，万物以情感误置的方式哀悼他的死亡。故事背景是一个阿卡迪亚式山谷，诗歌几乎描绘了山谷中应有的一切元素：溪流、山泉之畔，牧人、牧群徜徉于草地、鲜花之中，飞鸟、走兽穿梭于果林、灌木之间……这里既有浓厚的生活气息，又有浪漫的精神氛围。虽然诗歌的背景是西西里，却总让读者联想起阿卡迪亚，联想起潘神和众仙女嬉戏宴乐的场景。自诩能够战胜性爱诱惑的达夫尼斯终在这里被爱情所俘。虽然达夫尼斯与潘神的性情和追求截然相反——潘神虽也曾对几位仙女动过真情，但他更多追求的是性欲的释放；达夫尼斯的爱情则具有柏拉图式的特征——两者却均无法逃脱神话中预言的魔咒，他们的爱情最终都走向了悲剧。

就结局而言，维吉尔笔下的爱情与忒奥克里托斯的一样，也以悲剧为主。两者都善用爱情挽歌的形式，以重墨浓彩的情感误置手法表现大自然对人类的情感呼应。[①] 但是，维吉尔在表现手法上更为细腻，这表现在两个方面：首先，维吉尔会让大自然与人的情感随时保持一致，更能够凸显大自然对人类悲剧的同情；其次，维吉尔对西西里山谷自然风光的描写更富质感，区域特征更加明显，其中蕴含的情感也更为浓郁。试看《牧歌·其二》中的描写：

> 看，那些山林女神给你
> 带来了满篮的百合花，那纤白的水中精灵
> 也给你采来淡紫的泽兰和含苞欲放的罂粟。
> 把水仙花和芬芳的茴香花也结成一束，
> 用决明花和各种香草把他们编在一起，
> 金黄的野菊使平凡的覆盆子增加了美丽，
> 开着又白又软的花的楛梓子我也奉送
> 和我过去的阿玛瑞梨所爱的栗子一同，
> 还要加上蜡李。（45-53）

纷繁的鲜花、野果既是特定地理空间的注解，也是山谷丰饶的象征，更是寄托情感的绝佳载体。以信手可得的鲜花、野果为爱情礼物，既符合牧人生活的真实，又颇具浪漫色彩，印证了山谷中的爱情现实而又浪漫这一普遍观点。

---

① 关于两位示人对情感措置的运用，请参阅本书第三章。

相比古典时期的牧歌诗人，菲利普·西德尼（Philip Sidney，1554—1586）对山谷与爱情关系的探讨更加深刻。他有一首韵律严谨的叠韵六行诗（double sestina）①，以巧妙的韵律格式将一场情感悲剧压缩进有限的空间之中。这种韵律巧妙的诗歌出现在《阿卡迪亚》（*Arcadia*）第四组牧歌的开头，演唱者是斯特拉封和克拉乌斯这两位朝臣。在这种韵律中，每一诗节都由相同的 6 个词语作为诗行结尾，但是它们以循环的次序出现。因此，在 6 个诗节中，这 6 个行尾词分别出现在不同诗行的结尾，而在每一节诗的最后一个单词总是重复地出现在下一节诗的第一行最后；接下来的 6 个诗节的押韵格式严格重复前 6 个诗节；最后，这 6 个行尾词两两出现在后三行，构成了一个三行押韵诗节；也就是说，六个韵脚在整首诗歌中循环重复了 13 次。为了直观起见，现照录原诗如下：

> 斯特拉封：
>
> 牧羊之神，钟爱那荫郁的青山，
>
> 林间仙女，栖居于碧泉幽谷；
>
> 牧神你嬉戏于静谧的森林，
>
> 委屈你喜静耳朵的平淡的音乐
>
> 给我的悲伤送来寂静的清晨，
>
> 又把悲伤拖拽到疲惫的傍晚。
>
> *Strephon.*
>
> *Ye Goatherd gods*, *that love the grassy mountains*,
>
> Ye nymphs which haunt the springs in pleasant valleys,
>
> Ye satyrs joyed with free and quiet forests,
>
> Vouchsafe your silent ears to plaining music,
>
> Which to my woes gives still an early morning,
>
> And draws the dolor on till weary evening.

---

① 所谓 sestina，就是由六个六行诗节构成的诗歌，double sestina 就是将这六个六行诗节严格按格律重复两遍。本书权且吧 double sestina 译作"叠韵六行诗"。

克拉乌斯：

噢，墨丘利，你引领将临的傍晚，

噢，狩猎女神，游走于蛮野荒山，

噢，可爱的星啊，是你开启了清晨；

我的声音溢满那些悲伤的山谷，

委屈你喜静耳朵的平淡的音乐

疲惫地回荡在隐秘的森林。

Klaius.

O Mercury, foregoer to the evening,

O heavenly huntress of the savage mountains,

O lovely star, entitled of the morning

While that my voice doth fill these woeful valleys,

Vouchsafe your silent ears to plaining music,

Which oft hath *Echo* tired in secret forests.

斯特拉封：

我原本自由民，隶属广袤森林，

绿荫为我遮阳，嬉戏度过夜晚；

我本敬仰悦耳动听的音乐，

却被放逐到恐怖的荒山，

到了这绝望而痛苦的山谷，

以凶兆开始我每一个清晨。

Strephon.

I that was once free burgess of the forests,

Where shade from Sun, and sport I sought in evening,

I, that was once esteemed for pleasant music,

Am banished now among the monstrous mountains

Of huge despair, and foul affliction's valleys,

Am grown a screech-owl to myself each morning.

克拉乌斯：

我原本快乐地迎接每个清晨，

捕猎野味在那浓密的树林，

我原本以音乐充满山谷，

眼前却黑暗一片，白昼犹如夜晚，

心碎如斯，小丘亦如大山，

我面对山谷，以怒吼替代音乐。

Klaius.

I that was once delighted every morning

Hunting the wild inhabiters of forests,

I, that was once the music of these valleys

So darkened am, that all my day is evening,

Heart-broken so, that molehills seem high mountains,

And fill the vales with cries instead of music.

斯特拉封：

哀叹既久，我这绝唱般的音乐

化作泣诉，呼唤着将临的清晨

又借泣诉的力量爬上高山；

我思想的荒芜久已超越那森林，

我的欢乐久已未入他们的夜晚，

久被弃置在万人践踏的山谷。

Strephon.

Long since alas, my deadly swannish music

Hath made itself a crier of the morning

And hath with wailing strength climbed highest mountains;

Long since my thoughts more desert be than forests,

Long since I see my joys come to their evening,

And state thrown down to over-trodden valleys.

克拉乌斯：

快乐的人们，幽居于这些山谷，

常求我停止那怪异而吵闹的音乐，

免得打扰他们日间的劳作和欢乐的夜晚；

很久以来，我讨厌夜晚，更讨厌清晨；

我的思想常把我像野兽般逐向森林，

令我渴望从容，不再仰望高山。

Klaius.

Long since the happy dwellers of these valleys

Have prayed me leave my strange exclaiming music,

Which troubles their day's work, and joys of evening;

Long since I hate the night, more hate the morning;

Long since my thoughts chase me like beasts in forests,

And make me wish myself laid under mountains.

斯特拉封：

我以为看见耸立庄严的高山

变成了低洼萎靡的山谷；

我以为听见，在那畸变的森林

夜莺也学会了猫头鹰的音乐；

我以为感觉到惬意的清晨

变成了死寂的夜晚。

Strephon.

Meseems I see the high and stately mountains

Transform themselves to low dejected valleys;

Meseems I hear in these ill-changed forests

The nightingales do learn of owls their music;

Meseems I feel the comfort of the morning

Turned to the mortal serene of an evening.

克拉乌斯：

我以为看到了一个肮脏阴沉的夜晚

却是那太阳爬上高山；

我以为到了散发恶臭的清晨

却是那花的芳香飘荡于山谷；

我耳畔响起甜美的音乐，

却以为是杀人的惨叫惊彻森林。

Klaius.

Meseems I see a filthy cloudy evening

As soon as sun begins to climb the mountains;

Meseems I feel a noisome scent, the morning

When I do smell the flowers of these valleys;

Meseems I hear, when I do hear sweet music,

The dreadful cries of murdered men in forests.

斯特拉封：

我真想一把火烧了这森林；

每天告别太阳，犹如末日的夜晚；

我诅咒，胡闹者因何创造音乐；

我嫉恨，嫉恨那高耸的大山，

我蔑视，蔑视那卑微的山谷；

我憎恨黑夜，傍晚，白昼与早晨。

Strephon,

I wish to fire the trees of all these forests;

I give the sun a last farewell each evening;

I curse the fiddling finders-out of music;

With envy I do hate the lofty mountains

And with despite despise the humble valleys;

I do detest night, evening, day, and morning.

克拉乌斯：

我祈祷就是要诅咒早晨；

我的怒火远超那燃烧的森林，

我的情状堪比最卑微的山谷；

我祈祷不再看见任何夜晚；

丢脸啊，我憎恨再见到高山，

堵上双耳，不再听令人发疯的音乐。

Klaius.

Curse to myself my prayer is, the morning;

My fire is more than can be made with forests,

My state more base than are the basest valleys;

I wish no evenings more to see, each evening;

Shamed, I hate myself in sight of mountains

And stop mine ears, lest I grow mad with music.

斯特拉封：

她啊，她的演唱仍是完美的音乐，

她耀眼的美貌胜过红霞初染的早晨，

她的风姿赛过那庄严巍峨的高山，

似一棵最修直的香柏生长在森林，

将我这不幸的人儿弃置在永恒的夜晚

因为，我的两个太阳全都离开了山谷。

Strephon.

For she, whose parts maintained a perfect music,

Whose beauties shined more than the blushing morning,

Who much did pass in state the stately mountains,

In straightness passed the cedars of the forests,

Hath cast me, wretch, into eternal evening

By taking her two suns from these dark valleys.

克拉乌斯：

她啊，阿尔卑斯山比起她就像低洼的山谷，

她啊，最少的话语也产生美妙的音乐，

太阳也追随她悠然升起于傍晚，

她啊，走到哪里额头上都顶着早晨，

她去了，离开了那被宠坏了的森林，

走向荒漠，那被开发为牧场的高山。

Klaius.

For she, with whom compared, the Alps are valleys,

She, whose least word brings from the spheres their music,

At whose approach the sun rose in the evening,

Who, where she went, bare in her forehead morning,

Is gone, is gone from these our spoiled forests,

Turning to deserts our best pastured mountains.

斯特拉封:

高山可以作证吧,还有那些山谷,

Strephon.

These mountains witness shall, so shall these valleys,

克拉乌斯:

森林也算见证吧,一直忍受着我们的音乐,

这是唱给早晨的赞歌,这赞歌也唱给傍晚。

Klaius

These forests eke, made wretched by our music,

Our morning hymn this is, and song at evening.

这首诗歌以桑纳扎罗的《阿卡迪亚》中第四首牧歌为模板。桑纳扎罗也采用了叠韵六行诗,他的诗歌行尾词分别是 campi (田野)、sassi (岩石)、valle (山谷)、rime (诗歌)、pianto (哀挽)、giorno (时光)。西德尼诗歌行尾词分别是 mountains (高山)、valleys (山谷)、forest (森林)、music (音乐)、morning (早晨)、evening (傍晚),两者非常契合。两首诗里,前三个单词展现了三种常见的地标,后三个单词体现的是寻常生活中常见的抱怨:两位诗人一致认为田园风光是一个追寻爱情的封闭世界。这种叠韵六行诗的形式具有精准的规律性,就像编钟一样轮番发出不同的声音。这种诗节被誉为"后无来者的异国情调。"① 尽管叠韵六行诗的韵律如此巧妙,威廉·燕卜荪却指出了它的单调乏味;不过,他把这种单调乏味作为烘托主题的手段来看待,从而给出了较为辩证的评价:

---

① Robertson, Jean. "Sir Philip Sidney and his Poetry." *Elizabethan Poetry*. Ed. J. R. Brown and B. Harris. London: Edward Arnold, 1960. p. 125.

这个形式没有方向性或者冲击力。无论乐曲多么丰富，它都用哀婉而固定不变的单调节奏来进行演奏，总是徒劳地涌向相同的通道。山脉、峡谷、森林、音乐、清晨、傍晚，斯特拉封和克拉乌斯在他们的吟唱过程中只在这些单词处暂停。这些单词限定了他们的世界的边界，是他们生活场景的脊梁。通过这13遍的重复，他们在追寻失恋状态下的田园式单调与沉闷，就像汹涌的海水漫无目的地拍打着一块岩石，让我们似乎从这些概念中理出了所有可能的意义。①

在这首叠韵六行诗中，一个情人的抱怨被另一个超越、放大之后，便在他们不幸的爱情作用下演变成可怕梦魇。爱神乌拉妮娅（Urania）② 的离弃使斯特拉封和克拉乌斯陷入深深的痛苦之中。

后来，斯特拉封和克拉乌斯两位牧羊人的爱情故事被另一位牧羊人拉蒙（Lamon）再次讲述。③ 拉蒙的歌喻示了一段柏拉图式爱情。一开始，这些牧羊人享受着如动物一样纯真而充满活力的快乐生活，就像科林·克劳特享受着春天的快乐时光一样。但爱神乌拉妮娅的出现给他们带来痛苦，也带来精神的成长，因为，爱神的美丽胜过其他两位牧羊女——代表理性之爱的努斯（Nous）和代表肉体之爱的柯斯玛（Cosma）。这些牧人之间的爱情是在一场叫做"打燕麦"（barley break）④ 的乡村游戏的过程中萌生的。游戏中，斯特拉封的伙伴从乌拉妮娅换成了稳健的柯斯玛，再换成优雅的努斯，最后又与容光焕发的乌拉妮娅携手。就这样，斯特拉封以他田园般的天真无邪模拟了灵魂的发展趋势：他拒绝上帝创造的和谐的物质世界以及神圣的思想领域，而祈盼爱神乌拉妮娅引领他融入到一个更高的、神圣的境界。这个新柏拉图式寓言实际上暗合着了乡村快乐生活的真

---

① Empson, William. *Seven Types of Ambituity*. London：Chatto and Windus, 1930. p. 48.

② 爱神维纳斯（Venus）的别称。

③ 拉蒙用544行的篇幅重述了两位失恋的牧羊人的悲伤故事。这首诗被附加在1593年版《阿卡迪亚》第一组牧歌的最后。

④ 一种古老的乡村游戏。参与者三男三女，两两拉手。其中一对留在中间被称为"地狱"的位置，另两队分列两边。中间一对携手向其他两队展开冲击，但他们拉着的手不可分开；另两队在受到强烈冲击时可以分手，而一旦有人被抓住，就得与"地狱"里的调换位置，成为追捕者。

实情景。的确，伊丽莎白时期评论家们普遍认为，西德尼和斯宾塞都善于把牧歌用作寓言的主要媒介。乔治·帕特纳姆评价道："诗人创造了牧歌，其目的不是伪装或者呈现乡村方式的爱情与交际，而是要借助平凡之人以及粗俗的语言暗讽与映射更为重要的事件。"[①]

斯宾塞在《牧人日历》（*Shepheardes Calender*）之《三月》（March）中也讲述了一个发生在山谷中的富有寓意的爱情故事。乘着三月的暖阳，粗俗的捕鸟少年汤姆林（Thomalin）与牧童威利（Willye）聊起了爱情。汤姆林讲道，有一天他去猎鸟，发现一个长着翅膀的小孩儿，他弯弓搭箭向其射去，还拿浮石向其投掷；无奈那小孩儿在树枝间敏捷跳闪，总也无法击中。正当他因害怕而拔腿想跑之时，脚后跟却被那孩儿击中。被击中脚后跟的汤姆林即刻陷入身心痛苦之中：

> 很快疼痛便开始蔓延；
> 现在已周身扩散，
> 我内心的剧痛
> 不知道如何排解。（99－102）

诗歌表面上是描绘爱神丘比特的恶作剧，实际上其核心目的却是要表现另一个主题：蔑视嘲弄爱情者最终反被爱情痛苦折磨。这种朦胧的性爱寓言源自比翁，也带有龙沙的印记，但是其叙事模式却取自忒奥克里托斯：首先，故事都发生在山谷；其次，与达夫尼斯一样，汤姆林也是因为得罪爱神而受到惩罚。但是，两个人物又有明显的不同：达夫尼斯是因为要追求一种纯粹的精神爱情才口出狂言，嘲讽爱神的。汤姆林的故事暗示，他是在游戏爱情。

上面所谈的几个传统牧歌中的爱情故事是古典田园情歌的代表，其中的悲剧氛围表明它们受到了古典神话中情感悲剧——尤其是牧神与仙女之间的情感悲剧——的影响。事实上，无论是牧童与牧女之间的异性恋、同性恋，抑或是纯粹的性欲释放，均呈现出一定的悲剧色彩。这种宿命式的

---

① Puttenham, George. *The Art of English Poesie*. Ed. G. D. Willcock and A. Walker. Cambridge：Cambridge University Press，1936. p. 38.

结局表面上像是否定了"爱情属于山谷"这个命题，实质上是对该命题的反证：试想，如果没有爱情产生，何来如此众多的爱情悲剧？再者说来，爱情从来都是一个过程，而非结果。文学中，人世间，最伟大的爱情又有多少属于喜剧呢？所以，我们在平静地接受那些发生在山谷中的凄美、悲凉的爱情的同时，也应该更深刻体味丁尼生的命题。

丁尼生是以哲人的思维提出"爱情属于山谷"这个命题的。他把爱情中的精神层面与生活层面辩证交融，试图把"山谷"构建成一个现实、可靠，又不失浪漫的爱情空间——我们不妨模仿牧歌中常出现的谭培谷（the Vale of Tempe）、伊琍兹姆（Elizium）、艾达利亚的小果园（Idalian Grove）等福地之名，权且称之为爱情谷（the Vale of Love）。但是，比起牧歌中的那些欢乐之地，丁尼生的"爱情谷"更加丰富化、世俗化，因而也显得更真实，更有生活气息：

> 爱情是属于山谷的，你下来
> 就能找到他，——他在幸福的门口，
> 他在玉米田里，与丰饶携手，
> 或因酒桶的喷涌染上紫红，
> 或如狐狸隐藏在葡萄藤中。（《下山吧，姑娘》：8-12）

诗人告诉姑娘（或读者），爱情就在山谷，他就在生活的点点滴滴之中：他可能在劳动、收获的过程产生；也可能如饮琼浆，孕育在沉醉之中；更可能狡猾地将自己掩藏，悄悄试探你是否付诸真情。总之，他在向你招手，你所需要的就是一颗真心和一双善于发现的眼睛。因为，对于付诸真情和渴望真爱的人，生活常常会报之以甜蜜与美好：

> [山谷里] 每一个声音都那么甜美：
> 千万条小溪在草地上奔忙，
> 斑鸠在古老的榆树下呢喃，
> 还有无数蜜蜂在嘤嘤吟唱。（《下山吧，姑娘》：29-32）

通过整首诗歌，诗人意在表明，幸福的爱情不在渺远的想象和期盼中，而是在现实生活之中。若像这位姑娘一样一味追求理想的境界而脱离生活的实际，势必会曲高和寡，落得高处不胜寒的感觉，"虚耗了自己"（24）之后还是要无奈地回归现实当中。事实上，何止是追求爱情？我们生活中的一切不都是这个道理吗？真实的生活一定要回到真实的空间去寻找。

丁尼生并非没看到牧歌中那么多发生在山谷中的爱情悲剧，但他仍然坚持正面阐发这个意象，其原因究竟何在？我们认为，不外乎有如下几点：首先，他不欣赏也不赞成牧歌中"谷中爱情"的过度神话化倾向。很显然，包括我们上述所举的大多数牧歌中的爱情均带有神话般的虚幻色彩，这与丁尼生的爱情观颇不相符。其次，他想要拉近爱情与生活的关系。丁尼生不推崇高山仰止般的纯粹的精神爱情，他认为爱情必须有现实生活的基础。所以，他用高山象征着一个高不可攀的纯粹精神空间，而用山谷作为生活空间的象征。最后，丁尼生还在诗歌中给我们以启示：要获得真正的爱情，不但要辛勤付出，真诚待人，还要有一双善于发现的眼睛。基于上述观念，丁尼生的谷中爱情自然会走向美好的结局。

第二节　田园情诗的体裁类型与叙事空间

田园情诗与田园诗歌的历史一样悠久。从赫西俄德（Hesiod）时代就有了田园爱情的描写，田园牧歌的开创者忒奥克里托斯更是一位书写爱情的高手，是他开创了爱情挽歌（love elegy）的悠久传统。之后的牧歌发展史中，欧洲各民族牧歌里衍生出诸如门畔哀歌（*Paraclausithyron*）、牧女恋歌（*pastourelle*）、牧羊曲（*bergerie*）、乡村情歌（rural madrigal）、色情牧歌（erotic pastoral）等体裁，它们各自构建出独特的叙事空间，成为牧歌发展史中的一道独特风景。

由于在第三章我们已经较全面地阐述了爱情挽歌这种牧歌体裁，此处我们将重点介绍其他几类田园情诗。

一 门畔哀歌

门畔哀歌是古希腊以及古罗马奥古斯都时期爱情挽歌及民歌中的一个常见母题。一般认为，该词是希腊词语 $\pi\alpha\rho\alpha\kappa\lambda\alpha\iota\omega$ （lament beside）和 $\theta\acute{\upsilon}\rho\alpha$ （door）的组合。在门畔哀歌中，求爱的男青年通常被其情人堵在门外，男青年须得百般哀求方能进入。古希腊诗歌将该情景与狂欢饮宴（komos）结合起来，让那些在宴会上酩酊大醉的青年们聚集在门外。卡里马库思（Callimachus, 310/305－240 BC）[①] 认为，这个情景主要用来表现在障碍被移除后这些年轻人的自制、激情以及他们的自由意志。但是，直到忒奥克里托斯的牧歌出现之前，门畔哀歌一直是一种典型的城市风俗。

忒奥克里托斯的第三首牧歌《情歌》（The Serenade）把原本属于城市风俗的门畔哀歌移植到了乡村一个山洞里，不是为了突出乡村的魅力，而是为了营造喜剧气氛，增添情节的滑稽模仿成分。歌中，一位牧羊人把他的羊群留给泰特鲁斯照看（1－5），然后去向居住在山洞中的阿玛瑞丽斯（Amaryllis）歌唱表达爱慕之情的小夜曲。牧羊人的歌词占了整首牧歌的后50行。内容证明，在整首诗歌中乡村只是作为背景出现。从前，有一个故事讲述城里一个寻欢作乐之徒夜晚在一个少女家紧锁的门前吟唱情歌，《情歌》便是它的乡村版。《情歌》里的这位牧羊人是个滑稽而又丑陋的人物，鼻梁塌陷，双眼抽搐，还患有头疼病。然而，受爱情信念的驱使，他居然将自己和神话中那些光彩照人，凭借魔法制胜的求爱者们相提并论，例如海珀摩尼斯（Hippomanes）、阿多尼斯（Adonis）和恩底弥翁（Endymion）。更特别的是，他还引入一些乡村迷信思想中盛行的预言：

> 正当我疑惑你是否爱我，却发现
> 那份被碾碎的缺席的爱，已杳无声息，
> 它在我青春光润的腕间干瘪，枯萎而去。
> 昨天，我从那位拾穗的占卜巫婆
> 获知真相：尽管我全心在你身上，

[①] 古希腊诗人、批评家、学者。

你却丝毫也不体谅。(《情歌》: 32-37)

　　这种不幸的爱情所产生的滑稽、反讽效果与《达夫尼斯之死》中营造的悲喜交加的氛围形成鲜明对比。

　　忒奥克里托斯第十一首牧歌《巨人的求爱》(The Giant's Wooing) 展现了一个类似门畔哀歌情节。歌中讲述了独眼巨人 (The Cyclops) 波吕斐摩斯 (Polyphemus) 向海中仙女伽拉忒亚 (Galatea) 求爱的故事。波吕斐摩斯站在海边向拒绝与他见面的伽拉忒亚表达自己的爱慕之情,乞求探仙女接受他的爱。这里没有什么门或墙一类的隔离物,但汹涌的海水充当了阻隔两人的障碍物。巨人显然知道仙女拒绝自己的原因,因而显得很自卑,但他依然苦苦哀求,并承诺伽拉忒亚巨大的财富和欢乐:

> 美丽的少女,我知道你为何将我回避。
> 因为我两耳之间贯穿额头的浓眉之下,
> 只长着一只眼睛,还有唇上宽阔的大鼻。
> 尽管我相貌如此出奇,却养羊千只有余,
> 它们有上好的奶乳供我享用,供人索取。
> 夏秋时节甚至隆冬仓廪殷实,乳酪不缺。
> 我擅长吹笛,尽管并没有他人与我相比,
> 无数沉寂之夜,我为你也为我用歌求祈。
> 我为你饲养了十一只小山羊和四只熊仔。
> 来吧,一切都是你的,什么都不会短缺。
> 让海洋蔚蓝的浪花朝着陆地大口地呼吸。
> 在我的山洞里,良辰美景中你依我而息。
> 月桂树、纤柏、常春藤还有甜美的葡萄;
> 清凉的雪山泉水恰是神仙们的琼浆玉液。
> 面对如此的欢愉,谁还会选择海浪为家?(《巨人的求爱》:
> 30-48)

　　无论巨人如何哀求,伽拉忒亚仍旧不为所动。最后,爱情固然失去

了，独眼巨人却从歌中所唱的关于缪斯的灵丹中寻到了缓解悲伤的良药，明白了只有自我宽慰才是医治爱情创伤的灵丹妙药的道理。于是，他不再照料自己的羊群（象征抛却物质欲望），而是在音乐创作（象征精神世界的富有）中守望自己的爱情，终于发现了更多用金钱买不到的慰藉。这首诗歌以门畔哀歌的形式告诉读者，苦难产生诗歌，诗歌反过来又抚慰人心。《巨人的求爱》在古典时期被大量模仿，尤以奥维德（Ovid）的《变形记》（*Metamorphoses*）为著。波吕斐摩斯对伽拉忒亚的付出成为田园诗另一个常规体裁的基础，即"爱的邀约"（invitation to love）。在这一点上，克里斯托弗·马娄（Marlowe）是英国诗人中最有名的例子。但在之后的效仿中，引诱者波吕斐摩斯的丑陋特征渐渐消失，有的甚至是英俊少年了。在忒奥克里托斯第二十首牧歌《城镇与乡村》（Town and Country）中，一位牧人抱怨因自己的乡土气而被一位城里姑娘傲慢地拒绝的经历，其中描绘的景象也是一种门畔哀歌的变体。

拉丁语诗歌中也有不少类似的例子，它们都是门畔哀歌的变体。比如，exclusus amator 意思就是"堵在门外的情人"（shut-out lover）之意。贺拉斯（Quintus Horatius Flaccus，65BC-8BC；英译 Horace）在其《颂歌》（*Odes*）中就描绘了这样一种不甚严肃的哀婉之情（《颂歌》：3.10），他甚至让青年威胁守门人（3.26）；提布鲁斯（Tibullus）则直接恳求起门来（《颂歌》：1.2）；普罗佩提乌斯（Propertius）的门变成了独白者（sole speaker）（《颂歌》：1.16）。奥维德的作品中也有类似的故事空间：《情歌集》（*Amores*）中，在讲述人（求爱者）恳求守门人让他走近他的情人时，他甚至声称要与这位被铐在岗位上的奴隶交换位置（《情歌集》：1.6）；在《变形记》（*Metamorphoses*）中那堵将不幸的情人皮拉穆斯（Pyramus）和提斯柏（Thisbe）隔开的墙（invide obstas）及其裂缝（vitium）显然也是该母题的延伸。

门畔哀歌的魅力源自其对爱情挽歌中最为显在的精髓的凝缩：求爱者、心爱之人与两人间的障碍，让诗人们可以从此基本主题衍生出不同的变体。这种母题可能源自希腊新喜剧（Greek New Comedy）。它不仅是存在于古典文学和牧歌中的一个历史现象，也在当代歌词创作中得以延续。比如，在斯蒂夫·厄尔（Steve Earle，1955—）的歌曲《此爱无边》（More Than I Can Do）中就展现了一个典型的门畔哀歌情景，歌中唱道："仅仅

因为你不开门 / 并不说明你已变心"（Just because you won't unlock your door / That don't mean you don't love me anymore）；在他的另一首歌《最后的硬核诗人》（Last of the Hardcore Troubadours）中，演唱者对一女士唱道："女孩，请不要枉费心机锁上门 / 他就在这门外哀求逡巡"（Girl, don't bother to lock your door / He's out there hollering），"亲爱的，难道你已不再爱我？"（Darlin' don't you love me no more?）。吉米·亨德里克斯（Jimi Hendrix）的《沙子城堡》（Castles Made of Sand）中也有类似的门畔哀歌情节，歌中的男士被情人踢出了门外。鲍勃·迪伦（Bob Dylan）的歌曲《短暂如阿喀琉斯》（Temporary Like Achilles）包含了该古老母题的许多特征：门外的哀歌、漫长的等待、作为进一步障碍的门卫等，这一切都令人想起古罗马门畔哀歌的哀婉格调与修辞方式。

二 牧女恋歌

牧女恋歌是一种以表现牧羊女爱情故事为主的古法语抒情诗歌，可能由 12 世纪法国民谣歌手尤其是诗人马卡布里（Marcabru，1130—1150）首创。在大部分早期牧女恋歌中，通常是一位自诩为诗人的骑士在以第一人称叙事，讲述自己如何遇到一位牧羊女，如何两相智力较量，自己败北而牧女则流露一丝羞怯；故事的结局通常是叙事者与牧羊女发生或者两相情愿或者强迫性的性关系。严格说来，这种诗歌与传统意义上的田园诗歌相去甚远，但后来这种诗歌中又出现了牧羊人，有时还加入关于爱情的争论等情节，逐步使其成为田园诗歌传统的有机部分。无论这些恋歌作者的意图何在，人们在阅读它们的时候都不会仅仅聚焦于故事中的恋情，而会自觉地把它当做一个批评媒介，展开一番道德评论或政治批判。

牧女恋歌对后世牧歌传统产生了较大影响，到 15 世纪时，其影响已遍及西欧和整个不列颠地区。罗伯特·亨利森（Robert Henryson，1460—1500）创作的苏格兰民歌《罗宾与梅肯》（Robene and Makyne）[1] 就是一

---

① 《罗宾与梅肯》是 15 世纪在苏格兰非常流行的一首田园短歌，诗歌用歌谣体写成，情节简洁紧凑，富有乐感和戏剧性。该诗出现在多部诗集中，建议参见弗兰克·柯尔莫德（Frank Kermode）编辑的《英国田园诗歌——从开始到马维尔》第 46 页。

首典型的牧女恋歌。Robene 和 Makyne（也拼作 Mawkin）是农民、牧羊人和乡村姑娘（或牧羊女）的常用名字。亨利森用最简洁的语言描述了这两个人物，诗中有很多内涵都需要读者做出推断。严格地说，诗歌文本中没有任何东西能证实梅肯的确切身份。在诗的前半部分，她宣称自己对罗宾的爱是坚定而持久的，但罗宾对她付出的情感漠然视之。出乎读者意料的是，两人的思想很快就发生了突转（peripeteia）①：在诗歌的尾声部分，发出绝望宣言的却是罗宾。这个戏剧性突转发生在诗歌的黄金分割线之处，即诗歌的第 12 和 13 诗节。先是梅肯对罗宾优柔寡断行为的嘲讽：

> 罗宾，你的歌声冰冷，言辞无情，
> （在古老的传奇或故事中）
> 原本可能时，那人却不愿扬帆，
> 机会尚在时，他却不付诸行动。（89-92）

接下来，罗宾的回应中表现出明显的情感分裂倾向：

> 梅肯，夜晚温柔而清爽，
> 天气温暖而晴朗，
> 附近的树林葱郁苍翠
> 是漫步的好地方；
> 树木对我们窃窃私语，
> 好将我们的爱情培养；
> 来吧梅肯，你和我
> 在这里修复爱的创伤。（97-104）

无论罗宾如何反过来祈求，梅肯意念已决，她干脆地回答："罗宾，我们的世界已全然消失"（105）。剧情以梅肯拒绝罗宾收尾。诗歌的结尾，梅肯恢复了心情，抛下兀自神伤的罗宾，快乐地回家去了。细读整首诗歌之后，读者会清晰地感受到：该作品的潜台词是在讨论贞操问题。贞操是

---

① 这里援引的是亚里斯多的提出的发现（revealment）与突转（peripeteia）这对概念。

中世纪晚期教会关注的一个实质性问题，当然，也可能与诗人本人的生活有关。这种简约型文本可能会使读者颇费思量，但却可以让不同的，甚至无法互相调和的解读同时呈现出来。这样做的益处是，读者可以做任何"寓意"式解读，却不会有矫揉造作或失真的感觉。整首诗是一部情节简单的轻喜剧，却充满令人惊讶的情感跨度和耐人寻味的歧义色调。这种独特的结局唤起了空虚感和音乐的回归感，让我们联想起斯蒂文森（Wallace Stevens）的诗歌《看乌鸫的十三种方式》（Thirteen Ways of Looking at a Blackbird）：

> 我不知道更喜欢哪个
> 是曲折变化之美
> 或者暗示式的表达，
> 是发出哨音的乌鸫
> 还是乌鸫过后的落寞。（第五诗节）

和这首诗歌一样，《罗宾与梅肯》的意图似乎就是让读者通过文本细读作出自己的判断和选择。

萨利伯爵（Earl of Surrey, 1517—1547）的一首田园诗《哈佩勒斯的抱怨》（Harpelus' Complaynt）描写了一个三角恋式的故事：哈佩勒斯喜欢牧羊女菲丽达（Phillida），菲丽达却倾情于科林（Corin），而科林并不喜欢菲丽达。为表现牧羊女拒绝一个求爱者而另寻新欢这样的主题，诗歌借鉴了曼图安（Mantuan）① 的《阿敏塔》（Amyntas），让哈佩勒斯以死要挟并为自己写下墓志铭。诗歌还为表达哀婉情绪而借鉴了彼特拉克情诗中的表达方式：

> 什么理由可以使
> 残忍和美丽相分？
> 为什么女人的内心

---

① 即斯帕格奴里（Giovanni Baptista Spagnuoli, 1448—1516），一位杰出的意大利牧师政治家和多产作家，他被后人尊称为曼图安。

总藏匿一位暴君？（《哈佩勒斯的抱怨》：81-84）

但是，从其他方面来看，这首诗又具有强烈的英国色彩。它采用的是民谣或者《罗宾与梅肯》的韵律。诗中，长于纺织和唱歌，以给科林做花环为乐的菲拉达本是牧女恋歌中的一个形象，这是她首次被引进英国文学中。

作为田园诗的传统主题，伊丽莎白时期田园诗歌的爱情描写虽然也受到中世纪法国的牧女恋歌影响，但是，在爱情的处理方法上却与法国牧女恋歌大不相同。法国牧女恋歌的故事框架通常是：某天早上，一位年轻的王子或朝臣骑马外出，遇到了美丽的牧羊女；他听她唱歌，并表达了爱意（有时会许诺给她长袍或珠宝）；最终，他说服牧羊女接受了他的爱情并与她共度良宵。但是，英国诗歌描述这类情景时通常不会这么直接，而是会让求婚者采用智胜的方式，很典型的一个例子就是民谣《骑士的困惑》（The Baffled Knight）[①]。这首民谣最初收录于托马斯·雷文克罗夫特（Thomas Ravencroft）的《丢特罗梅里亚》（*Deuteromelia*，1609）中，随后又在包括《英格兰苏格兰流行歌谣》（*English and Scottish Popular Ballads*）在内的其他很多诗集中出现。在英国乡村节假日期间上演的吉格舞（jigs）和滑稽剧（mimes）中的求爱对话带有些许牧女恋歌的痕迹。[②] 在伊丽莎白时期依然非常流行的一段中世纪后期的示爱对话是这样开始的："嗨，美丽的少女，你要到哪儿去？／我要到草场那边把牛奶挤。"在这种场合下，这位骑士并没有直接劝说这个挤奶的姑娘屈服于他，而是向她唱了另外一首当时也非常流行的歌："到那片葱郁美丽的小树林去吧，／你这美丽的女孩，你这活力四射的少女，"接着又殷勤地为她采摘美丽的花朵；如此三番才得以最终成功。[③] 事实上，中古后期田园诗中的示爱对话写得最好的非《罗宾与梅肯》莫属。所以，尽管牧女恋歌的形式与元素已经大量渗透

---

① 文本参见 Child, F. J. *English and Scottish Popular Ballads*. Boston：Houghton Mifflin，1884—1898. *No*. 112.

② Baskerville, C. R. *The Elizabethan Jig*. Chicago：Chicago University Press，1929. Chap. 1.

③ Chambers, E. K. and F. Sidgwick. *Early English Lyrics*. London：Sidgwick and Jackson，1907. Nos. 28-29.

进英国抒情诗歌和民谣当中，细数起来，也只有两三首中古英语诗歌属于牧女恋歌的类型。①

在当时盛行的单幅歌谣（broadside ballads）② 中，对情感诱惑进行轻松而又大胆描写的不在少数，这类诗歌多将背景置于田园之中。毫无疑问，这类诗歌受到了牧女恋歌或忒奥克里托斯第二十七首牧歌的影响。呈现这种题材的典型民谣有《村姑与小丑》（A Merry New Ballad of a Country Wench and a Clown）③ 和《羞涩的牧羊女》（The Coy Shepherdess）等。后者有诗行大胆写道：

> 在一个愉悦的夏日
> 菲丽丝春心荡漾
> 躺在新晒干草上
> 期盼着牧羊的情郎。(1-4)④

尼古拉斯·布雷顿（Nicholas Breton, 1545—1626）的诗歌《菲丽达与柯瑞东》（Phillida and Corydon）中也书写了和上述民谣相类的题材。《菲丽达和柯瑞东》出自布雷顿的《娱乐集》（*The Entertainment given to the Queen at Elvetham*, 1591），后被收录进《诗源》。

还有一类民谣写的是那些被始乱终弃的牧羊女或付出了爱却没得到回

---

① Moore, A. K. *The Secular Lyric in Middle English*. Lexington：University of Kentucky Press，1951. p. 55.

② 单幅（或称巨幅 broadsheet）指单页、单面的印刷方式，最初可能主要考虑印刷成本、销售和张贴等因素。通常用于印行歌谣、诗歌、新闻、广告等，多会配有插图。单幅印刷是 16 至 19 世纪最为常见的印刷制品，尤其在不列颠、爱尔兰、北美等地区。单幅歌谣（或称单页歌谣、通俗歌谣等）与传统歌谣不太一样的地方在于：传统歌谣常常讲述某个古老的故事，且常常跨越民族、文化的界限，充当了一种口头传播工具。比较而言，单幅歌谣重视抒情，不追求史诗般的叙事效果，不过于注重艺术性，表现的也不是宏大主题。单幅歌谣的主题与话题涵盖爱情、宗教、酒歌、传奇及早期报刊刊载的灾难、政治事件、海报、奇闻轶事等。一般来说，单幅歌谣仅包括抒情诗，标题下常列出供参考的适配曲调。

③ 文本参见 Clark, Andrew, ed. *The Shirburn Ballads*, 1585—1616. Oxford：Clarendon Press，1907. pp. 220-222.

④ 文本参见 Farmer, J. S. *Merry Songs and Ballads*. London：privately printed，1895—1897. Vol. 2, p. 30.

报的牧羊人对自己情感悲剧的幽怨。前者以古老的"策马外出"（As I rode out）的牧女恋歌故事模式频现于 17 世纪早期的民谣中，例如，《考蒂诺的金雀花》（The Broom of Cowdenowes）。这类诗歌中，失恋的牧羊人通常会头戴一个柳条编成的帽子而不是桂冠。比如，当时一首很有名的民谣《牧羊人的哀怨》（The Shepheards Lamentation, 1613）唱道："来吧牧羊人，装点你的头，不用桂枝，只需几根绵柳。"①

牧女恋歌的引进，对包括斯宾塞在内的许多文艺复兴及之后的英国田园诗人产生过较大影响，在他们笔下的爱情描写中，很多都隐隐约约地显现出牧女恋歌的影子。

三 瑟拉尼拉与牧羊曲

上文论及的牧女恋歌只是中世纪在欧洲出现的多种方言牧歌形式之一。除了牧女恋歌之外，欧洲民族文学中涌现出不少类似的田园情歌体裁。

在 13 至 14 世纪之间，西班牙出现了一种具有田园诗歌特征的诗歌体裁瑟拉尼拉（serranilla）。瑟拉尼拉是一种以乡村题材为主的西班牙语抒情短诗。诗歌内容通常讲述绅士与乡村少女间的感情纠葛。诗行通常较短，如果一行有八音节构成，则称为瑟拉纳（serrana）。这种诗歌在中世纪后期尤为典型。这种诗歌的代表诗人是璜·瑞兹（Juan Ruiz, c. 1283–c. 1350）。

稍后，大约在 14 世纪末，法国又出现了一种牧歌体裁牧羊曲。*Bergerie*（古法语）原指牧羊人哼唱的小调，此种小调原为牧羊人结合自己的劳动生活即兴吟唱，多有为上流社会所不齿的粗鄙之语，因此，贵族阶层用此词语时多有贬义色彩。后逐渐泛指田园诗，牧歌。为区别于传统牧歌，权且译作牧羊曲。我们把 *bergerie* 翻译为"牧羊曲"，仅只是考虑它作为一种诗歌体裁的情况。事实上，*bergerie* 有着宽泛的涵义。就基本含义来说，它既有"养羊"的意思，又可以作为集合名词指代整个牧人群体；就文学体裁来说，它既可以广义地指称一切以牧人为题材的文学作品，也可

---

① Walton, Izaac. *The Compleat Angler*. London: Printed by T. Maxey for Rich Marriot, in S Dunstans Church-yard, Fleet Street, 1653. p. 34.

以狭义地指称以牧人生活为题材的具体文体，如牧羊曲、田园道德剧（bergerie moralisee）等。与牧羊曲相关的所有文学形式都属于一个共同的传统，这个文学传统对英国田园诗歌产生过一定影响。牧羊曲虽然不是典型的情歌体裁，但大多包含爱情主题。或者可以说，牧羊曲是以田园情歌为主体的类牧歌（quasi-pastoral）。

四　色情牧歌

色情牧歌与牧歌历史一样悠久，它可以说是田园情诗的一个重要类别。伊丽莎白时期的田园诗，无论是宫廷还是市井题材，其主题大都是爱情。从理想化了的异常纯洁的女子到健康欢乐的性爱体验，再到寻常的淫秽之语，诗歌描写涉及爱情的各种层面。第一类主题理想化得有点不切实际，属于典型的宫廷田园诗；但要说流行最广的，当数最后一类。到了英国文艺复兴晚期，尤其是 17 世纪英国社会大变革时期，英国文人群体中耽于声色的堕落倾向更加明显，那些以淫言秽语著称的色情牧歌俨然成为当时盛行的"及时行乐"（Carpe Diem）主体的重要载体。

为了说明色情牧歌的传承关系，我们还是先从古典牧歌说起。

忒奥克里托斯名下有一首题为《城镇与乡村》（Town and Country）① 的牧歌，讲述的是牧羊人达夫尼斯向一个牧羊女求爱的故事。达夫尼斯把女孩带到一个树林里。她象征性地表示拒绝后，最终屈从于他。诗歌主题低俗，跟忒奥克里托斯的其他牧歌的品味相去甚远，所以，不少人认为其作者不可能是忒奥克里托斯。但这首牧歌因为提供了丰富而详尽的有关诱奸场面的色情细节，确实为后世树立了负面的榜样。这首牧歌在 17 世纪的英格兰被大量仿效，其中，德莱顿（John Dryden，1631—1700）的仿作可能是"主流文学"版本中最猥亵的一个，比如，他的诗集《时髦的婚姻》（Marriage-a-la Mode，1671）中的《当阿荔吉躺好》（Whilst Alexis Lay Prest），仅从诗歌题目就能感受到强烈的色情氛围。

塔索（Torquato Tasso，1544—1595）在其田园剧《阿敏塔》（Aminta，1573 年上演）第一幕的合唱《一首田园诗》（A Pastorall）中宣称，人类

---

① 该诗是忒奥克里托斯牧歌第二十七首，但许多人认为并非忒氏所做。

的第一个时代之所以是金色的，不是因为世界享有永恒美好的春天，也不是因为河里流淌着牛奶，树上流淌下蜂蜜，更不是因为人们还不知什么是战争和交易，而是因为所谓的"思想的暴君"（the tyrant of the mind）——荣誉（Honor）——尚未开始他的统治，并且

> 他苛刻的律条尚不为自由的精神所熟悉。
> 世间只有这些大自然制定的
> 黄金法则。一切合法而又快乐无比，
> 在花丛和清溪之中
> 做着欢快的游戏。
> [……]
> 裸身的处女
> 那玫瑰般鲜美的肌肤，
> 仅用薄薄的轻纱包裹：
> 圆润的双乳柔美丰腴。
> 在清清的溪水中，
> 常与情人相拥，尽情嬉戏。（51-54，61-66）①

这样的一首田园诗表达了人们渴望逃脱道德束缚，进入一个可以自由、安逸地享受爱情世界的强烈情感。塔索关于黄金时代的认识后来演变成为 17 世纪在英国最为盛行的一个主题——及时行乐。尤其是"骑士派诗人"（Cavalier Poets）的诗歌，可谓将"及时行乐"主题发挥到了极致。

作为古典时期的一个"遗风"，色情牧歌在引进到英国之后似乎遇到了更为肥沃的土壤，如雨后春笋般疯长起来。一时间，从宫廷到民间，色情牧歌无缝不钻，成为英国社会堕落、糜烂的一个缩影。

宫廷诗人托马斯·伽路（Thomas Carew，1594—1640）的诗歌善于让乡村中的社会关系服务于爱情主题；正是因此，无论诗人多么努力保持一种严肃与庄重，他的诗歌也难逃当时已经风靡的色情风尚的影响。在他最

---

① Daniel, Samuel. *Complete Works in Verse and Prose of Samuel Daniel*. Ed. A. B. Grosart. Aylesbury: For private circulation, 1885—1896. Vol. 1, p. 261.

著名的诗作《欢天喜地》（A Rapture）中，诗人傲然宣称"荣誉"只是那些贪婪的男士们杜撰的一个词语，目的是"套住普通人／并将自由女人拦入个人的怀抱"（19-20）。伽路最初深受忒奥克里托斯的第二十七首牧歌以及塔索（Tasso）的《阿敏塔》第一幕第一首合唱的影响，但《欢天喜地》这首诗比两位老师的任何一首都更大胆放肆。

理查德·洛夫雷斯（Richard Lovelace，1618—1657?）也追随塔索。他的诗集《卢卡斯塔》（Lucasta，1649）中有一首题为《致克洛瑞斯：第一纪的爱恋》（Love made in the First Age：To Chloris）的诗歌，诗中讲到，在世界之初的黄金时期，男女纵情享乐甚至于当众做爱并不被看作有悖伦理之事。诗中写道：

> 姑娘如秋天的杨李成熟欲落，
> 被小伙子们漠然地收获
> 一朵鲜花儿，连同处女膜。（16-18）①

伽路和洛夫雷斯的田园诗中均有类似的性爱描写，即所谓的"牧人对白"（Pastoral Dialogues）。在这些诗歌中，牧人和少女当着合唱队或是另外一位牧人的面大秀恩爱，大有田园色情短片的效果。

多赛特（Dorset）伯爵查尔斯·萨克维尔（Charles Sackville，1643—1706）在他以田园诗里常见的宫廷式恋爱为题材的讽刺诗中也有大胆的色情描写：

> 菲利斯是情人最美的仇敌
> [……]
> 久久地将双腿紧紧并起
> 直脱到不剩一丝一缕。②

---

① 文本引自 Lovelace, Richard. *The Poems of Richard Lovelace*. London：Hutchinson & Co. Paternoster Row, 1906. p. 135.

② 引自 Chalmers, Alexander, ed. *The English Poets from Chaucer to Cooper* 21 vols. 1810. 8：345.

17 世纪英国的色情牧歌，无论是流行于大众还是上流社会或文人雅士间，都呈现出愈加放荡下流的趋势。在这方面，罗切斯特伯爵约翰·威尔默特（John Wilmot, 1647—1680）可谓独领风骚。他的《美丽的克罗莉丝躺在猪窝里》（Fair Cloris in a Pig-Stye Lay）从题目到内容都显得轻浮而下流；在另一首讽刺诗《圣詹姆斯公园漫步》（A Ramble in St. James's Park）中，他以田园假面剧的形式描绘了一场由上流社会操控的爱情游戏：少女科琳娜（Corinna）实际上是同时跟三个坏男人厮混的放荡女子。

罗伯特·赫里克（Robert Herrick, 1591—1674）当属这一时期色情诗歌的"翘楚"。即便在那性泛滥的时代，他的情诗仍然显得格外淫荡，因而成为众人诟病的主要对象。不过，公正地说，他的多数情诗还是相当注意"表达策略"的。比如，在《致菲利斯》（To Phillis, to Love, and Live with Him）中，列举了一系列诱人的乡间美味，包括"面包上的榛子酱／带有黄花九轮草的花蜜"（13-14）①，并告诉读者菲利斯将主持剪羊毛盛会和一年一度的守夜节，即主保佑节（patronal festivals），然后才巧妙地将传统的"偷吃禁果"的主题融入诗歌之中：

> 在那柳条编织的篮子里，少女
> 将带给你，（我挚爱的牧羊人）
> 羞红的苹果和腼腆的梨，
> 还有那象征羞愧的杨李。（35-38）

这里明显在做性暗示和性挑逗，而且是来自女方。我们再来看看《柯瑞娜参加五朔节活动》（Corinna's Going a Maying）这首诗里的情欲描写，就更能体会到诗人的策略了：

> 每人都获赠一条绿色长袍，
> 每人一个亲吻，一位也不漏掉：
> 充满爱意的苍穹的眼眸，

---

① 该诗文本引自 Barrell, John, and John Bull, eds. *The Penguin Book of English Pastoral Verse*. Harmondsworth; New York: Penguin Books Ltd, 1982. pp. 168-170.

向众人投来深情的目光：

讲述着钥匙背叛的玩笑——

门虽上锁，却没去参加五朔节活动。（51–56）

关于那些锁了门却没有去参加五朔节活动的男女青年的去向，难道读者还需要猜测吗？

一向反对旧的牧歌传统的安德鲁·马维尔（Andrew Marvell, 1621–78）在其《达夫尼斯与克洛伊》（Daphnis and Chloe）里，以温和的讽刺手法对著名的达夫尼斯形象展开嘲讽，把他塑造成一位热烈而又愚蠢，绝望而又不弃，貌似温文尔雅的求爱者；但是，诗歌结尾却向读者揭示，他不过是一位在田园伪装之下和风情女子产生滥情的放荡男子而已：

因此，贞女需要小心，

昨晚他和菲罗吉同睡；

今晚会由多琳达侍寝；

除此之外就是到户外散心。

他会为自己极力辩解，

事实上也并非没有理由，

因为，法律就有规定，

为什么克洛伊拒绝了他？（101–108）

这里的"法律"指的是法国爱情法庭（French Courts of Love）制定的规则，要求求爱者须得绝望地乞求，女性则必须首先鄙视，然后才屈服。这种"游戏规则"在整个文艺复兴时期一直与各种各样的轻浮行为相提并论。达夫尼斯居然求助于这些规则，不但显得老派，而且颇具讽刺意味，也使得这首诗成为对求爱田园诗的滑稽模仿。

事实证明，英国 17 世纪的色情牧歌显然是那些有闲阶层无聊人生的写照，真实反映了变革时期上层社会与附庸文人的精神状态和庸俗志趣；然而，更为不幸的是，他似乎在民间流行得更广。色情牧歌的泛滥告诉我们，这个国家急需一场全新的精神洗礼。

第三节　性选择与性错乱：田园情诗中的性别空间

　　爱情、性爱、性欲是牧歌表现的重要主题之一。牧歌中的爱情既有异性恋，也有同性恋，而作为牧人间的情感方式，后者更具典型意义。这些爱情故事主要发生在牧人之间；也有一些发生在城里人与村姑之间；还有个别故事，写的就是城里人的感情纠葛，只不过把背景搬到乡村而已。不可回避的是，有少量故事就是在表现纯粹的性欲释放，其中，还有性变态的描述，比如人畜交媾等。

一　性错乱的历史渊源与现代心理学解释

　　牧歌（尤其是古典时期的牧歌）中的性错乱是真实的历史事实在文学中的反映。因为，不少文献显示，古希腊和古罗马是西方文明史中性错乱现象的两个鼎盛时代。

　　古希腊一直是一个性自由的社会，然而，享有这种"自由"的主要是有权参与城邦管理的公民，即那些有权统治别人的成年自由男性。古希腊的性伦理就是这些成年的自由男性为自己制定的，他们有权享有一切在他们之下的人：女人、男童和奴隶；反过来，如果一个奴隶胆敢去骚扰一个出身良好的男童，那就犯下了死罪。

　　娈童恋（pederasty）是古希腊最典型同性恋类型。在一般情况下，成年人是求爱者，男童是被爱者；一旦求爱奏效，男童投入了成年男人的怀抱，真正的性关系就开始了。古希腊人耻于两个成年男人之间的同性行为，一旦男童长出胡子，古希腊人便认为他魅力不再，对他的"爱情"也就随之消亡。苏格拉底的学生色诺芬（Xenophon of Athens，430－355BC）在《会饮篇》（Symposium）中曾谈到美丽的男童对成年男子的无穷魅力；柏拉图也曾在《飨宴篇》（The Symposium）里提到苏格拉底和他的一位年轻弟子之间的"爱情"。

　　就像继承希腊神话等文化要素一样，罗马帝国也继承了希腊人的同性恋传统。罗马早期，由于与希腊帝国之间的紧张关系，古罗马人对来自古希腊的一切都戴着"有色眼镜"加以排斥——包括当时在古希腊十分流行的同性恋文化。这个时期古罗马针对同性恋有着苛刻的刑罚——同性恋被当时的罗马人视为一种堕落行为，罗马元老院制定了严厉法律来禁止同性恋和鸡奸行为，违反者一律被处死。然而，当古希腊最终被古罗马征服，罗马帝国时代到来之后，同性恋文化立即被古罗马人从希腊人那里照搬过来，似乎一夜之间，大家都是学会享受生活的"文明人"了。对古希腊神话、同性恋文化的全盘继承说明，尽管罗马在军事上征服了希腊，希腊却在"文化"上征服了罗马。

　　罗马帝国时期同性恋风行的程度甚至超越了希腊。在同性恋皇帝尼禄（Nero Claudius Caesar Drusus Germanicus，37－68）以及后来的哈德良（Publius Aelius Traianus Hadrianus，76－138）的"带领下"，罗马帝国同性恋立即风行起来，罗马帝国俨然成了一个"同性恋帝国"。哈德良敢于在整个帝国内甄选美少年，最终挑中了他的"爱人"——安提诺乌斯（Antinous）。当安提诺乌斯不幸在尼罗河溺水而亡，哈德良用所能做到的一切方式来缅怀安提诺乌斯：为他在全国刻上画像、竖雕像，甚至宣布他的"爱人"是神，修建庙宇，用安提诺乌斯的名字命名罗马城市等。事实上，据西塞罗（Marcus Tullius Cicero，106－43 BC）的记载，就连伟大的恺撒（Gaius Julius Caesar，B.C.100－B.C.44）少年时代也曾有过被比提尼亚（Bithynia）国王宠幸的"不幸遭遇"。

　　正是基于对西方文明史中大量同性恋病例的分析研究，弗洛伊德建立了自己的性学和爱情心理学体系。他的"爱情心理学"主要探讨的是"正常"的性取向，即异性之间的性爱表达，旨在揭示异性之间性爱的心理问题及其成因。[①] 而他"性学研究"的一个主要议题则集中在"性错乱"（the sexual aberrations）方面。弗洛伊德认为，"性错乱"主要体现在性对象（sexual object）的异常和性目的（sexual aim）的异常两个方面。性对

————————

① ［奥］西格蒙德·弗洛伊德：《性学三论与爱情心理学》，台海出版社2016年版，第130—180页。

象的异常包括"性倒错"（inversion）和"以未成年人或动物为性对象"两个方面。"性倒错"指的是同性之间的性选择，亦即"同性恋"。"性倒错者"（inverts）又被弗洛伊德分为几个类型：一类是完全的性倒错者。这是纯粹的同性恋，异性从来都勾不起他们的性欲。第二类是两栖性性倒错者。他们没有专一的性别取向，其性对象可以是同性，也可以是异性。第三类是偶然的性倒错者。这类性倒错者受环境影响最大：由于某些外在条件的制约，他们无法接触到正常的性对象，于是，经由模仿，正好可以将能接触到的同性作为性交对象，并从中获得性满足。关于性目的的异常，弗洛伊德重点讨论了"性变态"（sexual perversions）行为。他所指的性变态包括：一、性活动超出解剖学意义上的性交部位，也就是性交部位的扩展；二、与性对象进行中间性行为时，在那些本该快速掠过而直抵目的的地方留恋不前，比如，抚摸与观看，施虐狂（sadism）和受虐狂（masochism）等行为。① 弗洛伊德所研究的一切性爱选择，无论是正常的还是异常的，本质上都是行为主体对性别空间的选择。

二　古典牧歌中"错乱的"性空间

研究发现，牧歌中的性别空间较为复杂，因为它不但体现在牧歌人物的性选择，有时还涉及牧歌作者的性选择。也就是说，不但牧歌人物之间存在或"正常"或"倒错"的性取向，就连牧歌作者也不例外。据斯维托尼乌斯（Gaius Suetinius Tranquillus, c. 70–121A. D.）② 考证，维吉尔本人就是一位两栖性性倒错者：

他比较贪恋男孩，其中特别是克贝斯和亚历山德洛斯，第二首牧歌称其为阿荔吉，是阿西尼奥·波利奥③送给他的。这两个男孩子都受过教育，克贝斯还能写诗。传说维吉尔与普洛提娅·赫埃里娅（即

---

① ［奥］西格蒙德·弗洛伊德：《性学三论与爱情心理学》，台海出版社 2016 年版，第4—5页。

② 盖尤斯·斯维托尼乌斯，古罗马传记作家，著有《名人传略》，《维吉尔传》是其中一篇。

③ 阿西尼奥·波利奥，奥古斯都的朋友，著名将领，作家，其作品失传。

在诗人牧歌里出现的阿玛瑞梨——引者注）也经常来往。不过，阿斯科尼乌斯·佩狄阿努斯①指出，普洛提娅后来在晚年经常说，瓦里乌斯②曾经劝她与维吉尔同居，但维吉尔非常坚决地拒绝了。③

维吉尔显然是那个"同性恋帝国"的热烈拥护者。他结过婚，有家室，但这阻止不了他的同性恋倾向。文献显示，维吉尔跟他那个时代的大多数上层人士一样，也属于两栖性性倒错者。表面上，维吉尔《牧歌》中直接关于同性恋的故事仅限于《牧歌·其二》，实际上，同性恋现象在他的其他牧歌中也时有隐现。至于忒奥克里托斯，鉴于我们对他的生平了解甚少，不能断然说他也是一位性倒错者；但就他的牧歌题材来看，他显然是认可并支持同性间的爱情关系的。在他以爱情为主题或涉及爱情主题的第 1、3、5、6、11、29、30 首牧歌中，第 5、29、30 首是关于同性恋的，大约占同类诗歌的一半。

我们在第三章探讨"情感误置"时，曾对牧歌中的悲剧爱情展开过较详尽的讨论，其中涉及的爱情及性选择主要发生在异性之间，属于正常的性取向；对此类诗歌我们不再赘述。此处我们将重点讨论牧歌中的几种"性倒错"现象。由于语言的含蓄和情节的复杂，牧歌中的性倒错现象较难分辨。我们下文仅举几例加以说明。

1. 两栖性性倒错

维吉尔的《牧歌·其二》给我们讲述了一个典型的两栖性性倒错的故事。

牧人柯瑞东苦苦暗恋美丽的阿荔吉，而阿荔吉是伊奥拉斯（Iollas）的宠奴，是一位美丽的男青年；这样身份的阿荔吉对柯瑞东的苦恋毫无感觉也在情理之中。诗歌的大部分都是郁郁寡欢的柯瑞东吟唱的情歌；但是，除了他对阿荔吉的爱恋，我们从他的歌词里还看到了什么？请看下面他对阿荔吉的承诺：

---

① 阿斯科尼乌斯·佩狄阿努斯，公元 1 世纪西塞罗著作的著名诠释家。

② 卢基乌斯·瓦里乌斯·鲁孚斯，维吉尔好友，戏剧家，史诗诗人。

③ 引自盖尤斯·斯维托尼乌斯：《维吉尔传》（王焕生译）——收录于维吉尔：《牧歌》（杨宪益译）附录，上海人民出版社 2009 年版，第 92—103 页。

> 看，那些山林女神给你
> 带来了满篮的百合花，那纤白的水中精灵
> 也给你采来淡紫的泽兰和含苞欲放的罂粟。
> 把水仙花和芬芳的茴香花也结成一束，
> 用决明花和各种香草把他们编在一起，
> 金黄的野菊使平凡的覆盆子增加了美丽，
> 开着又白又软的花的榅桲子我也奉送
> 和我过去的阿玛瑞梨所爱的栗子一同，
> 还要加上蜡李。（45—53）

这里提到了一个人名：阿玛瑞梨。这是何许人也？原来，她是柯瑞东曾经爱恋过的众多情人中的一位。她和前文提到过的塞斯提丽一样，是一位牧女；两人都是柯瑞东的爱恋对象。柯瑞东的歌中还提到了梅那伽、达夫尼斯、阿敏塔和达摩埃塔，这些都是牧歌中常见的男性牧人的名字；歌词暗示，这些男性也是柯瑞东爱恋的对象。一切表明，柯瑞东是一位典型的两栖性性倒错者。

弗洛伊德把性倒错分为先天的（Congenital）和退化的（Degeneracy）两类，但并没有简单地将一切后天习得的性倒错行为归结为退化性性倒错。他明智地将下列几种情况排除在退化之外：

其一，可以在性倒错者身上发现，他们除了性倒错以外没有其他严重异常；

其二，性倒错同样会出现在效能没有受损的人身上，而且其中有许多都是高智商者以及道德高尚者；

其三，在古代文明的巅峰时期，性倒错者十分常见，甚至对社会制度的发展有着重要功能；它在许多落后或尚未开化的原始种族里广泛存在。[1]

也就是说，弗洛伊德实际上将后天习得的性倒错进一步区分为正常的和退化的两类。依据这种观点，柯瑞东的性倒错仍然处于一种正常的状态，因

---

[1] ［奥］西格蒙德·弗洛伊德：《性学三论与爱情心理学》，台海出版社 2016 年版，第 6 页。

为，从他的自我表白中，我们感受不到有"严重偏离正常行径"① 的现象；也就是说，在柯瑞东身上，"除了性倒错，没有其他的严重异常。"②

所以，当不少人认为柯瑞东过于一本正经，极度自负，纯粹一副花花公子做派时，我们却仍然坚信一点，那就是：他的性倒错不但没有给人以心理空间扭曲、变异的感觉，反而让人感受到一个具有丰富情感的内心世界，而且这个心理空间因其性对象的多元性而被大大放大了。诗歌以对柯瑞东的劝解结尾："如果阿荔吉讨厌你，就去找旁人去吧"（73），并没有告诉我们主人公的结局；但我们既然认定柯瑞东属于"心大"之人，自然不会担心他会走向如达夫尼斯为情而死那样的结局。

2. 偶然性性倒错

弗洛伊德在论及性倒错者的性对象选择时曾经以古希腊为例做过如下论述：

> 在希腊，性倒错者中那些最有男人味的男性爱上另一位男孩，显然不是因为他的男子气，而是他身上的女性气质，他的羞涩，他的谦逊以及他对依赖和照顾的渴望。待到男孩成熟以后，成为男人，他便不再是男人的性对象，或许会转而爱上［其他］男孩。③

弗洛伊德由此认为，所谓的性对象"不是某个单一的性别，而是维系两个性别的特征。"④ 这类"爱上一个小男孩"的故事在古典牧歌和英国牧歌中均不鲜见。

忒奥克里托斯第五首牧歌《诗人的交锋》（The Battle of the Bards）以生活化的语言，诙谐地讲述了一个爱上一位小男孩却最终被其抛弃的故

① ［奥］西格蒙德·弗洛伊德：《性学三论与爱情心理学》，台海出版社 2016 年版，第7 页。

② ［奥］西格蒙德·弗洛伊德：《性学三论与爱情心理学》，台海出版社 2016 年版，第7 页。

③ ［奥］西格蒙德·弗洛伊德：《性学三论与爱情心理学》，台海出版社 2016 年版，第14 页。

④ ［奥］西格蒙德·弗洛伊德：《性学三论与爱情心理学》，台海出版社 2016 年版，第14 页。

事。诗歌主体是两位牧羊人克玛塔斯和拉肯之间的对话和对歌。诗歌一开始，两人互相责骂，都说对方是窃贼：

> 克玛塔斯：
> 山羊，从这位站着的牧羊人拉肯身边走开：
> 他是西博塔斯的人；昨天还偷了我的山羊皮。
> 拉肯：
> 嗨！羊羔！躲开那边的山泉。你们没长眼吗？
> 没看到克玛塔斯他两天前窃取了我的笛子？（1-4）

两人在谁是真正小偷的问题上你来我往，纠缠不休。双方开始指天发誓：

> 拉肯：
> 难道拉肯，克拉西斯的儿子，会偷一张破羊皮？不，
> 海边游荡的潘神作证！你这家伙，如果我真做了的话，
> 我就疯狂地从你那边山顶上跳入克拉蒂斯河。
> 克玛塔斯：
> 我也没偷你的笛子啊，好孩子——我向友善待我的
> 湖中仙子发誓——我真的没偷你的笛子。（16-17）

读者终于从他们下面的争执中理清了两人相互敌视的原因。原来，年长的克玛塔斯曾是拉肯的情人，但如今成年后的拉肯抛弃了他，并开始自己引诱其他男孩子。克玛塔斯为此非常伤心，拉肯非但一点也不同情，还表达了对克玛塔斯的厌恶与诅咒：

> 克玛塔斯：
> 我不是气急败坏，而是受了严重伤害，
> 你竟敢眼皮不眨地直视我的脸；似乎已忘记
> 我是你少年时的导师！去啊，像训狗一样
> 养一窝狼崽！——看它们不把你撕碎！这，这就是感激？！

拉肯：

我何时跟你学过什么好东西，

你这嫉妒成性的丑陋的罗锅？

克玛塔斯：

何时？我打你时，你伤心地哭泣：你的山羊却看着我，

高兴地咩咩叫着；你怎样对他们，我就怎样对你。

拉肯：

喂，驼背，你的坟墓已掘好，末日将降临！

来！来！你将不再涉足牧人的学问。（40-49）

接下来，两人邀请樵夫默尔森（Morson）做裁判，试图以对歌来一决胜负。两人竭力自我吹嘘。克玛塔斯说缪斯们最青睐他（90-94），拉肯说他是在为太阳神阿波罗牧羊（95-98）。两人交替轮唱，各讲各的。他们的歌中提到各种各样奇特的爱情，还有不少粗俗、淫秽的描述；加之颇富戏剧性的各顾各的轮番歌唱，① 自我吹嘘，彼此嘲弄和相互攻击等情节，都为这首牧歌打上了古老民歌的印记。

科玛塔斯在歌中暗示，有位女孩钟情于他：

克玛塔斯：

我养的山羊尽生双胞胎，

只有两只例外；

我的情人看见我就问，

"郎啊，咋一人养这么多羊？"（98-101）

每当我赶着羊群路过

克丽瑞丝就向母羊投掷苹果；

她双唇微微噘起

透出性感的魅力。（106-109）

---

① 这种对歌形式是牧歌叙事空间的突出特征之一，即对歌双方虽在轮唱，但却在分别构建个人独立的故事空间。这种叙事策略目的是增强故事的喜剧效果。详细论述参见第二章第一节。

拉肯也毫不犹豫地提到了自己的新情人。我们从他的描述中知道了这位男孩的样貌：

> 拉肯：
>
> 啊哈！拉肯将十二个篮子
>
> 装满美味的干酪，
>
> 在繁花点缀的绿茵上
>
> 将他那童稚的爱情欢快地拥抱。（102-105）
>
> 去幽会美貌的克拉迪达斯
>
> 那位面庞光滑柔润，
>
> 秀发飘逸垂肩
>
> 让我发疯的好小伙。（110-113）

可见，小男孩克拉迪达斯（Cratidas）的确是一位具有女孩气质的美貌男孩；我们也有充分理由相信，当年的拉肯也是这样一位可爱的男孩，科玛塔斯也是由于同样原因而爱上他的。诗歌暗示，"爱上一位小男孩"的故事并非个例，而是在不断上演。

那么，克玛塔斯和拉肯两人的性倒错到底属于何种类型？我们先来分析一下科玛塔斯的情况。从双方的交流可以看出，尽管科玛塔斯与女孩克丽瑞丝的故事有可能是他出于嫉妒而编造出来的，但至少说明他也在努力寻找自己的情感寄托，而且更值得注意的是，这次情感转移是朝向异性的。这个证据显示，科玛塔斯的性倒错属于典型的"偶然性性倒错"：首先，作为牧人，其日常生产、生活的环境主要是面对羊群和极个别的其他牧人，而且牧人当中女性非常少见，这种环境大大局限了他们的性选择空间，也使得同性选择的发生几率大大提高；其次，他新的性选择对象转向了女孩，这说明他并非纯粹的性倒错。再来看看拉肯。作为科玛塔斯的前任性伙伴，拉肯选择另一位男孩作为自己的新情人实属正常。年轻的他曾经是科玛塔斯的情人，为什么他就不能够走科玛塔斯的老路，去爱上其他男孩呢？既然他已经走了科玛塔斯的老路，是不是我们可以进一步推断：当他像科玛塔斯的年纪的时候，他也可能会改变性取向，重新选择一位女孩作为自己的情人呢？答案应该是肯定的。同样的生活环境虽然不会必然导致同样的人生道路，但是，既然基于环境的性倒错大多是偶然性的①，这些性倒错者迟早要像科玛塔斯那样回归正常的性选择。

忒奥克里托斯第二十九首牧歌《情人的幽怨》（The Lover's Complaint）和第三十首牧歌《情人的哀悼》（The Lover's Lament）表现的也是类似题材。《情人的幽怨》是一位陷入爱之痛苦的情人的独白。他爱上了一位男孩，可能是追求了许久而不能得；现在那男孩虽然更美，却已"不再是无须的男孩"（27）。他苦苦哀求男孩，抓紧短暂的青春时光，不要让她飞逝而去，徒留悲伤。诗歌如下：

> 男人说，酒是真理的朋友，
> 杯子里盛满了我们的真诚。
> 我要说出内心的话，亲爱的小伙——
> 你并非全心全意爱我。
>
> 我全都知道；我一半光阴
> 与你的美丽欢乐地相伴，
> 一半却被毁掉，——你的微笑，
> 亲爱的男孩，是我幸福之日的前兆。
>
> 你的皱眉便是我漆黑夜晚的降临。
> 你啊你，你可忍心这样对待情人？
> 噢，听一位年长者的话吧，——
> 我知道，快乐日子里你会将我感激。
>
> 如果将巢搭在大树干上，
> 什么凶残的蛇也爬不到；

① ［奥］西格蒙德·弗洛伊德：《性学三论与爱情心理学》，台海出版社2016年版，第5页。

与情人在一起你就安全，
他就像一棵大树把你罩。

一个男人若将你身体赞美，
他定是你三年以上的朋友；
你的初恋却只是三日之交！
你端着高傲的架子将我轻蔑；

永远平等的爱，你理当
享有一位公民的荣耀，
爱神永远不会降祸于你，
虽然他轻易就将男人俘虏。

他降伏了我一颗铁石般的心。——
记住吧，是通过你温柔的双唇。
你现在比去年更年轻，也更美；
来不及说声"不"，我就又老了一岁。

脸上起了皱纹，青春飞逝，
一去不回，就像长了双翅；
我们这慢腾腾的双手，
抓不住转瞬即逝的东西。

想想这些吧，别那么羞怯。
把纯真的爱献给你的情人。
来吧，你不再是无须的男孩，
让我们拥有阿基里斯式的情爱。

现在，我要为你取来金苹果，
或者地狱的守护犬；

倘若你把我的话付之西风，

嘟囔说，"噢，为什么要把我烦？"——

那么，你纵然在我门畔大声呼唤

我也不再回转；因为我痛苦的爱已完。

　　按照古希腊人的"习惯"，男孩一旦长出胡须，便失去了魅力，成年男子便不再将其当做性对象。因此，诗中所谓的"已不再是无须男孩"也许是这位情人的策略之辞，目的是告诫男孩别再耽误青春。

　　事实上，维吉尔的《牧歌·其二》中柯瑞东所爱的阿荔吉也是一位美貌男孩。我们在上节讨论中认为，柯瑞东的性倒错属于典型的两栖性。但是，就他对阿荔吉的情感类型来看，这也是一个以小男孩为性对象的例子。在这点上，我们依然能够在维吉尔牧歌中看到忒奥克里托斯的影子。

　　受两位先师的影响，英国文艺复兴和 17 世纪社会变革时期的牧歌中也出现了牧人"爱上小男孩"的性倒错故事。在理查德·巴恩菲尔德（Richard Barnfield，1574—1620）的长篇牧歌《深情的牧羊人》（*The Affectionate Shepherd*，1594）的开篇第二首《深情的牧羊人再次哀叹》（The Second Dayes Lamentation of the Affectionate Shepheard）中，主人公达夫尼斯向小男孩伽倪密达（Ganimede）发出爱的邀约：

　　　　亲爱的快来吧，驱走你带给我的痛苦；

　　　　别让我憔悴而死，别再将我茶毒。

　　　　[……]

　　　　如果你爱我，就做我的小宝贝，

　　　　我甜蜜的快乐，我心灵的抚慰。（17-26）

　　他向伽倪密达承诺了丰富的礼品，包括草莓、覆盆子等水果，一副金球拍和网球，一顶带翎毛的绿色帽子，还许诺他可以在蜜糖的溪流中沐浴；另外还有绵羊、山羊、夜莺、奶酪、肉豆蔻、生姜等其他大量礼物。这样的礼物清单可以通过维吉尔的作品一直追溯到忒奥克里托斯的第十一首牧歌。忒奥克里托斯的波吕斐摩斯也为伽拉忒亚列出了一系列礼物，只不过忒氏的描写没有如此夸张、复杂而已。忒奥克里托斯和维吉尔也有对被追求者的相貌描写，但都很简洁。忒氏（借波吕斐摩斯之口）描绘的伽拉忒亚"洁白如凝乳，雅致如羔羊，／比小牛还羞怯，比葡萄更丰满"（《巨人的求爱》：20-21）；维吉尔则只用一个简单的词"漂亮"（formosum）来形容。与两位前辈都不一样的是，巴恩菲尔德的达夫尼斯对美丽而冰冷的情人伽倪密达进行了精细的描写：

> 这男孩面庞清秀，
> （琥珀色的头发飘逸在额头
> 在美丽的脸颊快乐地晃悠，
> 秀发上珍珠和鲜花亮如彩釉）
> [……]
> 他皮肤白如象牙，润如蜡石，
> 点缀着珍稀的朱砂红，
> 星星般的亮光不逊于金星：
> 又如百合与红色的玫瑰，
> 白与红在他身上完美搭配。（《深情的牧羊人》：7-10，13-18）①

　　这种奢华的描绘反映了达夫尼斯对伽倪密达的炽烈情感。在这点上，巴恩菲尔德明显又受到奥维德（Publius Ovidius Naso, B. C. 43-B. C. 17/18）的影响，因为达夫尼斯的故事大有以情爱为主题的奥维德式（Ovidian）神话叙事诗的风范。事实上，类似于达夫尼斯的礼物清单以及对被追求男孩美貌的描写，在托马斯·洛基（Thomas Lodge，c. 1558—1625）、克里斯托弗·马娄（Christopher Marlowe，1564—1593）乃至莎士比亚（William Shakespeare，c. 1564—1616）等众多同代诗人的创作中也屡见不鲜，俨然成为一种带有明显时代特征的文学现象。

　　上述这种将多元影响融为一体的创作思想表面上反映的是文艺复兴时

---

① 巴恩菲尔德的诗歌均引自 Bullen, A. H., ed. & intro. *Some Longer Elizabethan Poems*: *An English Garner*. New York: Cooper Square, 1964.

期英国诗人对古典文学的尊崇，但深层来看，也是他们摆脱模仿，力求创新的文学自觉的具体体现。另外，奢华描写能够成为一种现象，也是那个时代文化鼎盛，思想情感丰富的一个侧面反映。

　　牧歌中丰富的关于牧人爱情表达与性欲释放的故事足以显示牧人的性情与其祖先何其一致。诚然，如果说是牧人从潘神那里继承了上述性情，定然会有人质疑说，既然一切神都是人类创造的，那么，不是神的行为影响了人类，而是恰恰相反。这种质疑本身就是答案：的确不能够将牧人的习性归因于他们的守护神，因为，牧人的生产生活方式决定了他们会有足够的时间和精力投入所谓的情爱"游戏"之中——这才是牧歌中充斥着包括同性恋在内的各种各样的爱情故事的真正原因；甚至如人与动物交媾这些悖逆人性的荒诞行为，也并非没有现实基础。

第五章　田园诗的本土化与英国式乡村空间

英国田园诗歌的本土化进程从文艺复兴早期就已经开始，呈现出一条从模仿到创新再到本土化的发展脉络。17 世纪之前的英国田园诗歌主要承继古典牧歌传统，同时，诗人们已经开始有创新意识，诗歌中本土元素的参与度也逐步加强。但是，整体上来看，17 世纪之前的英国田园诗歌无论从题材，体裁，叙事模式，表现手法，乃至于主题来看，都没有脱离古典牧歌的窠臼，本质上仍属于古典牧歌的范畴。

英国田园诗歌的本土化进程到 18 世纪才进入实质阶段，并完成转型。虚幻、单纯而过于理想化的田园乌托邦，尤其是其中挥之不去的附庸风雅、娇柔弄姿的有闲思想和泛滥的他乡情调普遍遭受质疑和批判。诗人们认识到反映英国乡村现实和描绘本地自然风光的重要意义，纷纷把目光转向国内，追寻英国式诗意栖居的理想。这种乡村化和自然转向不但是田园诗歌本土化的需要，更为浪漫主义运动的掀起做好了充分准备。浪漫主义诗人，尤其是华兹华斯，最终完成了英国田园诗歌的本土化进程，使其从此走向了自主发展道路。自维多利亚时期一直到当今，涌现出众多成就斐然的英国式田园诗人。

第一节　英国早期牧歌中的本土元素

英国田园诗歌的本土化在文艺复兴早期就已初见端倪。那时候，田园诗刚刚被引进到英国，田园诗人们在模仿古典牧歌的过程中，很快意识到田园诗歌本土化的重要意义。因为有根基坚牢的英国传统做后盾，田园诗人们绝不会甘愿停留在模仿层次上。于是，不少田园诗人开始对田园诗歌加以创新，并有意识地加入英国本土元素。随着牧歌影响的深入，到伊丽莎白时期，本土语言与文化已经成为田园诗歌想当然的语境。诚然，这一时期的英国诗人仍在刻意地模仿维吉尔、桑那扎罗、曼图安还有马洛等人的诗歌，以便让读者学会辨识和欣赏诗人所努力遵循的这种艺术传统。但是，这种模仿之作显然很难与本土传统相区分，因为，如果拿这些仿作与拉丁语原作进行对比，人们会感觉到它们更像是笼统意义上的家族成员的关系，而非父子关系。也就是说，这一时期的英国田园诗歌已经初步显现出可与欧陆国家田园诗歌相提并论的民族特色。

很可能中世纪的民谣对牧人生活也有普遍的反映，不过证据已存在不多，我们只能从中古诗人马洛礼（Thomas Malory, c. 1395—1471）的作品中寻到一些描写英国挤奶女工的类似于牧女恋歌①的迹象。

文艺复兴早期的维克菲尔德大师（the Wakefield Master）② 虽然还称不上典型的牧歌诗人，但他的创作中不乏对古典牧歌的引介，比如，他曾在其剧作中有过类似于维吉尔《牧歌》中牧羊人生活场景的描写。维克菲尔德大师同情受压迫者和那些被社会遗忘的人，被后世称作"中世纪的斯坦贝克"（medieval Steinbeck）。他的作品用严苛的现实主义手法描绘荒凉山区的田园生活，揭示农民的贫困与苦难，其作品的主题基调悲愤、强硬，有时甚至有点蛮横，凸显其对弱者的同情。这种维克菲尔德式现实主义的田园描写虽然很难被归入牧歌传统，却很有反田园诗（anti-pastoral）的特

---

① 关于牧女恋歌的介绍与论述参见本书第四章第二节。

② "维克菲尔德大师"是查尔斯·米尔斯·盖雷（Charles Mills Gayley）对一位佚名的维克菲尔德神秘剧（the Wakefield Mystery Plays 或称 Towneley Mystery Plays）作者的称呼。维克菲尔德神秘剧集的故事基于圣经写成，共32部，可能上演于中世纪晚期英格兰的维克菲尔德，遂有此名。集中有几部艺术水准极高的戏剧因形式、风格统一被公认为同一无名作者所著，包括《第二位牧人的表演》（The Second Shepherd's Play）、《诺亚》（Noah）、《第一位牧人的表演》（The First Shepherd's Play）、《大希律》（Herod the Great）、《圣餐》（The Buffeting of Christ）等五部。另外，剧作《亚伯之死》（The Killing of Abel）如果不是他亲手创作，也至少深受其影响，《末日》（The Last Judgment）至少一半是大师的手笔，甚至集中其他剧作中也有许多诗节很可能由他所做。盖雷在他与阿尔文·泰勒（Alwin Thaler）共同编辑出版的《英国喜剧代表作》（Representative English Comedies, 1903）中称这位无名作者为"大师"（master），1907年改称"维克菲尔德大师"并沿用下来。

征。他的这些描写主要是基于英国乡村的社会现实。

乔利·沃特（Jolly Wat）① 是最早也最为典型的英国式牧人形象。早在 1558 年的一场宫廷演出中，牧人身着带风帽的外套，头戴软帽，以带束腰，这副装束颇具英国乡村牧人特征，跟英国牧歌中常出现的诸如乔利·沃特的形象如出一辙。乔利·沃特因其名字的原因而成为"快乐的牧童"的代名词，并使其成为一种传统的牧歌题材。一首题为《我只能跟着哟呵》（Can I Not Sing but "Hoy" 又译《乔利·沃特》）的佚名歌谣这样唱道：

> 牧羊人他坐在山坡之上；
> 穿着短外套，戴了顶宽檐帽，
> 还有他的火镰，他的笛子和水壶。
> 他名叫乔利②，乔利·沃特，
> 是一位好羊倌。
> 哟呵，哟呵！
> 他的笛子快乐地演奏着。
> 我只能跟着哟呵。
> ＊＊＊＊＊
> 牧羊人站在山坡之上；
> 羊群围着他咩咩叫，
> 他把手伸进帽兜下面，
> 望见一颗血红血红的星星。
> 哟呵，哟呵！（合唱）（1-8；16-20）③

---

① Feuillerat, Albert, ed. *Documents Relating to the Office of the Revels in the Time of Queen Elizabeth*. 1908. Vaduz: Kraus reprinted, 1963. p. 34.

② 乔利（Jolly）意为"快乐的"。该词在许多牧歌中出现，让人不时想起乔利·沃特这个人物。

③ Kermode, Frank, ed. *English Pastoral Poetry: From the Beginnings to Marvel*. London: George G. Harrap & Co. Ltd., 1952. pp. 50-51.

　　笛声（piping）自然是传统田园文学的一部分，这无论从西德尼的散文体罗曼司《阿卡迪亚》还是其他田园诗中均可得到明证。而另一个重要元素——山冈（hill）也成为程式化了的牧歌背景，以至于伊丽莎白时代的众多田园诗歌都将背景置于山岭之上，不管从情节角度看是否合适或可能。《诗源》（*Englands Helicon*）收录的约翰·沃顿（John Wootton）的《情人赞》（Dameatas Jigge in Praise of his Love）显然也受此影响：

> 牧羊人乔利①站在山梁
> 在山梁上轻松吹笛，
> 在山梁上快乐歌唱，
> 无忧无虑的牧笛声
> 溢出溪谷，飘向平川：
> 他吹啊唱啊；爱情没有悲伤。（1—6）②

　　沃顿似乎还模仿了另一首流行歌谣——这首歌谣在伊丽莎白时期广为人知，但应该创作于更早年代：

> 快乐的③牧童坐在山冈，
> 守护着篱笆门，把号角吹得山响，
> 他早出晚归，
> 披星戴月，
> 欢快的笛声永不停歇。④

　　乔利形象还有其他几种版本：其中一个是田园剧《少女变形记》（*The*

---

①　也可以译作"快乐的牧羊人"。

②　Macdonald, Hugh, ed. *Englands Helicon* (Edited from the edition of 1600 with additional poems from the edition of 1614). London: Routledge and Kegan Paul Ltd., 1949. p. 45.

③　原文 Jolly。

④　Ravenscroft, Thomas. *Deuteromelia* (1609), a collection of ballads and folksongs in *English Madrigal Verse 1588—1632*. Ed. E. H. Fellowes (3rd edition). Oxford: Oxford University Press, 1967. p. 201.

Maydes Metamorphosis)① 中的主人公牧童莫普索（Mopso），他与守林员的儿子、朝臣的仆人依次登场，演唱符合他们角色特征的歌曲。朝臣的仆人唱的是"财富我的仇敌"（Fortune my foe）；守林人的儿子唱道："你能否吹响这只小号角？"这首歌词类似于一种典型的英国民间小调——亨利八世时期守林人惯唱的一种歌曲。牧童莫普索则唱道：

> 哒哩啰，哒哩啰，哒哒哩哒啰②
> 这牧童如此快活，
> 他吹起他的号角，
> 从东方发白到太阳西落。③

这些歌词均在追忆中世纪的颂歌（Carols），追忆乔利·沃特和圣诞颂歌（Noël）中传统的复唱（Refrain）。颂歌本身很可能就是从世俗的民谣演变而来。这个传统将几个世纪联系了起来：山冈上吹着牧笛的牧童是伊丽莎白时期诗歌和中世纪诗歌的共同原型。

文艺复兴早期，舶来的文化元素被英国化的现象也有不少。比如红衣主教沃尔西（Thomas Wolsey, c. 1473—1530）在 1526 年圣诞庆典活动中组织了一场假面舞会，其中有六位老人身着用银色和白色缎子做成的牧人风格的服饰，与同样戴着面具的国王及其随从一块儿出场。④ 在伦敦同业公会（London livery companies）的一次仲夏演出活动中，有一个牧童形象至少出场了两次。⑤ 此类场景成为伊丽莎白时代更为精致而复杂的化妆表演和盛装游行的先驱。

---

① Lily, John. *The Complete Works of John Lily*. Ed. R. Warwick Bond. (Oxford 1902/1967) Vol. Ⅲ, pp. 333–387. 该剧初版于 1600 年，很可能创作于更早年代；因疑为约翰·李利所做，故被收录进其全集。

② 原文 Terlitelo, terlitelo, tertitelee, terlo, 似为演唱时打节拍的声音。

③ Lily, John. *The Complete Works of John Lily*. Ed. R. Warwick Bond. (Oxford 1902/1967) Vol. Ⅲ, p. 358.

④ Cavendish, George. "The Life and Death of Cardinal Wolsey." Ed. Richard S. Sylvester. *Early English Text Society* No. 243. London: Oxford University Press, 1959. p. 25.

⑤ Robertson, Jean and D. J. Gordon, eds. "A Calendar of Dramatic Records in the Books of the Livery Companies of London." *Malone Society Collections* Vol. Ⅲ. Oxford, 1954. p. 20.

　　流行于中世纪的一种以牧歌形式进行教会批评的风尚也影响到英国牧歌的表现主题。牧歌诗人将人物、故事以及背景等英国化，开创了英国式教会批判的空间。斯克尔顿（John Shelton, c. 1463—1529）① 是这一领域的代表性诗人之一，他曾借助其笔下人物科林·克劳特（Colyn Clout）谴责邪恶的教士，说他们无心养羊，却一心惦念着羊毛：

> 他们没有心思
>
> 牧养那些倒霉的绵羊，
>
> 却一心盘算着
>
> 把羊毛拔个精光。
>
> 他们珍爱的是羊毛
>
> 而非那群绵羊。（《科林·克劳特》：76-81）②

　　科林·克劳特是普通英国乡民的代表，他敢于直接表达对教会的看法，并大胆揭露主教的贪婪、无知、虚浮以及当时泛滥成灾的圣职买卖行为。不过，他又谨慎地声明：他的指控并非针对一切教士，他非但不是反对而且是在捍卫教会。从内容看，诗人的谴责似乎真的有所特指。在《科林·克劳特》中，斯克尔顿多次间接抨击主教沃尔西；他对沃尔西的公开抨击则出现在另一首诗歌《斯皮克·佩罗》（Speke Parrot）③ 的后半部分。而在《何不觐见？》（Why come ye not to Courte?）中，诗人已完全不再掩饰：他嘲讽沃尔西主教徒有其表，质疑他的神圣权威，斥责他对各阶层请愿者的跋扈态度，甚至戏弄他的卑微出身。④ 此种谩骂和攻击在红衣主教有生之年不可能刊印发行，但毫无疑问，它的手抄本曾广为流传。与斯克尔顿的诗歌一样，理查德·希尔（Richard Hill）的《拾遗录》（Commonplace Book）中

---

①　约 1513—1529 年间任桂冠诗人。

②　Skelton, John. *The Poetical Works of John Skelton*. Vol. Ⅱ. Rev. & ed. Alexander Dyce. Boston: Little, Brown, and Company, 1854. pp. 125-169.

③　该诗歌现存版本不完整。

④　关于沃尔西的出身，流行着两种说法：一种认为沃尔西的父亲是位屠夫和牲口贩子，另一种认为其父很可能是位受人尊敬的富有的布商。前者有贬损沃尔西之嫌，后者也未必没有溢美之虞。

收录的一首佚名诗歌也借助一个真正的牧人之口抨击教皇和教士，诗歌每节的末尾重复一个稍做变化的诗行以强化主题：

> 一天傍晚出去闲逛，
>
> 我来到一片田垄旁，
>
> 看着禾苗间露珠跳跃闪亮
>
> 还有牧人赶着他们的群羊。
>
> 有一位开始向我宣讲：
>
> 严实实裹着保暖的冬装，
>
> 教士们仍觊觎栏里的绵羊。
>
> 请圈好你的羊。①

  这里，说话人的身份很重要。作为一位真正的牧羊人，他的话客观公正，颇具权威，因为他精通和热爱自己的行业，也深知其中的艰辛。他与那些傲慢、富有的牧师们形成鲜明对比：教士们只"播种罪恶的种子"，而不给羊饲喂"恩典的牧草"。他们的绵羊"脏兮兮的"，一看就是疏于照料。②

  仅仅将人物、故事、背景等元素移植到英国，并不能算是根本上的创新。显然，这种本土化尝试仍然停留在模仿层面。最早以创新精神进行田园诗歌创作的是巴克莱（Alexander Barclay, c. 1476—1552）。当然，他也经历了从模仿到创新的过程。

  巴克莱的五首牧歌（eclogues）创作于亨利八世（1509—1547 年在位）时代早期。这是对唱体牧歌在英国的首次亮相，甚至比法国的马洛用同样形式创作还早大约 20 年。尽管巴克莱采用了古典牧歌的对唱形式，内容上却追随了自 14 世纪后期就开始流行于法国的田园文学形式牧羊曲（bergerie）。在这些牧羊曲中，牧羊人的形象被典型化，风帽（hood）、毡帽（felt hat）、法式裹腿（cockers）、水瓶（bottle）、笛子（pipe）、牧杖（crook），以及装面包、奶酪的挎包（wallet）等成为牧人形象的标准元素。

---

① Hill, Richard. *Commonplace Book*. Ed. Edward Flugel. *Anglia* XXVI, 1903. p. 169.

② Ibid. .

同时，他们的生产活动也得以突出表现：他们剪羊毛，给羊涂抹焦油治疗疥癣，保护它们免受灾害袭扰，寻找优质牧场，甚至还挤羊奶，为羔羊哺乳，换草料等。而传统的牧歌则大多倾向于脱离（或者很少描绘）牧人生产生活的真实情景，古典时期、中世纪乃至文艺复兴时期的田园诗歌大多如此，比如，维吉尔式牧人只在夜幕降临前将牲畜关进棚圈了事，圣经里的牧人也不过是赶赶狼，找找羊而已。

巴克莱对法国牧羊曲传统的遵循是显而易见的。他的第一首牧歌开篇对科尼科斯（Cornix）的描写就颇具法国风格，只不过科尼科斯略显贫穷，用的是木质汤匙：

> 风帽的破洞露出几缕乱发，
> 眼眉上一顶硬毡帽悬挂，
> 他破旧的衣衫泛着绿色，
> 打补丁的裹腿紧绷膝下，
> 毡帽一侧塞着把木汤匙，
> 外套上挂着个破水瓶子，
> 悬耳与瓶子几欲分家，
> 手中握着一把笛子，
> 丝丝地流露出他的牵挂，
> 挎包里装着面包和奶酪，
> 他站在那儿，看样子状态颇佳。（巴克莱《牧歌》Ⅰ：146-156）

巴克莱对牧歌的主要贡献在于将牧羊人本土化，将牧歌乡村化。这一点显然是受到曼图安的田园诗的启发[①]——尽管曼图安也受到法国"牧羊曲"传统的影响，他的牧羊人依然讲拉丁语。巴克莱并不像后来的斯宾塞（Edmund Spencer，1552—1599）那样给他的人物取些粗鄙的名字，而是仍旧沿用曼图安或维吉尔式的人名，比如阿敏塔斯、敏纳科斯、科尼科斯

---

① 曼图安对当时英国诗坛的影响仅次于彼特拉克，莎士比亚时代的英国文法学校多把曼图安的作品列入必读目录。其时，维吉尔尚不为英国公众所熟知，而忒奥克里托斯甚至还没被介绍到英国。

等。不过，这些人物无疑都是深深植根于诗人本人生活环境的英国本土农民。可见，早期的英国田园诗人就已意识到本土元素对这种新型诗歌在英国发展的重要意义。也是从这个意义上说，英国田园诗的本土化过程从巴克莱时代就或多或少地开始了。

　　巴克莱被普遍认为是第一位重要的英国田园诗人，他的作品首次让学养深厚的英国诗人领略到田园诗的风采。不过，他的早期作品，如译作《特奥多勒斯牧歌》（*Ecloga Theoduli* 即 *Eclogue of Theodulus*，1509）① 和仿作的五首《牧歌》（*Bucolics*，1512）等，并没有立刻引起英国诗坛的普遍关注。直到《青春》（*Adolescentia*）1519 年在伦敦出版之后，巴克莱才变得炙手可热起来，并很快被奉为圭臬。可见巴克莱对英国诗坛的影响是渐进式的，这也侧面说明英国诗人对牧歌这种新型文学形式有一个逐步接受的过程。在当时英国诗人看来，《青春》的确是一个全新的作品，其新颖的形式之中蕴含着令人振奋的新理念，并以此开创了英国诗歌的新传统。在为《牧歌》写的《序曲》（*Prologe*）中，巴克莱列举了诸如忒奥克里托斯、维吉尔、曼图安、彼得拉克、特奥多勒斯等一系列杰出的田园诗人，可见他对欧洲田园诗歌发展概况已有了一定的了解。很显然，巴克莱受曼图安的影响最大。他对彼得拉克等人虽有了解，但并不深入。而对于忒奥克里托斯，他只是略知其名而已。但无论如何，他对古典牧歌在英国的传承和发展所做的贡献是显而易见的。巴克莱的牧歌虽然无法摆脱模仿的窠臼，却已经有了较为明显的创新：首先，他的牧歌篇幅空前之长——每首平均长度是维吉尔牧歌的 12 倍，而且其牧歌更加突出牧人对歌（话）的特征；其次，也是更为重要的，他既不是简单地翻译，也非刻意地模仿，而是力图将牧歌融入到英国诗歌传统之中。

　　尽管巴克莱很清楚田园文学的使命并不在于表现乡村生活，古典牧歌中的田园与现实中的田园也相距甚远，他还是不遗余力地要将两者进行调和。很显然，他试图以更接地气的乡村现实主义来取代古典牧歌中类似于文人清谈的、虚幻色彩浓厚的理想主义。但巴克莱对题材的选择似乎局限了他的现实主义诉求：他的前三首牧歌题材出自意大利人文主义学者、教

---

　　① 特奥多勒斯（Theodulus），中世纪抒情诗人，生卒年月不详。

皇庇护二世艾涅阿斯（Pope Pius Ⅱ 原名 Aeneas Silvius Piccolomini, 1405—
1464）的《庙堂悲情录》（*Epistola de Curialium Miseries*），表现的是王公贵
族的烦恼；第四首主要基于曼图安的《牧歌（五）》，描写富人与诗人间
的行为对撞；第五首拟仿曼图安的《牧歌（六）》，争论起公民与国人间
的关系。上述题材并没脱离古典牧歌的俗套，也因此总让人想到现实主义
的反面去。事实上，中古英国诗歌传统中并不缺乏对牧人的现实主义描
写，巴克莱的牧歌也的确化入了这个传统，他对牧人衣着、饮食、消遣等
方面的描写足以显明他对英国诗歌传统的继承。但是，整体来说，巴克莱
的牧歌仍然是说教式的，通常是一位牧人对另一位牧人（抑或所有读者）
进行指导。只要这种指导涉及养羊，乃至于天文地理的话，就不至于将诗
歌扯离现实主义太远，所幸巴克莱在此方面做得还好。为了把道理说得亲
切自然，符合逻辑，巴克莱让其笔下的人物去聆听牧师布道和鸿儒讲学，
而作为学者的艾涅阿斯居然被称为"牧羊人西尔维乌斯"（巴克莱《牧
歌》Ⅰ. 737），以便使其进入牧人世界合理化。科尼科斯能够详尽描述宫
廷生活的悲惨，是因为他年轻时老往宫中送煤炭，这当然是获得内部信息
的可靠渠道。在巴克莱笔下，另一位被称为浮士德（Faustus）[①] 的牧羊人
也有过类似的"旁观者"经历：

> 他带牛奶和黄油去那儿销售，
>
> 却从没想过在城里高就，
>
> 因为他目睹过暴行的疯狂，
>
> 嫉妒，欺诈，仇恨和邪恶弥漫着城邦。
>
> 无需思量，没有挣扎，
>
> 他选择生活在乡下。（巴克莱《牧歌》Ⅴ：29-34）

这位牧羊人也许没有受过什么教育，他不过是见什么说什么：他眼中
的都市的确充满了罪恶。他的道德权威不是源于抽象的理论，而是出自
"实践与科学"（practise and science）（巴克莱《牧歌》Ⅰ. 158）；同时，

---

① 应为拟托欧洲民间传说中那位与魔鬼打交道的浮士德之名。

依照中古文学的传统，为真实的牧人形象赋予一个权威的榜样身份也是强化这种道德权威的常用方法（巴克莱《牧歌》Ⅴ.445-52）。巴克莱从曼图安那里照单接受了包括亚伯（Abel）、以色列十二族长（the Patriarchs）、帕里斯（Paris）、阿波罗（Apollo）等在内的众多宗教与神话形象，还精心地将伯利恒牧羊人以及自命牧羊人的基督形象与牧羊曲传统交织起来。为了更好地表现道德主题，他还增加了潘神、赛利纳斯（Silenus）、俄耳甫斯（Orpheus）、泰特鲁斯（Tyterus）、扫罗（Saul）、大卫（David）等形象。可见，巴克莱在这点上做得无可挑剔。

　　直率也好，含蓄也罢，田园诗总归要提供一个审视社会的视角，而牧歌以其惯用主题将这一点发挥到了极致。表面上看，以乡村为题材的牧歌似乎不太可能以宫廷批判为主题；而事实上，正如威廉·燕卜荪所说，传统牧歌"专写［牧人］，却又不是由他们书写和为他们而写，"[1] 这是传统牧歌的典型特征之一，它以间接、含蓄的方式对与牧人毫无关系的其他生活形态展开批判。牧羊曲既属此列，道德评判自然也就成其主旨。况且，作为一种贴近牧人现实生活的文学形式，牧羊曲在表现道德主题方面具有先天优势。巴克莱在这方面做出了榜样，他不屑于批评那些虚幻缥缈的牧歌，而是直接表现牧人生活的艰苦与清贫，以此表达个人的道德诉求。巴克莱笔下的牧羊人终日与穷困相伴，无论如何也享受不到田园理想的惬意与满足。曼图安曾经在其第三首牧歌中描绘过牧人生活的困苦（17-21）；巴克莱将这些诗行翻译过来并加以深化，然后放进了自己的第一首牧歌的前部，为下文定下基调：

> 多少汗水和劳碌，又加多少痛苦
> 才换来蔽体的衣衫，果腹的食物？
> 为了羊群的成长，还有家人的生活
> 君不见，牧人须忍受病痛的折磨。
> 酷暑难耐，我们仍要把羊群照料，

---

① Empson, William. *Some Versions of Pastoral*. New York: New Directions Publishing Corporation, 1974. p. 6.

> 隆冬来临，又不免受严寒的煎熬；
>
> 我们睡卧在地面和石块之上，
>
> 他人却享用铺满羊绒的暖床。（巴克莱《牧歌》Ⅰ：219-226）

诗中对田园生活的现实主义描写使得它比《庙堂悲情录》中对宫廷生活的谴责更可信，更具说服力。与大多数牧歌中的描写一样，艾涅阿斯的乡村是理想主义的，它源自文学想象而非现实生活。换句话说，艾涅阿斯对乡村的认知不是出于切身观察，而是受到其他人的文学想象的影响，比如维吉尔的第一首牧歌中那种惬意的生活场面：

> 用绿叶作床铺，享用着熟透的苹果，
>
> 松软的栗子，香甜的干酪还有很多。（维吉尔《牧歌·其一》：80-81）

类似的情节构成艾涅阿斯乡村描写的主体。而毫无疑问，巴克莱已将表现的重点全面转移，他对宫廷生活和乡村生活的据实描绘使得田园理想更令人向往。因为考虑的因素更全面，科尼克斯的讲述比艾涅阿斯的描写更有分量，更令人信服。巴克莱倡导的是实用伦理学而不是文学虚构。他这样写道：

> 牧人的生活还不算悲惨，
>
> 他们吃得上粗茶淡饭，
>
> 还有苹果李子和清泉佐餐，
>
> 在羊群中犹如君王一般。（巴克莱《牧歌》Ⅱ：1045-1048）

巴克莱当然并非在说喝清水就是贫困的表现，但这种生活状况给人的整体感觉还是颇为震撼。可以想见，这与理想中悠闲满足的田园生活还相距甚远。当塔索（Tasso）让他的老羊倌悠闲地漫步于乡村，思索着大自然的杰作，享受着大自然的馈赠的时候，巴克莱的那位一贫如洗的牧羊人敏纳科斯（Minalcas）却只能提出最基本的生活要求：

> 既不要珍宝也无需积蓄财富，
>
> 我只要衣食和平静的生活，
>
> 外加一间遮蔽风雨的茅舍。（巴克莱《牧歌》Ⅳ：453-455）

言辞之间流露出冻馁难耐的窘迫状况。

巴克莱创作牧歌时所用的英语已相当纯正。在此方面，那个时期的牧歌诗人当中无出其右者。无论是翻译还是拟仿，巴克莱都会努力将外来的东西融入英国语境，比如说，艾涅阿斯的牧羊人的食谱中不再有栗子，气候更加恶劣，地理环境也被本土化等。为了给读者留下更为深刻的印象，他总要对田园背景进行一些改变。他采用归化手法将曼图安的诗行处理得如同一首伊利儿歌（Ely Nursery-rhyme）：

> 多如爱尔兰的灌木丛，
>
> 多如英格兰的葡萄藤，
>
> 多如一月忙碌的布谷，
>
> 多如二月欢唱的夜莺，
>
> 多如海里畅游的鲸鱼，
>
> 城里的好人摩肩接踵。（巴克莱《牧歌》Ⅴ：939-944）

这里，巴克莱借用了民歌的语调和措辞风格，是其现实主义思想向其诗歌创作延展的一个很好实例，也是其艺术风格与创作题材之间相互统一的佐证。为此目的，巴克莱拒绝晦涩艰深的经院哲学，持守质朴通俗的风格，即便他的上帝也是用这种方式讲话。巴克莱的上帝所用的意象都是平易朴实而非庄严华丽的，比如他这样向夏娃幼小的孩子们赐福：

> 破瓦罐变不成闪亮金银，
>
> 山羊毛做不得漂亮衣裙，
>
> 牛尾巴要做成锋利宝剑，
>
> 不失败那才叫天方夜谭。
>
> 尽管我有能力改变一切，

又岂能让恶棍硬充好人。（巴克莱《牧歌》Ⅴ：359–364）

曼图安的原作并非这么对仗，巴克莱这样处理可能也是出于尽量保留原作庄重风格的考虑。巴克莱还会借助寓言式的表达来强化主题。比如，描写伊利（Ely）主教阿尔科克（Alcock）和温彻斯特（Winchester）主教福克斯（Foxe）时，便颇具伊索寓言的特征：

这公鸡不忌惮那只狐狸

如狮子不惧怕与公牛相遇。（巴克莱《牧歌》Ⅰ：527–528）

可见，巴克莱不但不拒绝寓言，还尽力使寓言大众化，消解了其晦涩与神秘。正是借助这种方法，他才能够使城市、宫廷、教堂这些主题成为牧人们的日常谈资。

巴克莱在其牧歌中对英国性的坚持与他对乔叟的尊崇密不可分。他的牧歌虽然源自意大利，但他却视这位杰出的英国诗人为导师。乔叟的影响在巴克莱的第五首田园诗的梗概中表现得尤为明显，使其读起来像是压缩版的《坎特伯雷故事集》（The Canterbury Tales）的《总序》（General Prologue）：巴克莱描写的季节是冬天而非春天，更像乔叟的姐妹篇。故事中，巴克莱也用乔叟式的眼光观察和描写人物，不放过任何重要细节。其实，乔叟并未描绘过现实中的牧羊人，而只是将其用作寓言形象。巴克莱弥补了乔叟的这一缺漏。请看巴克莱第五首牧歌如何开场：

寒冬一月炉火暖洋洋，

田野里一片萧瑟凄凉，

牧羊人归家羊群入栏，

撤退到窝棚躲避严寒；

碧绿的树木和沃土地，

被暴风雪遮掩了美丽；

小鸟们自知冬天漫长，

惶惶然止住啁啾歌唱。

> 有两位年轻的牧羊人，
>
> 相约会面于这个小村；
>
> 他们是浮士德和阿敏塔，
>
> 很难说他俩谁更强大；
>
> 他们靠的是各自魅力
>
> 而不拿财富来壮底气。
>
> 阿敏塔着装正式高雅，
>
> 帽檐下不露一丝头发，
>
> 衣服褶熨得笔挺笔挺，
>
> 伦敦派学得从从容容。（巴克莱《牧歌》V：1-18）

高贵的做派不代表富有，事实上，这位也的确不那么有钱，他不过是"挺着贵族的肚子，却掂着个乞丐的钱袋"（《牧歌》V：21）。他在城里久不得志，于是，"为了躲避债务和贫穷"（《牧歌》V：27），逃出城来，却发现"没有一家旅店、酒馆／可供他食宿"（《牧歌》V：28-29）。

巴克莱从没有像斯宾塞那样谈及过英国式泰特鲁斯（the English Tityrus）对自己的影响，但他的确曾以模仿的形式表达了对泰特鲁斯的敬意。作为一名早期都铎诗人，巴克莱的声名几乎完全被斯克尔顿（Skelton）所遮掩。但就英国牧歌传统的主流而言，巴克莱还是更胜一筹。巴克莱一直在他的牧歌中尝试一些从未在其母语中运用过的传统悠久的艺术形式，尽管这种尝试只是取得了部分成功。

直到亨利八世统治的末期，新阿卡迪亚风格的田园诗的影响才渐渐显现出来。这在萨利伯爵（Henry Howard, Earl of Surrey, 1516/1517-1547）的《隆冬归来》（In winters just returne）中可见端倪，这首诗讲的是一个牧羊人在冬天的早晨去放羊，听到一个失恋者的痛哭，阻止他自杀失败后将其葬在特洛伊罗斯（Troilus）墓旁的故事。诗歌中的第一人称叙述，对牧羊人本职工作的现实主义描写，以及牧羊人和朝臣的特殊关系都显示出了中世纪的传统；但是失恋，失恋者的自杀以及令人意想不到的闯入奇幻之境等元素仍属于典型的意大利阿卡迪亚风格。这首诗最初发表于《托特尔杂集》（*Tottel's Miscellany*）①。这个集子是中世纪对阿波罗风笛描写的集大成，其中收录的萨利伯爵另一首田园诗《哈佩勒斯的抱怨》（Harpelus' Complaynt）更是深受来自意大利的影响。诗歌描写了一个三角恋式的故事：哈佩勒斯喜欢牧羊女菲丽达（Phillida），菲丽达却倾情于科林（Corin），而科林并不喜欢菲丽达。故事和人物名字本身就具有古典色彩。同时，为表现牧羊女拒绝一个求爱者而另寻新欢这样的主题，诗歌借鉴了曼图安的阿敏塔（Amyntas），让哈佩勒斯以死要挟并为自己写下墓志铭；诗歌还为表达哀婉情绪而借鉴了彼特拉克情诗中的表达方式：

> 什么理由可以使
>
> 残忍和美丽相分？
>
> 为什么女人的内心
>
> 总藏匿一位暴君？（《哈佩勒斯的抱怨》：81-84）

但是，从其他方面来看，这首诗又具有强烈的英国色彩。它采用的是民谣或者中世纪田园抒情诗《罗宾与梅肯》（Robene and Makyne）②的韵律。诗中，长于纺织和唱歌，以给科林做花环为乐的菲拉达本是法国牧女恋歌中的一个形象，这是她首次出现在英国文学中。也许正是这种结合使得这首诗广为流传，该诗不但被收录进《诗源》，还配有一首署名为牧羊人托尼（Shepherd Tonie）的和诗③，足见其影响之大。

紧跟上述意大利风尚之后，英国诗坛表现出对田园诗这种文学形式持久而浓厚的兴趣。但必须承认，就巴克莱牧歌创作的年代来看，他并非这股牧歌潮流的首启者。因为英国诗人开始广泛地创作牧歌是在 16 世纪中

---

①　《托特尔杂集》（*Tottel's Miscellany* 初名 *Songes and Sonettes*）是第一部公开印行的英国诗歌集，由理查德·托特尔于 1557 年出版。集中收录萨利伯爵、托马斯·怀俄特（Thomas Wyatt）等诗人 271 首诗歌。诗集受到各阶层读者的普遍欢迎，很快就被多次再版。

②　该诗被收录于多种诗集中，其文本建议参考弗兰克·柯尔莫德（Frank Kermode）编辑的《英国田园诗歌——从开始到马维尔》第 46 页。关于该诗的相关论述参见本书第四章第二节。

③　见《诗源》（*Englands Helicon*）第 37—43 页。作者疑为剧作家、诗人安东尼·曼迪（Anthony Munday，1560？—1633）假托。

叶，也就是巴克莱去世之后。帕特纳姆（George Puttenham）在他的《英国诗歌艺术》（*Arte of English Poesie*）中提到他自己曾给爱德华六世（Edward Ⅵ）写过一首田园诗，诗中以埃尔潘（Elpine）来称呼爱德华六世。[①] 埃尔潘可能源于桑纳扎罗的埃尔皮诺（Elpino），意为"满怀希望的"或者类似的含义，因为爱德华是"一个充满希望的王子"（a Prince of great hope）。[②] 这首诗现今已不存世，但从帕特纳姆引用的五行诗句来看，此诗可能是一首将国家比作船舶的寓言诗，或者说是一首渔人牧歌，而不是正统的田园诗。但由于埃尔潘显然是站在陆地上提出关于船舶的问题，他可能习惯性地忽视海洋，而仍旧在诗中表现得像一个牧羊人。此诗无疑是用典型田园诗形式写成的关于道德及政治的寓言，寓大量典故于颂词之中。

巴纳比·古奇（Barnabe Googe，1540—1594）1563 年创作的田园组诗 8 首（eclogue cycle）应该是巴克莱之后、斯宾塞之前唯一具有原创色彩的英国田园诗。不过，尽管具有原创色彩，这些诗歌的绝大部分题材仍是取自欧洲大陆，而忽视了除道德观之外的本土其他传统。此后相继出版的有特伯维尔（Turberville）的曼图安牧歌译本（1567），弗莱明（Fleming）的牧歌（*bucolics*）译本（1575）等；另外，巴克莱本人的牧歌也附在《愚人之船》（*Ship of Fools*）1570 年版本之后得以重印。1588 年《短歌六首》（*Sixe Idillia*）[③] 在牛津出版，终于打破了忒奥克里托斯作品在英国无任何译本的局面。贾尔斯·弗莱彻（Giles Fletcher）于 16 世纪 60 年代用英式拉丁语创作的三首牧歌是英国人对田园诗产生兴趣的更进一步明证：其中两首是关于新教的辩论，另一首则表现学院政治纷争的激烈景象——这种主题是彼得拉克引入田园诗的，但宗教改革后的版本以及寓言的运用使之在文艺复兴大潮中更易于被人接受。这一时期，除了曼图安和维吉尔这两位主要权威之外，古奇还把田园诗的典范扩展到蒙特梅耶（Jorge de Montemayor，

---

① Puttenham, George. *Arte of English Poesie*. London: Printed by Richard Field, dwelling in the black-Friers, neere Ludgate, 1589. Vol. 3, Chap. 13.

② Ibid..

③ 伊丽莎白时期翻译的忒奥克里托斯的牧歌第 8、11、16、18、21 和 31 首，描写的是忒奥克里托斯在西西里的田园生活。

1520? —1561) ① 和维加 (Garcilaso de la Vega, 1503—1536) ②。

　　古奇的田园组诗之所以不如巴克莱的作品成功，是因为他没有真正尝试过把自己崇尚的权威与英国传统相结合。语言形式可能是他对英语传统做出的唯一让步：他选择了十四音节的诗行形式 (Fourteener)，构成七步抑扬格 (iambic heptameter)，这通常被看作古典诗歌传统中六步格诗行 (hexameter) 在英语中的对应形式。要是把古奇的诗行按 4-3 音步分开排列，可以看出与《罗宾与梅肯》和《哈佩勒斯的抱怨》中非常相似的民谣韵律。比如，把原本为一行的 "A proverbe olde hath ofte ben hearde, and now full true is tryed" 分作两行便成了歌谣体的韵律：

> A proverbe olde hath ofte ben hearde,
> and now full true is tryed. (*Egloga Tertia*, 97-98) ③
> 常听的一个古老谚语，
> 如今被真真地应验。(古奇《牧歌三》：97-98)

试比较《哈佩勒斯的抱怨》的前两行：

> Phillida was a fayr mayde,
> As fresh as any floure.
> 菲丽达是一位美丽的姑娘
> 与所有鲜花一样鲜亮。(《哈佩勒斯的抱怨》：1-2)

---

　　① 乔治·德·蒙特梅耶是用西班牙语写作的葡萄牙小说家、诗人。他最著名的作品是散文体田园传奇《戴安娜》(*Diana*, 1559)。

　　② 加尔西拉索·德·拉·维加是西班牙"新体诗"的第一位伟大诗人。维加的诗作流传至今的约 5000 行，其中有十四行诗 40 首，大多描写爱情；田园诗 3 首：第一首通过牧人萨利西奥和内莫罗索的对话，表达诗人对恋人伊萨贝尔·弗莱雷之死的悲痛；第二首主要描写一对牧人之间的爱情，情节曲折，富有戏剧性；第三首用优美的八行诗体描写塔霍地区宁静悠闲的牧人生活景象，以暗示伊萨贝尔女王之死告终。

　　③ Google, Barnabe. *Eglogs*, *Epytaphes*, *and Sonettes*, 1563. Ed. Edward Arber. Westminster: A. Constable and Co., 1895. p. 40. 本书引用古奇作品均依照此集中的歌谣体 4-3 音步断句排列。

歌谣体的明快流畅、易于吟诵的特征可以解释为什么后来收录古奇诗歌的诗集多用歌谣体形式重新断行排列的原因。

无论从形式上还是题材上，古奇几乎没有脱离过自己的既定路线。他的题材要么取自曼图安，比如，《牧歌一》（*Egloga Prima*）讲述爱情的痛楚本质，《牧歌三》（*Egloga Tertia*）批判城市的邪恶，要么源自蒙特梅耶，比如第 2、4、5 首牧歌构建的几个颇为复杂的爱情故事。古奇和巴克莱均擅长说教，不过两者的方式大相径庭。巴克莱是坦率地说教，他绝不会把对宫廷生活的批评伪装成其他的东西。古奇则是沿着爱情的甜蜜小径把他的读者引向演讲厅，例如，《牧歌二》（*Egloga Secunda*）中被情人拒绝的达密塔（Dametas），好似古奇版的阿敏塔（Amyntas）；他用长段的独白悲吟出动人的诗句，最后自杀身亡：

达密塔死于此。（《牧歌二》：72）①

这最后一句颇像为自己写的墓志铭。但是，这种极端的彼得拉克式的忧郁最终遭到报应：自诩拥有天堂般灵魂的达密塔在《牧歌四》（*Egloga Quarta*）中被诅咒，他的殉情在米利比乌斯（Melibeus）看来恰是对瑞森（Reason）② 的极大伤害。这不仅是对达密塔自身故事的明确评判，也是对第一首牧歌中关于爱情的痛楚本质的注解。《牧歌五》（*Egloga Quinta*）讲述了一个令人唏嘘的爱情故事：贵族青年浮士德（Faustus）试图通过仆人维拉利乌（Valerius）向自己喜爱的克劳迪娅（Claudia）求婚，不料克劳迪娅却爱上了维拉利乌。当克劳迪娅获知维拉利乌选择忠实于自己的主人后，便自杀而终。这个故事部分受到蒙特梅耶的《戴安娜》（*Diana*）第二部中牧羊女菲丽丝米娜（Felismena）的爱情故事的影响，后者据说也是莎士比亚创作《维洛那二绅士》（Two Gentlemen of Verona）时的故事原型。在《牧歌六》（*Egloga Sexta*）中，浮士德又出现在乡下（尽管存在一些叙事上的不一致，但是大概是同一个角色），在那里领受了关于地狱历险、

---

① Googe, Barnabe. *Eglogs, Epytaphes, and Sonettes*, 1563. Ed. Edward Arber. Westminster: A. Constable and Co., 1895. p.37.

② 意为"理智，理性"。

理智（Reason）的首要性以及乡村生活的魅力等方面的训诫。最后一首诗，即《牧歌八》（Egloga），是对所有诗歌总体大意的概括：撤退到阴影中的克里顿（Coridon）和柯尼科斯（Cornix）展开对唱。柯尼科斯唱道：

> 不是那些可怜的情人，
>
> 而是那位永恒的王，
>
> 将草原赐给我们的牛羊，
>
> 保佑我们福寿绵长。（《牧歌八》：23-26）①

　　歌唱的内容包括对牧羊人生活的赞扬，对古典神话中众神的抨击，以及对所有追求享乐者的谴责等。

　　古奇尝试把中世纪传统的道德观应用到文艺复兴时期田园主题中，但他失败了。他的失败并非因为他所倡导的道德规范过于严苛，而是因为两者之间并没有共同之处。批评一个牧羊人没有成为好牧羊人是一回事，但责骂一个已经跨越意大利诗歌想象之外的乡村青年没有成为一个对精神斗争具有敏锐触觉的新教徒，这的确又是另一回事。所以从某种程度上说，古奇是把文艺复兴时期的田园诗作为一个整体来抨击：害相思病的牧羊人不是虔诚的基督徒。但是，这个命题的抨击力却被牧歌式相思病的魅力所消减，以至于对相思病中的牧羊人的描述占去了整组诗歌一半多的篇幅。古奇的新教徒道德批评至少切中了一个事实，那就是，其他许多田园诗对教会以及政治寓言的兴趣在消减。《牧歌三》有倡导重归玛丽治下的天主教以及烧死善良牧羊人达夫尼斯（Daphnes）和阿荔吉（Alexis）等情节。诗人还以曼图安的山川、河谷等意象来象征宗教的变化：刚刚被引领到"欢乐小山"（《牧歌三》122）的羊群，被逼迫返回到他们"散发着恶臭的山谷"（121）中那"腐败破旧的草地"（127）上。可见，一切倡导俭朴生活的慷慨陈词都不如田园诗中牧羊人的生活那样更具说服力。

　　整个16世纪，尤其是在《牧人日历》出版前的20年里，英国诗坛对田园诗歌表现出持久且益加高涨的兴致。对这一时期的田园诗歌的统计显

---

① Googe, Barnabe. *Eglogs*, *Epytaphes*, *and Sonettes*, 1563. Ed. ward Arber. Westminster: A. Constable and Co. , 1895. p. 62.

示，斯宾塞之前的抒情诗和牧歌不但是评价这种持续高涨的热情的有效尺度，也反映了田园诗歌影响范围的不断扩大。

伊丽莎白时代早期逐渐为人熟知的还有其他形式的田园诗。意大利和法国田园诗人（尤其是桑纳扎罗和马洛）的作品愈加受人欢迎。1565 年，龙沙（Pierre de Ronsard, 1524—1585）[①] 把他的《哀歌、假面舞会和牧歌》（*Elegies, Mascarades et Bergerie*）献给伊丽莎白女王，据说还因为赠书获得一枚钻石作为回报。一部题为《戏仿田园诗新编》（*lusus pastorales newly compyled*）的诗集曾于 1565 年或者 1566 年进入书业公所，可惜当今已无副本存世。一首描写牧羊人、野人（wild men）、仙女（nymphs）和农耕之神萨杜恩（Saturn）的牧歌于 1574 年在温莎（Windsor）和雷丁（Reading）被一群意大利演员呈现出来。另一首关于希腊少女的田园诗或者历史故事被莱斯特伯爵（Earl of Leicester）的仆人们于 1578 年或者 1579 年搬上舞台以庆祝基督教节日。1584 年圣诞节上演的以菲丽达（Phillyda）和科林（Chorin）为主人公的牧歌，其中有一个情节是为一群仙女和一座山佩戴围巾。事实证明，阿卡迪亚式牧歌已经到达英国并开始驻留于此，但这只是众多田园诗中的一种模式。文艺复兴提供了可供田园诗充分发展的多种形式：重新发掘的田园诗、浪漫戏剧和传奇。西德尼的《阿卡迪亚》的首要成就是他努力创造出一个不脱离社会责任的理想国度。意大利和法国的田园诗唤醒了英国诗人对自身传统的新意识和新兴趣。但田园诗之所以展现出如此巨大魅力的另一原因却是田园诗自身所固有的。田园诗意味着艺术与自然的完美结合：艺术寓于维吉尔、桑纳扎罗和每一位牧歌诗人诗歌的欢乐之中；自然则体现在诗歌与乡村简朴生活的关系中。在欧洲，只有像斯宾塞、西德尼、莎士比亚、德雷顿（Michael Drayton）以及许多声名稍逊的诗人们意识到了此问题的重要性，并开始正面地面对它。

---

① 彼埃尔·德·龙沙（Pierre de Ronsard, 1524—1585）法国第一位近代抒情诗人。1547 年组织七星诗社。1550 年发表《颂歌集》（*Odes*）四卷，声誉大著。1574 年所写组诗《致埃莱娜十四行诗》（*Sonnets pour Hélène*）被认为是他四部情诗中的最佳作品。

第二节　新田园诗中的乡村生活

18 世纪是英国田园诗歌由传统牧歌向新田园诗过渡的重要时期，英国田园诗歌的本土化主要在这一时期完成。这一时期的英国田园诗歌逐步从古典牧歌的束缚中摆脱出来，其最显著的特征是以现实主义的乡村书写取代理想主义的牧歌题材。在这些现实主义书写中，颂扬性主题和批判性主题共同构成一首恢宏的英国田园交响曲。这一时期，英国诗歌强烈的乡村化倾向，为田园诗本土化的完成和新田园诗的形成提供了语境保障。这一时期的诗人从不同侧面为新田园诗的诞生做出了自己的贡献：有的以戏仿形式将古希腊牧歌中表现的题材移植到 18 世纪的英国乡村，有的则直接表现本土的乡村现实，还有的在自己的田园诗歌中巧妙而有效地融入民族方言。在此过程中，田园诗歌的形式也发生着变化，出现了诸如寓言式田园诗（fabulous pastoral）、贫民挽歌（pauper elegies）等新型诗歌体裁，新农事诗（Georgics）也在英国大放异彩。

具有反讽意味的是，引领英国诗歌乡村化转向和开创新田园诗道路的两位先驱性人物恰恰都是古典牧歌传统的忠实守护者亚历山大·蒲柏（Alexander Pope，1688—1744）的好朋友，第一位是亚伯·埃文斯（Abel Evans，1679—1737），另一位是约翰·盖伊（John Gay，1685—1732）。在他们的影响下，大批诗人加入以表现乡村生活为中心的新田园诗创作的行列。

为了响应辉格派批评家们（Whig critics）对本土田园诗的倡导，亚伯·埃文斯对田园诗歌加以创新：他以普通的英国乡村社会为背景，展示生活在那里的人们的苦辣酸甜以及他们朴素的人生哲学。比如，他在《田园诗》（Pastoral）中写一位名叫威廉的牧民到遥远的集市贩货，疲惫不堪地归来时，大部分货物尚未售出。他为此自我安慰地解释道：

> 今儿个确实不宜出门！
> 下个集市定交好运。

> 该发生的总要发生;
>
> 何必为此劳心费神。
>
> 福兮祸兮终有轮回,
>
> 不会在意你是何人。(《田园诗》卷三:17—22)

这样说着,他就开始打听在他走后村里面发生的各种新闻了。诗歌用寻常百姓的语言生动地刻画了一位质朴乐观的乡下人形象。而更重要的是,诗人将传统田园诗歌中的牧人移植到了乡村真正的社会和经济关系之中;从这个意义上说,这已经不再是传统的田园诗了。但客观地讲,埃文斯的"新田园诗"尚未完全摆脱传统田园诗歌的阴影,比如,在朴实的乡下人身上,也时常会有自作多情的文人式的烦恼。

约翰·盖伊是将田园诗歌本土化推向新的高潮的重要诗人,也是18世纪英国田园诗人中爱国主义精神的重要倡导者之一。他沉浸于乡村风俗、生产生活以及对自己在乡下度过的童年的回忆之中,通过诗歌向我们展示了乡村生活的淳朴与欢乐。他的田园诗《牧人的一周》(*The Shepherd's Week*,1714)将田园诗歌本土化这一话题推向最后阶段;而他的第一首乡村诗歌《乡村运动会》(Rural Sports,1713)则是一首新农事诗(new georgic)。

《牧人的一周》某种程度上是盖伊摒弃"蒲柏-菲利普斯之争"[①]的结果,体现了盖伊为终结传统牧歌,开创新型田园诗所付出的努力。与埃文斯不同的是,盖伊并不迎合当时炙手可热的辉格派的批评主张,而是用低级趣味的喜剧和粗俗不堪的语言,还有冗长繁杂、按字母顺序分类的人名、植物、花卉、果实、飞鸟、走兽、昆虫和其他一切所涉之物来嘲弄辉格派批评家倡导的现实主义。言外之意就是,你们倡导对乡村生活的现实表达,那我就真真切切地展现给你们看。他还用古语和头韵(如在《普罗艾米致谦恭的读者》(Proeme to the Courteous Reader)中以及对田园诗本

---

① 18世纪早期,爱迪生(Joseph Addison,1672—1719)及其学生在《旁观者》(*The Spectator*)和《卫报》(*The Guardian*)上大肆赞扬安布罗斯·菲利普斯(Ambrose Philips,1674—1749),并刻意无视亚历山大·蒲柏(Alexander Pope,1688—1744),因此招致后者的反驳和对菲利普斯牧歌中所谓的"乡土气息"等方面的嘲讽。详见笔者所著《英国田园诗歌发展史》(中国社会科学出版社,2016)第156—157页。

身的注解来奚落菲利普斯，甚至把忒奥克里托斯和斯宾塞也牵连进来。

盖伊是带着自负的"现代"田园诗人的面具书写那些讽刺性文字的。他赞美忒奥克里托斯，因为这位前辈曾塑造出讲粗话的蠢人，傻乎乎地注视着发情的山羊。相应地，他也在《牧人的一周》中也塑造了一位村姑玛丽安，当牧师的公牛与一头母牛交配时，她在一旁傻乎乎地观看。然而，盖伊并非完全是在嘲弄玛丽安，她其实是一位勤劳、善良、富有爱心的女孩：

> 玛丽安，她会轻柔地抚摸奶牛，
> 或把秸草筛检好送往槽头；
> 她熟练地挤压坚如石块的奶酪，
> 流出是金灿灿的黄油。（《牧人的一周》之《礼拜二》：11-14）

在《牧人的一周》里，盖伊在细节上戏仿更多的是维吉尔而不是忒奥克里托斯。《礼拜六》（Saturday）借诗中人物之口描绘了乡下人的假日。诗中，盖伊用近乎荒唐的手法将维吉尔的第六首牧歌移植到英国：

> 现在他继续向前，穿行于集市与展览，
> 在他眼前，不断有新的集市出现。
> 商贩的摊儿上摆放着琳琅的饰品，
> 供村姑选购佩戴或赠送他人。
> 细绳上挂满长长的丝带，
> 还有闪闪的发卡和琥珀镯子；
> 吝惜的少女窥视着刀具、发梳和剪子
> 用羡慕的眼神盯着那顶针儿。
> 他吆喝着抽奖的信息
> 那里有银匙和金戒赢取。
> 姑娘小伙涌向街道，
> 随他的歌声向前挤去。
> 江湖郎中跳上台子，

> 兜售他的药丸、他的香脂还有驱疟剂。
>
> 瞧那位杂耍艺人腾空跃起，
>
> 走钢丝的女孩如履平地。
>
> 小丑的穿着花花绿绿，
>
> 抛着他那副手套，拿包包裹裹演戏。
>
> 他吟唱这街头献艺，还有那杂技潘趣，
>
> 甚或那人群里的扒手，和五花八门的骗技。（71—90）

诗人以现实主义手法生动地描绘了乡村集市真实的欢乐场面，容易引发人们的共鸣。因此，就最终效果来看，该诗并不全是戏仿，更重要的是体现了诗人的本土意识，其中的乡村景象更富有亲切的英国气息。

尽管在《普罗艾米致谦恭的读者》中有对忒奥克里托斯的揶揄，盖伊还是站在忒氏一边，而不是他的对立面。《牧人的一周》承继忒奥克里托斯一脉，粗俗的题材和优雅的形式之间反差显著，产生特殊效果，寻常事物由于艺术的神奇功效而脱俗了。比如，《礼拜五》（Friday）中那位男士在哀悼逝去的爱人时就用古典诗歌中常用的谐音、头韵等表现手法将关键词语联系起来，既突出了诗歌所要表达的核心内容，又营造出凝重的节奏感和音乐感。经过这样的处理，日常辛苦的劳作也变得优雅而令人向往起来，这又反过来加强了男士对爱人的怀念之情。同样，《普罗艾米致谦恭的读者》在讲起英国乡村那些乡民的淳朴、率直、热心、利落时，并不见得有嘲弄意味。

分析可见，盖伊希望采用半真实、半牧歌式的手法展示乡村的淳朴与欢乐，试图仿造出一个英国式的"阿卡迪亚"。当然，读者也不必像 18 世纪的批评家们那样过于煽情地解读《牧人的一周》。另外，因为不时有对地主粗野、淫邪、酗酒、残暴丑行的揭露，盖伊的这些田园诗也会时常表现出一些反田园诗的特征，令其诗歌的性质模糊起来。这些诗歌与斯威夫特的《田园对话录》（*Pastoral Dialogue*）中的《德莫特和希拉赫》（Dermot and Sheelah, 1729）以及盖伊本人仿维吉尔而做的《乡绅诞生记》（The Birth of the Squire, 1720）等直接戏仿或转写的作品显然不属一类。约翰逊（Samuel Johnson, 1709—1784）在介绍盖伊生平时将《牧人的一周》与"蒲柏-菲利普斯之争"联系起来，认为盖伊摒弃蒲柏和菲利普斯双方观点的主要目的是要揭示他个人的观点，即"如果有必要精细地复原自然的话，就必须原样展现在粗俗和愚昧中形成的乡村生活。"①

盖伊的现实主义表达也体现在他对英国乡村社会和乡村文化的热情颂扬中。在田园诗歌发展史中，似乎一切对乡村生活的乐观与颂扬式描绘都会被认为是一种理想主义的牧歌式表达，但这种观点似乎并不适合用来评价新田园诗。因为，在英国18世纪的新田园诗中反映的英国乡村的繁荣景象确乎是当时英国乡村社会现实的一个侧面。②

下面让我们来看看盖伊的新农事诗《乡村运动会》是如何表达颂扬主题的。客观地讲，在《乡村运动会》出版之前，就有一首以爱国主义为主题的新农事诗在英国诗坛产生了较大影响，那就是约翰·菲利普斯（John Philips，1676—1709）的《苹果酒》（Cyder，1708）。③《苹果酒》描绘了一派富庶的英国乡村景象：颗粒归仓的喜悦，沃野中繁忙的运输景象，村庄里身强力壮的劳力尽情享受着啤酒与麦面面包，其画面简直是贺加斯（William Hogarth，1697—1764）田园画作《啤酒街》（Beer Street）的翻版。《苹果酒》中描绘的这种富庶、繁荣的景象成为英国向外宣示国力的资本。在它的引领下，整个18世纪的新农事诗都在歌唱一个富足安康的快乐的英格兰，盖伊的《乡村运动会》就是这些诗歌中的典范。

在《乡村运动会》中，读者不但能够看到殷实的粮仓，还会感受到远离尘嚣的草原和田野的欢乐。盖伊的诗歌主要是描写退休绅士的乡村运动会，但其中不时穿插着对狩猎、捕鸟、垂钓的评论，还以插图的形式展示勇敢、稳健、知足常乐的乡民。《乡村运动会》在1720年经过了一次修改，新版的高潮部分是对农舍女主人的评论，热烈的语气中略带感伤：

① Johnson, Samuel. "John Gay." *Lives of the English Poets*. London: Jones & Company, 1825: 202-205.

② 抛开政治因素不谈，资本主义大农场经济在英国乡村的兴起某种意义上的确为英国乡村带来了新的繁荣景象；不过，这种繁荣景象背后掩盖了尖锐的阶级与社会矛盾。本章旨在正面展示田园诗歌中的英国元素，关于田园诗歌掩盖下的社会矛盾，我们将在下一章《反田园诗》中详细探讨。

③ 继斯宾塞的传统农事诗之后，实际上是约翰·菲利普斯的《苹果酒》开创了英国农事诗的新时代。

> 那村妇终日与幸福相伴，
>
> 在愉快的劳作中度过每一天。
>
> 感恩地接受上天的馈赠，
>
> 清贫却富有，皆因心无贪念。(409-412)①

　　这位农舍女主人跟《牧人的一周》中的玛丽安一样，是一位勤劳善良的乡村妇女，她们是这一时期英国乡村下层民众的代表。虽然在这些描绘中难免有美化与粉饰之嫌，但总体上看，应该基本符合当时的乡村现实。而且，就《乡村运动会》的主题来看，这里的"清贫却富有"显然是诗人真实意思的表达，并不含有明显的反讽意味。

　　类似的主题在一首佚名诗歌《知足的乡巴佬》(The Contented Clown, a Tale)中也有表达。试看诗中对这位乡巴佬村舍内部装饰的描写：

> 五只木盘整齐摆放，
>
> 木汤匙各朝其向；
>
> 一口铁锅端坐中央，
>
> 讲述着生活的质量。
>
> 屋的一侧停靠旧床一张，
>
> 好椅一把，余者不辨原样。
>
> 唯有墙上残破的歌谣
>
> 你无须究其端详。(17-24)②

　　诗人以绘画的技巧详尽地展示了这位农夫房间的内饰，其贫穷的生存状况跃然纸上。但就其主题而言，这首诗歌的寓意无疑仍是"牧歌式"的，因为诗歌结尾告诉读者，这位知足的乡巴佬并不嫉妒那富有的财主。这位乡巴佬的心态与《乡村运动会》中那位农妇的心态何其相似。另一首题为《快乐的乡巴佬》(The Happy Clown)的方言歌谣也表达了类似主题。

---

① Gay, John. *The Poems of John Gay*. London：Press of C. Whittingham, 1822. p. 185. 除特别注明外，盖伊的诗歌均引自此集。

② 诗歌原载于 *Gentleman's Magazine and Historical Review*, Vol. 9. 1739. p. 531.

诗歌用更为传统的牧歌元素和贺拉斯式的感伤来表现乡村题材：

> 如那些黄金时代的宠儿，
> 他辛勤耕耘，精心打点，
> 把那块儿赖以生存的田地
> 看得像慈父一般。（17—20）①

可见，上述"清贫却富有"或"清贫却快乐"之类的主题表达在新田园诗中较为常见。这些描述可能会某种程度激发读者的同情心，但诗人的真实意图显然并不在此，而是在于通过这种知足常乐的主题来彰显乡村生活的淳朴与和谐。鉴于此，我们不能也不必给这些主题打上批判性标签，更不必将它们作为反田园诗元素进行观照。

对乡村社会现实、生产生活乃至下层民众的正面、乐观而又不失真实的描绘体现了诗人对英国乡村社会前景的美好向往和乐观态度。也正是因此，《乡村运动会》常被读者当做一部18世纪英国乡村生产、生活方式与传统文化的导读与指南。正如约翰逊博士指出的那样，现实与真理使得盖伊及其追随者的田园诗流行起来，"那些对诗人间的斗角和批评界的论争毫无兴致的人们满怀喜悦地阅读着［这些田园诗］，认为这才是对乡村风貌的公正展现。"②

艾伦·拉姆齐（Allan Ramsay，1686—1758）就是这样一位充满愉悦的读者。拉姆齐很早就着手搜集整理古苏格兰诗歌和民谣，并把其中的一些诗歌发表于《苏格兰民歌》（*Scots Songs*，1718—1720）和《常青树》（*The Ever-Green*，1724）中。这些诗歌和民谣让批评界对田园诗歌有了更为宽泛的认识。

拉姆齐创作了一些针对盖伊的评注性诗作，继而又用苏格兰方言创作了田园诗《帕蒂与罗吉尔》（Patie and Roger，1721），并以此加入了严肃的

---

① Ramsay, Allan. *The Tea-Table Miscellany*, Vol. First. Glasgow：Robert Forrester, 1Royal Exchange Square, 1876. p. 196.

② Johnson, Samuel. "John Gay." *Lives of the English Poets*. London：Jones & Company, 1825：202-205.

本土化诗人的行列。该诗后来被融入一部田园喜剧《和善的牧人》（*The Gentle Shepherd*）之中。《帕蒂与罗吉尔》的背景是彭特兰山地（the Pentland Hills），题材则是传统田园诗中的情人幽怨：

> 意不相见，此情难断。
> 可人儿面前，纵遭鄙视也情愿
> [……]
> 羊群啊，任你兀自悠转；
> 牧笛已折，不再将清音眷念。（《帕蒂与罗吉尔》：83-84，95-96）

可见，拉姆齐非常善于将对乡村生活的观察体验与田园风情相互结合，他的诗歌也为新田园诗带来一股清新气息。他在另一首田园情歌《佩蒂磨坊的少女》（The Lass of Patie's Mill）中如此描绘一位少年对情人的思念：

> 佩蒂磨坊的少女
> 漂亮、活泼、有趣；
> 尽管我不乏见识，
> 心仍旧被她勾去。
> 翻晒干草的日子，
> 我光头躺在草地；
> 她发间撩人的爱意，
> 肆意逗引我的思绪。（1-8）[①]

上面两首诗歌均被收入拉姆齐编纂的诗集《茶余饭后》（*The Tea-Table Miscellany*, 1724—1737）中。后来，这本诗集多次重印，里面囊括了大量的田园诗歌，见证了诗歌艺术在当时这个所谓的"散文时代"（Age of Prose）取得的可喜成就。

---

① Ramsay, Allan. *The Tea-Table Miscellany*, Vol. First. Glasgow: Robert Forrester, 1Royal Exchange Square, 1876. p. 41.

另外，拉姆齐对苏格兰方言土腔（Scotch Doric）的运用激发了大批英格兰北部诗人创作方言田园诗的热情。约西亚·拉尔夫（Josiah Relph，1712—1743）是坎伯兰一名政治活动家的儿子，他于1747年发表了三首田园牧歌，拉开了用坎伯兰方言进行牧歌和民谣创作的序幕。继之而起的方言诗人有伊万·克拉克（Ewan Clark）、马克·朗斯戴尔（Mark Lonsdale）、约翰·斯泰格（John Stagg）、罗伯特·安德森（Robert Anderson）等，但只有拉尔夫摆脱了拉姆齐的感伤情调，复归了盖伊特有的亦庄亦谐的风格。

我们之所以在前文反复提及新农事诗，是因为18世纪新田园诗的创作题材主要是现实的英国乡村空间，包括其中的生产生活方式和传统文化。这种转向式的诗人们把农事诗看成了非戏剧诗中最高、最便捷的形式，新农事诗的兴盛实属历史之必然。

新农事诗中最为庄严大气的当属詹姆士·汤姆逊（James Thomson，1700—1748）的诗作《季节》（*The Seasons*，1726—1746）。《季节》是一首素体长诗，共四卷，外加一首赞美诗（hymn）作为结尾。四卷诗分别对应一年四季。除了对每个不同的季节的不同特征给予真实生动的描写之外，还穿插了一些叙事性插曲，更为诗歌增添了趣味并丰富了其内涵。首先创作完成的是《冬》（Winter），1726年初版共405行，后经逐步扩展，到1746年时已长达1069行（其他几部也同时不同程度地进行了扩展）。《冬》通过许多生动的画面展现这个寒冷季节对人和动物的影响。风雪中知更鸟飞进人家室内，在炉膛边饭桌上觅食面包屑的情景，以及全家人翘首以盼、祈祷他能平安归来的那位牧羊人终因冻馁而毙命雪堆的情景充分地体现了诗人对在严酷环境中挣扎着的贫困、悲惨者的同情。"诗中很多情节别具崇高之美。"[①] 接下来写成的是《夏》（Summer，1927）。诗中描绘某个夏日的一系列活动，包括晒干草、剪羊毛、洗澡等，最后是对大不列颠和她的"十足的伟大"的一番颂词。诗中明显跳跃着劳动中快乐的音符。其中也有两则叙事插曲，一是关于恋爱中的色拉顿（Celadon），他的

---

① Drabble, Margaret. *The Oxford Companion to English Literature*. Oxford: Oxford University Press, 1993. p. 881.

恋人阿米莉亚（Amelia）遭了雷击；另一个是关于达蒙（Damon），他窥视了穆西多拉（Musidora）洗澡。华兹华斯说，这后一个故事实在太流行了，因为它太撩人。①《春》（Spring，1728）描绘了这个季节对整个自然世界的影响。它"因其对春耕的现实主义描写、对田间劳动的热情歌颂以及对那些'骄奢淫逸'之徒的惩戒而显得尤为重要。"②诗中既有生机盎然的农夫春耕图，也有诗人希望农民尊重农作的劝诫。诗以对生机勃勃的春色描写开始（克莱尔就对"春"的开篇仰慕至极），在对婚姻爱情的歌颂声中结束。《秋》（Autumn，1730）是全诗的最后部分，生动地描写了果实的成熟、雾的腾起、鸟的迁徙，还有射箭、狩猎、酿酒以及农民收获后的喜悦等。这里，诗人对常年劳作于田间的农民的同情显而易见。诗中还穿插有一个故事，佩勒盟（Palemon）爱上了一位田间的拾穗人拉维尼娅（Lavinia）——源于《圣经》中鲁斯（Ruth）和博阿斯（Boaz）的故事。诗以对"乡村生活纯粹的快乐"的颂扬结尾。③

1730 年全本《季节》出版时，加了一首对自然的赞美诗作为结尾。诗中把自然与上帝等同起来，或者说，诗人认为上帝存在于一切自然物中，从而引入了泛神论的哲学思想。这种思想得到了 19 世纪的浪漫主义诗人，尤其是华兹华斯，还有雪莱等的积极响应，对浪漫主义诗人的自然观和诗学主张产生了很大影响。当然，汤姆逊创作《季节》时并没有完全摆脱新古典主义的影响。在讲述那些感伤的情人们的故事时，他就采用了古老的田园诗传统；而且，他在对自然美景的描绘中时不时加进大段的道德说教。他试图为不同的季节描绘出典型且具有普遍意义的大自然的图画，结果是截然不同地区的不一致的画面接连出现（比如《冬》中，既有北极圈的冰天雪地又有温暖地区的冬景）。另外，诗人在进行描写尤其是进行道德说教时，常常选用传统的诗歌语汇。这一切多是受了新古典主义的影

---

① 转引自 Drabble，Margaret. *The Oxford Companion to English Literature*. Oxford：Oxford University Press，1993．p. 881.

② Chen Jia. *A History of English Literature*. Beijing：The Commercial Press，2002．Vol. 2，p. 190.

③ Drabble，Margaret. *The Oxford Companion to English Literature*. Oxford：Oxford University Press，1993．p. 881.

响。但是，我们看到的还有诗人与新古典主义的决裂。诗中对自然的描写从本质上讲是现实主义而不是理想化的，诗中语言运用自然而且符合对自然的现实主义描写。另外，从形式上看，用素体诗而不用几乎成了新古典主义诗歌创作模式的英雄双韵体，这本身就是对新古典主义的叛逆。

《季节》不但风格多变，还揭示出不少哲理上的矛盾。不妨以《秋》（Autumn）为例来分析一下。此诗的开头几句赞叹农业是国家的本源所在，体现了国家物质上的极大丰富，并且最终能够为英国带来纺织业的进步，城市的兴盛，社会的稳定及全球贸易的繁荣；然而到了诗的末尾几句，作者话锋一转，农耕又成了淳朴美德的发祥地。另一个例子是汤姆逊在该诗中展现的两幅对比鲜明的生活图景：一个是淳朴、愉快的英国乡村生活，另一个则是与之形成强烈对比的藏污纳垢的城市生活：

> 愧疚中焦虑的人们，
> 还有那罪恶的都市，
> 怎知这初民的生活，
> 陪伴着上帝和天使？（《秋》：1348-1351）

这几句的意思是说，诗中的那个英国人又重新在属于自己的乡村里收获了只有在最初的黄金时代或者说伊甸园中才能拥有的天真美好。当然，汤姆逊并不总是这么刻意渲染。在另一首诗歌《夏》（Summer）中，诗人用毫不夸张的笔触描绘一次糟糕透顶的收获干草和修剪羊毛的经历。这种将田园情调与生活经验相结合的手法或许可以称之为"温和的现实主义"（soft-realism）。

要说汤姆逊开创了一个时代，可能有点言过其实；但是作为感伤主义和前浪漫主义的开路先锋，他还是名副其实的——尽管与汤姆逊同时，甚至于先于他，也有许多诗人开始寻求新的空气，可他们毕竟影响甚微。而《季节》集中体现了汤姆逊的创作思想和艺术追求，并对后世产生了很大影响，它无疑是汤姆逊为英国文学做出的重要贡献。

克里斯托弗·斯马特（Christopher Smart，1722—1771）在《蛇麻园——一首农事诗》（*The Hop-Garden, a Georgic*，1752）中以绮丽乐园麦达

姆山谷（fair Madum's vale）中居民的幸福生活（第一卷，38）为题材绘出一幅肯特郡山水画卷。在罗伯特·多兹里（Robert Dodsley，1703—1764）1753 年创作的农事诗《农耕》（*Agriculture*，未完成）中，农舍里充满了纯真无邪与恬静愉悦（第一卷，321）；热闹的市场景象犹如一幅幅素描，尽情展露乡村生活的诗意；年轻的挤奶女工帕蒂（Patty）"就像阿卡迪亚的仙女，"双眸"闪烁着纯真无邪的青春朝气"（第一卷，139）。最后，就像汤姆逊《季节》中拉维尼亚（Lavinia）和佩勒蒙（Palemon）的故事那样，以乡绅瑟尔西斯（Thyrsis）向帕蒂求婚并赢得其芳心结局。

对多兹里来说，租赁市场不过是"自愿的卖身奴们的盛会"（《农耕》第一卷，106）。对此，从农场工人成长起来的诗人斯蒂芬·达柯（Stephen Duck，1705—1756）提出了另外一种更为通俗的看法：如果在创作时能抛开那些干瘪的神话及滥用的比喻的话，那么讲述起真正的乡村生活或描绘他身边幽怨却笃信命运的人们时便会更加得心应手。这从他的《打谷工》（The Thresher's Labour）中可见一斑：

> 没有泉水低吟，没有小羊欢跳，
> 红雀停止啁啾，田野不再闪耀；
> 这沉闷的气氛，
> 只会招来缪斯的怨恨。
> 当乌黑的豌豆皮滑落，你可曾看出，
> 我们的天性也在工作中流露：
> 汗水，和着土灰，呼吸着呛人的烟尘，
> 我们变身埃塞俄比亚人，
> 傍晚归家，我们的吼声震颤老婆的神经；
> 婴孩还以为要把怪物宴请。
> 斗转星移，我们把工作巴望，
> 直等时节到了把谷高扬。
> 新一年里老板的态度更差，
> 打谷工不得不屈服于他的责骂。
> 他总嫌打的不多，产量不够；

非说我们把半数的时间遗漏。(58-73)

　　诗中，"我们"的不断重复，意在突出最真实的发自下层人民的呼声。艾迪生（Joseph Addison, 1672—1719）在其主办的《旁观者》（Spectator）第 160 期中，赞誉达柯为"天造才子"（natural genius）①，而当时不少颇有身份的人也不失时机地追捧他。于是，达柯被一下子从乡野茅舍召进了王宫，成为裘宫（Kew）中卡罗琳女王（Queen Caroline）的宠儿；他的田园诗也由此转向传统的维吉尔风格。达柯的例子在 18 世纪的文学界掀起了一股持续升温的追寻"天造才子"的热潮；一时间，土生土长的庄稼人也竞相舞文弄墨起来。结果证明，穷人不仅值得歌颂，而且歌颂者不是别人，正是他们自己。

　　诗人罗伯特·布隆菲尔德（Robert Bloomfield, 1766—1823）温和谦卑，曾名噪一时，被誉为英格兰的彭斯。其《农夫的儿子》（The Farmer's boy）是一首模仿汤姆逊《季节》写成的韵体诗；不同的是，该诗是对萨福克郡（Suffolk）本土风情的描写。布隆菲尔德大多数诗歌的格调是牧歌式的；然而，《夏天》（The Summer）的最后百行则如许多人道主义诗歌一样，抱怨乡村社会的两极分化。他谈到甜蜜的奥本（Sweet Auburn）神话时代平等、独立的小农和他们模仿贵族的怪异方式，并在脚注里描述塔希提人（the Tahitians）的质朴和社会平等以示对比。

　　上述新田园诗歌主要展示了 18 世纪英国乡村的繁荣景象与农民居家的欢乐，但这只是当时英国乡村现实的一个侧面，是 18 世纪英国田园交响曲中正反两个相互应答的主旋律之一。在 18 世纪英国乡村诗歌的另一主旋律——反田园诗中，这种惬意、快乐的生活与后来受到严重破坏的奥本一样，完全不复存在了。反田园诗强大的冲击力量甚至一直延续到浪漫主义时代，华兹华斯和骚塞等都创作了重要的反田园诗篇。

---

①　Addison, Joseph. "On Genius." The Spectator, 1711: 160.

第三节 华兹华斯与自然诗歌

18 世纪中叶掀起的重新评价忒奥克里托斯的思潮不但促进了英国民间文学与早期英国诗歌复兴，也催生出一种回归自然的浪漫主义倾向。18 世纪后期，当作为浪漫主义前奏的感伤主义淡出历史之时，前浪漫主义悄然兴起，继之而来的是英国文学的大变革——浪漫主义。以华兹华斯（William Wordsworth，1770—1850）为代表的"湖畔派"诗人（the Lake Poets）进一步拓宽了田园诗歌的体裁，自然诗歌悄然兴起，英国田园诗进入了一个全新的发展阶段。浪漫主义诗人教导人们从被赋予了强大幻想力量的大自然和美丽的田园风光中寻求思想和教益、快乐和慰藉；同时，他们把笔触和情感寄予生活在社会下层的普通民众，对他们生活的艰辛和悲惨表示深切的同情。他们的田园诗歌不但有现实主义的描写，更有浪漫主义的超凡的想象力和特有的精神气质，这使得他们的思想较 18 世纪的田园诗人们走得更深、更远，也是他们有别于以往田园诗人的最重要一点。

华兹华斯是讴歌自然的诗人，他以饱蘸感情的诗笔咏赞大自然，咏赞自然界的光影声色对人类心灵的影响。在自然与上帝、自然与人生以及自然与童年的关系上，他的诗歌表达了一整套新颖独特的哲理。

华兹华斯的成就在于赋予了乡村劳作和田园背景某种更加深刻的意义。与城市居民的生活相比，他笔下的迈克尔①等牧人的生活更体面，更有价值。可能是因为后者是一个集工作、道德和审美经验于一体的有机整体；因为一个湖区牧羊人的日常生活就是一个体验并获取知识的过程。华兹华斯信仰万物有灵论，认为自然也有道德及精神生命，湖区牧羊人因此而得福：

　　一切都为他们服务：晨光热爱

---

① 迈克尔是华兹华斯叙事长诗《迈克尔》（*Michael, a Pastoral Poem*）的主人公。该诗以一位牧羊人的真实生活为素材创作而成，虽采用了传统的牧歌形式，却具有强烈的反田园诗特征。

他们，在无声的石头上闪光；

无声的石头热爱他们，从高处

将他们张望；安详的云朵

和小溪，躲在栖息地喃喃私语

老赫尔维林峰，觉察到周围的骚动

给他们宁静的住所注入新的生命。（《序曲》第八卷：55-61）

通过与弥尔顿笔下伊甸园的对比，读者明显会感受到这个平静的住所要比任何虚构的天堂更可爱。不过，华兹华斯是将黄金时代的田园诗母题与农事诗主题结合起来进行描述的：

但是，更美好的是我所生活的

天堂；大自然原始的馈赠

不比那里少，这里的蓝天和阳光

更加美妙；无论自然变化，季节更迭

总能找到一位可敬的劳动伙伴——

那是自由之人，为自己劳作。总是

依个人的需求选择时间、地点和目标。

他的舒适，天赋的职业还有喜好，

快乐地导向个人或社会的目标

身后紧随的出乎预料，甚至有

质朴、美丽以及无法回避的优雅。（《序曲》第八卷：148-158）

无论维吉尔笔下幸福的百姓还是诸如迈克尔这样的有点儿个人资产的牧羊人——且不论他们最终结局如何——都的确曾经在不自觉的情况下享受过天赐洪福。

华兹华斯的田园诗冷静而富有思想，风格独特且真实可靠，是对传统田园诗歌的扬弃。因此，读者不会因为湖区的牧人与阿卡迪亚的牧人或斯宾塞、莎士比亚作品中的牧人不太相像而感到惊讶。华兹华斯强调，他笔下的牧羊人既与"快乐的英格兰"时期诸如五朔节庆典等真正的乡村记忆毫无关系（《序曲》第八卷：191-205），也不像他在德国戈斯拉尔（Goslar）① 亲身观察到的那些真实、悠闲、平静的牧羊人——戈斯拉尔的田园景色之美简直可以"令想象力发狂"（《序曲》第八卷：326）。就像乔治·克拉比一样，华兹华斯既然没被维吉尔引入歧途，当然也不会被幻想所误导。华兹华斯笔下过着艰苦、朴实生活的牧羊人却呈现出近乎超自然的奇观：

> 我于是注意到
> 一个漫步的学龄童，不知为何
> 感觉到他在自己领域的仪态，
> 就像主人和王者，如自然与上帝
> 统辖的一种力量，或天赋才学。
> 最严苛的孤独与寂寞，
> 因他的出现而显得更加威严。
> 当蒙蒙雨中我溯流而上
> 前去垂钓，或迷雾缭绕中漫步于
> 渺无人迹的山道，倏然之间，
> 我瞥见他就站在几步远处，
> 像个巨人，在浓雾中高视阔步，
> 他的绵羊如格陵兰白熊。
> 他虽已融入渺远的山峦，
> 身影却深映在我的心间；
> 落日的光辉已将他接引升天：
> 我在辽远天空认出了他，
> 那形象孤独而又庄严，
> 立于最高天！如空中的十字架
> 稳扎在查尔特勒修道院尖塔的

---

① 戈斯拉尔位于德国下萨克森州哈茨山区，风景宜人。古有"北方罗马"之称；当地有独特的"巫婆"文化，所以又有"巫婆城"之称。其代表有：巫婆博物馆、巫婆节等。现被联合国教科文组织列入世界文化遗产名录。《抒情歌谣集》出版后，华兹华斯兄妹曾在此处度过几个冬季。

磐石之巅，供人膜拜。(《序曲》第八卷：256-275)

　　尽管华兹华斯拒绝因袭田园诗的传统，但他仍然"梦想着西西里岛"(《序曲》第十一卷：426)，并向当时在地中海旅行的柯勒律治致意。在致意中，华兹华斯回顾了忒奥克里托斯歌唱利西达斯的那首牧歌，复述了牧羊人歌手科马塔斯如何被残暴的领主禁闭起来，欲将其饿死，却被旷野飞来的蜜蜂用蜂蜜喂养而生存下来的故事："因为牧羊人被赐福了！／他品饮了缪斯的神酒"(《序曲》第十一卷：449)。利西达斯希望科马塔斯与他一起在美丽的旷野放牧，一块儿为他们的山羊吹奏牧笛。这个著名的田园寓言展现了诗歌的神圣力量，而《序曲》对它的引用本身就是一种巧妙的牧歌式伪装，亦即华兹华斯-利西达斯（真正的乡村诗人）献给柯勒律治-科马塔斯（"靠蜂蜜存活下来"的神圣歌手）的亲切颂词。在一封 1799 年 2 月 27 日写给柯勒律治的信中，华兹华斯写道："在埃尔郡和梅里奥尼斯郡①阅读忒奥克里托斯，它会让你不断回想起你在当地的日常所见；而在伦敦阅读康格里夫、凡布勒、法科尔，② 尽管离他们去世尚不足一个世纪，你却会遭遇整页整页乏味而令人费解的东西。"③ 在 1824 年 9 月 20 日致乔治·鲍蒙特（Sir George Beaumont）的信中，当谈到北威尔士的挤奶女工时，华兹华斯又一次侧面证实了上述观点："她们看起来多么高兴！那种忒奥克里托斯式牧人的做派一点也不令人感觉可笑。"④

　　华兹华斯努力使自己的诗篇具有如忒奥克里托斯作品那样的永久品质。在 1802 年《抒情歌谣》的序言中，他为他的诗歌题材作了如下解释：

　　我通常都选择微贱的田园生活作题材，因为在这种生活里，人们

---

　　① 埃尔郡（Ayrshire）是苏格兰的一个郡，以养牛业著称。梅里奥尼斯郡（Merionethshire）是威尔士历史上一郡名，位于威尔士北部。

　　② 康格里夫（William Congreve, 1670—1729）是英国剧作家，凡布勒（Sir John Vanbrugh, 1664—1726）是英国建筑师和剧作家，法科尔（George Farquhar, 1677—1707）是爱尔兰剧作家。

　　③ 转引自 Sambrook, James. *English Pastoral Poetry*. Boston：Twayne Publishers, 1983. p. 131.

　　④ Knight, William, ed. *Letters of the Wordsworth Family*. Boston and London：Ginn and Company, Publishers, 1907. Vol. II, p. 233.

心中主要的热情找着了更好的土壤，能够达到成熟境地，少受一些拘束，并且说出一种更纯朴和有力的语言；因为在这种生活里，我们的各种基本情感共同存在于一种更单纯的状态之下，因此能让我们更确切地对它们加以思考，更有力地把它们表达出来；因为田园生活的各种习俗是从这些基本情感萌芽的，并且由于田园工作的必要性，这些习俗更容易为人了解，更能持久；最后，因为在这种生活里，人们的热情是与自然的美丽而永久的形式合而为一的。①

事实表明，是华兹华斯以终结传统牧歌的方式完成了英国田园诗歌的本土化。他的诗歌将热情、质朴与真理结合在一起，充分展示了 18 世纪批评家在忒奥克里托斯诗歌中发现的那种"浪漫的田园生活"（romantic rusticity）。在他的诗歌里，黄金般的往昔岁月和惬意的栖居空间虽然被赋予了个人特征，却仍然保留了相应的神话维度。人们无须再向古代的虚构之地追寻"天堂、乐园／和极乐世界"（《隐居者》The Recluse：800–801），它们不过是"寻常生活的简单产物。"② 以华兹华斯为先导的浪漫主义及后浪漫主义诗人们创作的田园诗数量已然超乎我们的想象，更不用说还有 20 世纪的继承者了。但是，这些诗作并不能算是那个自古典时期开始一直传承到 18 世纪晚期的田园诗歌传统的一部分。虽然这个田园诗歌传统曾经历过萎靡时期（比如中世纪），也从没有真正中断过；虽然华兹华斯偶尔也将自己看作忒奥克里托斯–维吉尔传统的一部分，但毫无疑问，他比本文提及的任何诗人都更加超越了那个传统。华兹华斯与威廉·布莱克（William Blake，1757—1827）一起被誉为"真正意义上的现代英国诗人。"③ 华兹华斯之于田园诗歌犹如塞万提斯之于骑士文学；两者不同的是，塞万提斯只是骑士文学的终结者，而华兹华斯不但打破了一个旧传统，还开创了田园诗歌的新时代。

---

① Wordsworth, William. *Poetical Works*, Vol. 4. London：Langman, 1827. p. 360.

② Toliver, Harrold E. *Pastoral Forms and Attitudes*. Berkeley, Los Angeles；London：University of California Press, 1971. p. 258.

③ Bateson, F. W. *Wordsworth, a Re-interpretation*, 2nd ed. London：Longmans, 1956. p. 200.

华兹华斯引领了诗歌领域反传统的浪潮，极大地拓展了诗歌艺术的疆界。他是第一个伟大的现代实验派诗人，他的《序曲》为后继诗人提供了大量全新的、可资借鉴的经验。华兹华斯引领了一场现代文学运动，使得纯粹的自我表达和即兴创作也步入了艺术殿堂。他的影响在田园诗歌领域尤其深远。在19世纪和20世纪诗人创作的各类田园诗歌中，除了个别仍对忒奥克里托斯和维吉尔的作品有所怀恋之外，大都追随华兹华斯，以新田园诗歌的面貌示人了。华兹华斯的革命举动迫使诗人和学界纷纷对田园诗歌进行重新界定。我们现在通常称华兹华斯为自然诗人和田园诗人，其实这两个称谓就表达了现代读者对新型田园诗歌的理解：首先，华兹华斯的田园世界宽泛到了整个自然界；其次，他被称作田园诗人也绝非因为他对古典牧歌的点点呼应，恰恰相反，是因为他对古典牧歌的反动。虽然在整个英国田园诗歌传统中，自然描写与农牧生活相互分离的现象从未中断过，但直到浪漫主义时期，自然诗歌才真正开始成为一个独立的诗歌门类，与乡村诗歌一并成为英国田园诗歌新传统的重要组成部分。在这个新传统中，牧人形象渐渐淡出诗人的视野，即便偶尔出现在诗歌里，多半只是起装饰性作用，再也没有像在传统牧歌中那样风光了。这个新传统是田园诗歌本土化的结果，从此以后，传统意义上的田园诗歌被一种新的概念所取代——这种新型田园诗歌虽仍没有像吉福德的界定那么宽泛，倒是真正实现并突破了约翰逊、戈德史密斯等对田园诗歌的构想。正是从这个意义上说，英国田园诗歌的历史不但延续至今，定然还会永远延续下去。

第四节　维多利亚时期诗歌中的自然与乡村

维多利亚时期的诗人深受以华兹华斯为代表的浪漫主义诗人的影响，他们与浪漫主义传统一脉相承。虽然没有激进的浪漫派那种情感喷薄、热烈豪放之势，倒也继承了宁静、沉思、内省的"湖畔派"诗风。他们的诗歌"从浪漫主义的幻想转向揭示事物的真实，从主观的直接抒情转向客观化的描绘。"① 这种风格转向也体现在这一时期风行的自然书写和乡村书写之中。这一时期的代表性自然诗人和乡村诗人有威廉·巴恩斯（William Barnes，1801—1886）、艾尔佛雷德·丁尼生（Alfred Tennyson，1809—1892）、马修·阿诺德（Matthew Arnold，1822—1888）、亚瑟·休·克勒夫（Arthur Hugh Clough，1819—1861）、托马斯·哈代（Thomas Hardy，1840—1928）、A. E. 豪斯曼（Alfred Edward Housman，1859—1936），当然还有前拉斐尔派诗人（the Pre-Raphaelite poets）等。

丁尼生是一位集古典与浪漫于一身的抒情诗，他的诗歌有济慈式的细腻，也有华兹华斯式的沉思。飞白称其诗歌"像水明沙净的小溪而不像野性不驯的瀑布，像晨风拂过带露的草地而不像西风横扫森林和海空"②，可谓抓住了丁尼生自然诗歌的主要特征。诗歌《提托诺斯》（Tithonus）是一首献给曙光女神的颂歌。诗歌句句紧扣曙光初上的自然美景，结合提托诺斯的哀婉诉求，营造了一个充满古典美的优美、宁静、哀愁的意境。提托诺斯获得了永生却未能获得永远的青春，衰老不堪的他最终不得不充满哀愁地乞求女神还给他死去的权利：

> 你玫瑰红的暗影冷冷地浴着我，
> 冷冷的是你的星光；我枯皱的脚
> 踏着你微明的门槛发冷，当蒸汽
> 从那朦胧的田园上升，在那里
> 住着有权利逝世的幸福的人们
> 和更幸福的荒冢里的死者。
> 放我去吧，请把我还给大地。
> 你看见一切，你将看见我的坟；
> 你每天早晨都更新你的美丽，
> 而我，土中土，将忘却这空阔的宫阙
> 和驾着银色车轮回归的你。（66-76）③

---

① 飞白：《英国维多利亚时代诗选》，飞白译，湖南人民出版社1985年版，第3页。
② 飞白：《英国维多利亚时代诗选》，飞白译，湖南人民出版社1985年版，第4页。
③ 本节所引维多利亚时代诗歌多援引或参考飞白译本。

诗歌的寓意大概是说，脱离了根本的人无论如何都不会享有真正的幸福与快乐；要想获得安宁，最终还是要回归根本。丁尼生的自然诗歌大都具有这种哲理性内涵。诗歌《下山吧，姑娘》（Come Down, O Maid）以一位牧人的语气劝一位姑娘从不胜其寒的山巅下来，到美丽丰饶的山谷寻求爱情的归宿：

> 下山吧姑娘，从高山之巅下来，
> 高处有何欢乐可寻？——牧人唱道——
> 山峰上只有崇高、壮丽和寒冷。
> 不要再这样逼近天堂，不要再
> 像一线阳光滑过那枯焦的老松，
> 或坐在闪光的峰顶如一颗晨星。（1-6）

牧人之所以劝姑娘下山，那是因为"爱情是属于山谷的"（7）。把"山谷"这个意象作为爱情福地对读者来说并不陌生，桑拿扎罗、西德尼等许多诗人都把充满田园风光的山谷作为一个绝佳的追求爱情的封闭世界。

除了富含哲思之外，丁尼生的自然诗歌还以韵律整齐、节奏优美著称。《夏洛特夫人》（The Lady of Shalott）就是这样一首诗歌：

> 黑云压城东风劲，
> 萎黄林木渐凋零；
> 溪流拍岸发怨声。
> 沉云兜来滂沱雨，
> 哗哗泼向康洛城。（Ⅳ：1-5）

整首诗歌就是在这样的节奏和韵律中运行。格调同样优美的诗歌还有《悼念集》（In Memoriam A. H. H.）：

> 这是一个宁静的清晨，
> 正适合更宁静的悲切。

只听穿过凋谢的秋叶

栗子轻轻落地的声音。（XI：1-4）

再读一读《小溪》：

我来自鸳鹭栖息之处，

我自平地冒出，

我闪烁于蕨薇之间，

潺潺地流入山谷。

［……］

我潜越林间空地草坪，

我滑过榛树之荫；

我摇着甜蜜的勿忘我，

致意天下有情人。（1-4，37-40）

这些诗歌，当然还有诗人的《冲激，冲激，冲激》（Break，Break，Break）等代表性诗歌，充分体现出诗人在声音结构和韵律节奏等方面的艺术技巧。声音和韵律的巧妙使用也是丁尼生诗歌的一大特征。作为一位语言大师，丁尼生的诗歌虽然有时略显雕琢，但其文字纯净、流畅而富有乐感，其情感宁静、诚挚而沉稳，对后世不少诗人产生过重要影响。20 世纪威尔士诗坛泰斗、自然诗人、田园诗人 R. S. 托马斯（R. S. Thomas，1913—2000）对丁尼生的自然诗歌推崇备至，并终生将他奉为偶像。托马斯坦率地承认，他的早期诗作无论从意境还是从形式上，都在模仿他的偶像。他回忆说，自己童年时代就喜欢读丁尼生的诗歌。有一次他获了一个奖项，可以选一本书作为奖品，他向学校要求得到一本丁尼生的传记。理由很简单，因为丁尼生的早期诗歌中有大量对乡村风光的描写。① 请看托

① Thomas, R. S. *Autobiographies*. Trans. Jason Walford Davies. London：Dent，1997. p. 32.

马斯早期的一首无题诗：

> 白杨树在风中飘摇，
> 犹如纤细的水草，
> 群鱼是它的叶子，
> 被柔和缥缈的烟雨
> 迎入丝绸般的溪流。①

　　这首诗歌文字清雅，充满想象和对自然的热情，再现了诗人童年和少年时代对自然纯真、质朴的情感，是 R. S. 托马斯一生中少量正面讴歌自然之美的诗歌之一。但从韵律和意境角度来看，这首诗的确有模仿丁尼生诗歌的痕迹。

　　马修·阿诺德是浪漫主义之后少数几位创作过传统田园诗歌的诗人之一。他的《瑟尔西斯》（Thyrsis, 1867）是为悼念朋友亚瑟·休·克勒夫而创作的一首田园挽歌。诗歌表面上借助了传统牧歌的形式，但与其说诗人是想要延续传统牧歌这种形式，倒不如说只是想借助牧歌特殊的情调来表达特定的情感罢了。这是那个时代零星存在的传统牧歌的共性。因为那个时代诗歌的风尚已在淹没那个旧有的传统，自然诗歌与乡村诗歌已然繁荣。阿诺德本人对新趋势的迎合也很积极，他写出了一些清澈明朗、富于哲思的自然诗歌。

　　阿诺德自然诗歌的一个重要主题是试图在社会责任与精神宁静之间寻求到一个契合点。诗人不像华兹华斯那样超然世外，而是希望兼顾尘世与精神的两重空间。他认为只有自然可以帮助实现两者的契合。所以，他常常在其诗歌中表达超脱纷繁的世态和人类易变、浮躁的性情，在自然中求得一份宁静与永恒的愿望。十四行诗《沉默的工作》（Quiet Work）这样写道：

---

　　① 转录自 Brown, Tony. *R. S. Thomas*. Cardiff: University of Wales Press, 2006. pp. 15-16. 该诗属 R. S. 托马斯早期散失诗歌之一。布朗教授倾向于认为这首诗歌写为诗人供职于彻克或塔兰格林期间。据布朗教授考证，这首诗歌连同另外五首是 1939 年托马斯从彻克寄给格文·琼斯（Gwyn Jones），想发表于《威尔士评论》（*The Welsh Review*）的；但不知为什么后来被搁置，直到 1997 年才结集为《诗六首》（*Six Poems*）问世。

> 自然啊，让我向你学习一课，
> 这本书飘扬在每阵风里，
> 他教给我们两种责任的统一——
> 辛勤工作和安静的结合！(1-4)

诗人认为，如果说精神的宁静与世务的繁杂之间不可调和，那只是"喧嚣的世界"给人的一种误判（5），在自然当中，两者的调和完全可以实现。大自然"静静地工作却硕果永存"（6），令喧闹的世界为之失色。世间一切俗务都充满无谓的喧嚣，只有自然在按照永恒的部署前进，静默中完成其光荣的责任，哪怕人类消失，自然的伟大力量仍将持续，自然的宁静与祥和仍将永存。这种观念显然受到华兹华斯的影响。华兹华斯认为，自然不仅是物质财富的宝藏，更蕴含着无穷的精神财富。在诗歌《转折》（The Tables Turned）中，华兹华斯比较了向书本学习和向自然学习带来的截然不同的结果，以此劝谕他的朋友（和世人）不要一味地躲进书斋，而应该走近自然，在宁静、愉悦、健康中向自然求取真知：

> 起来吧朋友，把书本丢掉，
> 当心它压弯你的腰；
> 起来吧朋友，开颜欢笑
> 何苦要自寻烦恼？
>
> [……]
>
> 书本啊，是无穷无尽的忧烦，
> 来啊，听林间红雀歌唱
> 它的歌声多么美妙！我断言，
> 这歌声包含的智慧更广。
>
> [……]

大自然蕴藏着无限的财富，
护佑灵魂，启迪脑颅——
获取智慧时还强健了体魄，
欢愉之中就把真理掌握。

春天树林的律动，胜过
所有先贤的说教：
它能够指引你识别善恶，
教会你更多做人之道。（《转折》：1-4，9-12，17-24）

这首诗歌可以算是华兹华斯自然观的一个宣言书，其中阐明的观点影响了包括阿诺德在内的不少诗人。像华兹华斯喊出的"拜自然为师"（《转折》：16）的口号一样，阿诺德也明确倡导向自然学习，字里行间充分展露出诗人对待自然那种华兹华斯式的情感。这种情感可能源自阿诺德与华兹华斯之间的亲密交往——1834年，阿诺德一家曾在湖区度假，他们是华兹华斯的邻居和好朋友。华兹华斯的自然观可能在那时就开始影响到少年阿诺德。

阿诺德的自然诗歌写景如画，柔和的亮色、朦胧的薄雾、清亮的月光等意象在其诗歌中随处可见，且常常带有很强的比喻色彩。诗歌《被遗弃的人鱼》（The Forsaken Merman）讲述了凡间女孩玛格丽特（Margaret）离开人鱼丈夫和孩子，回归尘世乡村生活，而被遗弃的人鱼们凄凉而无奈地与冷酷的玛格丽特两世相隔。诗中描写人鱼父亲带领孩子们在尘世间追寻母亲的场景：

于是我带着孩子们浮上海湾激浪，
上了海滩，沿着香石竹花开放的沙丘，
我们来到那白墙的小镇，
石板铺的小巷里一片寂静，
我们来到迎风坡上灰色的小教堂，
教堂里传出人们喃喃祈祷的声音，

但我们却留在外面瑟瑟寒风中。(67-73)

祈祷的人群中就有玛格丽特，但她全然不听人鱼和孩子们的呼唤。无奈的人鱼们只得回到大海深处，从此之后只能是无尽的企盼：

> 孩子们，每当子夜
> 每当和风轻吹，
> 每当月色明媚，
> 每当大潮退尽，
> 每当石楠花和金雀花
> 向海上吹送阵阵清香，
> 每当高耸的礁石
> 把柔和的影子投在沙滩之上，
> 我们就匆匆升上海湾
> 登上静静闪光的沙滩，
> [……]
> 凝望那沉睡的白色的小镇，
> 凝望那坡上的教堂，
> 然后又悄悄回到海中。(124-139)

对小镇景色的描写一方面是要表现玛格丽特对凡间生活的依恋，另一方面也是借此强化诗歌的悲剧色彩——凡间生活固然美好，可那不是人鱼所能享有的，玛格丽特只能在人鱼和凡间生活之间做出抉择。而无论她如何选择，都将导致无可挽回的悲剧。可见，阿诺德善于利用景色描写来烘托主题，玛格丽特生活的这个世界的月光、白墙、纺车、小巷、海湾、沙滩、教堂，还有花香等意象渐渐由景色而内化成人鱼心中的情感符号，寄托了无限悲凉。诸如月光、海湾、沙滩等也是诗人的名篇《多佛海滩》(Dover Beach) 中的重要意象。

A. E. 豪斯曼 (Alfred Edward Housman, 1859—1936) 最为读者熟悉的诗集莫过于《什罗普郡一少年》(A Shropshire Lad, 1896)。诗集由 63 首诗

歌构成，其中有一首题为《俏丽的樱桃树》（Loveliest of Trees, the Cherry Now）的诗歌也是借景抒怀：

> 一株独秀樱花放，
> 俏立莽林驿道旁，
> 琼花竞开压枝低；
> 为迎复活换银装。

> 人生有涯七十年，
> 二十已去正堪叹；
> 天年渐减余五十，
> 岁月如水意阑珊。
> 群芳怒放欲尽观，
> 五十春秋长恨短，
> 闲来绕林独漫步，
> 樱花如雪看未餍。①

　　烂漫的樱花让诗人感受到时光如梭，生命苦短。这与整部诗集的基本主题密切相关——《什罗普郡一少年》以一种近乎警句式的抒情诗形式深切表达了英国乡村青年的宿命与失落。集中的诗歌优美、质朴、意象鲜明，迎合了维多利亚时代和爱德华时代的情趣，也获得 20 世纪早期许多作曲家的青睐。借助其歌曲背景，这些诗歌与那个时代和什罗普郡密切地结合在了一起。

　　威廉·巴恩斯（William Barnes, 1801—1886）的乡村诗歌情感温和、细腻而甜美，表达了对简朴的乡村生活和卑微的乡下人的深刻洞察。《农夫归来》（The Peasant's Return）表现了一对乡下夫妻清贫、苦难中维持的坚贞爱情：

> 他踏着黄昏的露珠，

---

① 译者不详。

匆匆奔向她的家门，
这老农却发现，地面上
只有两行孤零零的脚印
行走在天空之下
高低不平的小路上。

因为她从世俗的眼光中消失了
就像沉入黑暗的睡眠
直到好人重又出现，
发自灵魂的喜悦令他们双泪涟涟。
玫瑰化作她额头的灰尘；
虫蛾啃噬了她礼拜天的披肩；
她的罩袍都已过时；
她的鞋子因干燥而形状难辨。

诗歌颇有尤利西斯归家的感觉。《时节》（Seasons and Times）是诗人描摹乡村节令的一首田园短歌。诗人从冬末一直写到收获季节，字里行间表露出诗人对乡村的熟悉与热爱以及对乡村风光的敏锐感应。他农谚式的景物描写质朴而亲切，着实像是一位长期生活在乡下的农人的情感：

正是严冬将逝的时节，
阳光下劲风唱起挽歌，
却发现枝丫没有叶子
逗留，让它向地面抛洒。

土埂遮挡的雪线长而明亮，
延伸在篱笆下、山坡之上；
但通往桑顿的所有道路
地面已干不会将鞋子弄脏。

尽管寒气似乎在加强，
白昼却渐行渐长，夜晚
西去的步子益愈迟缓，
慢吞吞将暗影投向地面。

直到树梢叶芽渐密，
树叶闪着明亮的绿光，
夜晚雏菊将花苞合上
夜露浸润在地面之上。

再看那杨梅林立的花园
或绿荫葱茏的果园，主人
面带微笑，与果子一样灿烂，
太阳的暖光透过枝叶洒向地面。（1—20）

威廉·巴特勒·叶芝（William Butler Yeats，1865—1939）与巴恩斯一样具有浓厚的乡土情结。诗歌《湖中小岛伊尼斯福瑞》（The Lake Isle of Innisfree）充分表达了诗人向往自然和乡村生活的浪漫情怀：

我要起而去了，去到伊尼斯福瑞，
用黏土和荆笆筑一座小房，
植九畦豌豆，做一个蜂箱，
群蜂嘤嘤的林间我索居独享。

赢得些许宁静，如沙漏姗姗流淌
从清晨的薄雾直到蟋蟀的吟唱；
夜半微曦闪烁，正午耀映紫光，
夜晚也插上了红雀的翅膀。

我要起而去了，为了日日夜夜

> 能聆听那湖水轻轻拍岸的低唱；
>
> 伫立在马路或灰色的人行道上，
>
> 我总听到内心深处湖水的激荡。

这首诗歌收录于叶芝的第二部诗集《玫瑰》（*The Rose*，1893），是诗人最负盛名的诗歌之一。诗人用宁静、稳重、催眠似的六步格诗行营造出湖水有节律波动的感觉。诗人列举了质朴、宁静的典型意象表达对乡村生活的无限向往。这些乡村意象将读者还有诗人自己一同引入到美妙的田园遐想之中。直到倒数第二行，意象才突然转回到现实当中：诗人是在灰暗的都市的马路边、人行道上做了一场白日梦。诗歌的最后一行至关重要，既是为该诗点题，也是叶芝整个文学生涯的注解。这一点与华兹华斯许多诗歌的结尾颇为相像。"内心深处"（deep heart's core）暗示诗人真切的思想感受，旨在表达诗中所描绘的田园生活对诗人人生的重大影响；而发自内心的真实应是所有诗人的立身之本。

前拉斐尔派（The Pre-Raphaelites）追随约翰·拉斯金（John Ruskin，1819—1900）的艺术主张，"满怀真诚地走向自然，与她一起艰苦而充满信心地前行；心无旁骛，只求参透她的真谛；不拒弃，不选择，亦不藐视一切。"[①] 这帮年轻的画家和诗人遵循这种原则进行艺术创作，他们精心描绘自己所看到的一切。因为他们相信拉斯金的断言，认为通过精确、真诚的视觉表现就能参透自然的意义。下面以但丁·迦百列·罗塞蒂（Dante Gabriel Rossetti，1828—1882）的题画诗《白日梦》（The Day-Dream）[②] 为例，让读者领略一下这派艺术的主要特征：

> 阴凉的槭树啊枝叶葱茏，
>
> 仲夏时节还在萌发新芽；
>
> 当初知更鸟栖在蓝色的背景前，
>
> 如今画眉却隐没在绿叶之间，

---

① Ruskin, John. *The Complete Works of John Ruskin*, Vol. I . New York：The Kelmscott Society Publisher, 1903. p. 423.

② 这是罗塞蒂为自己的同名画作的题诗。

从浓荫中唱出森林之歌的音符，

飘向夏日的寂静。新叶还在生长，

却不再像那春芽的嫩尖，

从淡红的芽蕾中螺旋式地绽放。（1-8）

从这位画家兼诗人对自然景物的细节描摹中可以感受到，他离自然的真意比起我们这些熟视无睹者来说定然是近了许多。这派艺术持续时间虽然不太长，但它的一些重要特征进一步延续到了"唯美主义"（Aestheticism）思潮之中。

我们已经说过，维多利亚时期的诗歌延续了浪漫主义的主要特征。无论出于对工业化、城市化极速发展的对抗，还是出于个人的情趣爱好，抑或是出于其他原因，这一时期的诗歌的确有明显的自然化倾向。文人们通过自然书写表达一种与田园诗歌一样的"出世"情怀。除了上述列举的诗人之外，这一时期创作出优美自然诗歌、乡村诗歌的诗人还有很多，就连那些以小说闻名于世的作家们也不乏可堪传世的诗歌佳作。总之，维多利亚时期的田园诗歌绝不像我们认为的那样落寞；如果耐心梳理的话，真的会有意外的收获。

第六章　反田园诗——田园乌托邦的反面倡导

纵观田园诗歌的发展历程，不难发现，反田园诗从一开始就与田园诗如影随形。忒奥克里托斯的牧歌中已隐约出现少量类似反田园书写的内容，不过这些内容仅仅是作为田园描写的一种衬托，尚不属于有意识的社会批判。维吉尔则不然，他的一些牧歌把反田园书写作为一种有意识的社会批判展现出来，尽管这种展现非常委婉。所以，一般认为，欧洲反田园诗的历史始于维吉尔。英国反田园诗从维吉尔那里得其要领，经过巴克莱、斯宾塞等众多诗人的传承，到 18 世纪时发展到了顶峰。如果说早期的英国反田园诗因其零星尚无法构建起完整的反田园诗空间的话，18 世纪的反田园诗则以其深刻的现实揭露和强烈的批判精神构建出一个反乌托邦主义的社会空间。

第一节　古典牧歌中的反田园诗元素及其空间特征

如前所述，反田园诗歌的源头要上溯到先师维吉尔时代。维吉尔的《牧歌》、《农事诗》等作品显示，他笔下的许多故事都有其现实基础。这些以现实为基础创作的田园诗中不乏对现实的批判与揭露，只不过诗人善于将其批判意识巧妙地掩盖于乐观和宽容的语境之中。

《牧歌·其一》就通过失地者的悲惨和葆有土地者的幸运营造了一种不满与宽容的矛盾语境。诗歌采用了空间对比的叙事手法，以一片祥和、宁静的土地上的无忧生活反衬失去土地者的苦难与绝望，间接批判了罗马帝国初期社会已经凸显出来的尖锐的社会矛盾。故事背景洋溢着阿卡迪亚式的乡村气息：这里栽满了各类果树，有山毛榉、苹果树、梨树、葡萄藤，还有榛子林；这里牛羊成群，蜜蜂嗡嗡，鸽子欢唱；傍晚山丘长长的斜影笼罩着炊烟袅袅的茅草屋。这个祥和、宁静的农场应该就是维吉尔父亲的，可能是因为维吉尔与上层的密切关系，他们的农场受到了当政者的保护。但是，主要人物梅利伯（Meliboeus）的农场已经被强征了，他带着所有他能保护下来的东西逃离曼图亚，去寻找另外一个可以安身的地方。他漫无目的，也许会到塞西亚人（Scythians）居住的地方，也可能要流落到天涯海角的不列颠人（Britons）群体中去。他在旅途中碰见了泰特鲁斯（Tityrus）①，后者正悠闲地躺在草地上看着他的羊群吃草。泰特鲁斯说他的农场被保住了，因为他去了罗马，并向一位天神一样的年轻人请求。这个一家欢喜一家忧的故事是建立在真实的历史背景之上的，那就是罗马帝国初创时期的土地掠夺。奥古斯都（Augustus）自立为罗马帝国皇帝后，他想奖励一下追随他南征北战的老部下们。他把克雷莫纳（Cremona）和曼图亚（Mantua）地区所有曾与他为敌的人的土地都分配给了追随他南征北战的有功将士们。根据约翰·德莱顿（John Dryden, 1631—1700）对该牧歌英译本所做的题注，维吉尔也是这次土地掠夺的受害者之一；后来，由于米西纳斯（Gaius Cilnius Maecenas, 68B.C.-8B.C.）的求情，他的田产被归还。出于感激，维吉尔写了这首牧歌，以泰特鲁斯之名讲述自己的好运，而以另一人物梅利伯之名讲述他的漫图亚邻居们在此事件中所遭受的劫难。② 也就是说，同样的一股政治军事势力摧毁了梅利伯的家园却保留了泰特鲁斯的一切，尽管这两位牧人似乎根本没意识到其中的矛盾。泰特鲁斯全身沉浸在自己的好运里而无暇顾及梅利伯的遭遇。在梅利伯即将继续流浪他乡之际，泰特鲁斯除了为他安排了一个晚上的食宿之外，并没表现出特别的同情。梅利伯一面为内战带给他的灾难而万分悲痛，一面又衷心地祝福泰特鲁斯逃过了这一劫：

　　多么幸福的暮年！在这里，有你熟识的清溪，

① 一般认为，泰特鲁斯就是维吉尔的化身。
② Virgil. *The Works of Virgil*. Trans. John Dryden. London: Frederick Warne and Co. (digitalized in 2010). p. 441.

那圣泉旁的林荫，使人凉爽无比。

在这里，邻家的篱笆上繁花依旧，

希伯来的蜜蜂也来采摘花蕊上的蜜糖，

并用低微轻柔的甜美和声催人入睡；

高高的岩石下修葡萄的人迎风高唱。

林鸽的鸣叫使你心情舒畅，

斑鸠也在榆树枝头互相呼应。（51-58）

很显然，诗人在《牧歌·其一》中构建了两个层面的空间对撞：一是表面上宁静、祥和的田园生活与其掩盖下的充满尖锐矛盾的社会现实之间的冲突；另一是不同命运驱使下的两位人物不同心境的比照。尽管这首诗歌表面的创作目的是为了表达感激之情（也含有对奥古斯都的称颂之意），而且从整首诗歌的基本格调看，诗人的确在努力营造一个宁静祥和的氛围，但由于梅利伯的出场，使得诗人的这种努力走最终向了其目的反面：感激（与称颂）最终成了变相的批判。从结果来看，我们倒不如说是诗人有意这样安排的。因为，如果仅仅为了感激与称颂，是没有必要引入引发反面情绪的情节的。果真如此的话，目的定然是在后者而非前者。纵观维吉尔的《牧歌》，这种被虚掩起来的批判意识为成为其牧歌叙事的重要特征之一。与《牧歌·其九》所描写的一样，这幅优美的、理想化的意大利北部风光却夹杂着流落他乡的人们的浓浓乡愁。可见，巴望隐退于充满爱与美的田园世界中去过悠然自得、自给自足的生活，这种想法是多么不切实际。维吉尔承认，在理想和现实之间，在诗人拟构的理想国度和人们必须面对的这个严酷的世界之间存在着巨大的差异。与梅利柏的苦难遭遇相比，泰特鲁斯的笛声中则流露出了一种感伤和逃避现实的情绪。

除了上述表现手法之外，维吉尔还充分利用了人物行为来制造戏剧冲突和主题张力。我们完全可以体会到梅利伯描述上述景象时内心的复杂性情，这幅优美的、理想化的意大利北部风光中夹杂着无家可归之人的无尽悲伤。维吉尔是要借两位牧人的不同境遇，将理想和现实之间的冲突融入同一幅画面，从而警醒人们必须面对理想中的美好世界与现实中的严酷世界之间存在着的巨大差异。泰特鲁斯定然感受到了这一点，所以，他欢乐的笛声中也会流露出一丝感伤和逃避现实的情绪。基于此种思考，如果说梅利伯是生活在艰难时世，谁又能说泰特鲁斯是生活在伊甸园？或者换句话说，那孤寂天空衬托下的两个人的身影又有多少不同呢？

维吉尔的《牧歌·其九》继续延续着《牧歌·其一》的批判主题。诗歌写的是两位乡下人在路上相遇后的交谈与对歌。其中一位叫莫埃里（Moeris），是众多失去土地的曼图亚农民之一。他们的家园被"三头政治"（Triumvirate）时期退伍的士兵们占领；这些士兵受唆使参加了菲利比战役（Philippi campaign, B. C. 42），统治者许诺日后给他们一块土地过安定的生活；结果却是，这土地不是来自敌人，而是取自那些原本生活安详的意大利农民。莫埃里的同伴利西达斯（Lycidas）谈到了另外一位农民梅那伽为了他们的土地免遭掠夺而付出的努力：

> 可是我明明听说，从那些山丘低降
> 留下来一条斜坡的山岭的地方，
> 到那溪水和顶都裂开了的老榉树，
> 一切田地都被你们梅那伽用诗歌保住了。(7-10)

梅那伽确实曾呈递过一份诗体请愿书，不过最终还是失败了。两位乡下人一边称颂着梅那伽的歌，一边朝着曼图亚慢慢走去。根据《牧歌·其五》中的描写（85-87），梅那伽很可能像泰特鲁斯那样，代表的就是维吉尔本人，而且维吉尔本人很可能真的帮他们递交过请愿书。通过上文对梅那伽家乡的描述，《牧歌·其九》给我们展示了一个真实的地方，又让人联想起维吉尔的家乡。对话的场景就发生在通往曼图亚的路上，并且这两位乡下人就生活在那个真实的、灾难性的历史时期。故事场景也是当时黑暗的社会现实和农民们苦难生活的写照：莫埃里和利西达斯相遇时，乌云正在聚集，暴风雨即将来临，他们却从一个充满威胁的乡村走向了一个他们一无所知的城市。

收录于《维吉尔补遗集》（*Appendix Virgilianae*）中的一首诗歌可能最能说明维吉尔在描写农村生活和田间劳作时流露出的那寓社会批判于乐观

主义的表现手法。这首诗就是《香草奶酪》（Moretum①）。诗歌描写的是一位住在一间破旧茅舍里的农夫早上起来准备香草奶酪早餐的情景；这种早餐的名字成为诗的标题。这是一幅以日常生活为主题的完整画面，诗歌表面上在营造一种知足而乐的生活氛围，但如果站在另一角度，结合维吉尔一贯含蓄的批判态度，这首诗中显然暗含着一种反田园主题，即诗人试图通过对社会下层农民生活境遇的如实描写来表达对他们的同情。

上述诸例表明，作为农民的儿子，维吉尔无须任何溢美之词就能够精妙地描绘农耕生活。这种表现手法体现了诗人虽不满现实却又因既得利益而无法公然抨击现实的矛盾心理。可能有人会想当然地认为，这是时代的局限，但它何尝不是任何时代里那些尚有良知的既得利益者的普遍心理的反应呢？另外，维吉尔的《牧歌》暗示了"黑铁时代"的政治、战争和种种磨难对"黄金时代"安逸、自由的田园生活的严重破坏及其激发起的人类重归田园的强烈愿望。维吉尔的叙事模式虽然还不足以让他的诗歌成为典型的反田园诗，但无疑为后世反田园诗歌的兴起打开了一扇窗户。

第二节　早期反田园诗中的英国式乡村空间

维吉尔首倡的批判精神为后世诗人树立了榜样。我们认为，之所以维吉尔对英国诗人的影响较试奥克里托斯的影响要深远得多，最重要的原因之一恐怕就是他的批判精神。因为，早在牧歌在英国被接受之前，维吉尔的批判精神就已被英国诗人所接受并模仿。

在中古英语晚期，维克菲尔德大师（the Wakefield Master）开始在其剧作中表现类似于维吉尔《牧歌》中牧羊人和农民生活的现实场景；这些维吉尔式情节暗示，维克菲尔德大师应该接触并受过维吉尔诗歌的影响。就其作品内容来看，这位大师十分同情受压迫者和那些被社会遗忘的人，因而才被后世称作"中世纪的斯坦贝克"。他的作品用严苛的现实主义手法描绘荒凉山区的田园生活，揭示农民的贫困与苦难，其作品的主题基调

———————

① 又译作"色拉"。Moretum 是一种奶制品，好像是古罗马诗人很热衷的题材。

悲愤、强硬，有时甚至有点蛮横，凸显其对弱者的同情。他在维吉尔风格的基础上发展出自己的批判风格，形成了独特的、维克菲尔德式的现实主义田园描写。这种风格使得他成为英国反田园诗（anti-pastoral）的先驱。

中世纪晚期，英国还掀起一种以牧歌形式进行教会批评的风尚。斯克尔顿曾借助其笔下人物科林·克劳特（Colyn Clout）谴责邪恶的教士，说他们无心养羊，却一心惦念着羊毛（《科林·克劳特》：78-86）。作为一位普通的乡下人，科林·克劳特敢于直接表达对教会的看法，并大胆揭露主教的贪婪、无知、虚浮以及当时泛滥成灾的圣职买卖行为。不过，他又谨慎地声明：他的指控并非针对一切教士，他非但不是反对而且是在捍卫教会。从内容看，诗人的谴责似乎真的有所特指。在《科林·克劳特》中，斯克尔顿多次间接抨击主教沃尔西；他对沃尔西的公开抨击则出现在另一首诗歌《斯皮克·佩罗》（Speke Parrot）① 的后半部分。而在《何不觐见?》（Why come ye not to Courte?）中，诗人已完全不再掩饰：他嘲讽沃尔西主教徒有其表，质疑他的神圣权威，斥责他对各阶层请愿者的跋扈态度，甚至戏弄他的卑微出身。此种谩骂和攻击在红衣主教有生之年不可能刊印发行，但毫无疑问，它的手抄本曾广为流传。与斯克尔顿的诗歌一样，理查德·希尔的《拾遗录》中收录的一首佚名诗歌也借助一个真正的牧人之口抨击教皇和教士：

> 严实实裹着保暖的冬装，
> 教士们仍觊觎栏里的绵羊。
> 请圈好你的羊。②

这里，说话人的身份很重要。作为一位真正的牧羊人，他的话客观公正，颇具权威，因为他精通和热爱自己的行业，也深知其中的艰辛。他与那些傲慢、富有的牧师们形成鲜明对比：教士们只"播种罪恶的种子"，而不给羊饲喂"恩典的牧草"；他们的绵羊"脏兮兮的"，一看就是疏于

---

① 该诗歌现存版本不完整。
② Hill, Richard. Commonplace Book. Ed. Edward Flugel. *Anglia* XXVI, 1903. p. 169.

照料。①

巴克莱的 5 首长篇牧歌中也蕴含着丰富的反田园主题。这些反田园主题的表现形式沿袭了寓批判与乐观主义的维吉尔式叙事。

巴克莱不屑于评判那些虚幻缥缈的牧歌，而是直接通过表现牧人生活的艰苦与清贫来表达个人的道德诉求。巴克莱笔下的牧羊人终日与穷困相伴，无论如何也享受不到田园理想的惬意与满足。让我们再回顾一下他第一首牧歌开篇对主人公科尼科斯（Cornix）的描写：

> 风帽的破洞露出几缕乱发，
> 眼眉上一顶硬毡帽悬挂，
> 他破旧的衣衫泛着绿色，
> 打补丁的裹腿紧绷膝下，
> 毡帽一侧塞着把木汤匙，
> 外套上挂着个破水瓶子，
> 悬耳与瓶子几欲分家，
> 手中握着一把笛子，
> 丝丝地流露出他的牵挂，
> 挎包里装着面包和奶酪，
> 他站在那儿，看样子状态颇佳。（巴克莱《牧歌》Ⅰ：146-156）

诗歌暗示，科尼科斯贫穷而不失乐观。其情其景颇像维吉尔在《香草奶酪》中描写的那位住在一间破旧茅舍里的农夫的境遇。我们从农夫"颇佳"的状态中感受到的是一种莫名的苦涩。巴克莱还将曼图安（Mantuan）② 在其第三首牧歌中描绘牧人生活的困苦的诗行（17-21）翻译过来并加以深化，然后放进了自己的第一首牧歌的前部：

---

① Hill, Richard. Commonplace Book. Ed. Edward Flugel. *Anglia* XXVI, 1903. p. 169.

② 原名斯帕格奴里（Giovanni Baptista Spagnuoli, 1448—1516），是意大利一位杰出的牧师政治家和多产作家，被后人尊称为曼图安。曼图安著有 10 首牧歌，大约于 1498 年首次出版。这些牧歌以现实主义和幽默风格而著称。

多少汗水和劳碌，又加多少痛苦

才换来蔽体的衣衫，果腹的食物？

为了羊群的成长，还有家人的生活

君不见，牧人须忍受病痛的折磨。

酷暑难耐，我们仍要把羊群照料，

隆冬来临，又不免受严寒的煎熬；

我们睡卧在地面和石块之上，

他人却享用铺满羊绒的暖床。（巴克莱《牧歌》Ⅰ：219-226）

　　上述两节描写为全诗定下了委婉的批判的基调。科尼科斯其实充当的是诗人的代言人。他能够详尽描述宫廷生活的悲惨，因为他年轻时老往宫中送煤炭，这当然是获得内部信息的可靠渠道。亲身经历的故事使得科尼克斯的谴责更有分量，更令人信服。

　　巴克莱的另一位代言人是被称为浮士德的牧羊人。他也有过与科尼科斯类似的"旁观者"经历："他目睹过暴行的疯狂，／嫉妒、欺诈、仇恨与邪恶弥漫着城邦"（巴克莱《牧歌》Ⅴ：31-32）。这位牧羊人也许没有受过什么教育，他不过是见什么说什么：他眼中的都市的确充满了罪恶。他的道德权威不是源于抽象的理论，而是出自"实践与科学"（巴克莱《牧歌》Ⅰ：158）。所以，我们说巴克莱一直希望以实用伦理服人，而不是依靠文学虚构。当他写到牧羊人仍能"吃得上粗茶淡饭"（《牧歌》Ⅱ：1046）时，他当然并非一定要把粗茶淡饭当作贫穷的代名词，但牧人们窘迫的生活状况给人的感觉还是颇为震撼。再看诗人笔下另一位牧羊人敏纳科斯（Minalcas），他简直是一贫如洗，只能提出最基本的生活要求："我只要衣食和平静的生活，／外加一间遮蔽风雨的茅舍"（巴克莱《牧歌》Ⅳ：454-455），言辞之间流露出冻馁难耐的窘境。可以想见，牧人们的实际生活境况与理想中悠闲富足的田园生活相距多么遥远。

　　巴克莱还会借助寓言式的表达来强化其批判主题。比如，他在描写伊利（Ely）主教阿尔科克（Alcock）和温彻斯特（Winchester）主教福克斯（Foxe）时，便颇具伊索寓言的批判特征："这公鸡不忌惮那只狐狸／如狮子不惧怕与公牛相遇"（巴克莱《牧歌》Ⅰ：527-528）。这里巧妙地把两位主教的名字隐入诗句，暗含嘲讽挖苦之意。由此可见，巴克莱不但不拒绝寓言，还尽力使寓言大众化，消解其晦涩与神秘，并借助这种方法，使有关城市、宫廷、宗教的批判性题材成为牧人们的日常谈资。

就反田园主题而言，我们明显感受到了巴克莱为超越维吉尔及中古牧歌传统而付出的努力。首先，他试图以更接地气的乡村现实主义来取代古典牧歌中类似于文人清谈的、虚幻色彩浓厚的理想主义。其次，他的牧歌带有浓厚的说教色彩。为了把道理说得亲切自然，符合逻辑，巴克莱可以让其笔下的人物去聆听牧师布道和鸿儒讲学；而作为学者的艾涅阿斯居然被称为"牧羊人西尔维乌斯"（巴克莱《牧歌》Ⅰ：737），以便使其进入牧人世界合理化。为了强化其牧歌的道德内涵，巴克莱比其前任何诗人都善于借助权威人物的榜样力量。他为许多真实的牧人形象赋予了一个个权威的名字，除了浮士德，他还从曼图安那里照单接受了包括亚伯、以色列十二族长、帕里斯、阿波罗等在内的众多宗教与神话形象，并精心地将伯利恒牧羊人以及自命牧羊人的基督形象与牧羊曲传统交织起来。为了更好地表现道德主题，他还增加了潘神、赛利纳斯、俄耳甫斯、泰特鲁斯、扫罗、大卫等形象。可见，巴克莱在多个层面上的确超越了先师维吉尔。整体上看，巴克莱的牧歌拉开英国牧歌传统的序幕；尤其在现实批判方面，更是为后世英国诗人树立了榜样。文艺复兴时期的不少诗人都曾举起过反田园诗歌的旗帜。爱德蒙·斯宾塞是其中的典型代表。

在《牧人日历》（*Shepheardes Calender*）之《五月》（Maye）里，斯宾塞借牧人皮尔斯（Piers）和帕林诺蒂（Palinodie）之间的对话展开人性剖析和宗教批判。皮尔斯和帕林诺蒂可以看做新教和天主教两类牧师或信徒的代表。他们的对话旨在论证是否两个群体必须采用同样的生活方式。皮尔斯认为与恶人为伍非常危险，他主张不要过于相信那些伪装的善意；为了证明自己的观点，他引述了一个狐狸和小山羊的寓言故事（174-305）。这个寓言成为诗歌的核心片段。小山羊可以被理解为朴素的信仰和真正的基督徒；狐狸则喻指虚伪而不忠实的天主教徒，对他们不可轻信，也不宜与其为伍。这首牧歌虽然相当程度地保留了田园诗的特征，却通篇充满愤懑情绪，具有很强的反田园诗歌特征。试看诗人如何描绘破产的羊主人与

牧羊人的窘境，又如何抨击虚位买主（absentee purchasers）和享受圣俸的
小贩：

> 虽被雇佣却几乎没有报酬，
> 虚弱不堪犹如一架骷髅；
> 羊群垮掉了有人来索取羊毛，
> 给一两个子儿就夺去了所有。
> 我思忖这两者生活的价值，
> 一方是为了工钱，他也的确得到，
> 另一方的任务是神的委派，
> 伟大的潘神让牧羊人自觉遵守。（47-54）

　　小贩打着神的旗号乘人之危，现出虚伪与狡诈的本性；潘神的子民只
得默默接受，表现出对命运安排的无奈接受。这里还蕴含着另一个主题，
那就是基于古典神话的牧歌对宗教的俯就。尽管自中世纪以来，牧歌体裁
的宗教化越来越明显，以宗教批判为主题的牧歌层出不穷，但笔者认为，
类似的直接表现神话屈服于宗教的主题应该有着更为深刻的内涵，值得进
一步深思和探讨。

　　《七月》（Julye）仍然延续了宗教批判主题。在这首牧歌中，斯宾塞采
用了优美抒情的语言与巴克莱式粗俗讽刺的语言交互运用的手法，辅以断
句式十四音节诗行（即将一个十四音节诗行断为两行）的舒缓韵律来展示
一场辩论。这场辩论发生在清教徒"善良的牧羊人"汤姆林（Thomalin）
与"高傲而野心勃勃的牧师"莫雷尔（Morrel）之间，其主题以曼图安的
第八首牧歌为基础，又与斯宾塞本人的《五月》（Maye）相互联系。在汤
姆林（Thomlin）的描述中，就连那些罗马牧羊人的举止也无异于贪婪地主
和牧师：

> 羊吃面包皮，他们食用面包：
> 面包片和美味佳肴；
> 他们取走羊毛，让羊来增膘，

（瞧那憨憨的绵羊）。

别人脱粒，他们享有食粮，

他们终日无须辛劳。（187-192）

诗中的批判性寓意是透明的，只不过草草地遮以牧歌的面具，使得它看上去仍旧像一首牧歌。

上述英国诗人的反田园诗式书写既体现了他们对维吉尔开辟的反田园主题的理解、接受和进一步推进，也体现了他们对古典牧歌内涵和精神实质的较为全面的把握。反田园主题在接下来的社会变革时期相对沉寂，到了 18 世纪，英国反田园诗进入了繁荣时期。

第三节　新田园诗时代反田园诗中的乡村空间

18 世纪英国反田园诗的崛起有着广阔而深刻的历史背景，那就是给传统的英国乡村经济与乡村文化带来沉重打击的圈地运动和工业革命。英国圈地运动伴随了自 14-15 世纪毛纺业的兴起到 19 世纪 30-40 年代工业革命的完成这么一个漫长的历史时期。最初贵族地主只圈占公有土地，后来又圈占小佃农的租地和公簿持有农的份地。许多小农的土地被圈占，农民不得不远走他乡到处流浪。资产阶级专政建立之后，圈地运动才真正大规模展开。1688 年以后，英国政府制定大量的立法公开支持圈地，使圈地运动以合法的形式进行，规模更大。进入 18 世纪，国会又根据地主的申请，先后通过了 2500 多件圈地法案，经国会批准圈占的土地就高达五百万英亩以上。法律成为掠夺人民土地的工具，大量农民的土地使用权被强行剥夺，农民同自己的生产资料分离，失去生存保障，被迫成为劳动力市场上的无产者，靠出卖自身劳动力才能生存，即只有"自由"地服从雇佣劳动制度和接受资产阶级剥削才能生存。在 17 世纪末，英国全国尚有自耕农约 16 到 18 万户，到 18 世纪末，自耕农作为一个阶级来说已不复存在了。大规模的土地掠夺促进了地产的集中和农业资本主义的发展：地主圈占大片土地后，或自己雇工经营农场，或者租给租地农场主经营；这样一来，资本主义大农场经营模式大量出现，英国的乡村也随之进入农业资本主义时代。自耕农的破产为工业革命提供了劳动力保障，资本主义大农场经济又为城市和工业发展提供了充足的粮食和原料；它们共同成为英国工业革命的先导。圈地运动和工业革命对英国传统的乡村文化及生产生活方式带来的灾难性后果引起了文学艺术以及社会思想领域的强烈关注与批判，英国反田园诗也在此批判浪潮中进入了巅峰时期。

我们在上章已经说过，18世纪是英国田园诗歌由传统牧歌向新田园过渡的重要时期。所谓的新田园诗，就是指18世纪兴起的以现实主义乡村书写来取代理想主义牧歌题材的乡村诗歌。在这些现实主义书写中，正面的颂扬性主题和批判性主题并存，共同构成一首恢宏的英国田园交响曲。那些正面的书写旨在对惬意、富庶、祥和而且悠久的英国乡村生活及乡村文化的怀恋、维护和坚守，而那些以批判为主题的诗歌则旨在在哀挽圈地运动和工业革命对美好的英国乡村生活的毁灭性打击。正是基于上述原因，在上一章，为了揭示新田园诗中的本土特征，即其对英国性乡村空间的建构，我们将探讨的重点放在了新田园诗对乡村空间的正面描绘之上。但是，纵观整个18世纪新田园诗形成与发展的历史，批判的声音更为持久而响亮，它无疑才是整首田园交响曲中更为突出的旋律。也就是说，在这一时期英国乡村现实主义书写中，起主导作用的是反田园诗。

罗伯特·多兹里（Robert Dodsley 1703—64）1753年创作的农事诗《农耕》（*Agriculture* 未完成）很好地诠释了18世纪新田园诗颂扬与批判主题兼具的交响曲特征。诗中的农舍里充满了纯真无邪与恬静愉悦；热闹的市场景象犹如一幅幅素描，尽情展露乡村生活的诗意；年轻的挤奶女工帕蒂（Patty）"就像阿卡迪亚的仙女，"双眸"闪烁着纯真无邪的青春朝气"（第一卷，139）。就连其结尾也如汤姆逊《四季》中拉维尼亚（Lavinia）和佩勒蒙（Palemon）的故事那样，以乡绅瑟尔西斯（Thyrsis）向帕蒂求婚并赢得其芳心而完美告终。就在这祥和、喜庆的画面中，多兹里借助"劳工市场"这个意象向读者展示了一场"自愿的卖身奴们的盛会"（《农耕》第一卷，106）。两种形成鲜明对比的场景被并置在一起，并不是出于单纯文学表现的目的，而是乡村现实的真实再现。

在表现劳工市场内卖身求生的社会下层时，从农场工人成长起来的诗人斯蒂芬·达柯更有发言权。让我们再欣赏一下他在《打谷工》（The Thresher's Labour）中的描写：

> 我们的天性也在工作中流露：
> 汗水，和着土灰，呼吸着呛人的烟尘，
> 我们变身埃塞俄比亚人，
> 傍晚归家，我们的吼声震颤老婆的神经；
> 婴孩还以为要把怪物宴请。
> 斗转星移，我们把工作巴望，
> 直等时节到了把谷高扬。
> 新一年里老板的态度更差，
> 打谷工不得不屈服于他的责骂。
> 他总嫌打的不多，产量不够；
> 非说我们把半数的时间遗漏。（63-73）

诗中不断重复的"我们"意在突出最真实的发自下层人民的呼声。遗憾的是，这种来自底层的呼声随着达柯本人社会地位的改变——当时，达柯因被誉为"天造才子"而受到极度吹捧，曾一度成为女王的座上宾——而削弱了批判的力量。这一时期，真正反映底层声音的非"贫民挽歌"莫属。

"贫民挽歌"（pauper elegies）是新田园诗时代较早兴起的真正意义上的反田园诗形式。它是在托马斯·格雷（Thomas Gray，1716—71）的《乡村墓地挽歌》（An Elegy Written in a Country Churchyard）等诗歌的影响下发展起来的。在《乡村墓地挽歌》中，格雷从寻常的田园角度对比了农民的辛苦劳作与权力阶层的浮华，表达了对乡村贫民的同情。诗中提到的汉普顿（Hampden）的"劣绅"（58）与伊顿公学的加图手稿（Cato's letters）都透出乡村的不和谐气息，暗示了被掩盖的乡村社会矛盾。贫民挽歌就是在此背景下悄然兴起的。贫民挽歌中最权威的两篇莫过于由罗伯茨（Roberts）编发的西蒙·赫奇（Simon Hedge）的《贫民祈福者》（The Poor Man's Prayer）及托马斯·莫斯（Thomas Moss）的《乞丐的请愿书》

(*The Beggar's Petition*)。它们都旨在呼吁人们同情、关注那些遭驱逐的小农户们的悲惨境遇。这些诗歌在提醒人们，就在不久前，这些贫民还是过着田园生活的快乐的庄稼汉。

　　另外有两首诗歌进一步反映了农村土地被强行征用这一悲惨主题。一个是劳伦斯·怀特（Laurence Whyte）的《诗歌随笔》（*Poems on Various Subjects*）中的长篇叙事诗歌《离别酒》（The Parting Cup）；另一个是署名"奥菲莉娅"（Ophelia）的《思内斯沼泽，约克郡牧歌》（Snaith Marsh, a Yorkshire Pastoral）①。前一首之所以比较出名，很大程度是因为歌德史密斯（Oliver Goldsmith, 1730—1774）可能曾与此诗作者有交往，熟知此诗的创作过程，并且在他自己写作《荒村》（*Deserted Village*, 1770）时有意无意地从中获得过启发。第二首诗则保留了传统田园牧歌的形式和题材，并揉入"现代"主题。诗人小心翼翼地将纯正方言与诗歌用语结合起来，历数一位佃农所经历的爱情创痛及精神与物质的双重折磨：土地圈禁瞬间毁灭了他的生计和他结婚成家的希望。这恰恰就是当时南约克郡乡村的普遍状况：

> 思内斯沼泽，穷人的面包，我们全镇的骄傲，
> 没有篱笆，没有路标，遍地是肥美的鲜草。
> 这无人收租的草甸，我们祖辈的牧场，
> 谁能料想，瞬息间变成了这般模样：
> 弯弯的犁铧剥去了她锦缎的外衣，
> 长长的镰刀抹去了她最后一点绿。
> 如今啊如今，她满面伤悲，
> 一条条、一排排，被栅栏包围。（《思内斯沼泽，约克郡牧歌》：
> 21-28）

　　贫民挽歌让诗人的批判的目光转向了圈地运动及其对英国传统乡村文化，尤其是自耕农经济的毁灭性打击。歌德史密斯的《荒村》是表现这一

---

① 原载 *Gentleman's Magazine*, March 1754.

主题的巅峰之作。

《荒村》中有许多有趣的人物描写和生活细节。这些"可能都带上了回忆的霞光，有点理想化了，然而诗人的用意是惋惜田园生活的消逝，用昔日的欢乐来对照后来的凄惨。"① 诗歌以诗人对自己理想中的乡村的愉快回忆开始——诗的开头，诗人热情地呼唤他的家乡为"甜美的奥本"（Sweet Auburn）——随之而来的是对一去不复返的快乐的乡村生活的哀悼。诗人把矛头直指"暴君的黑手"和"暴政"，认为它们才是造成这一切的罪魁，并意味深长地指出怎么会"财富在聚集，人却在堕落"（52），"贸易的无情的后果"是如何"侵占了土地又剥夺了乡民"（63-64）。想到先前的回归快乐乡村的愿望已经破灭，诗人更是哀叹自己命运的不幸；于是又回忆起自己儿时快乐成长的环境，特别是两个栩栩如生的人物：一位是乡村牧师，另一位是乡村学校的校长。再下面，诗人转而描写乡村所发生的变化：土地被圈去归富人们使用，穷人们被从那里赶了出去，即所谓"富人的快乐日涨，穷人的快乐消亡"（267）。穷人何处安身？要是他们涌向城市，他们拿什么谋生？结果只能是，穷苦的男人沦为乞丐，穷苦的女人沦为娼妓；而富人们只顾骄奢淫逸。要是他们远渡重洋到美国或是别的遥远的地方，他们又会面临各种变数和焦虑，遭受离井背乡之苦。《荒村》对富有的地主和大资本家们大规模侵占公用土地及农民赖以生存的生产资料的暴行给予尖锐地批判。从这个意义上讲，它又完全可以称得上记录、批判18世纪英国历史上"圈地运动"的历史文献。

在1762年发表的散文《下层社会生活的革命》（The Revolution in Low Life，1762）中，歌德史密斯第一次提到了"荒村"这一主题，文中详细描写了一个庄园围场。据诗人讲，围场离伦敦五十英里，是在1761年夏天形成的。一位来自伦敦的富商为了满足自己的需求，收买了当地居民的田产，将近上百家的居民被逐出家园。在其1764年发表的诗歌《旅行者》（Traveler，1764）中，诗人将自己的抗议进一步的扩大化，他写道："君不见为博得贵人一笑，/ 游人如织的村庄已毁掉？"（405-406）《荒村》通过对被遗弃的奥本村的描述，用为人熟知的形式讲述了一部关于乡村灾难的

---

① 王佐良：《英国诗史》，译林出版社1997年版，第203页。

传说。故事讲述的基本事实就是，为了满足富人的乐趣，乡村正在遭受毁灭。霍华德城堡、赛伦塞斯特公园，还有克赖奇、黑尔伍德、霍克汉、霍克顿、柯德勒斯顿、马利沃斯、弥尔顿·阿巴斯、诺曼顿、纽恩汉姆·考特尼、肖慈布鲁克、斯托、维姆普尔等等，这些18世纪享有盛名的花园都是吞食的乡村土地。这些景致花园的建成是为了满足大地主阶层对古典田园生活的向往，实现他们对阿卡迪亚、潭蓓谷（the Vale of Tempe）和黄金时代的梦想。但是对哥德史密斯来说，出于取乐目的大兴土木就意味着对另外一种世外桃源或者黄金时代的破坏，意味着对生于斯长于斯的农民们的幸福生活、优秀品质以及独立精神的破坏。

奥本村的荒弃使得歌德史密斯对奢华建筑和土地交易的巨大利益展开抨击，可以说这首诗歌是那个时代的真实写照。毫无疑问《荒村》是一首反田园诗。因为，作为一首描述荒弃村落的田园挽歌，《荒村》主题特征主要是哀伤：

> 再没有溪流如镜反射阳光，
> 杂芜丛生难觅旧日模样。
> 孤独的游客从林中走来，
> 护巢的麻鸭把声势虚张；
> 荒芜的小路间田兔飞掠，
> 哇哇的号叫单调而干瘪。
> 昔日的凉棚已废毁难辨，
> 荒草爬满了断壁颓垣。（41-48）

这个场景里充满了田园歌者自己的感情色彩："她的辛苦劳作在我内心郁积，/令往昔变成了痛苦的回忆"（82-83）。诗人以这个骈句引入下文关于"归隐"的话题（82-112），其中的主观色彩贯穿始终，并以作者以被擒野兔自比达到高潮；因为歌者看到的不仅是自己忧伤的对象，而且还有忧伤中的诗人自己。他犹如一个多愁善感者，独自咀嚼自己内心的感受，同时也坚定地注视着外部世界。诗人用以下文字导入诗歌的主题：

信奉真理的朋友，务实的政治家们，

富人的快乐与日俱增，穷人们的快乐日趋消减；

如果让你做一个评判，你会发现

华美的土地与快乐的土地相隔多远。（265-268）

《荒村》通过对村民们的集体描写以及对个别村民的精心刻画来体现谦卑的乡村生活中蕴含的美德主题。其中有一位女保姆，她被剥夺了财产，在孤独与悲伤中度日。这是人道主义文学当中常有的、再普通不过的形象——一位没落的地主雇用了一位贫穷、羸弱的男仆或女仆，以免被迫花钱支援其他教区的穷人。诗中，自然与艺术、乡村与城市、简朴与奢华的冲突构成了田园诗特有的理性框架。歌德史密斯笔下的强健有力、生活平庸却富有道德观念的自由农民，是一个终日在田园中劳作的、典型的自然人形象。在写给雷诺兹（Reynolds）的信中，诗人以"古人"自居，谴责外贸业务的激增致使大量的财富和权力集中在少数富人手中，进而对国家的自由产生威胁。这观点明显是受了崇尚简朴、美德与共和的罗马理想的启示。诗人宣称，"英格兰悲伤的时代降临之前，／每一寸土地都供养着它的人民"（《荒村》57-58）。这种声音在当时反对圈地和垄断的政论性小册子里寻到了共鸣。当然，哥德史密斯并非在提供具体的农业改革规划；他的诗歌的大基调是伤痛，不可能有改革的激情。但是，歌德史密斯以一个无论从经济角度或道德角度来讲都不合理的围场为例，把当代乡村地区受压迫的现实和只存在于记忆当中的令人向往的、理想化的农耕式阿卡迪亚进行对比，激发了1790年代政治上激进主义的诞生。《荒村》生动而直接地推动了人道主义的普及和对乡村生活的现实主义描写，也强烈谴责了城镇化对乡村宁静安逸的生活带来的破坏。

然而，在《荒村》之后兴起的"贫民诗"浪潮中，激进的情感表达体现得并不明显。诺威奇的约翰·罗宾逊（John Robinson）在《被压迫的村庄》（*The Village Oppress'd*，1771）中，回忆起那些可以追溯的时代，那时，未受伤害的农民还是愉快一族。诗人抱怨地主们出于虚荣、贪婪和对奢华的追求，将"农场与农场合并，田地与田地聚拢"；谴责城市里的富人们为了炫耀自己的财富而通过收买穷人的土地来扩建自己的公园，并将市里

的现代设备带到了农村。约翰·司各特（John Scott，1730—1783）在其
《训谕牧歌集》（*Moral Eclogues*，1778）之一《阿敏》（Armyn）中描绘过
类似于《荒村》的情景，但其中对激进的抗议情绪多采取回避态度。他借
被驱逐的牧羊人阿尔比诺（Albino）之口控诉现实，哀婉曾经的美丽多姿、
充满活力的田野风光，还有风车、村舍、篱笆墙等这些惬意的村庄景象。
现如今，这一切都成了地主们炫耀门庭的资本：

> 在邈远空旷的原野上
> 幽深的园林挥霍着它的苍翠，
> 高大的别墅上屋脊熠熠生辉。（《阿敏》：52-54）①

充满嘲讽意味的是，"苍翠"（verdure）当中的"V"与"挥霍"
（waste）中的"W"搭配在一起，发音相似，增强了讽刺效果。以及下行
当中的 Vast Villa 的发音相近，尽管差别微乎其微，却能产生讽刺的意味。
但是阿尔比诺继续唱道：

> 我命苦啊！但话又说回来，我应该抱怨吗？
> 这些活着的羔羊至少还是生命的证明；
> 就让我们，对拥有的一切，不论好坏
> 充满感激，并耐心地承受吧。（《阿敏》：55-58）

通过倒装的句法形式，司各特表达了自己对穷苦大众的支持。

《荒村》对激进思想的影响一直到 18 世纪 90 年代才得以体现，但是，
这首诗对人道主义的普及和对乡民生活描写的影响却很直接。罗伯特·费
格森（Robert Fergusson，1750—74）的《农民的壁炉》（The Farmer's
Ingle）里就有生动并充满同情心的描写，诗歌的写作风格承袭申斯通-哥
德史密斯（Shenstone-Goldsmith）田园诗一脉，却很好地利用了自拉姆齐时
代就已开始复苏的苏格兰本土传统。他写作的主题是寻常的"幸福百姓"，
但是他的语言风格并不像大多数田园诗人，在很大程度上运用的是他所描

---

① 司各特的诗歌文本引自 Scott, John. *Moral Eclogues*. Printed for H. Payne, 1778.

述社会的本土语。

威廉·库珀（William Cowper, 1731—1800）在《任务》（*The Task*, 1785）当中对穷人的描述比歌德史密斯的描写更加注重个性化和白描化。这一点通过对比库珀对疯狂凯特的描述（《任务》第一卷 534-566）和歌德史密斯对悲哀管家的描述（《荒村》129-136）便可以看出。库珀对那些值得同情的穷人表示善意的理解，把他们作为被赞助的对象。他能意识到农村地区劳动生活的艰辛，但是，他也对那些不值得同情的穷人给予谴责（《任务》第四卷 335-512）。他把瓦罗（Verro）的话改写为，"上帝创造了乡村，人类创造了城镇"（《任务》第一卷 749）。诗人强烈谴责城镇对乡村宁静安逸的生活带来的破坏，

> 城镇浸染了乡村；污渍
>
> 在处女的衣袍上染一个斑点，
>
> 更糟糕的是，它毁了这个长袍。（《任务》第四卷：532-534）

然而在此之前，他温和地讽刺了田园诗歌的传统风格：

> 那些流光溢彩的时代，
>
> 那些田园牧歌情景
>
> [……] 看起来仿佛是
>
> 被王庭驱逐了，在寻找避难的丛林
>
> [……]
>
> 徒然的希望！那些日子再也不复返：缥缈的梦想
>
> 成了想象的原型。诗人的手，
>
> 赋予事实空洞的影子，
>
> 把诱人的幻觉视为真实。（《任务》第四卷：514-528）

乔治·克拉比（George Crabbe, 1754—1832）的《村庄》（*The Village*, 1783）与哥德史密斯的《荒村》有许多相似之处：都用双韵体，都写"圈地运动"时农村的凄惨景象。所不同的是《村庄》的"笔触更具体，口气

更严厉，对圈地运动的谴责也更强烈。"① 而且，从形式上看，《村庄》中英雄双韵体的运用顺应了诗的内涵，也使所描述的画面更生动，叙事更简洁。

《村庄》共分两卷。在第一卷的开头，诗人开宗明义：这首诗的目的是要"描绘一幅真实的穷人画面"（5），同时也揭露了自维吉尔时代以来田园诗歌中田园景象的虚假性。接下来诗人就开始根据自己对家乡阿尔德堡的印象来绘制乡村的真实图画。地点描绘过后，又对那里的居民生活进行了速写。克拉比如实地反映劳动人民的生活状况：他们披星戴月，流血流汗，风刮日晒，腰痛膝颤，历尽人间所有的悲惨和苦难；乡村作坊里的劳动者——无论年长年幼，无论是痛苦挣扎的病人还是垂死的贫儿——都在遭受非人的折磨。充斥第一部诗歌的只有阴郁、悲哀的画面。第二卷开篇描绘出一个夏季安息日恬静、愉悦的景象，但是紧接着的是醉酒、争吵和晚间骚乱等不愉快事件。下面诗人拿穷人与高贵者相比，指出高贵者也有与穷人一样的伤痛和不幸，劝穷人不要嫉妒高贵者。接下来是对高贵者中一位名叫罗伯特·玛纳斯勋爵（Lord Robert Manners）的典范人物的讴歌。全诗以向诗人的资助者鲁特兰德公爵的致辞作为结尾。

尽管诗的最后一部分的意义明显由于鼓吹高贵者与贫穷者可以在社会中和谐相处而遭到了破坏，尽管贫穷和悲惨的根源并没有被追溯到社会制度或者暴政或者"高贵人"的压迫而是归结于"贫瘠的土地"和穷人们自己酗酒、骚乱等陋习，但该诗至少让我们看到了18世纪末弥漫整个英国乡间的极端的贫困和灾难。诗人对他那个时代某些诗歌和小说中美化乡村生活的做法表示反感并起而反抗，这明确表达了他对他所熟知并且联系紧密的穷苦的劳动人民的同情。诗中甚至对自然的描绘也缺乏美，这都是为了与生活在那里的穷苦乡民的悲惨境遇相协调。该诗（也是克拉比后来所有诗歌）的另外一个特点是在对自然和乡村生活进行如实描写的过程中，时不时穿插进道德说教。

克拉比对传统田园诗歌的讽刺与其情感矛盾之间并不冲突，因为他是在伯克（Edmund Burke，1729—1797）的关注下创作的《村庄》，又得到

---

① 王佐良：《英国诗史》，译林出版社1997年版，第204页。

了约翰逊的赞赏，后经约翰逊如椽之笔的润色，诗行毅然地抛弃了传统牧歌之流弊：

> 在明桥河畔，恺撒的富庶王国里，
>
> 如果维吉尔再次发现了黄金时代，
>
> 那必定是昏昏欲睡的诗人的美梦在延长，
>
> 机械能重唱曼图亚人的歌曲？
>
> 在维吉尔而非幻想的引导下，
>
> 我们严重偏离了自然和真理。（《村庄》第一卷：15-20）

约翰逊认为一个诗人应该跟随"幻想"即想象力，而不是维吉尔。但是，在克拉比的原始文本中，这段的最后一行写道："由想象，抑或是维吉尔引领。"诗人想要借此表达的是，无论是想象力还是维吉尔都不能确保将（诗人）引领向"自然和真理"。克拉比呼吁诗歌应是直接、清晰的观察。他真实的"穷人的画像"正是对他那个时代富于情感的理想主义者的抗议。

> 去吧！去看他们晨兴而出，
>
> 终日劳作辛苦疲惫，
>
> 去看他们带月披露而归，
>
> 经年囤积疼痛伤悲。（《村庄》第一卷：142-149）

事实上，克拉比笔下的乡村青年既不健康向上，也不单纯无辜。他们当中甚至有受贿的选举人，以及渔歌中奚落的刻薄的渔夫和毁船越货者：

> 我在这愁眉苦脸的土地上漫游，
>
> 寻找自然赋予的淳朴生活；
>
> 然而劫掠、邪恶和恐惧篡夺了她的位置，
>
> 送来这大胆、狡猾、粗暴和野蛮的种族。
>
> 这些人原本只会捕鱼抓虾，
>
> 一年一次的大餐，七年才有的贿赂，

他们等待在海边，随着海潮涨满，

热切地盯着过往的货船。(《村庄》第一卷：109-116)

可见，克拉比坚决反对把"自然状态下的人"与善良美德画等号。他的讽刺不仅针对已经本土化了的现代人道主义田园诗歌，也直指那些对维吉尔梦幻般的模仿之作。《村庄》直接陈明的主题是人类状况的平等(第二卷87-106)；不过，以现代人的眼光来看，他的平等说教恰恰显得有悖公允。全诗的高潮出现在一首长篇挽诗中，克拉比一面称颂罗伯特·玛纳斯勋爵，一面要求穷人们去考虑他们主人生活的痛楚和危险，并要求"停止你们的嘀咕，/想一下，想一下他，平静的上交赋税吧"(第二卷113-114)。这节陈述就紧跟在一个好色的治安法官向一个村庄娼妓背诵法律的场景之后。这个笨拙的情节过渡是要展示一种伦理冲突，诗人希望借此重构富人与穷人之间的良好关系——即燕卜荪所谓的"古老牧歌的基本招数"[①]——这样做的效果堪比约翰·司各特训谕牧歌《阿敏》的骇人结论。但是，克拉比并没有大胆到公然质疑社会秩序；在这点上，他不但未超过，甚至还不如哥德史密斯。克拉比对早期田园诗的超越在于，他将斯威夫特、盖伊、达柯、申斯通以及收录于匿名杂志和杂集的诗歌中对诸如"知足常乐的乡巴佬"及"教区小职员"等各色小人物或讽刺或感伤或平淡的"底层描写"(low description)加以发展，形成一种具有"荷兰绘画"特征的艺术技巧。早期的评论家们认为，这种技巧体现了克拉比出众的才赋。

或许克拉比可以出于悲伤而宣称"乡村诗人赞美绿色田野的时代/[……]一去不复返了"(《村庄》第一卷7-8)，但是事实证明，继斯蒂芬·达柯之后，堪称"天造才子"农民诗人并非绝无仅有。1786年塞尔玛诺克版(Kilmarnock volume)[②]罗伯特·彭斯诗集的扉页上赫然写着"淳

---

①　Empson, William. *Some Versions of Pastoral*. New York: New Directions Publishing Corporation, 1974. p. 11.

②　塞尔玛诺克(Kilmarnock; Gaelic: *Cille Mheàrnaig*)是苏格兰东艾尔郡(East Ayrshire)的主要城市。彭斯第一部诗集《苏格兰方言诗集》(*Poems, chiefly in the Scottish dialect*)于1786年在此地出版，世称塞尔玛诺克版。

朴的歌者，颠扑不破的艺术规则。"彭斯自觉地按 18 世纪英国和苏格兰传统写作，沃尔特·司科特爵士（Walter Scott, 1771—1832）称彭斯是"一位拥有自己耕犁的勤劳播种者。"① 彭斯的风格淳朴、审慎，不事虚饰；他抛却当时不事稼穑的作家们处理题材时的感伤倾向甚至近乎闹剧的流弊。例如，在诗歌《老佃农新年致老灰马》（The Auld Farmer's New-Year Morning Salutation to his Auld Mare Maggie）中，他对作为工作伙伴和家产的耕马表示了尊重和爱护，同时，也表达了一个农夫在长时间辛苦劳作后获得补偿的真正快乐——对自己耕作技术的自豪感以及获得收益后的满足感。在《两只狗》（Two Dogs）中，绅士的狗和农夫的狗展开对话。农夫的狗表示，尽管工作无保障，还有地主和贪婪的管家的压迫，农夫还是设法苦中作乐；绅士的狗的答复中讲到，穷人有穷人的苦难，富人也有富人的悲惨，揶揄的话语中还真带点辩证色彩。可见，这首诗并不是在宣讲传统的伦理牧歌中农夫的快乐与美德，而是从狗的角度表达对人性悖论的不满。②

18 世纪诗歌中展示的农民居家的欢乐和堂皇的客厅陈设都有甜美的奥本的影子，而这种生活与后来受到严重破坏的奥本一样，一去不复返了。骚塞（Robert Southey, 1774—1843）就曾在其 1794 年创作的四首《波坦尼湾牧歌》（Botany-Bay Eclogues）之《汉弗莱和威廉》（Humphrey and William）中表达了对失去这一美好生活的哀挽。骚塞对这些田园诗的排列追随了蒲柏的风格——将每个行为安排在早晨、中午、傍晚和夜晚等不同时段。但是，在题材方面他走的却是坚定的"现代"路线，因为他笔下的人物是罪犯，是不公平的社会与刑罚制度的受害者。这四首田园诗的主题——贫困与压迫、罪恶与悲伤、乡村变化以及战争——在骚塞 1797 年至 1803 年间创作的《英国牧歌》（English Eglogues）中得以再现。其中《被毁的小屋》（The Ruined Cottage）一篇，严肃悲怆，很大程度上受到华兹华斯影响；因为，当骚塞 1795 年第一次遇见华兹华斯时，他已经着手写这

---

① 转引自 Sambrook, James. *English Pastoral Poetry*. Boston: Twayne Publishers, 1983. p. 122.

② 彭斯的杰出成就早有定论，况且国内彭斯译本很多，王佐良先生也在《英国诗史》中对彭斯做过专节介绍，此处不再赘述。

个相同题目的诗歌了。

华兹华斯大半生栖居于乡野，比其他任何浪漫派诗人都更加接近和关切乡村下层劳动群众；他以民主主义和人道主义的观点，以满腔的同情和敬意，描写贫贱农民、牧民、雇工、破产者、流浪汉直至乞丐们的困苦生活、纯良品德和坚韧意志，创作了大量的田园佳作。

华兹华斯的早期诗歌刻画了大量下层民众形象。诗歌《索尔兹伯里平原》（Salisbury Plain）大约从 1791 年开始创作，其中一些诗节以《女流浪者》（The Female Vagrant）为标题在《抒情歌谣集》（*Lyrical Ballads*，1798）中出版。在该诗中，诗人引入了许多司空见惯的人物形象和 18 世纪后半期的人道主义主题：乞讨女人、吉卜赛人、退役水手、因贫穷而被迫入伍的小农，战争的恐怖以及圈占土地所带来的恶果。诗中，女流浪者的生活也曾经是牧歌式的，就像生活在未受污染的奥本（Auburn）一样；但是，附近一栋"豪宅"的建造终结了这种生活方式。她既是戈德史密斯"丧偶的孤独体"（《荒村》）的继承者，又与库珀的"疯狂凯特"（Crazy Kate）如出一辙。尽管这个人物形象被刻画得栩栩如生，深入人心，华兹华斯还是感到不满，觉得"女流浪者"仅只是"描述性的"（descriptive）。不过，若将该诗与《废弃的农舍》（The Ruined Cottage）或《迈克尔》（Michael）稍做比较，就明白诗人不满足的道理了。

《废弃的农舍》讲述的是一位独守空房的妻子在孤独、贫困中永不放弃地等待丈夫归来的故事。诗歌通过荒芜的花园、破败的小屋以及残垣断壁等意象表达了贫困、苦难、死亡等主题。该诗是一首反映确切历史的田园挽歌，它比《荒村》中关于当时社会、经济史实的描写更可靠。同时，《废弃的农舍》在心理描写方面也更为真实。①

在华兹华斯的反田园诗中，最著名的当是《迈克尔》（Michael, a Pastoral Poem）。该诗以一位真实的牧羊人的生活为题材，并采用了传统的牧歌形式。如绝大多数田园诗一样，《迈克尔》也是在表现人与自然的关系这个古老的田园主题。不过，由于诗歌更具有写实色彩，而不是纯粹充满感伤的虚构，令人感受更为真切而深刻。迈克尔过去的点滴感情就记录在

---

①　关于《废弃的农舍》中的心理描写参见本书第三章第四节。

他所拥有并赖以生存的那片土地之上，所以，当他看到他自己曾经救过一只羊的地方，情感记忆的机制被经济动机调动起来并不断地加强，足够令人信服：

> 谁要是猜想，这里的青山、翠谷、
> 溪流、岩石，都与牧羊人的心境
> 漠不相关，那可就大错特错了。
> 这原野，他常在这里畅快地呼吸；
> 这山岭，他曾多少次健步攀登；
> 这些熟悉的老地方，将多少往事
> 铭刻在他充满苦难的记忆，
> 无论是技巧还是勇气，快乐还是恐惧。
> 这些老地方，像书本一样，记录着
> 他与那一群哑巴畜生的点点滴滴，
> 他搭救，饲喂，为它们遮风挡雨；
> 凭这些辛劳，保障他正当的权益；
> 那原野，那山岭，已完全
> 牢牢执掌了他的情感；
> 他对它们的热爱几近盲目，
> 却透露出生活本身的愉悦。(62—77)

　　故事的结尾，迈克尔小屋的地基被犁铧翻个底朝天，只剩下那棵橡树还立在原处；再就是那堆石头——没有砌好的羊栏遗迹，还留在那喧闹的山溪旁边，似乎仍在悲叹老羊倌的悲惨遭遇。关于乡村土地征收的主题自维吉尔的《牧歌·其一》经由《荒村》再传到《迈克尔》，形成一个断续的传承，理清了反田园诗的一个发展路线。但是毋庸置疑，《迈克尔》对这个主题的表现更具普遍意义，更人性化，但同时也更具悲剧色彩。

　　如戈德史密斯看待《荒村》一样，华兹华斯也把《迈克尔》当作一个政治武器。在1801年1月14日的一封信中，他让查尔斯·詹姆斯·福克斯（Charles James Fox, 1749—1806）① 注意一下他 1800 年卷中的另一首田园诗，《兄弟》（The Brothers）。信中宣称：

> 我已在尝试描绘一幅表现爱国情感的画面，因为我知道这种情感存在于几乎被禁闭于英格兰北部的那些群体之中。他们是独立的小土地主（姑且称他们政治家），是些受过高等教育的人；他们每天都在他们自己的小片土地上劳作。假如人们尚不是多么贫穷的话，爱国情感在这样的人烟稀少之地总会显得更为浓烈。但是，这种情感从那些继承祖业的小庄园主身上获取的情感力量是那些仅仅借机体察雇工、农民、工业无产者生活状况的人们所无法想象的。他们的小片土地不仅充当他们爱国情感的一个永恒集合点，而且充当着记录情感的石碑，永远铭记于心。它是符合社会人士本性的一个涌泉，如他本性一样纯洁，每天为他提供情感补给。这个阶层的人群在快速消失。先生，你知道每个好人都将祝贺你，因为你的公众社交礼仪与举止已经在保护这一阶层的人和那些有类似情况的人们。②

华兹华斯给福克斯的信中传达的意思颇像维吉尔《农事诗》表达的保守主义思想。在华兹华斯看来，小农对自己土地的依赖正是美德的基础和爱国主义之树的主根。所以，华兹华斯晚年时反对 1832 年的《改革法案》（the Reform Act）的执行，因为它把特权给了没有土地的人；而华兹华斯认为，从事物的本性来看，没有土地的人不太会成为真正的爱国人士。他的这种态度理应会得到 18 世纪大部分作家的理解和认同。

迈克尔这个人物不自觉地将理想状态下的寻常百姓的独立、刚毅和美德与圣经的神圣意象联结起来，尤其当他和他的儿子订立盟约的时候。但是毋庸置疑，与 18 世纪田园诗歌中其他的牧人相比，迈克尔这个人物显得更可信，更有活力，也更真实。华兹华斯将迈克尔融入到自然的壮丽和山脉的庄严之中，因为那里是他的生境与家园；而无韵体的运用使得诗歌措

---

① 英国著名辉格派政治家。

② Knight, William, ed. *Letters of the Wordsworth Family , 1787—1855.* Vol. I. Boston and London: Ginn and Company, Publishers, 1907. p.138.

辞简洁，句子结构简单，增强了庄严气氛。《迈克尔》充分地支持了华兹华斯在《抒情歌谣集》之《前言》中阐述的诗学主张，即他的诗歌将会提供一个"对于人类感情、人类性格和人类事件的自然描述。"① 在《迈克尔》及华兹华斯的其他诗歌里，以善良的农民及其在城市中堕落的孩子、乞丐、遣散的士兵及其他人物构成的人道主义队伍就像一群演员一样在田园风景这个舞台上转悠了一圈；突然之间，我们发现自己已经不自觉地进入了一个关于人、人心及人类生活的深刻剧情之中。

浪漫主义之后，英国反田园诗并未退出历史舞台，其传统经由马修·阿诺德等维多利亚诗人的传递，一直延续到 20 世纪乃至当今，包括托马斯·哈代、泰德·休斯、R. S. 托马斯在内的众多现当代诗人都有反田园诗歌名篇。

毋庸置疑，反田园诗中体现出的反乌托邦主义精神本质上并非对乌托邦理想的否定，而是在哀挽乌托邦理想的幻灭。其最终目的是以焦虑与幻灭、感伤与怀旧的主题期盼田园乌托邦的回归。如果说田园诗是对田园理想的正面倡导，那么，反田园诗则因其对乡村社会现实的批判性反映而成为对田园理想的反面倡导。就最终目的而言，两者无疑是殊途同归。

---

① Wordsworth, William. *Prose Works of William Wordsworth*, Vol. Ⅰ. London and New York: Macmillan and Co., 1896. p. 31.

结语　我们都在阿卡迪亚

我们在本书开篇就说过，作为怀旧文学的代表，田园诗倡导人类回归原始生境——田园与荒野，欲以文学想象的方式重构黄金时代。事实上，在这个重构过程中，田园诗逐渐摒弃了纯粹的理想主义，而以一种更为切实可行的社会理想取代了对渺远的黄金时代的欲求。这个理想的社会模式就是阿卡迪亚式田园乌托邦，它不但引领着人类的精神航向，还是一个切实可行的解决人类精神困顿的途径。

阿卡迪亚式田园乌托邦不但有别于黄金时代和伊甸园等宗教乌托邦，也有别于阶级乌托邦（如社会乌托邦、国家乌托邦、社团乌托邦等）和个人审美乌托邦。[①] 黄金时代仅存在于遥远的过去，强调的是时间维度，并没有明确的空间架构；伊甸园兼顾了空间和时间双重维度，既有对其空间架构的详尽描述，又突出了从创建到失落的时间流逝。阶级乌托邦虽强调空间，却多是完全虚构、无迹可寻的乌有乡；个人审美乌托邦则是指审美个体试图借助艺术通往终极人生目标：精神的自由与幸福。上述各类乌托邦的共性特征是：愿望美好却没有实现的根基；它们反映的是"理想"与"现实"之间不可调和的矛盾。田园诗中的阿卡迪亚则不然，它既是一个真实存在且有可靠社会历史与经济生活模式的现实空间，又因为环境宜人，民风淳朴，生活惬意，人与自然和谐而成为都市有闲阶层心目中的理想世界，是融现实空间与理想空间为一体的田园乌托邦，也是解决理想与现实冲突的有效途径。欧洲田园诗的发展史就是田园乌托邦形成与发展的历史。

[①]　关于乌托邦的分类，参见：崔竞生，王岚：《乌托邦》，《西方文论关键词》，赵一凡等主编，外语教学与研究出版社 2006 年版，第 613—620 页。

要深入理解田园诗背景下田园乌托邦的思想内涵和现实意义，首先要纠正长期以来人们对欧洲田园诗（尤其是牧歌）的偏见与错误认识。研究发现，这个阿卡迪亚式田园乌托邦绝不是一个匀质的、理想化的、虚无缥缈的空想世界，而是一个弥漫着人间烟火的、理想却又世俗的多元化社会空间。这里有善良、美丽、闲适、丰裕，也有奸猾、丑陋、困顿、贫瘠；有真正的爱情，也有纯粹的肉欲；有高雅，也有庸俗；有颂扬，也有批判；有喜剧，更有悲剧。也就是说，田园诗从一开始就不是美化主义和理想主义的代名词。因而，田园乌托邦也不是一张理想国的平面图，而是一个多元融合的立体空间；它因诗意而令人向往，因世俗而更感亲切。研究表明，英国田园诗具有如下空间特征：

第一，田园诗的空间是人类与自然和谐交融，性情相通的空间。大自然既有与人一样的精神与情感，又有与人类一样的情感表达方式。从哲学层面看，这种人与自然精神统一的观念是自然神学、自然宗教以及某些唯心主义思想基本观点的文学反映。从美学层面来看，大自然对人类情感的反应实质上是人类心理和内心愿望的真实体现，也就是拉斯金所说的心理真实。

第二，田园诗的空间是性爱的胜地。性爱属于僻静的角落，而田园诗中的山谷、林丛、荒野中的洞穴为性爱提供了绝佳的私密空间。当性爱表现为人的自然属性时，更是与田园和荒野有着天然的和谐。大而言之，田园诗中的乡间活动或者都市庆典也都是性爱发展与情欲释放的绝好时机。所以，田园诗中性爱类型繁多，题材丰富。可以说，田园诗是最适合表现爱情的文学形式之一。

第三，田园诗里有诗意的栖居。无论是古典牧歌对乡村的理想化描绘，还是新田园诗对英国乡村的现实主义描写，都为着一个切实而深受欢迎的目标——构建诗意栖居的英国式乡村空间。田园诗对英国乡村的诗意书写旨在表现人们对惬意、富庶、祥和而且悠久的英国乡村生活及乡村文化的怀恋、维护和坚守。这既是英国人特有的爱国精神的表达方式，也是英国人钟爱传统，尤其是乡村传统的侧面写照。

第四，田园诗里还有社会批判——这个主题主要体现在反田园诗中。反田园诗是对田园理想的反面倡导，与田园诗理想殊途同归。英国反田园诗的发展历程表明，反乌托邦主义从一开始就与其如影随形。英国早期反田园诗继承了维吉尔含蓄批判的风格；诗中有批判，也有顾忌，因而无法构建起完整的反田园诗空间。经过多代传承，英国反田园诗于18世纪走向成熟；这一时期的反田园诗因其深刻的现实揭露和强烈的批判精神构建出一个反乌托邦式的社会空间。就英国反田园诗的发展历程来看，其核心主题主要在于通过反映圈地运动与工业革命对传统乡村社会文化的毁灭性打击，哀婉与怀恋已然失落的美好生活，呼吁理想新世界的到来。

第五，田园诗承载着乡村文化与乡村历史。古典时期的牧歌如此，英国田园诗更是如此。从田园诗被引入英国那天起，英国的田园诗人们就开启了将田园诗本土化的进程。在这一漫长的过程中，英国本土的自然、历史、文化等元素不断融入田园诗中，使其不但成为英国田园空间的建构者，更是英国乡村文化和乡村历史的记录者。尤其是到了新田园诗时代，新农事诗、自然诗歌和反田园诗更是以现实主义手法描绘了乡村社会的美丽与丑恶，光明与黑暗，富庶与贫困，为读者展示了英国乡村的两面性。英国田园诗的发展过程正是英国乡村从小农经济经由圈地运动和工业革命最终走向大农场经济的缩影。

最后，田园诗中出世和入世话语并存，表现出辩证的主题关系。英国田园诗中的入世话语主要体现在诗人们对社会现实的积极关注——无论是颂扬或批判——以及为构建和谐、理想的社会付出的努力。这种主题无论在古典牧歌，新田园诗还是反田园诗中都有充分表达。田园诗人们构建的田园乌托邦就是他们为人类寻求的理想社会的模板；而且，这是一个真实可感，终能实现的理想而又有现实基础的社会空间，也就是田园诗人们心目中的阿卡迪亚。田园诗中的出世话语表面上是一种消极的隐逸思想的流露，实则是诗人们对个人精神空间的积极开拓。古今中外，无论是大隐还是小隐，田园诗人所追寻的无非是遁入个体空间，营造一份儿宁静和超脱，达于一种理想的精神境界。辩证地看，这种出世话语中其实蕴含着积极的入世态度，因为，诗意的个体空间的营造必然成为诗意的社会空间的蓝本。所以，超脱世外与其说是被早期批评家所斥责的逃避主义，不如说是诗人们对人类生存空间和精神境界的积极开拓和探索。正如阿卡迪亚由牧人的个体生存空间逐步成长为具有普遍意义的社会空间一样，田园诗中出世话语的终极任务不是表达个人诉求，而是反映社会理想。

　　总之，以田园诗为依托的田园乌托邦构建了一个融城市与乡村于一体的矛盾空间。正如都市中的花园是用来解决都市人逃离（都市喧嚣）与留恋（物质享受）的心理矛盾一样，田园诗谋求解决的是一个更高层次的矛盾：社会理想与社会现实之间的矛盾。田园诗以文学想象的方式给出了解决社会理想与社会现实之间的矛盾便捷路径，那就是阿卡迪亚式田园乌托邦。

　　我们愿意相信——田园乌托邦不是乌有之乡，阿卡迪亚也不在遥远的他方。

参考文献

［爱］西默斯·希尼：《希尼诗文集》，吴德安等译，作家出版社 2000
　　年版。

［奥］西格蒙德·弗洛伊德：《性学三论与爱情心理学》，台海出版社 2016
　　年版。

［德］马丁·海德格尔：《存在与时间》，陈嘉映、王庆节译，生活·读
　　书·新知三联书店 2014 年版。

［德］费尔巴哈：《宗教的本质》，王太庆译，商务印书馆 2013 年版。

［德］席勒：《论素朴的诗与感伤的诗》，见《西方文艺理论名著选编》，
　　伍蠡甫，胡经之编，北京大学出版社 1985 年版，第 473—496 页。

［法］丹纳：《艺术哲学》，傅雷译，安徽文艺出版社 1991 年版。

［法］亨利·勒菲弗：《空间与政治》，李春译，上海人民出版社 2008
　　年版。

［法］加斯东·巴什拉：《空间的诗学》，张逸婧译，上海译文出版社 2013
　　年版。

［法］莫里斯·布朗肖：《文学空间》，顾嘉琛译，商务印书馆 2005 年版。

［法］让-克里斯蒂安·珀蒂菲斯：《十九世纪乌托邦共同体的生活》，梁
　　志斐、周铁山译，上海人民出版社 2007 年版。

［法］让-皮埃尔·韦尔南：《古希腊的神话与宗教》，杜小真译，生活·
　　读书·新知三联书店 2001 年版。

［古罗马］维吉尔：《牧歌》，杨宪益译，上海人民出版社 2009 年版。

［古希腊］柏拉图：《文艺对话录》，人民文学出版社 1979 年版。

［古希腊］柏拉图：《理想国》，郭斌和、张竹明译，商务印书馆 2003

年版。

［古希腊］亚里士多德：《诗学》，陈忠梅译注，商务印书馆 2002 年版。

［美］爱德华·W. 苏贾：《后现代地理学——重申批判社会理论中的空间》，王文斌译，商务印书馆 2007 年版。

［美］爱德华·索亚：《第三空间：去往洛杉矶和其他真实和想象地方的旅程》，陆扬等译，上海教育出版社 2005 年版。

［美］大卫·哈维：《希望的空间》，胡大平译，南京大学出版社 2005 年版。

［美］大卫·哈维：《正义、自然和差异地理学》，胡大平译，上海人民出版社 2010 年版。

［美］格伦·A. 洛夫：《实用生态批评：文学、生物学及环境》，胡志红等译，北京大学出版社 2010 年版。

［美］劳伦斯·布伊尔：《环境批评的未来：环境危机与文学想象》，刘蓓译，北京大学出版社 2010 年版。

［美］列奥·马克斯：《花园里的机器：美国的技术与田园理想》，马海良、雷月梅译，北京大学出版社 2011 年版。

［美］罗伯特·戴维·萨克：《社会思想中的空间观：一种地理学的视角》，黄春芳译，北京师范大学出版社 2010 年版。

［美］欧内斯特·卡伦巴赫：《生态乌托邦》，杜澍译，北京大学出版社 2010 年版。

［美］斯科特·斯洛维克：《走出去思考：入世、出世及生态批评的责任》，韦清琦译，北京大学出版社 2010 年版。

［意］拉斐尔·贝塔佐尼：《神话的真实性》，《西方神话学读本》，阿兰·邓迪斯编，金泽译，广西师范大学出版社 2006 年版，第 119—134 页。

［英］德里克·格利高里，约翰·厄里编：《社会关系与空间结构》，谢礼圣、吕增奎等译，北京师范大学出版社 2013 年版。

［英］格里高利·克雷斯：《英国启蒙运动中的乌托邦思想》（影印版），中国政法大学出版社 2003 年版。

［英］雷蒙·威廉斯：《乡村与城市》，韩子满等译，商务印书馆 2013 年版。

［英］罗伯特·A. 西格尔：《神话理论》，刘象愚译，外语教学与研究出版社 2008 年版。

［英］罗素：《西方哲学史》，何兆武、李约瑟译，商务印书馆 2003 年版。

［英］威廉·华兹华斯：《华兹华斯抒情诗选》，杨德豫译，湖南文艺出版社 1996 年版。

［英］詹姆斯·乔治·弗雷泽：《金枝》，徐育新等译，大众文艺出版社 1998 年版。

崔竟生、王岚：《乌托邦》，《西方文论关键词》，赵一凡等主编，外语教学与研究出版社 2006 年版，第 613—620 页。

飞白：《英国维多利亚时代诗选》，飞白译，湖南人民出版社 1985 年版。

冯雷：《理解空间》，中央编译出版社 2008 年版。

胡家峦：《文艺复兴时期英国诗歌与园林传统》，北京大学出版社 2008 年版。

姜士昌：《英国田园诗歌发展史》，中国社会科学出版社 2016 年版。

刘蔚：《宋代田园诗研究》，人民文学出版社 2013 年版。

龙迪勇：《空间叙事学》，生活·读书·新知三联书店 2015 年版。

鲁刚：《文化神话学》，社会科学文献出版社 2009 年版。

童强：《空间哲学》，北京大学出版社 2011 年版。

童庆炳，程正民主编：《文艺心理学教程》，高等教育出版社 2001 年版。

王凯：《自然的神韵——道家精神与山水田园诗》，人民出版社 2007 年版。

王宁主编：《文学理论前沿》（第一辑），北京大学出版社 2004 年版。

王佐良：《英国诗史》，译林出版社 1997 年版。

周秀荣：《唐代田园诗研究》，中国社会科学出版社 2013 年版。

周晓琳，刘玉平：《空间与审美：文化地理视域中的中国古代文学》，人民出版社 2009 年版。

朱光潜：《文艺心理学》，漓江出版社 2011 年版。

朱光潜：《西方美学史》，人民文学出版社 2004 年版。

Addison, Joseph. *The Spectator*, 1711–1712.

Alpers, Paul. *The Singer of the Eclogues：a study of Virgilian pastoral，with a new translation of the Eclogues*. Berkeley：University of California

Press, 1979.

—. *What Is Pastoral?* Chicago: University of Chicago Press, 1997.

Amigoni, David. *Victorian Literature.* Edinburgh: Edinburgh University Press, 2011.

Anderson, W. S. *Ovid's Metamorphoses* (Books 1-10). Norman: University of Oklahoma Press, 1972-96.

Bachelard, Gaston. *The Poetics of Space.* Trans. Maria Jolas. New York: The Orion Press, 1964.

Baptista, Mantuanus and Lee Piepho. *Adulescentia : The Eclogues of Mantuan.* New York: Garland, 1989.

Barnfield, Richard, Kenneth Borris, and George Klawitter. *The Affectionate Shepherd : Celebrating Richard Barnfield.* Selinsgrove, PA; London: Susquehanna University Press; Associated University Presses, 2001.

Barrell, John, and John Bull, eds. *English Pastoral Verse.* Harmondsworth, Middlesex: Penguin Books Ltd. , 1974.

Barrell, John. *The Idea of Landscape and the Sense of Place , 1730—1840: an Approach to the Poetry of John Clare.* Cambridge: Cambridge University Press, 1972.

Baskerville, C. R. *The Elizabethan Jig.* Chicago: Chicago University Press, 1929.

Bate, Jonathan. *Romantic Ecology: Wordsworth and the Environmental Tradition.* London; New York: Routledge, 1991.

—. *The Song of the Earth.* Cambridge, Massachusetts: Harvard University Press, 2000.

Bateson, F. W. *Wordsworth , a Re-interpretation*, 2nd ed. London: Longmans, 1956.

Bernard, John D. *Ceremonies of Innocence : Pastoralism in the Poetry of Edmund Spenser.* Cambridge, England; New York: Cambridge University Press, 1989.

Bloomfield, Robert. *The Farmer's Boy , Rural Tales , Good Tidings , with an Essay on War.* New York: Garland Pub. , 1977.

Boccaccio, Giovanni. *The Latin Eclogues.* Trans. David R. Slavitt. Baltimore:

Johns Hopkins University Press, 2010.

Bodenham, John, and Augustine Birrell. *England's Helicon. A Collection of Lyrical and Pastoral Poems : Published in* 1600. Ed. Arthur Henry Bullen. London: J. C. Nimmo, 1887.

Boehrer, Bruce. "What Else Is Pastoral? Renaissance Literature and the Environment." *The Review of English Studies* 63. 258 (2012): 150–152.

Borgeaud, Philippe. *The Cult of Pan in Ancient Greece.* Chicago: The University of Chicago Press, 1988.

Brand, John. *Observations on Popular Antiquities.* Rev. H. Ellis. London: Henry G. Born, York Street, Covent Garden, 1888.

Brown, Tony. *R. S. Thomas.* Cardiff: University of Wales Press, 2006.

Brown, William. *The Whole Works of William Brown* 2 vols. Ed. W. Carew Hazlitt. Chiswick Press: Printed for the Roxburghe Library, by Whittingham and Wilkins, 1868.

Browne, Moses. *Angling Sports.* Cambridge: Chadwyck-Healey, 1992.

Browne, William. *Britannia's pastorals* (1613) —1616. Menston: Scolar P. , 1969.

Bryan, George Sands. *Poems of Country Life : a Modern Anthology.* New York: Sturgis & Walton company, 1912.

Bryan, John Ingram. *The Feeling for Nature in English Pastoral Poetry.* Tokyo: Kyo-Bun-Kwan, 1908.

Bryson, J. Scott. *Ecopoetry : A Critical Introduction.* Salt Lake City: University of Utah Press, 2002.

Bullen, A. H. , ed. & intro. *Some Longer Elizabethan Poems : An English Garner.* New York: Cooper Square, 1964.

Burke, Edmund. *Correspondence of Edmund Burke.* Ed. J. A. Woods. Cambridge: Cambridge University Press, 1963.

Burns, F. D. A. "The First Published Version of Shenstone's ' Pastoral Ballad. ' " *Review of English Studies* XXIV (1973): 182–185.

Burns, Robert. *The Complete Works of Robert Burns : Containing his Poems,*

Songs, and Correspondence. Boston: Philips, Sampson, and Company; New York: J. C. Derby, 1855.

Burris, Sidney. *The Poetry of Resistance : Seamus Heaney and the Pastoral Tradition.* Athens: Ohio University Press, 1990.

Calverley, C. S. *Theocritus Translated into English Verse* (2nd edition) . London: George Bell and Sons, 1883.

Carew, Thomas. *The Poems of Thomas Carew.* Ed. Arthur Vincent. London: Lawrence and Bullen, Ltd, 1899.

Carrington, Fitz Roy. *The Shepherd's Pipe : Pastorial Poems of the XVI & XVII Centuries.* New York: Fox, Duffield & co. , 1903.

Carver, Robert H. F. "Renaissance Pastoral and its English Developments. " *Notes and Queries* 39. 4 (1992): 505–506.

Cavendish, George. "The Life and Death of Cardinal Wolsey. " Ed. Richard S. Sylvester. *Early English Text Society* No. 243. London: Oxford University Press, 1959.

Chalmers, Alexander, ed. *The English Poets from Chaucer to Cooper* 21 vols. , 1810.

Chamberlin, Henry Harmon, Moschus, and Bion. *Last Flowers : A Translation of Moschus and Bion.* Cambridge, Mass. : Harvard University Press, 1937.

Chambers, E. K. and F. Sidgwick. *Early English Lyrics.* London: Sidgwick and Jackson, 1907.

Chambers, E. K. , et al, eds. *English Pastorals.* Freeport, N. Y. : Books for Libraries Press, 1969.

Chappell, W. *Popular Music of the Olden Times.* London: Cramer, Beale and Chappell, 1959.

Chaudhuri, Sukanta. *Renaissance Pastoral and Its English Developments.* Oxford: Clarendon Press, 1989.

Chen Jia. *A History of English Literature.* Beijing: The Commercial Press, 2002.

Chesney, Donald. *Spenser's Image of Nature : Wild Man and Shepherd in "The Faerie Queene".* New Haven: Yale University Press, 1966.

Child, F. J. *English and Scottish Popular Ballads*. Boston: Houghton Mifflin, 1884—1898.

Clare, John, and Jonathan Bate. *I Am : The Selected Poetry of John Clare* (1st ed.). New York: Farrar, Straus and Giroux, 2003.

Clare, John, and Tim Chilcott. *The Shepherd's Calendar*. Manchester, England: Carcanet, 2006.

Clare, John. *The Later Poems of John Clare : 1837—1864*. Oxford: Clarendon Press; New York: Oxford University Press, 1984.

Clare, John. *The Wood Is Sweet : Poems for Young Readers*. New York: F. Watts, 1966.

Clark, Andrew, ed. *The Shirburn Ballads , 1585—1616*. Oxford: Clarendon Press, 1907.

Clausen, Wendell. *A Commentary on Virgil : Eclogues*. Oxford: Oxford University Press, 1995.

Collins, William. *Oriental Eclogues*. San Francisco, CA: Windsor Press, 1932.

Congleton, J. E. *Theories of Pastoral Poetry in England 1684—1798*. Gainesville: University of Florida Press, 1952.

Cooke, Thomas, Bion, and Moschus. *The Idylliums of Moschus and Bion*. Cambridge: Chadwyck-Healey, 1992.

Cooper, Helen. *Pastoral : Mediaeval into Renaissance*. Totowa, N. J. : Rowman & Littlefield, 1977.

Crowley, Timothy D. "The Countesse of Pembrokes Arcadia and the Invention of English Literature. " *The Review of English Studies* 63. 262 (2012): 845 -6.

Cullen, Patrick. *Spenser, Marvell and Renaissance Pastoral*. Cambridge, Mass. : Harvard University Press, 1970.

Cunningham, John. *Poems , Chiefly Pastoral*. Cambridge: Chadwyck-Healey, 1992.

Daniel, Samuel. *Complete Works in Verse and Prose of Samuel Daniel*. Ed. A. B. Grosart. Aylesbury: For private circulation, 1885—1896.

Deacon, George. *John Clare and the Folk Tradition.* London: S. Browne, 1983.

Dennis, John. *Evenings in Arcadia.* London: Edward Moxon & Co. , 1865.

Dick, B. F. "Ancient Pastoral and the Pathetic Fallacy. " *Comparative Literature* 20 (1968): 27–44.

Douglas, F. *A Pastoral Elegy.* Cambridge: Chadwyck-Healey, 1992.

Drabble, Margaret. *The Oxford Companion to English Literature.* Oxford: Oxford University Press, 1993.

Drayton, Michael. *The Complete Works of Michael Drayton* 3 vols. Ed. & intro. Richard Hooper. London: John Russell Smith, Soho Square, 1876.

Durfey, Tom. *Wit and Mirth, or Pills to Purge Melancholy.* London: Printed by W. Pearson, for J. Tonson, at Shakespear's Head, over-against Catherine Street in the Strand, 1720.

Edgecombe, Rodney Stenning. "Gray's 'Elegy' and Thomas Brown's 'Pastoral on the Death of Queen Mary. '" *Notes and Queries* 48. 4 (2001): 413.

Edmonds, J. M. , et al. *The Greek Bucolic Poets.* Rev. ed. Cambridge, Mass. ; London: Harvard University Press; W. Heinemann, 1928.

Empson, William. *English Pastoral Poetry.* Freeport, N. Y. : Books for Libraries Press, 1972.

—. *Seven Types of Ambituity.* London: Chatto and Windus, 1930.

—. *Some Versions of Pastoral.* New York: New Directions Publishing Corporation, 1974.

Fane, Mildmay. *Otia Sacra.* London: Printed by Richard Cotes, 1648.

Farland, Maria. "Modernist Versions of Pastoral: Poetic Inspiration, Scientific Expertise, and the 'Degenerate' Farmer. " *American Literary History* 19. 4 (2007): 905–936.

Farmer, J. S. *Merry Songs and Ballads.* London: privately printed, 1895—1897.

Feingold, Richard. *Nature and Society : Later Eighteenth-Century Uses of the Pastoral and Georgic.* New Brunswick, N. J. : Rutgers University Press, 1978.

Feuillerat, Albert, ed. *Documents Relating to the Office of the Revels in the Time of Queen Elizabeth.* 1908. Vaduz: Kraus reprinted, 1963.

Fitter, Chris. *Poetry, Space, Landscape: Toward a New Theory.* Cambridge, England: Cambridge University Press, 1995.

Forsythe, R. S. "*The Passionate Shepheard* and English Poetry." *PMLA* 40 (1925): 692–742.

Fowler, Alastair. *The Country House Poem: A Cabinet of Seventeenth-Century Estate Poems and Related Items.* Edinburgh: Edinburgh University Press, 1994.

Friedman, Donald M. *Marvell's Pastoral Art.* London: Routledge & K. Paul, 1970.

Fujii, Haruhiko. *Time, Landscape and the Ideal Life: Studies In the Pastoral Poetry of Spenser And Milton.* Kyoto: Appollon-sha, 1974.

Galloway, Andrew, ed. *The Cambridge Companion to Medieval English Culture.* Cambridge; New York: Cambridge University Press, 2011.

Galm, John A. *Sidney's Arcadian Poems.* Salzburg: Inst. f. Engl. Sprache u. Literatur, Univ. Salzburg, 1973.

Gay, John. *The Poems of John Gay.* London: Press of C. Whittingham, 1822.

Gentleman's Magazine and Historical Review, Vol. 9. 1739.

Gentleman's Magazine. Mar. 1754; May 1734; Oct. 1739; Sept. 1754.

Gervais, David. *Literary Englands: Versions of "Englishness" in modern writing.* Cambridge: Cambridge University Press, 1993.

Gifford, Terry. *Green Voices: Understanding Contemporary Nature Poetry.* Manchester, UK; New York: Manchester University Press; New York: St. Martin's Press, 1995.

—. *Reconnecting with John Muir: Essays in Post-Pastoral Practice.* Athens: University of Georgia Press, 2006.

—. *Pastoral* (The New Critical Idiom). London; New York: Routledge, 1999.

Goldsmith, Oliver. *The Art of Poetry on a New Plan.* London: 1762.

—. *The Deserted Village.* London: Gowans & Gray, 1907.

Goodridge, John. *Rural Life in Eighteenth-Century English Poetry.* Cambridge: Cambridge University Press, 1995.

Googe, Barnabe. *Eglogs, Epytaphes, and Sonettes,* 1563. Ed. Edward Arber.

Westminster: A. Constable and Co. , 1895.

Gosset, Adelaide L. J. *Shepherd Songs of Elizabethan England*. London: Constable, 1912.

Grant, William Leonard. *Neo-Latin Literature and the Pastoral*. Chapel Hill: The University of North Carolina Press, 1965.

Greeley, Andrew M. *The Crucible of Change : The Social Dynamics of Pastoral Practice*. New York: Sheed and Ward, 1968.

Green, R. P. H. *Seven Versions of Carolingian Pastoral*. Reading, Pa. : Dept. of Classics, University of Reading, 1980.

Greenfield, Thelma Nelson. *The Eye of Judgement : Reading the New Arcadia*. Lewisburg Pa. : Bucknell University Press; London: Associated University Presses, 1982.

Greg, W. W. *Pastoral Poetry & Pastoral Drama : A Literary Inquiry, with Special Reference to the Pre-Restoration Stage in England*. New York: Russell & Russell, 1959.

Grigson, Geoffrey. *Country Poems*. London: E. Hulton, 1959.

Gutzwiller, Kathryn J. *Theocritus' Pastoral Analogies : The Formation of a Genre* . Wisconsin Studies in Classics. Madison, Wis. : University of Wisconsin Press, 1991.

Haber, Judith Deborah. *Pastoral and the Poetics of Self-Contradiction : Theocritus to Marvell*. Cambridge; New York: Cambridge University Press, 1994.

Hadas, Moses. *History of Latin Literature*. New York: Columbia University Press, 2013.

Hall, Henry Marion. *Idylls of Fishermen : A History of the Literary Species*. Rev. ed. New York: Columbia University Press, 1914.

Hallard, James Henry, ed. *The Idylls of Theocritus : Translated into English Verse*. London: Longmans, Green and Co. , 1894.

Halperin, David M. *Before Pastoral : Theocritus and the Ancient Tradition of Bucolic Poetry*. New Haven: Yale University Press, 1983.

Hardie, Philip R. *Virgil : Critical Assessments of Classical Authors*. Routledge

Critical Assessments of Classical Authors. 4 vols. London; New York: Routledge, 1999.

Hardy, Thomas. *The Collected Poems of Thomas Hardy*. Ed. and intro. Michael Irwin. Ware: Wordsworth Poetry Library, 2006.

Harrison, Percy Neale. *The Problem of the Pastoral Epistles*. Oxford: Oxford University Press, H. Milford, 1921.

Harrison, S. J. *Generic Enrichment in Vergil and Horace*. Oxford; New York: Oxford University Press, 2007.

Harrison, Thomas Perrin, ed. *The Pastoral Elegy: An Anthology*. trans. Harry Joshua Leon. New York: Octagon Books, 1968.

Hattaway, Michael, ed. *A New Companion to English Renaissance Literature and Culture*. 2 vols. Chichester; Malden, MA: Wiley-Blackwell, 2010.

Heath-Stubbs, John. *The Pastoral*. London: Oxford U. P. , 1969.

Herrick, Robert. *The Poems of Robert Herrick*. London: Grant Richards Leicester Square, 1902.

—. *Works of Robert Herrick*. Ed. Alfred Pollard. London: Lawrence & Bullen, 1891.

Hesiod. *Theogony and Works and Days*. Trans. and intro. Catherine M. Schlegel and Henry Weinfield. Ann Arbor: The University of Michigan Press, 2006.

Hess, Scott. "Postmodern Pastoral, Advertising, and the Masque of Technology. " *Interdisciplinary Studies in Literature and Environment* 11. 1 (2004): 71-100.

Hill, Richard. *Commonplace Book*. Ed. Edward Flugel. *Anglia* XXVI, 1903.

Hiltner, Ken. *What Else Is Pastoral ? Renaissance Literature and the Environment*. Ithaca, NY: Cornell University Press, 2011.

Hine, Daryl and Theocritus. *Theocritus : Idylls and Epigrams* (1st ed.) . New York: Atheneum , 1982.

Hobbes, Thomas. "The Answer to the Preface to Gondibert" (1650) . *English Works* (17 vols) . Ed. Sir William Molesworth. London, 1839-45.

Hoffman, Nancy Jo. *Spenser's Pastorals : The Shepheardes Calendar and "Colin Clout"* . Baltimore: Johns Hopkins University Press, 1977.

Hogg, James, and Elaine Petrie. *Scottish Pastorals : Poems , Songs , Etc. , Mostly Written in the Dialect of the South.* London: Stirling University Press, 1988.

Howard, William James. *John Clare.* Boston: Twayne Publishers, 1981.

Hubbard, Thomas K. *The Pipes of Pan : Intertextuality and Literary Filiation in the Pastoral Tradition from Theocritus to Milton.* Ann Arbor: University of Michigan Press, 1998.

Hurley, C. Harold. *The Sources and Traditions of Milton's "L'allegro" And "Il Penseroso".* Studies in British Literature. Vol. 43. Lewiston, N. Y. : Edwin Mellen Press, 1999.

Hyland, Dominic, ed. *York Notes : Edward Thomas : Selected Poems.* Harlow: Longman York Press, 1984.

Jenner, Charles. *Town Eclogues.* 2nd ed. London: Printed for T. Cadell in the Strand, 1773.

Johnson, Lynn Staley. *Shepheardes Calender : An Introduction.* University Park: Pennsylvania State University Press, 1990.

Johnson, Samuel. "John Gay." *Lives of the English Poets.* London: Jones & Company, 1825: 202-205.

—. *The True Principles of Pastoral Poetry* [in, the Rambler]. Cambridge: Chadwyck-Healey, 1999.

—. *The Works of Samuel Johnson* (10 vols.). London: Printed for G. Offor, Tower-Hill; J. Reid, Berwick; *et al.*, 1818.

—. *The Works of Samuel Johnson* (12 vols.). London: Printed by S. and R. Bentley, Dorset Street, 1823.

Jones, Mike Rodman. *Radical Pastoral , 1381—1594: Appropriation and the Writing of Religious Controversy.* Farnham, England; Burlington, VT: Ashgate, 2011.

Kennedy, William John. *Jacopo Sannazaro and the Uses of Pastoral.* Lebanon: University Press of New England, 1983.

Kermode, Frank, ed. *English Pastoral Poetry : From the Beginnings to Marvel.*

London: George G. Harrap & Co. Ltd., 1952.

Kidwell, Carol. *Sannazaro and Arcadia.* London: Duckworth, 1993.

King, William. *The Benchan Eclogue. Occasioned by the War between England and Spain.* London, 1741.

Kirkham, Victoria, and Armando Maggi. *Petrarch : A Critical Guide to the Complete Works.* Chicago: University of Chicago Press, 2009.

Knight, William, ed. *Letters of the Wordsworth Family, 1787—1855.* Boston and London: Ginn and Company, Publishers, 1907.

Knott, John R. *Milton's Pastoral Vision : An Approach to Paradise Lost.* Chicago: University of Chicago Press, 1971.

Lambert, Ellen Zetzel. *Placing Sorrow : A Study of the Pastoral Elegy Convention from Theocritus to Milton.* Chapel Hill: The University of North Carolina Press, 1976.

Landis, Benson Y. *A Guide to the Literature of Rural Life.* New York: Dept. of Research and Education, Federal Council of the Churches of Christ in America, 1935.

Landry, Donna E. *The Invention of the Countryside: Hunting, Walking, and Ecology in English Literature, 1671—1831.* New York: Palgrave, 2001.

Lane, Robert. *Shepheards Devises : Edmund Spenser's Shepheardes Calender and the Institutions of Elizabethan Society.* Athens: University of Georgia Press, 1993.

Lawall, Gilbert. *Theocritus' Coan Pastorals: A Poetry Book.* Washington: Center for Hellenic Studies, 1967.

Lawrence, Claire. "A Possible Site for Contested Manliness Landscape and the Pastoral in the Victorian Era." *Interdisciplinary Studies in Literature and Environment* 4. 2 (1997): 17–38.

Lawson, Jonathan. *Robert Bloomfield.* New York: Macmillan Reference USA, 1980.

Leask, Nigel. *Robert Burns and Pastoral : Poetry and Improvement in Late Eighteenth-Century Scotland.* Oxford: Oxford University Press, 2010.

Lee, M. Owen. *Death and Rebirth in Virgil's Arcadia*. Albany: State University of New York Press, 1989.

Lerner, Laurence David. *The Uses of Nostalgia : Studies in Pastoral Poetry*. London: Chatto & Windus, 1972.

—. "An Essay on Pastoral. " *Essays in Criticism* 20 (1970): 275–297.

Lilly, Marie Loretto. *The Georgica Contribution to the Study of the Vergilian Type of Didactic Poetry*. Baltimore: The Johns Hopkins press, 1919.

Lily, John. *The Complete Works of John Lily*. Ed. R. Warwick Bond. Oxford, 1902/1967.

Lincoln, Eleanor Terry. *Pastoral and Romance : Modern Essays in Criticism*. Englewood Cliffs: Prentice-Hall, 1969.

Lindsay, Vachel. *General William Booth Enters into Heaven , and Other Poems*. London: The Macmillan Company, 1916.

Lindsell, A. "Was Theocritus a Botanist?" *G & R* 6 (1936—1937): 78–93.

List of References on Rural Life and Culture. Washington: Govt. Print. Off. , 1914.

Little, Katherine C. *Transforming Work : Early Modern Pastoral and Late Medieval Poetry*. Notre Dame, Indiana: University of Notre Dame, 2013.

Lovelace, Richard. *The Poems of Richard Lovelace*. London: Hutchinson & Co. Paternoster Row, 1906.

Low, Anthony. *The Georgic Revolution*. New York: Princeton University Press, 2014.

Lucas, Dave. *Weather : Poems*. Athens: University of Georgia Press, 2011.

Lucretius Carus, Titus. *On the Nature of Things*. Trans. Martin Ferguson Smith. Indianapolis / Cambridge: Hackett Publishing Company, Inc. , 2001.

Luria, Maxwell S. & Richard L. Hoffman, eds. *Middle English Lyrics*. New York; London: W. W. Norton & Company, Inc. , 1974.

Lynen, John F. *The Pastoral Art of Robert Frost*. Vol. 147. New Haven: Yale University Press, 1960.

Macaulay, Aulay. *Essays on Various Subjects of Taste and Criticism*. London: Printed for C. Dilly, 1780.

Macdonald, Hugh, ed. *Englands Helicon* (Edited from the edition of 1600 with additional poems from the edition of 1614). London: Routledge and Kegan Paul Ltd. , 1949.

Machor, James L. *Pastoral Cities : Urban Ideals and the Symbolic Landscape of America.* Madison, Wis. : University of Wisconsin Press, 1987.

Mack, Maynard. *Milton.* Englewood Cliffs, N. J. : Prentice-Hall, 1950.

Mackenzie, Louisa. "What Else Is Pastoral: Renaissance Literature and the Environment. " *Environmental History* 17. 2 (2012): 445-447.

Mackenzie, Louisa. *The Poetry of Place : Lyric , Landscape , and Ideology in Renaissance France.* Toronto: University of Toronto Press, 2011.

Macneill, Hector. *The Pastoral , or Lyric Muse of Scotland.* Cambridge: Chadwyck-Healey, 1992.

Mallette, Richard. *Spenser , Milton , and Renaissance Pastoral.* Lewisburg: Bucknell University Press, 1981.

Mance, Ajuan Maria. *Inventing Black Women : African American Women Poets and Self-Representation , 1877—2000.* Knoxville: University of Tennessee Press, 2008.

Marcus, Ursula. *A Bibliography of Rural Life and Sociology.* Cape Town: University of Cape Town, School of Librarianship, 1947.

Marks, Jeannette. *English Pastoral Drama : From the Restoration to the Date of the Publication of the "Lyrical Ballada " (1660—1798).* London: Methuen & Co. , 1908.

Martin, Graham, and P. N. Furbank, eds. *The Twentieth Century Poetry : Critical Essays and Documents.* Milton Keynes: The Open University Press, 1975.

Martina, Enna. "The Sources and Traditions of Milton's L'Allegro and Ⅱ Penseroso: A New Approach. " *English Studies* 92. 2 (2011): 138-173.

Martindale, Charles. *The Cambridge Companion to Virgil.* Cambridge: Cambridge University Press, 1997.

Martz, Louis Lohr. *From Renaissance to Baroque : Essays on Literature and Art.*

Columbia: University of Missouri Press, 1991.

Marvell, Andrew, and Nigel Smith. *The Poems of Andrew Marvell*. New Jersey: Pearson Education, 2007.

Marvell, Andrew. *Poems and Letters of Andrew Marvell*. Ed. H. M. Margoliouth, 3rd ed. Oxford: Oxford University Press, 1971.

—. *The Life and Lyrics of Andrew Marvell*. Ed. Michael Craze. London and Basingstoke: The Macmillan Press Ltd. , 1979.

—. *Complete Poetry*. London: J. M. Dent & Sons, Ltd. , 1984.

Marx, Steven. *Youth Against Age : Generational Strife in Renaissance Poetry : with Special Reference to Edmund Spenser's The Shepheardes Calender*. Vol. 21. New York: Peter Lang Pub Incorporated, 1985.

McCanles, Michael. *The Text of Sidney's Arcadian World*. Durham: Duke University Press, 1989.

McClung, William A. *The Country House in English Renaissance Poetry*. Berkeley: University of California Press, 1977.

McCoy, Dorothy Schuchman. *Tradition and Convention : A Study of Periphrasis in English Pastoral Poetry from 1557—1715*. Pittsburgh: University of Pittsburgh, 1965.

McFarland, Thomas. *Shakespeare's Pastoral Comedy*. Chapel Hill: University of North Carolina Press, 1972.

McKay, Alexander Gordon, Robert M. Wilhelm, and Howard Jones. *The Two Worlds of the Poet : New Perspectives on Vergil*. Detroit: Wayne State University Press, 1992.

McNeill, Patricia Silva. *Yeats and Pessoa : Parallel Poetic Styles*. London: Legenda, 2010.

Metzger, Lore. *One Foot in Eden : Modes of Pastoral in Romantic Poetry*. Chapel Hill: University of North Carolina Press, 1986.

Meyer, Sam. *An Interpretation of Edmund Spenser's Colin Clout*. Sout Bend: University of Notre Dame Press, 1969.

Milton, John. *The Complete Poetical Works of John Milton* (Cambridge

Edition）. Boston and New York: Houghton Mifflin Company, 1899.

Moore, A. K. *The Secular Lyric in Middle English.* Lexington: University of Kentucky Press, 1951.

Moorman, Frederic William. *William Browne : His Britannia's Pastorals and the Pastoral Poetry of the Elizabethan Age.* Strassburg: K. J. Trubner, 1897.

Morris, Harry. *Richard Barnfield : Colin's Child.* No. 38. Tallahassee: Florida State University, 1963.

Morris, R., ed. *The Works of Edmund Spenser.* London: Macmillan and Co., Ltd, 1907.

Motion, Adrew. *The Poetry of Edward Thomas.* London: Routledge & Kegan Paul Ltd., 1980.

Munsterberg, Peggy. *The Penguin Book of Bird Poetry.* London: Penguin Classics, 1984.

Mustard, Wilfred P., ed. *The Eclogues of Baptista Mantuanus.* Baltimore: The Johns Hopkins Press, 1911.

Newman, Jane O. *Pastoral Conventions : Poetry, Language, and Thought in Seventeenth-Century Nuremberg.* Baltimore: Johns Hopkins University Press, 1990.

Nicholson, Brinsley. "On Shakespeare's Pastoral Name." *Notes and Queries* 5- I (1874): 109–111.

Norbrook, David. *Poetry and Politics in the English Renaissance.* New York: Oxford University Press, 2002.

O'Callaghan, Michelle. *The Shepheard's Nation: Jacobean Spenserians and Early Stuart Political Culture, 1612—1625.* Oxford: Oxford University Press, 2000.

O'Connor, Murroghoh, and Thomas Crofton Croker. *A Kerry Pastoral in Imitation of the First Eclogue of Virgil.* London: Reprinted for the Percy Society, 1843.

Oldham, John. *A Pastoral.* Cambridge: Chadwyck-Healey, 1992.

Panofsky, E. "Et in Arcadia ego : On the conception of transience in Poussin and Wartteau." *Philosophy and History, Essays Presented to Ernst Cassirer.*

Ed. R. Klibansky and H. J. Paton. Oxford: Clarendon Press, 1936: 223-254.

Patrides, C. A. ed. *Milton's Lycidas : The Tradition and the Poem.* Columbia, Missouri: University of Missouri Press, 1983.

Patterson, Annabel M. *Pastoral and ideology : Virgil to Vale'ry.* Berkeley: University of California Press, 1987.

Pattison, Robert. *Tennyson and Tradition.* Cambridge, Mass. : Harvard University Press, 1979.

Pavesi, Ermanno. "Pastoral Psychology as a Field of Tension between Theology and Psychology. " *Christian Bioethics* 16. 1 (2010): 9-29.

Payne, Mark. *Theocritus and the Invention of Fiction.* Cambridge: Cambridge University Press, 2007.

Pennecuik, Alexander. *Corydon and Cochrania: A Pastoral.* Cambridge: Chadwyck-Healey, 1992.

Percy Society. *Early English Poetry , Ballads and Popular Literature of the Middle Ages.* London: Printed for the Percy society, 1840.

Pickford, John. "Death-bed Scenes and Pastoral Conversations. " *Notes and Queries* 5-X (1878): 514.

Pincombe, Michael, and Cathy Shrank. *The Oxford Handbook of Tudor Literature , 1485—1603.* Oxford: Oxford University Press, 2009.

Pindar. *The Complete Odes.* Trans. Anthony Verity. New York: Oxford University Press Inc. , 2007.

Pinto, V. De Sola and A. E. Rodway. *The Common Muse : an anthology of popular British ballad poetry,* 15th—20th *century.* London: Chatto & Windus, 1957.

Pitt, Christopher, and Virgil. *The Aeneid of Virgil.* Cambridge: Chadwyck-Healey, 1992.

Poggioli, Renato. *The Oaten Flute : Essays on Pastoral Poetry and the Pastoral Ideal.* Boston: Harvard University Press, 1975.

Poliziano, Angelo, Torquato Tasso, and Louis E. Lord. *A Translation of the Or-*

pheus of Angleo Politian and the Aminta of Torquato Tasso. London: Oxford University Press, 1931.

Pollio. An Excuse for Pastoral : To a Lady. Cambridge: ProQuest Information and Learning Company, 2002.

Pope, Alexander. "Discourse on Pastoral Poetry." Poems of Alexander Pope. Ed. John Butt. London: Methuen, 1963.

—. The Poetical Works of Alexander Pope. Ed. Adolphus William Ward. London: Macmillan and Co. , Ltd. ; New York: The Macmillan Company, 1907.

Pugh, Syrithe. "Fanshawe's Critique of Caroline Pastoral: Allusion and Ambiguity in the ' Ode on the Proclamation. ' " The Review of English Studies (2007): 379–391.

Purney, Thomas. A Full Enquiry into the True Nature of Pastoral (1717) . Los Angeles: Augustan Reprint Society, 1948.

Puttenham, George. Arte of English Poesie. London: Printed by Richard Field, dwelling in the black-Friers, neere Ludgate, 1589.

—. The Art of English Poesie. Ed. G. D. Willcock and A. Walker. Cambridge: Cambridge University Press, 1936.

Quinn, Patrick J. New Perspectives on Robert Graves. London: Susquehanna University Press, 1999.

Quinn, Stephanie. Why Vergil ? A Collection of Interpretations. Wauconda: Bolchazy-Carducci Publishers, 2000.

Ramsay, Allan. The Gentle Shepherd , a Pastoral Comedy. Edinburgh: Abernethy & Walker, 1808.

Ramsay, Allan. The Tea-Table Miscellany, Vol. First. Glasgow: Robert Forrester, 1 Royal Exchange Square, 1876.

Randolph, Thomas. The Poems and Amyntas of Thomas Randolph. Ed. John Jay Parry. New Haven: Yale University Press, 1917.

Rapin, Rene. "A Treatise de Carmine Pastorali. " Idylliums of Theocritus. Trans. Thomas Creech. Oxford, 1684.

Ravencroft, Thomas. *Melismata : Musicall Phasies*. London: Printed by William Stansby for Thomas Adams, 1611.

Ravenscroft, Thomas. *Deuteromelia* (1609), a collection of ballads and folksongs in *English Madrigal Verse 1588—1632*. Ed. E. H. Fellowes (3rd edition) . Oxford: Oxford University Press, 1967.

Reely, Mary Katharine. *Country life and Rural Problems : a Study Outline*. New York: The H. W. Wilson Company, 1918.

Relph, E. C. *The Modern Urban Landscape*. Baltimore: Johns Hopkins University Press, 1987.

Richmond, H. M. "Rural Lyricism: A Renaissance Mutation of the Pastoral. " *Comparative Literature* 16 (1964): 193−210.

Ricks, Christopher, ed. *The New Oxford Book of Victorian Verse*. Oxford: Oxford University Press, 1987.

Rieu, E. V. *Virgil : The Pastoral Poems—A Translation of the Eclogues*. Westminster: Penguin Books, 1949.

Rigg, Diana. *So to the Land : An Anthology of Countryside Poetry*. London: Headline, 1995.

Roberts, Neil, ed. *A Companion to Twentieth-century Poetry*. Massachusetts: Blackwell Publishing Ltd. , 2003.

Robertson, Jean and D. J. Gordon, eds. "A Calendar of Dramatic Records in the Books of the Livery Companies of London. " *Malone Society Collections* Vol. III. Oxford, 1954.

Robertson, Jean, ed. *Poems by Nicholas Breton*. Liverpool: Liverpool University Press, 1952.

Robertson, Jean. "Sir Philip Sidney and his Poetry. " *Elizabethan Poetry*. Ed. J. R. Brown and B. Harris. London: Edward Arnold, 1960.

Rogers, Pat. *The Cambridge Companion to Alexander Pope*. Cambridge: Cambridge University Press, 2007.

Rogers, Samuel. *Poems by Samuel Rogers*. London: Printed for T. Cadell and W. Davies, in the Strand, by T. Bensley, Bolt Court, Fleet, Street, 1814.

Rosenberg, Donald Maurice. *Oaten Reeds and Trumpets : Pastoral and Epic in Virgil, Spenser, and Milton*. Lewisburg: Bucknell University Press, 1981.

Rosenmeyer, Thomas G. *The Green Cabinet : Theocritus and the European Pastoral Lyric*. Berkeley and Los Angeles: University of California Press, 1969.

Rosenthal, M. L. *The Modern Poets : A Critical Introduction*. Beijing: Foreign Language Teaching and Research Press, 2004.

Rowe, Henry K. *A Selected Bibliography on the Rural Church and Country Life*. Philadelphia: American Baptist Publication Society, 1913.

Ruskin, John. *The Complete Works of John Ruskin*. New York: The Kelmscott Society Publisher, 1903.

—. *Modern Painters* (Vol. Ⅲ) . Orpington: George Ellen, 1888.

Saintsbury, G. , ed. *Minor Poets of the Caroline Period*. Oxford: At the Clarendon Press, 1921.

Sales, Roger. *English Literature in History 1780—1830: Pastoral and Politics*. New York: St. Martin's Press, 1983.

—. *John Clare : a literary life*. London: Palgrave, 2002.

Sambrook, James. *English Pastoral Poetry*. Boston: Twayne Publishers, 1983.

Sannazaro, Jacopo. *Arcadia and Piscatorial Eclogues*. Trans. Ralph Nash. Detroit: Wayne State University Press, 1966.

Santesso, Aaron. *A Careful Longing : The Poetics and Problems of Nostalgia*. Newark: University of Delaware Press, 2006.

Schenck, Celeste Marguerite. *Mourning and Panegyric : The Poetics of Pastoral Ceremony*. Pennsylvania: Pennsylvania State University Press, 1988.

Schur, Owen. *Victorian Pastoral : Tennyson , Hardy , and the Subversion of Forms*. Columbus: Ohio State University Press, 1989.

Scott, John. *Moral Eclogues*. Printed for H. Payne, 1778.

Segal, Charles. "Landscape into Myth: Theoritus' Bucolic Poetry. " *Ramus* 4 (1975): 210-234.

—. "Since Daphnis Dies: The Meaning of Theocritus Idyll I. " *MH* (1974):

1-22.

—. *Poetry and Myth in Ancient Pastoral : Essays on Theocritus and Virgil. Princeton Series of Collected Essays.* Princeton: Princeton University Press, 1981.

Shaftesbury, Anthony Ashley Cooper. *Characteristics of Men , Manners , Opinions , Times.* Ed. Lawrence E. Klein. Cambridge: Cambridge University Press, 1999.

Shenstone, William. *The Works in Verse and Prose of William Shenstone.* London: Printed for R. and J. Dodslev in Pall-mall, 1854.

Shore, David R. *Spenser and the Poetics of Pastoral : A Study of the World of Colin Clout.* Kingston: McGill-Queen's University Press, 1985.

Shute, Nevil. *Pastoral.* New York: W. Morrow and company, 1944.

Sidney, Philip. *A Defence of Poesie and Poems.* London, New York, Toronto and Melbourne: Cassell and Company, Limited, 1909.

—. *The Countess of Pembroke's Arcadia (The Old Arcadia)* . Ed. Jean Robertson. Oxford: Clarendon Press, 1973.

—. *The Countess of Pembroke's Arcadia (The New Arcadia)* . Ed. Victor Skretkowicz. Oxford: Clarendon Press, 1987.

Sitwell, Osbert. *England Reclaimed , a Book of Eclogues.* London: Duckworth, 1927.

Skelton, John. *The Poetical Works of John Skelton.* Rev. & ed. Alexander Dyce. Boston: Little, Brown, and Company, 1854.

Slavitt, David R. *Virgil, and Virgil. Eclogues and Georgics of Virgil.* Baltimore: Johns Hopkins University Press, 1990.

Smith, GeriL. *The Medieval French Pastourelle Tradition : Poetic Motivations and Generic Transformations.* Gainesville: University Press of Florida, 2009.

Snell, Bruno. "Arcadia: The Discovery of a Spiritual Landscape. " *The Discovery of the Mind.* Trans. T. G. Rosenmeyer. Oxford: Blackwell, 1953.

Snyder, Susan. *Pastoral Process : Spenser , Marvell , Milton.* Stanford: Stanford University Press, 1998.

Spagnuoli, Baptista. *The Eclogues of Mantuan.* Trans. George Turbervile (1567) .

Ed. Douglas Bush. New York: Scholars' Facsimiles & Reprints, 1937.

Spence, Sarah. *Poets and Critics Read Vergil.* New Haven: Yale University Press, 2001.

Spencer, Jeffry B. *Heroic Nature : Ideal Landscape in English Poetry from Marvell to Thomson.* Evanston: Northwestern University Press, 1973.

Spenser, Edmund. *The Shepherd's Calendar and Other Poems.* Ed. Philip Henderson. London: J. M. Dent & Sons Ltd. , 1932.

Stafford, Fiona. "Plain Living and Ungarnish'd Stories: Wordsworth and the Survival of Pastoral. " *The Review of English Studies* 59. 238 (2008): 118 -133.

Staley, Lynn. *The Shepheardes Calender : An Introduction.* University Park: Pennsylvania State University Press, 1990.

Starke, Sue P. *The Heroines of English Pastoral Romance.* Vol. 20. Suffolk: Boydell & Brewer, 2007.

Steinman, Lisa Malinowski. *Invitation to Poetry : The Pleasures of Studying Poetry and Poetics.* Malden, MA: Blackwell Pub. , 2008.

Stillman, Robert E. *Sidney's Poetic Justice : The Old Arcadia , Its Eclogues , and Renaissance Pastoral Traditions.* London: Bucknell University Press, 1986.

Summers, Claude J. , and TedLarry Pebworth. *The Wit of Seventeenth-Century Poetry.* Columbia: University of Missouri Press, 1995.

Tasso, Torquato, Charles Jernigan, and Irene Marchegiani Jones. *Aminta : A Pastoral Play.* New York: Italica Press, 2000.

Tayler, Edward William. *Nature and Art in Renaissance Literature.* New York; London: Columbia University Press, 1964.

Theocritus, et al. *Theocritus , Bion and Moschus.* Ed. Andrew Lang. London: Macmillan, 1889.

Theocritus, and Charles Stuart Calverley. *The Idylls of Theocritus and the Eclogues of Virgil.* London: G. Bell and Sons, 1913.

Theocritus, and James Henry Hallard. *The Idylls of Theocritus with the Fragments*

Bion and Moschus. Broadway Translations. London: G. Routledge, 1924.

Theocritus, and R. J. Cholmeley. *The Idylls of Theocritus*. London: G. Bell & sons, 1919.

Theocritus, and R. L. Hunter. *A Selection. Cambridge Greek and Latin Classics*. New York: Cambridge University Press, 1999.

Theocritus. , and J. M. Edmonds. *The Greek Bucolic Poets*. London: W. Heinemann; The Macmillan co. , 1912.

Thomas, Edward. "Georgian Poets. " *The Daily Chronicle* 14 January, 1913.

Thomas, R. S. *Autobiographies*. Trans. Jason Walford Davies. London: Dent, 1997.

—. *Edward Thomas : Selected Poems*. London: Faber and Faber, 1964.

Tillotson, Geoffrey. *On the Poetry of Pope*. 2nd ed. Oxford: Clarendon Press, 1950.

Toliver, Harrold E. *Pastoral Forms and Attitudes*. Berkeley, Los Angeles; London: University of California Press, 1971.

Truesdale, C. W. *English Pastoral Verse from Spenser to Marvell : A Critical Revaluation*. St. Louis: University of Washington, 1956.

Turner, James. *Politics of Landscape : Rural Scenery and Society in English Poetry, 1630—1660*. Boston: Harvard University Press, 1979.

Tutchin, John. *Poems on Several Occasions*. Cambridge: Chadwyck-Healey, 1992.

Twiddy, Iain. "Seamus Heaney's Versions of Pastoral. " *Essays in Criticism* 56. 1 (2006): 50-71.

Twiddy, Iain. *Pastoral Elegy in Contemporary British and Irish Poetry*. London: Bloomsbury Publishing, 2012.

Twomey, Jay. *The Pastoral Epistles through the Centuries*. New York: John Wiley & Sons, 2009.

Van Neste, Ray. *Cohesion and Structure in the Pastoral Epistles*. London: Bloomsbury Publishing, 2004.

Vendler, Helen. *Seamus Heaney*. Cambridge, Massachusetts: Harvard University Press, 2000.

Virgil, and Barbara Hughes Fowler. *Vergil's Eclogues*. Chapel Hill: University of North Carolina Press, 1997.

Virgil, and David Ferry. *The Eclogues of Virgil : A Translation*. New York: Macmillan, 1999.

Virgil, and Len Krisak. *Virgil's Eclogues*. Philadelphia: University of Pennsylvania Press, 2010.

Virgil, Barbara Hughes Fowler, and NetLibrary Inc. *Vergil's Eclogues*. Chapel Hill: University of North Carolina Press, 1997.

Virgil, John Conington, and R. M. Millington. *The Bucolics , or Eclogues of Virgil with Notes Based on Those in Conington's Edition , a Life of Virgil , and an Article on Ancient Musical Instruments. With Illustrations from Rich's "Antiquitie "* . London: Longmans, 1890.

Virgil. *The Pastoral Poems (The Eclogues)* . Trans. and ed. E. V. Rieu. Harmondsworth, Middlesex: Penguin Books Ltd. , 1949.

—. *The Works of Virgil*. Trans. John Dryden. London: Frederick Warne and Co. (digitalized in 2010) .

Wagenknecht, David. *Blake's Night : William Blake and the Idea of Pastoral*. Belknap Press, 1973.

Walker, Steven F. *A Cure for Love : A Generic Study of the Pastoral Idyll*. New York: Garland Pub. , 1987.

Wallace, R. H. "Shakespeare on Agricultural and Pastoral Pursuits. " *Notes and Queries* 5-Ⅶ (1877): 68.

Walton, Izaac. *The Compleat Angler*. London: Printed by T. Maxey for Rich Marriot, in S Dunstans Church-yard, Fleet Street, 1653.

Warren, Jim. "Whitman Land: John Burroughs's Pastoral Criticism. " *Interdisciplinary Studies in Literature and Environment* 8. 1 (2001): 83-96.

Warton, Joseph, ed. *The Works of Alexander Pope*, ESQ. , Vol. First. London: Printed for B. Law, J. Johnson, C. Dilly and Others , 1797.

Warton, Joseph. *Essay on the Genius and Writings of Pope*, Vol. 1. London: Printed for J. Dodsley, in Pall-Mall, 1756.

Warton, Thomas. *Five Pastoral Eclogues*. Cambridge: Chadwyck-Healey, 1992.

Weisman, Karen A. *The Oxford Handbook of the Elegy*. Oxford: Oxford University Press, 2010.

White, Simon J. *Robert Bloomfield , Romanticism and the Poetry of Community*. Aldershot: Ashgate, 2007.

White, Simon J. *Romanticism and the Rural Community*. New York: Palgrave Macmillan, 2013.

White, Simon, John Goodridge, and Bridget Keegan. *Robert Bloomfield : Lyric , Class , and the Romantic Canon*. Lewisburg: Bucknell University Press, 2006.

Wickett, William W. , Robert Bloomfield, and Nicholas Duval. *The Farmer's Boy* . Alexandria: Library of Alexandria, 1971.

Williams, Raymond. *The Country and the City*. New York: Oxford University Press, 1973.

Wolberg, Kristine A. *"All Possible Art " : George Herbert's the Country Parson*. Madison: Fairleigh Dickinson University Press, 2008.

Woodring, Carl and James Shapiro. *The Columbia History of British Poetry*. Beijing: Foreign Language Teaching Research Press; Columbia: Columbia University Press, 2005.

Woodworth, Samuel. *Melodies , Duets , Trios , Songs , and Ballads*. Michigan: University of Michigan, 1988.

Wordsworth, William. *Poetical Works* Vol. 4. London: Langman, 1827.

—. *Prose Works of William Wordsworth*, Vol. I . London and New York: Macmillan and Co. , 1896.

—. *The Complete Poetical Works of Wordsworth* with an Iitroduction by John Morley. London and New York: Macmillan and Co. , 1889.

—. *The Collected Poems of William Wordsworth*. Ware: Wordsworth Editions, 1994.

Young, Andrew. *The Poet and the Landscape*. London: R. Hart-Davis, 1962.

Zimmerman, Clayton. *The Pastoral Narcissus : A Study of the First Idyll of Theocritus*. Plymouth: Rowman & Littlefield, 1994.

后 记

　　《英国田园诗的空间维度》是我主持的第一个国家社科基金项目的结项成果。它与我2016年出版的《英国田园诗歌发展史》及目前在研的另一个国家社科基金项目《英国田园诗歌理论研究》构成了所谓的"英国田园诗歌研究三部曲"。我和我的团队在此领域精心耕耘的艰辛历程令我感触颇深，感慨良多；但此时我最想表达的只有一点，那就是感恩。

　　感恩我的导师李维屏教授。他见证并全程指导了我们关于英国田园诗歌的系列研究，是这个"三部曲"的真正策划者。导师的持续关心与支持是我们甘愿坚守在这个国内冷清而孤寂的研究领域的信心保障。如果说我们在此领域取得了一些成绩的话，首先应该归功于导师的栽培。

　　感恩我的团队梁晓冬教授、侯林梅教授、孙银娣副教授、李琳瑛讲师、李笑蕊副教授等。虽然他们因为各自主持有国家社科基金项目及其他省部级课题而分身乏术，但我们会定期研讨，分享各自的研究心得，并以各种方式相互扶持，砥砺前行。她们的支持与帮助是我们研究任务顺利完成的重要动力。

　　感恩中国社会科学出版社夏侠主任与相关编辑为此书的出版所付出的心血。他们的专业指导与敬业精神令我十分感动和敬佩。

　　还要特别感谢我的夫人杨济巧和女儿姜承希。几十年来，夫人默默承担一切家务，无微不至地照顾我的生活，才使我有足够的精力和健康的体魄去应对挑战。我所有的进步都与她的辛勤付出密不可分。如今她因操劳过度而罹患重病，我应该深深自责并肩负起照顾她与家人的重担。女儿从大学本科期间就开始全程参与我的项目研究，从资料搜集、整理、翻译到发表、主持较高级别的学术论文和科研项目，一步步成长起来。尤其是在她母亲重病，我无法全力投入项目后续研究和书稿整理工作时，她更是承担了大部分任务。她们的付出是巨大的，此书应该敬献给她们。愿夫人早日摆脱病魔，回归正常生活！愿女儿以生活的磨难、学术的艰辛为鉴，在今后的人生与学术道路上扎实前行！